新知
文库

XINZHI

The Heartless Stone:
A Journey Through the
World of Diamonds,
Deceit, and Desire

The Heartless Stone:
A Journey Through the World of Diamonds, Deceit, and Desire

Text Copyright © 2006 by Tom Zoellner

Published by arrangement with St. Martin's Press, LLC. All rights reserved.

欲望之石

权力、谎言与爱情交织的钻石梦

［美］汤姆·佐尔纳 著　麦慧芬 译

生活·讀書·新知 三联书店

Simplified Chinese Copyright © 2016 by SDX Joint Publishing Company.
All Rights Reserved.
本作品中文简体版权由生活·读书·新知三联书店所有。
未经许可,不得翻印。

图书在版编目(CIP)数据

欲望之石:权力、谎言与爱情交织的钻石梦/(美)佐尔纳著;麦慧芬译. —北京:生活·读书·新知三联书店,2016.10 (2021.4重印)
(新知文库)
ISBN 978-7-108-05605-4

Ⅰ.①欲… Ⅱ.①佐… ②麦… Ⅲ.①报告文学-美国-现代 Ⅳ.①I712.55

中国版本图书馆 CIP 数据核字(2015)第 315680 号

责任编辑	徐国强 李 佳
装帧设计	陆智昌 康 健
责任校对	张国荣
责任印制	董 欢
出版发行	生活·讀書·新知 三联书店
	(北京市东城区美术馆东街22号 100010)
网 址	www.sdxjpc.com
图 字	01-2020-4881
经 销	新华书店
印 刷	三河市天润建兴印务有限公司
版 次	2016年10月北京第1版
	2021年4月北京第3次印刷
开 本	635毫米×965毫米 1/16 印张 24.25
字 数	288千字
印 数	13,001-16,000册
定 价	45.00元

(印装查询:01064002715;邮购查询:01084010542)

新知文库

出版说明

在今天三联书店的前身——生活书店、读书出版社和新知书店的出版史上，介绍新知识和新观念的图书曾占有很大比重。熟悉三联的读者也都会记得，20世纪80年代后期，我们曾以"新知文库"的名义，出版过一批译介西方现代人文社会科学知识的图书。今年是生活·读书·新知三联书店恢复独立建制20周年，我们再次推出"新知文库"，正是为了接续这一传统。

近半个世纪以来，无论在自然科学方面，还是在人文社会科学方面，知识都在以前所未有的速度更新。涉及自然环境、社会文化等领域的新发现、新探索和新成果层出不穷，并以同样前所未有的深度和广度影响人类的社会和生活。了解这种知识成果的内容，思考其与我们生活的关系，固然是明了社会变迁趋势的必需，但更为重要的，乃是通过知识演进的背景和过程，领悟和体会隐藏其中的理性精神和科学规律。

"新知文库"拟选编一些介绍人文社会科学和自然科学新知识及其如何被发现和传播的图书，陆续出版。希望读者能在愉悦的阅读中获取新知，开阔视野，启迪思维，激发好奇心和想象力。

生活·讀書·新知 三联书店
2006年3月

目　　录

第一章　垂死之星：中非共和国　　　　　　　　　　1
　　　　他用带点腔调的英文说道："在我们的社会传统中，钻石根本没有地位。我们开矿，纯粹是为了赚钱。我们想要努力工作，美国梦嘛。钻石成了我们自以为需要缴交的入场费。"

第二章　希冀的结果：日本　　　　　　　　　　　　40
　　　　1966年，第一则广告展开攻势时，收到钻戒的日本新娘人数还不到1%。到了1981年，这个数字飙升至60%。再经过十年持续的广告宣传促销，钻石婚戒在将近九成日本新娘的婚礼中扮演着举足轻重的角色。

第三章　强人：巴西　　　　　　　　　　　　　　　77
　　　　若想合法挖矿，几乎是不可能的事情。依法行事成本太高。但这些人都得要生存。再说，中间牵涉的金额实在太庞大。听起来好像是巴西除了挖矿外就再也没有其他事业了，当然毒品不算。但挖矿的确带来重大影响——在某个下午，某人的人生可能从此完全改变。

第四章　钻石集团：南非　　　　　　　　　　　　　109
　　　　没有人知道钻石在真正自由交易市场上的价格，因为钻石买卖在一百一十八年前——自从戴比尔斯在一个半沙漠地带崛起后——就失去了自由。那块当时属于大英帝国的角落，之前长期以来在大家眼中一文不值。

第五章　新纪元：澳大利亚　　　　　　　　　　154

那段时间，戴比尔斯仅仅为了维持钻石价格平稳，就损失了将近10亿美元。澳大利亚的威胁必须立刻控制，尽管阿盖尔矿区出产的钻石中，只有5%能用来当作镶嵌宝石，但戴比尔斯还是与阿什顿、力拓达成了协议，成为阿盖尔矿区最大买主，每年买进4.5万吨钻石。

第六章　血钻石：安哥拉　　　　　　　　　　179

萨文比死后不到两个月，安哥拉政府就与他的残余部队签下了和平协议。安特卫普与纽约的钻石圈举办了低调的庆功宴，因为这代表沉重的公关问题终于解决。安哥拉事实上正是创造出"血钻石"的国家——头条新闻用这三个字形容那些用来资助非洲内战的钻石。

第七章　钻石打磨厂：印度　　　　　　　　　　211

印度因为国内吃不饱的劳工难以计数，所以好整以暇掌握了产业运作可以转换的另一端：廉价的技术支援、廉价的客户服务中心以及廉价的电影动画。廉价的钻石早已上路。印度人正在为美国的品位谱作新曲，要给美国人一种价格合意的商品。

第八章　午夜之阳：加拿大　　　　　　　　　　　　250

　　　加拿大开始生产钻石之时，大概就是欧洲人权团体开始谴责塞拉利昂与安哥拉的钻石买卖都用来资助血腥内战的时候。非洲悲惨的景况竟然成了无价的公关礼物，幸好加拿大的零售商选择用上流社会的优雅来强调这点。

第九章　炼金术：俄罗斯　　　　　　　　　　　　　295

　　　俄罗斯发明的虽不是合成钻石的方法，但它向世界释出的技术，却有潜力摧毁钻石最具价值的一面，也就是一直以来小心呵护的神话：钻石是人间罕见的宝物。

第十章　大而无物：美国　　　　　　　　　　　　　321

　　　因为这只钻戒威胁到我们自己所诉说的故事，也危及我们让自己之所以有别于他人的那个神话。爱情核心的附近，是一大片言语几乎无法形容的恐惧：当蜡烛烧成灰烬，当甜言蜜语流于俗套时，我们也会和物品一样被取代。

参考资料　　　　　　　　　　　　　　　　　　　　361

致　谢　　　　　　　　　　　　　　　　　　　　　372

第一章
垂死之星：中非共和国

他用带点腔调的英文说道："在我们的社会传统中，钻石根本没有地位。我们开矿，纯粹是为了赚钱。我们想要努力工作，美国梦嘛。钻石成了我们自以为需要缴交的入场费。"

"他们早上才刚过河。"这人边说边从口袋里掏出石头。

他把石头排摆在中庭的桌子上。这些看起来快要融化了的石头，黄兮兮的犹如刚被喷灯烤过。我拿起一颗石头想借着阳光看透。一旁的走私者和他的三位朋友也正仔细端详着我。

屋主说："动作快点！等警察进来，我们就会被关进牢里。"这个念头勾起了他一个隐晦的微笑。河谷的另一边，鸟儿在某栋政府机关大楼的破窗框上栖息。

走私者看着我玩弄石头。他以法文和朋友说了一些话后，其中一人的手用快速的节奏敲打手机底部，另一人的眼光则扫过敞向河谷的大门。天气相当热，这人却身穿夹克，用手指翻弄着夹克下摆。

"这些是你从刚果买来的？"我问。

"今天。"他回答。乘着一艘划往班吉①的独木舟。矿坑在数百公里之外,一条通往丛林的路上。我重新把目光放在这颗暗淡的黄色八体石上,想象着它的来历,假装自己很懂这个东西。

"他怀疑你真正的身份。"屋主说。

走私者把石头放在一张纸钞正中央,小心翼翼卷成一个方块,接着小方块就消失在他的口袋中。他们四个人全直视着我的眼睛。

"在这些石头的出土处,还有更多吗?"我问。

他们告诉我:"噢,当然有。有好几百个、好几千个。"

问题是:我要买吗?

钻石从哪儿来?

不要。这辈子我只买过一颗。那是三年前的加利福尼亚州,在一片用氨水清洗过的玻璃柜上。当时的我正准备向女友安妮求婚,心中满溢着浓浓爱意。站在柜台后的亚洲女子杰奎琳,从一个个马尼拉纸封中倒出一颗颗钻石,排成列让我挑选。我用一只珠宝商专用的放大镜细细审视所有钻石,好像知道自己在看什么似的,耳朵里听着杰奎琳对每颗钻石相关价值的解说。她给我看有棱有角的小小心钻,一颗颗群聚着坐在有如花托的底座上。

其中有颗比1克拉大一点点的钻石,瑕疵看起来似乎要比其他更大些。双方在价格上讨价还价一阵子后我才决定买下。杰奎琳要把这颗钻石嵌在一个蒂芙尼的戒座上,约定一周之后再取。钻石高高立在圆戒的黄金托座上,像个站在讲道坛上的牧师。我赞

---

① 班吉(Bangui):中非共和国的首都。

叹着这颗钻石的光芒,杰奎琳称之为"火彩"①。拿到戒指的两个星期后,我在一处透过柏树空隙可以俯瞰金门大桥的峭壁上,把戒指交给安妮。在我大到足以了解女孩的特有之处后,那是我魂萦梦系的刹那。

"这钻石的产地在哪儿?"我这么问杰奎琳,其实只是想说些什么,因为私底下我对自己要开出一张生平最大额的支票感到不可思议。

"不晓得。"她回答。

"有没有什么方法可以知道?"我又问。

"应该没有,"她说,"可能是非洲吧。所有钻石都产自非洲。"

如果你真想知道钻石如何辗转来到美国,那么该去的地方叫作"中非共和国"。这个与海洋完全没有接壤的黄土色新月形国家,约莫得克萨斯州大小,地理上处于非洲大陆心脏位置。若在夜晚飞越中非共和国的高空,无疑像飞过一片完全漆黑的地毯,只有偶尔穿越林间的微弱炊火零星点缀其间。中非共和国没有交通信号灯,连1英里的铁轨都见不到,而在首都班吉城外,甚至根本没有电灯。这个国家穷到连政府都发不出薪水给公务人员,身穿制服的士兵一面向过路人伸手乞讨,一面用手摸着迷彩服下的肚子,表达饥饿之意。蝴蝶停驻在灰扑扑的路上以及宽阔的丛林叶上,某些当地人扯下蝴蝶五彩缤纷的翅膀,粘在纸上,当作艺术品换钱。

因强力胶而醺醉的孩子,穿着破破烂烂的凉鞋,在脏兮兮的班吉市中心区乞讨法郎。他们身上穿着西方慈善团体捐赠的T恤,衣服上常常留着强力胶块的污渍。孩子们在衣服上涂上强力胶,透过

---

① 火彩(the firing):钻石较一般宝石具有更高的色散率,因此可以看到钻石呈现出彩虹光,即所谓的火彩。

布料吸入。鞋油是另一种受到欢迎的麻醉品，当地人把鞋油当果酱涂在面包上，然后吃下肚子，追求迷醉的感觉。也有人将偷来的录音带置入装水的罐子里浸泡一个星期，这种自家酿造的东西能够带来怪异的幻象。有些街上的孩子在接近新面孔乞讨钱币的时候，会抓着自己的胯下。即使这个国家约七人之中就有一个艾滋病患者，但在这儿利用性交换金钱，依然是司空见惯的事。只不过钱并不尽然是最终的目标，有位法国教师曾这么对我说过，孩子需要关爱，在本能上也需要被触摸，性行为因此成为许多孩子得到触摸的唯一途径。

自从2003年3月最近一次一连串颠覆政府的武装暴动事件开始，中非共和国便禁止外国人进入。因此唯一合法进出这个国家的方式，只有每周一班从巴黎飞到此地的法国航空飞机。机上无可避免地满载着一小撮这个国家少数的统治阶级，也只有这些人才付得起机票费用。法国航空在每个星期天早上抵达降落，这对班吉城北区人民来说是一场混战。好几百辆计程车胡乱拉客、行李搬运工全挤到机场周边的围墙，看着旅客从这个世界走进另一个世界，从拥有空调、鹅肝、波尔多酒与《巴黎竞赛画报》的机舱，步入丰富的混沌之中。

附近的候机室有厚实的铁丝网与遮蔽窗子的破烂窗帘，室内是等着离开的旅客。他们受到如要人般的保护，与外界隔离。我后来才知道其中有些旅客的西装或运动夹克内层，几乎肯定藏着方便携带的财产。他们随身携带的财富相当于2000人的年薪总和，然而夹在衣服内却看不出有任何的凸起。

这全是因为中非共和国——一个腐败、贫困，而且几乎为世界所遗忘的国家——始终是非洲大陆将来路不明的钻石化暗为明，走私到其他合法市场的最佳地点之一。

我来这儿，就是为了要亲眼见识这个过程。

血的历史

这里没有幸福的历史。至少从基督降世的前五百年开始，这个地区的人民就一直生活在原始的农村环境中。17世纪时，奴隶搜捕行为猖獗，以致此地成为今日非洲大陆上人口最稀少的区域之一。自北迁移而来的阿拉伯盗匪俘虏整个部落的人民后，卖给落脚在海岸边、后又迁移至开罗较高建筑里的奴隶贩子。如果还能找到任何连贯的文献，许多美国黑人或许能追本溯源，发现自己祖先其实来自于好几个世纪前从这儿消失的村落。

19世纪80年代，法国人从埃及王手上抢下了这片地区，取名乌班吉-沙里（Oubangui-Chari），并规划为隶属法属赤道非洲之下的一个部门。法属赤道非洲拥有一大片殖民地产。法国人同时也在此建立了种植园形态的经济体系，并在河岸设立了摇摇欲坠的首都班吉，作为外销象牙与棉花到大西洋的运输地点。外销公司成了这片殖民地的实际统治者。1925年，法国作家安德烈·纪德（André Gide）访问此地时，称此地为"因少数既得利益者而形成的一处废墟"。当地成人被迫收割野生橡胶，当地孩童学习说法文，当局还鼓励他们忘记自己的桑戈①母语。除此之外，法国人引进自己的烹调方式。在中非共和国某些极偏远的村落中，花几块法郎仍有可能换到炉火上烤出来的法国面包，只不过因没有遮掩，面包上往往沾

---

① 桑戈（Sango，又作Sangho）：中非共和国的主要口头语言，约有500万人把这种语言当作第二语言。把桑戈语当作母语者主要是住在小镇里的人，约有40万人。桑戈语最早的使用者是湖岸商人，是以桑戈族（Sango Tribe）的语言为基调，再加上许多法国词汇的口头语言。

满了炉火的黑灰。

20世纪50年代末期,独立运动席卷非洲,乌班吉-沙里成为最早脱离殖民统治的地区之一。第一任总统巴泰勒米·博甘达(Barthélémy Boganda)在1958年巩固了政权,试图在有如绿色网络的派系与村落之中建立民主国家,而这些人民除了语言和饥饿外,几乎没有其他相同之处。"中非共和国"这个国号一如结果般虚空。第一波长时间连续不断的武装政变在独立八年后出现,让-贝德尔·博卡萨将军①与一帮军人控制了总统府后②,开始积极进行这个国家的基础建设,顺便从中勠力扩增自己的财富。中非共和国内总共有375公里柏油路,大部分都是班吉城里坑坑洼洼的道路。其中一半都要归功于博卡萨主动提出的恼人的发展经费,也就是让法国人拿大把银子来换取铀,以供法国境内推行核计划。

博卡萨是个超级自大狂,即使拿20世纪非洲强人的超级自大标准来看,也有过之而无不及。他设立了一个电视台转播自己的演讲,尽管当时全国大约只有40台电视机;他有17位妻子;信仰在伊斯兰教与基督教之间来回摆荡;他有件量身定制的超长军服,只为了能戴上所有他颁给自己的勋章。然而这些都还不够。博卡萨令那些拍马屁拍得最彻底的阿谀者都跌破眼镜的,是他竟然决定自封为"博卡萨皇帝一世",并将这个闭锁的国家改名为中非帝国(Central African Empire)以匹配他的称号。

1977年12月4日,博卡萨加冕自己成王,盛大的典礼花掉这个国家三分之一国民生产总值。为了配合加冕典礼进行,当局不但砍

---

① 让-贝德尔·博卡萨将军(General Jean-Bédel Bokassa, 1921—1996):又名Salah Eddine Ahmed Bakassa,中非共和国军权领袖,1966年开始掌权,直到1979年被推翻为止。
② 中非共和国有条不成文的规定,只要能用武力占据总统府,就可以成为该国实际的领导人。

倒数百棵挺立在班吉宽广大道两旁的杧果树，还强迫首都内为数不少的人民踏步走在一长列从比利时进口的骏马马队之后。马儿拖着一辆上面装饰着金色老鹰的古董车厢，车厢内坐着的是新上任的博卡萨皇帝。新皇帝身上那件加冕皇袍，缝制了200万颗小珍珠与水晶，重达32磅，差点让人忘了新皇帝的存在。头上戴的皇冠价值200万美元，皇冠中央镶嵌着一颗如球形门把般的138克拉大钻石。

这颗钻石是个极为相称的象征，因为博卡萨就是靠着钻石的帮助才得到权势。他将自己国内发现的好几颗大钻石送给了他的密友与狩猎同伴，法国总统瓦莱里·吉斯卡尔·德斯坦①就是其中一位。"收礼事件"被揭露后，法国总统颜面尽失。然而这件令人尴尬万分的事情相较于1979年冬天发生的事件，只是小巫见大巫。那年冬天，博卡萨下令国内所有学龄孩童都必须穿着制服，而班吉唯一的制服供应商老板恰巧是博卡萨的某位妻子。贫穷的孩子们（班吉城内几乎没有不穷的孩子）根本无法负担制服费用。有天，一群孩子朝皇帝坐车丢掷石块以示抗议。事后，气愤不已的博卡萨逮捕了大约100名孩童。这些孩子不论无辜或有罪都惨遭杀害，其中还有许多名孩子是博卡萨亲自动的手。孩子死后，博卡萨把他们的残肢断体冰在皇宫的冰箱里。

在同一个冰箱里，博卡萨还存放着其他尸体，是一些他肃清的政敌，据说博卡萨将这些人的大脑和心脏拿来做点心。悔恨不已的法国人，在累积了足够的沮丧后（尤其是在博卡萨自称曾数度在宴会上暗地里请法国总统德斯坦不经意地食用人肉之后），筹划了一场政变，试图解除这位皇帝的权力。在1986年的审判庭上，宫廷厨

---

① 瓦莱里·吉斯卡尔·德斯坦（Valéry Giscard d'Estaing）：1926年生，1974年至1981年担任法国总统。

师的证词让吃人肉事件罪证确凿。博卡萨被判终身软禁于班吉一间小屋子里，大家对他的态度犹如对待动物园里一只上了年纪的狮子。他卒于1996年。

最近一次（独立后第九次）武装政变发生于2003年3月，推翻了安热-费利克斯·帕塔塞①总统的政府。这位总统犯了一个大忌，那就是曾离开总统府前往喀麦隆进行短暂的旅行。除此之外，他还忘了在非洲保有权力的另外一条重要法则：一定要付薪水给人民。拒绝当免费工的军人不愿费力对抗叛军，因此整场政变过程，相对来说，几乎无人伤亡。总统府墙上的画像又换了，但其他几乎没有任何改变。我在中非共和国的时候，公仆即将进入第四个没有薪水可领的月份。财政部部长更宣布短期之内，政府不会支付任何费用，国库随之破产。法国人似乎早有预感，宣布在当地部署一支部队维持和平。配备着机关枪与火箭筒的军人，坐着吉普车在班吉城内巡视。2004年的除夕夜，中非共和国再次陷于大混乱的边缘，摇摇欲坠。

走私者的天堂

"听我说。有件事你必须要了解。钻石是个幻象，钻石是场梦。"约瑟夫·恩果泽一面这么说，一面后仰着椅子。以前这儿还有美国大使馆的时候，他是大使馆的经济官员，现在他试着靠钻石

---

① 安热-费利克斯·帕塔塞（Ange-Félix Patassé）：1937年生，1993—2003年担任中非共和国总统。他是第一位被大家视为由公平选举所选出来的中非共和国总统，但该次选举是在众捐款国的压力下所促成的，而且是在联合国的协助之下完成的。1999年再借由选举当选总统，但2003年遭到叛军推翻，并被驱逐出境，目前流亡在多哥共和国（Togo）。

赚钱，不过有点时运不济。

我们在一家靠近班吉市中心的恰瑟斯餐厅吃晚餐，这儿很受法国派驻人员欢迎。餐厅名字意为"狩猎俱乐部"。恩果泽穿着色彩丰富的非洲衬衫配细直纹西装裤。

他用带点腔调的英文说道："在我们的社会传统中，钻石根本没有地位。我们开矿，纯粹是为了赚钱。我们想要努力工作，美国梦嘛。钻石成了我们自以为需要缴交的入场费。"

恩果泽拥有一座小型矿坑，位于河底的一块沙床区，在班吉北部约80英里处。他发给手下十名员工的日薪相当于3美元。依照乡下的标准，这已经是最高薪资了。工人们把坑里的灰土铲出来过筛，让河水洗掉泥浆，然后全神贯注地找寻魔石的闪光。

"他们不是地质学家，但是他们知道该去哪儿开采。这些人懂得判读河床。"恩果泽说。

恩果泽的工人要寻找的东西，是大家所称的"冲积钻石"。这些藏身于死火山核心中的石头，经由每年夏季重击中非的暴风雨冲刷而出，是最容易被找到且最常被贩售的钻石。通常分布于离地表最深不超过5英尺之处，有些只需费点力、刷开地面几英寸沙，就可以轻松找到。没有人知道还有多少钻石藏在更深的地下。那些未被发现的石头也许可以一直不受骚扰，因为不论是重装设备、地质专家或营运资金，在这儿几乎都不存在。

尽管万事俱缺，这个国家的矿工每年还是设法在沙子里找到零售价相当于25亿美元的宝石原石。他们的铲子、筛子与汗水，让中非共和国成为世界上第十大钻石生产国。然而人民辛勤的努力，却只能换来少得可怜的薪资与又长又热的工作时日。至于他们的国家，则穷困到全国有三分之二人口陷在每日收入不足1美元的生活中。根据政府估计，这个国家90%的钻石都是由"技工"发掘。这儿所谓的技工,是用来称呼从乡下村庄里雇来的劳工。找钻石的工作又脏又悲惨。矿坑通常都在地下5英尺以内,然而这里地层松软不稳,墙面屡屡坍塌,多次造成矿工死亡。没有任何统计资料说明每年死于矿坑意外的人数,但几乎每名矿工都听过其他人死于这类意外的故事。尽管如此,对任何一个居住在非洲这个地区的人来说,挖钻石几乎是能够维持家计的唯一工作,是眼睛所见的事物当中,唯一实际的梦。

"钻石能让这个国家繁荣。"恩果泽说。他的开朗似乎坚定如山。舞台上的乐团开始用桑戈语演唱《她来时将绕过山峦》。我又要了一瓶啤酒,恩果泽则又点了一瓶芬达汽水。那天晚上稍早,他才给我看过他的矿场日志。每座矿场的经营者依法都必须记录这个称为销售记录的日志。那是一本小作文簿,黑白双色木纹封面,跟学生用来抄课文的簿子一模一样。恩果泽说矿场经营者必须手写记录:每颗钻石都得详列在右侧,另有栏位填入发现该颗钻石的矿工名字、发现地点、换算成克拉数的大小,以及采购经销商名称。在中非共和国,这些就是确定一颗钻石即将进入市场所需的一切资料。

我问他,如果矿工从别处弄来了一颗钻石呢?譬如从走私者的手上。

恩果泽缓缓地说:"理论上,这套制度行得通。但实际上,要执行非常困难。"

20世纪90年代末期,两件事情让中非共和国成了走私者的天堂:第一件事是乌班吉河[①]对岸(刚果)爆发了激烈的内战,第二

[①] 乌班吉河(Oubangui River):中非共和国境内刚果河的主要支流,经班吉南流至刚果境内,也是中非共和国与刚果共和国之间部分的天然国界。刚果于1997年爆发内战。

件事是愈来愈多的人领略到钻石——这个爱的永恒象征——其实要为集体谋杀事件负责。

  班吉是紧临前比利时殖民区以北的主要城市。这个殖民区域旧称扎伊尔①，是约瑟夫·康拉德在《黑暗之心》中所描述的地方，"如此绝望、黑暗，人类思维无法推测，而对人类懦弱又如此无情"之处。1997年，长期掌权的独裁者蒙博托·塞塞·塞科②逃离后，扎伊尔更名为刚果民主共和国。想要推翻新总统朗·卡比拉③政权的叛军，只要入侵位于北部的钻石矿区，接着卖掉抢来的东西，即有能力购置步枪与手榴弹。同样，卡比拉也贩售自己国内广大的钻石矿产来与叛军作战。实际上，他建立了与三十年前支撑蒙博托完全相同的窃盗政权。

  士兵往往都是不满12岁的孩子兵，屡屡自行到矿场工作，铲子成了战争工具，和俄罗斯冲锋枪一样重要。钻石矿场变成重要的军事目标，试图捍卫自己矿场的人有时会被钉死在树上。有人在深夜把一些钻石原石偷偷运到偏远的临时机场，不过更多的钻石被明目张胆地公开贩售到刚果（金）首都金沙萨（Kinshasa）的各个采购公司，再由这些采购商空运到欧洲各城。其中许多钻石最后辗转来到一栋邻近伦敦金融区的阴暗水泥建筑二楼。

  那里是戴比尔斯联合矿业有限公司（De Beers Consolidated

---

① 扎伊尔（Zaire）：位于非洲中部，现名刚果民主共和国。扎伊尔共和国是1971年10月27日—1997年5月17日之间使用的国名，如今已不复存在，但仍有许多人沿用这个名字指称原来扎伊尔共和国的国土部分。
② 蒙博托·塞塞·塞科（Mobuto Sese Seko，1930—1997）：全名Mobutu Sese Seko Nkuku Ngbendu wa Za Banga，1965—1997年间的扎伊尔（后称刚果民主共和国）总统。在位期间恶整经济以及侵占财务与自然资源，让他的名字成为非洲"窃盗政权"（Kleptocracy）的同义词。
③ 朗·卡比拉（Laurent Kabila，1939—2001）：全名Laurent-Désiré Kabila，1997年的刚果民主共和国总统，2001年遭暗杀身亡。

Mines, Ltd.）的销售营业处。戴比尔斯是世上最长寿的垄断企业之一，在殖民非洲全盛期由强人创立。这家公司通过限制市面钻石流通的数量来维持居高不下的价格，再以重炮连发的广告促销煽动需求。这么做的同时，公司头上绕着一圈天下无敌的光环，浑身则散发着几乎只属于皇家的自信。价值数百亿美元的钻石原石，以前都存放在公司地下金库内，而向戴比尔斯购货的批发商，也全是珠宝界最有权势的精英。其实戴比尔斯并不是如批评者所声称的邪恶帝国，我后来才知道，这家公司在堂皇的外表之下包藏着令人咋舌的无能。然而，戴比尔斯在今日的钻石业界，不但依然维持着某种程度的控制，而且是其他物产交易产业难以望其项背的境界。批评者指控戴比尔斯数年来始终对"戴在美国新娘手指上的宝石，其实都是由娃娃兵挖出来的"这个事实睁只眼，闭只眼。

钻石交易带来了一百多亿美元的资金，代价却是刚果（金）境内陷入暴力绝境。这些交易不但牵扯了七个国家，也和1998—2002年间，因饥馑、疾病与屠杀而死亡的两百多万人口有密切关联。尽管过程卑劣，然而以钻石为基石的财政在技术上却没有任何不法之处。更何况，这实在是桩非常赚钱的生意。因为非洲战争而出现的钻石高达全世界钻石贸易总额14%。大家无法将血钻石与干净的钻石分开，钻石业者其实也无意将两者分开。这些宝石一旦被运到比利时安特卫普或英国伦敦，就会像麦子被一视同仁全倒进堪萨斯州的某个谷仓中一般，全装入大宗贩售的袋子里。杰奎琳说得没错：就是没有办法弄清楚我未婚妻的戒指究竟来自何处。

善意封锁了中非共和国的命运。英国一个名为"全球证人"（Global Witness）的反贪污和提倡人权的非政府组织在1998年出版了一份惊人的报告，名为《暴戾的买卖》。这份报告揭露了钻石被毫无节制地用来支援非洲内战，特别是安哥拉前葡萄牙殖民时代的叛军安盟①。另外，有关贩售钻石的塞拉利昂革命联合阵线②事件也开始传开：这个组织里吸食大麻的士兵，为了阻止村民投票，挥着开山大刀砍掉了数千村民的手掌与手臂。"血钻石"三个字进入了西方世界的词汇中，戴比尔斯因蒙羞而关闭了在安哥拉的采购部门。

备感压力的南非与其他44个生产钻石的国家，仓促想出一个名为"金伯利流程"（the Kimberley Process）的计划，阻挡血钻石流通。每天飞进安特卫普的一批批宝石必须出具证明，证实出处并不是那些理论上正陷于战事的国家。钻石业对这套策略喝彩欢呼，全认为这个计划是朝着正确的方向跨进了一大步。然而人权组织却批评这个政策过于表面化，漏洞百出。其中一个问题是：中非共和国的首都班吉有六个采购代理商与一条直通安特卫普的管道，而从刚果（金）划独木舟十分钟即可抵达中非边境。

"表面上，政府想规范钻石交易的过程，让一切合法；但私底下，走私仍然存在。我可以把石头藏在嘴里，放在舌下。就这样，什么都查不到。"当我们坐在乌班吉河畔时，恩果泽这么告诉我。

走私的程度有多嚣张？当合法与走私数据放在一起比较时，合法生产与销售的数字几乎让人笑掉大牙。我之所以用"几乎"这两个字，是因为在某些军火商赚进相当可观利润的同时，也出现了

---

① 安盟（UNITA）：全名为安哥拉彻底独立全国联盟（the National Union for the Total Independence of Angola），简称安盟，由萨文比（Jonas Savimbi）创立，为安哥拉的政治党派，最早为反殖民统治的运动，1975年安哥拉脱离葡萄牙独立后，成为一股武装反叛势力，反抗安哥拉的共产党政府〔安哥拉人民解放运动（Popular Movement for the Liberation of Angola），简称"安人运"（MPLA）〕。接受过中国、美国与南非支持的安盟与接受苏联支援的"安人运"之间为期27年的内战，是"冷战"期间最广为人知的冲突之一。
② 革命联合阵线（the Revolutionary United Front）：简称RUF，是塞拉利昂一支创立于1991年，结束于2002年的武装叛军，后来发展成名为革命联合阵线党（the Revolutionary United Front Party）的政党，2007年，与全民国会党（the All People's Congress）结合。

许多死亡与折磨。中非共和国的矿坑一年最多能出产约50万克拉钻石，但以中非共和国为正式原产地之名，现身在安特卫普的钻石，在2000年的数量却几乎是50万克拉的两倍。要猜出多余的钻石来自何处，一点都不难。

中非共和国唯一民营的恩德克路卡广播电台（Radio Ndeke Luka）企划主管莱因哈德·莫泽说："这是大家都不愿意承认的问题。在这儿，要走私钻石易如反掌。没有人知道真正的交易数量。"

这种地下的矿石流动情况，大家清楚看到的只是冰山一角，而且只有极短的一瞬间。那天早晨在中庭里，当我说无法购买他们的钻石后，那几个来自刚果（金）的人愤愤离开。同一天稍晚，我看到他们在一家钻石采购商的金属高墙外，这家采购商的办公室就在通往机场的路上。

又有三颗钻石滚进了美梦之海。

我也有过真正痛彻心扉的时刻，那种因为实在太心痛，所以希望能从记忆中永远抹掉的事情。其中包括了2月的那个星期二晚上，安妮把婚戒从手指上取下来还给我的那一刻。

我们当时在我的公寓里，坐在一张灰色沙发上，进行一连串痛苦讨论的最后一次，看看是否应该继续婚礼。订婚的最后三个月简直糟透了，满是疑虑与沉默。现在回想起来，我们的确做了正确的决定。不过尽管如此，我还是永远忘不了当安妮取下钻戒还给我时，她脸上的表情。我愣愣地盯着掌心中那只仍残存着她手指余温的戒指。

当安妮走出公寓时，我把戒指放回到原本的蓝盒子中，那种关起来会"咔"的响一声的戒指盒。我把盒子塞进书桌上层抽屉的角落，上面盖了些过期的电话账单，然后立刻喝个烂醉。接下来的一个礼拜，我每天晚上都打开盒子，只为了要看看这只戒指，每看一次就哭一次。

那个礼拜之后，有好长一段时间我都没有再看戒指一眼。

班吉的钻石采购商

采购商车库墙上的弹孔是革命留下的纪念品。这家采购商的财务主管用一种类似骄傲的神态向我指出这些弹孔。这里是最早遭到洗劫的地方之一。"干什么，你以为比你早来的那些人全都空手离开吗？"他如此质问第十二批开枪进入办公室的抢匪。这家公司还算幸运。在六家拥有国家许可的采购商中，有一家眼睁睁看着自己的办公室烧成灰。

这家采购商是班吉城内防御设备最严密的建筑物之一，位于总统府外，很像殖民地时期的环境。高高的墙外，是一条丢满垃圾、爬满小乞丐的灰扑扑的街道，但高墙内却是一座细心维护的花园、一个卫星电视天线，还有一辆路虎越野车。早期前门上有个大型的钻石图解，不过后来重新油漆过，目的在于遮掩这里真正的生意与内部的财富。可惜在班吉城内，此地的真实身份并不是什么秘密。班吉是通往安特卫普管道的入口，实际上，中非共和国所有钻石都经这儿流入西方市场。

在我们谈了约半个小时后，这名财务主管说："听着，我老实告诉你，我来这儿不是为了要帮助这个国家。我来这儿不是为了要盖医院。我大可以这么说，可是我不是那样的骗子。我来这儿是为了做生意，就这么简单。我真的认为政府应该停止付钱给那些小贼，他们应该把钱投入学校或医院。当你看到这儿的凄惨状况，以及不管在哪儿，人民都没有薪水可领的时候，你真的是心都碎了。全世界都坚信钻石采购商的利润高得吓死人，可是那样的日子已经过去了。我们在这儿得像疯了一样地奋斗，老兄。我们必须忍受许多令人极不爽的苦差事来赚钱。"

当他觉得和我说话感到相当自在后，从腰带上拔出了一把贝瑞塔手枪，若无其事的态度就像挥开一只苍蝇，他要展现下次趁火打劫之徒在武装政变期间上门时，将面对的欢迎方式。除此之外，他几乎是用同样无关痛痒的态度掏出了不久前买下的一颗未经雕琢的钻石。27克拉的石头，几乎和熟透的大蓝莓一样大。花了多少钱？大概52,000美元。我一面心不在焉地把玩着这颗钻石，一面问钻石非法进出这个国家的过程。他立即采取了自保的说法，但也爽快承认了这种做法在这儿相当普遍。

"我不会从不认识的人那儿买钻石，任何一行都有好有坏。不过我们在这个不安定的地方建立起这些公司，是非常冒险的事。走私就是走私。"他说。

毫无疑问的，数百年来，走私始终是钻石业的一个特色。在小地方，没有比这更好的方法挪移大笔金钱——世上几乎没有比钻石更贵的矿藏了。这是钻石独一无二的特性，却也是诅咒。这正是暴力与欺瞒为何总是如影随形般不断尾随钻石的原因。身体有太多可以藏匿钻石的地方了。欧洲的最早期钻石业翘楚之一让-巴蒂斯特·塔韦尼耶[①]，在1665年旅行至印度，就他观察到的当地矿工状况提出这样的报告："他们薪资微薄的程度已经到了他们在沙中寻找钻石时，只要有机会就会把钻石藏起来，而不显露出任何表情或犹豫。他们除了遮掩私处的衣物外，全身赤裸，却机警地想出将钻石

[①] 让-巴蒂斯特·塔韦尼耶（Jean-Baptiste Tavernier，1605—1689）：生于巴黎，法国知名旅游家与珠宝商，是最早与印度贸易往来的商贾之一。1631年至1688年，六度前往印度与波斯，对宝石十分内行，又通晓多种语言，因宝石交易而致富。

吞下肚的藏匿方法。"

我想知道中非共和国当今的走私问题是怎么发生的。

财务主管取走了我手中蓝莓大小的钻石,然后举起钻石,用一种我无法判读的眼神盯着我看。

"把这个塞进你的屁股里,你就可以带着屁股里的50万美元走出这个国家。六颗石头,也不过等于一小坨屎。把石头卖给黑帮。去看看电视,老兄。那就是真实世界里发生的情况……只要价钱对,你总会找到人为你上刀山下油锅。"他说。

警察局惊魂记

在中非共和国,想看到一颗合法钻石,要比看到一颗非法钻石困难得多。我造访了矿业部,这个政府部门位于一栋造型像汽车旅馆的建筑物中,周遭是一座灰尘弥漫的庭院。我询问该部门的一位资深副部长西里亚克·贡达是否可在那一周参观某个钻石生产区。他是位亲切又会说英文的副部长。

"当然可以安排",这是我得到的答案。这儿有两大矿区,两个区域都在宽广的河谷旁,而且都从班吉出发,搭车一天即可来回。唯一的小问题是外国人依法不得进入这些区域。我需要一张许可证以及一封部长出具的同意函,这两样东西要花费200美元,而且只收美元现钞。

"我并不想买钻石,我也不要挖钻石。我只想看看钻石从哪儿来。"我说。

"了解,"西里亚克回答,"不过200美元就是费用。只收现金。"

"我不打算付钱。"我说,思忖着不晓得这是真的费用,还是一种披了羊皮的贿赂金。

"很抱歉，这是规定。"西里亚克说。

"会有什么大不了的秘密？"我心想。钻石是支撑中非共和国那个小小经济体的矿石。这个国家60%的出口收入都来自钻石，但合法钻石的比例略多于50%。难道他们不愿意夸示合法钻石吗？在通讯部，我已经从日渐羞涩的钱袋中掏了130美元换取帕尔费·孟巴耶部长亲签的采访证。尽管通讯部办公室总共只有两层楼，而且空无一旗的旗杆向旁边倾斜得离谱，但照理说，孟巴耶应该是2003年让新政府掌权的武装暴动幕后要角之一。可惜这儿的部门不但各自为政，更视外界的任何需求为制造更多文件以及收取更多费用的机会。法国人在中非共和国留下的法国传统，其中之一就是谨遵政府处理程序，不论政府多么靠不住，也不论程序多么多余。

我恼怒地离开了矿业部后，沿着波干达大道（Avenue Boganda）走，路边排水沟里全是垃圾与久积的灰水，黏稠程度几乎等同于胶质。摊贩为了维持平衡，把三夹板架在轮胎之上，板子上贩售的商品有闹钟、手机套、塑胶娃娃以及熟羊肉。到处都弥漫着哈麦丹风（harmataan），那是一种由草原上的烟与撒哈拉沙漠吹来的沙所混合而成的烟雾，夹带的微尘每年冬天都在空中滞留不去。主要圆环入口有个木制希腊拱门，是博卡萨时代留下的遗物。我走下拱门，爬上一个坡度很小的山丘，眼前出现了20世纪60年代总统府的高门，在这儿右转可以回到下榻的旅馆。

我在宽广的柏油大道（那是班吉当前最平坦的一条路）上走了好几步后，突然发现身后所发出的法文怒吼声，对象竟然是我。

我回过身。一名穿着白色西装的男子对我挥动着一张封在塑胶套里的手写文件，上面还盖了官印。我花了两分钟才弄清楚"警察"（gendarme）这个法文名词，而对方这时也才弄清楚我的法文很差。"你的护照。"他用英文对我说。我把护照递给他。"跟我来。"他边说边拉住我的手臂,把我带进总统府大门内。"有什么问题吗?"我问,尽力保持若无其事的音调。对方没有回答。他的后脑勺有撮儿几乎呈现全圆形的白发。我们走上一条绿色的步道,又爬了几级阶梯,进入一间竖立着大理石圆柱的正式接待室,屋顶挂了盏水晶灯,远处墙上还有博齐泽总统[①]的大幅油画。显然这是博齐泽总统的来宾接待室,但室内的电灯有点问题,灯光闪烁不定,屋内也因此随之在光明与微暗间游移。我坐在一张皮椅上张望,那位穿着西装的警察愤愤地向另一名警察比手画脚后又指指我。接着两名警察都不见踪影。

五分钟后,我被带到警察局大门外,他们要我贴着一堵灰泥墙站立。我身边是个长方形的洞,电灯开关已被拔掉。"你以为你在做什么?"一名警察用不流利的英文这么问我。"我不晓得。"我回答。他耸耸肩,然后转身离开。

我到底做了什么?我刚刚拒绝支付费用给矿业部。这有什么问题吗?还是他们发现了前一天我曾在市郊的某个中庭里出现,一名走私者和他的朋友试图向我抛售三颗来自刚果(金)的钻石?那可是一年的牢狱之灾呢!

头上有圈白发的男人从一间房门衬了垫子的办公室中走出来。他像殡葬业从业者般和我握手,并用慎重的英文对我说:"我的工作已经完成了。告辞。"然后首次堆出笑容,露出牙齿。另一名警察拉起了我的手臂,和两名穿着迷彩服的军人把我带出警察局,穿过路边市集噼啪震响的班吉街道。街上有几个摊贩盯着我瞧。

---

① 博齐泽总统(President Bozizé):全名François Bozizé Yangouvonda,1946年生,原任中非共和国总统,2003年3月推翻前任总统政权后掌权,并于2005年在选举中胜出。2013年3月,叛军攻占总统府,博齐泽逃亡。

"你可以告诉我,我们现在要去哪里吗?"我问,而且再次用自己能挤出的最友善的声调。沉默是我得到的回答。

四个人向南朝着乌班吉河港前进。那座港口是法国人在19世纪80年代建造的,为的是让棉花与钻石顺流而下至大西洋。现在看起来像是已遭弃用数十载,港口前有个上了闩的蓝色大门,门口有士兵站岗。

"我们为什么要进港?"我问我的护卫,但他们只是不耐烦地招手要我继续向前走。穿过水泥柏油碎石路后,绕过一栋两层楼仓库,后面有扇宽度足以让大型货物进入的栅门,我被领进一间昏暗的房间内。天花板上垂着坏了的电灯泡。

我身后的两名军人把步枪从肩上取下,若无其事地拿在手上,但是枪口却隐约指着我的膝盖范围。

"你要我进去吗?"我问。遭到逮捕后,我一直到这时才真正感到害怕,我发现自己的手开始颤抖,脑海里浮现出了即时处决以及河葬的情形。他们一定是发现了我曾与钻石走私犯见过面。

警察催我前进,我们走进货物堆放的地方,再经过一条黑暗的长廊以及好几间房间。那些房间里都是垃圾,天花板上也都挂着松散的电线。

尽管整件事令人啼笑皆非(因为我没有做错任何事),但我仍感到全身抽搐,特别是背部。如果他们要毫无预警地枪杀我,会是在这儿吗?还是他们会先跟我谈一谈,让我了解状况后,再要我转身面对那些武器?

士兵把我带到一段水泥阶梯前,示意我向上爬。到了二楼,又有人带我进入一间阴暗的办公室内,门上的指示牌宣称这儿是"警察事务局"。坐在办公桌后的男子有着一双沾着黏稠分泌物的眼睛和一张艾滋病患者的凹陷脸颊,他的英文结结巴巴,不过还是比我的法文强多了。他要知道我下榻何处、为谁工作、我母亲的姓名，以及我为何在总统府前走动。

"总统府？"我摸不着头脑。

"那条路禁止通行，那儿有告示牌。"他回答。

"很抱歉，我没有看到。"我说。

在出发前往非洲之前，有位朋友给了我一个救急工具，我原来根本不打算使用：那是写在偷来的《时代》杂志信纸上的一封信，信中解释我不但是个有任务在身的作者，还告知看信人要"竭力善待"。签名者是个根本不存在的"国际部编辑泰德·萧"。当然，这封信真正要传达给读信者的信息是："这家伙的朋友很有办法，所以请不要杀害他。"我相信《时代》杂志会原谅我为了应付危急状况而犯下的小小伪造文书之罪。一直以来，我打心眼儿里喜欢阅读《时代》。

我掏出信给事务官看。他研究了好几分钟，眼睛不时朝我这儿瞄过来，似乎想在那封信夸大不实的证词以及站在他面前的这个人之间，取得某种协调。

"幸好你没有拍照。"他最后这么说。

我被交给另一名警官，这次护卫我的是个稳稳把俄制冲锋枪背在肩后的警卫。那位警官要我坐在他办公桌前的椅子上，然后开始用法文填写一份很长的文件。这将是我的"自白书"，他这么向我解释。在一堆我看不懂的字句之间，我见到了自己的姓名、生日、旅馆房号以及父母姓名。在那位警官身后，透过一扇脏兮兮的百叶窗可以看见乌班吉河河景。这条河现在就像迈阿密一样遥远。独木舟上的渔人划向刚果河岸边。不晓得他们独木舟上载的是什么。我想起了已分手的未婚妻安妮，也想起了曾送给她的戒指。她的钻石是否也曾穿越这条河，进入同一间实际上是警察局的黑暗仓库的阴影中？

当然，这全是将中非共和国拟人化的想象：这个政府过度沉迷于捍卫自己的权位以及克服反游击战计划，根本无暇顾及走私活动。在这个世界里，游客走在总统府墙外的问题，要比非法购买来自刚果（金）钻石的问题严重多了。除了语言、面包、寥寥几个衰败的军事基地，以及只顾茅舍而无视江山这种食古不化的司法系统外，法国人几乎没有为这个国家留下任何东西。一如恩果泽拿给我看的钻石登记簿：如此轻易以梦游般的行为虚应了事、如此无视于真正发生的事件。在这间以如此谨慎的态度来表现如此无效率状况的执法所附近，一片广大的原始无政府状态正在吱吱窜叫。

一个钟头后，这位警官终于把以法文仔细书写完成的"自白书"放在我面前。整整三大页。他递给我一支笔。

"我不知道内容写的是什么，"我请一个穿着T恤的男孩这么告诉他，这个男孩懂一点英文，"我看不懂。"

"他说你必须在上面签名。"男孩告诉我。

我注视着这位警官，然后摇摇头，完全无惧于被枪杀的可能性。如果真的该死，我早就死了，看来，那封《时代》杂志的信应该让事情缓和了许多。我或许要面对一场牢狱之灾或狮子大开口的贿款，但不管哪一样，都比在一份不知道自己做了什么事情的"自白书"上签字好多了。

"他说你一定要签名。"男孩又说了一遍。

我带着歉意耸耸肩，然后摇摇头，没有其他动作。那位警官用一种毫不掩饰的轻蔑眼神看着我，然后隔着桌子把护照丢过来，用我听不懂的语言对我说话，不过我知道他是要我滚出去。我立刻照办。

和安妮分手一个月后，我搬回位于亚利桑那州的老家，在当地报社找到了一份记者的工作。安妮和我通过电话，维持了几个礼拜相当小心翼翼的友谊。那之后，她不再接我的电话了。

我不甚积极地打听卖掉安妮那颗钻石的最好方式。后来也不了了之。我仍想留住那只戒指，至于原因为何，我也说不清楚。然而同时，我却又无法容忍把戒指摆在身边。我把戒指放进一个银质的马丁尼调酒瓶中，然后把调酒瓶放到祖母家。"我可以把这个留在这儿吗？"我一面满不在乎地问，一面把调酒瓶放到祖母的壁炉台上，挤在其他小摆饰当中。"当然可以。"祖母漫不经心地回答。我并不想告诉她瓶子里装的是什么。

半年过去了。原定的结婚日6月16日也来了又去。那天我待在大峡谷谷底，当应该举行婚礼的那刻来临时，我坐在一块岩壁的阴影之下。我将高声赞颂你的统治，所有树木都将应和，回音盘绕不去。①那年夏天，每夜梦里几乎都有安妮的身影。在陌生人脸上，我也看得到她。

9月的某个晚上，梦境开始消退，我照例在周一晚上到祖母家陪她吃饭。这段时间，与祖母共餐时，我通常不会去看壁炉台上的马丁尼调酒瓶，我总试着视而不见。但不知道什么原因，那天晚上，我朝壁炉台上瞄了一眼。

没看到调酒瓶。那只调酒瓶不见了。

"我放在那儿的马丁尼调酒瓶到哪儿去了？"我问。

"噢，那是你的啊？"祖母回问，"我还在想那是谁的呢！我把它挪到客厅去了。"

我去客厅取调酒瓶，新的位置是在一盆嵌进石墙中的室内植物之上。我小时候觉得可以那样嵌进石墙真的很神奇。我拧开瓶子。

---

① 出自16世纪英国诗人斯宾塞（Edmund Spenser）的《祝婚曲》（*Epithalamion*）中的两句。

里面空无一物。

"你知道里面有个蓝盒子吗？"我大声问祖母。嘴里的口水因紧张而黏成了糊。

"那是诺妮送我的礼物，"她指的是一位最近才过世的家族至交，"她那时开始把自己的假首饰送人。我不想说'不要'，那会让她难过。"

"那个盒子呢？"我问，"里面有个戒指。"

"我送人了，"祖母回答，"前几天捐给圣保罗堂了。"

这时，我叔叔弗雷德插了进来。"还没拿走，那家伙应该是明天才来拿。是星期二。"接着走进另外一个房间，拿出一个小蓝盒子来。"这是你在找的东西吗？"

安妮的戒指安坐在盒子里，钻石也四平八稳地立在戒座上。这是她在离开后，我第一次正视这只戒指。我觉得自己快吐了。

我向祖母坦言这场大惊小怪的原委。戒指并不是诺妮的，那原属于已经分手的未婚妻，我一直都不想提起：我把戒指放在祖母家，只因为在我身边会让我悲不可抑。我一点都不怪祖母差点把戒指弄丢，因为没有把来龙去脉说清楚是我的错。但是那晚我难过得食不下咽，而且必须立刻告辞。就这样，我开车离开。

钻石梦，一场空

"你要注意那些单独离开去上大号的人。"穿着蓝色棒球紧身运动衣的人这么对我说。他只贩售手机的变压器电线，货架是路旁一个小木台。

"他们才是试图偷钻石的人。这些人会把钻石吞下肚，然后一天以后再把钻石拉出来。他们在自己的粪堆里扒寻钻石。"他还示范这些动作给我看,在手掌中仔细用手指撩拨。

这个人的名字是贝因维纳·叶巴纳,28岁,曾是个纳格巴塔(nagbata),也就是钻石工,家乡在卡诺①,不过他绝对没有把钻石拉在自己的手掌中。如果他曾这么做过,今天可能就不会在波干达大道上,紧邻着一个阴沟贩售变电器了。他告诉我他如何从父亲留下的小钻石坑一夜致富,又一夜把家产败光。

"工作非常辛苦,你必须心无旁骛,你要有自制力。坑里有大富,却也有大险。我有过金山银山,但不知道该拿这些金银做什么。我把钱全花在老婆身上,"他指的是自己的女朋友,"还有酒。还有其他的东西。不过我不记得钱都去哪儿了。"

叶巴纳的财富在神奇的某一天就这么到来,他在放入河水中洗冲的筛子里,看到一颗钻石毫不起眼地闪了闪。他从矿坑中亲自把挖出来的土拖到2公里外的河里,这趟路让两条手臂如火炽烤,不过那一刻,疼痛一点都不重要。那晚,大家举办了盛大的派对,叶巴纳喝到烂醉。钻石送到收钻者手上,后者支付了叶巴纳技术费。从没有人告诉叶巴纳那颗钻石在采购商那儿的价格(非洲村落的矿工常常抱怨这种情况),但叶巴纳还是拿到了相当丰厚的发现费,然后开始把这些钱败光。

当然,这种情况让他进入挖到矿后即陷入荒唐生活的典型年轻人之列。娼妓与酒馆紧跟在矿区营地之后,一定有其理由;而小货车商之所以在炼矿处提供如此轻松的贷款额度,也不是没有道理的事。"在矿工身上挖矿"一直都是个比挖矿更高明的打算,而且非洲绝对不是唯一这么做的地方。年轻与铲子这两样东西的结合,在天底下任何地方都适合财富管理。叶巴纳的金山银山,像夏日一场

---

① 卡诺(Carnot):位于中非共和国西部。

猴面包树下的白日梦，来了又逝。

叶巴纳的钻石，这么说吧，并没有恒久远。[1]

"当我回顾那段过去，我知道自己还没有真正得到好东西。一个人必须凭借着信仰工作，不然一切都是空。"叶巴纳对我说。

一场空、一个幻象、一段梦，是中非共和国人民用来描述那些地底钻石的语汇。千千万万的钻石藏在沙里，也藏在鬼魅般的河床中，然而尽管用了上述词汇描述，这种小石头在班图人、巴亚卡人[2]或其他部族的文化历史或精神传统上，其实一无是处。只不过这些小东西在白人眼中价值连城，而且他们愿意支付的酬金远高于其他矿石。外面的世界，事实上早就认清了这种小小碳块的纯价值不可能比内在的成分更精炼，也因此必须经过研磨、切割、市场企划、广告与温柔低语，让这些小碳块变成灯光下闪亮的宝石、传达拥有的标记，成为爱情和胜利的最高指标。就这样，中非共和国每天曲腰低头想要满足世人对这种石头的渴求，每年要送出100万克拉的钻石到比利时，其中半数是合法钻石。只不过当挖无可挖、钻石全飞出国的那天，这个国家还剩下什么可以展示？

前进矿区之路

我告诉我的翻译亚里克西："我想看矿坑。可以吗？"

他回答："非常难。交通费用非常昂贵，路上有土匪。除此之外，进入矿区需要许可证。"

---

[1] "钻石恒久远，一颗永流传"是戴比尔斯的广告词。
[2] 巴亚卡族（Bayaka）即现在的巴普努（Bapounou），或又名普努（Pounou），是非洲西南部加蓬共和国（Gabon）的四个主要部族之一，大多分布在加蓬内陆的山区与西南部的草原区。

"别担心那个。"我这么对他说。

亚里克西之前是班吉大学的研究生，直到指导教授辞职，而其他教授也都没有意愿接手指导他的论文为止。他要独立抚养三个孩子。他告诉我他妻子在前一年跟着家乡村子里的巫医跑了。他像是短小版的马丁·路德·金博士，沉静的杏眼，很清楚自己要的是什么。亚里克西狡猾地回答有时会让我发狂（似乎每两句话就会出现一句用"问题是"起头），不过后来我却相当欣赏他那属于偏僻乡间的睿智。

出发去看矿坑花了我许多时间，大家要讨价还价，还要和亚里克西的许多朋友在阳台上共饮啤酒。不过三天后，我们确实有了一辆丰田车，一天索价130美元，不含油费，但包括了一个惊喜：一名司机、一名轮班司机，还有一位亚里克西失业的亲戚，紧跟着我们要当"学徒"。为了这群劳工团的组合，我们有过短暂争执，不过后来决定不再白费力气。再怎么说，劳工团阵容愈大，我们这群人看起来愈重要，或许对土匪来说也愈不具吸引力。我们用一台借来的电脑，创作了一些看起来像官方文件的书面资料，并命名为任务命令。文件上用粗体字打上了"帕尔费·孟巴耶"。亚里克西还用法文在文件中组合出一段话，解释我们这群人是在"收集经济发展资讯"。

"这份文件要盖章，警察会处理。"他说。

警察真的盖了章。一行人在黎明前离开班吉市中心，没多久就来到了第一个检查哨，一路上大概会有二十个类似哨站。检查哨表面上的功用是防范附近乡间的军事活动，然而大家很快就弄清楚，设立哨站的真正目的，其实在于为负责驻守但身无分文的士兵提供某种薪资来源。这些检查哨通常只是两个桶子上横躺着一根竹竿。我后来才知道在中非共和国，"咖啡"是"贿赂警察"的暗语。一般来说，亚里克西在稍作交涉并支付一小笔咖啡费后，都能让士兵挥挥手放我们通行。没多久，我们那份令人质疑的任务命令上出现了通关的官方印章。"印章在这个国家非常重要。"亚里克西说。法国式程序继续留存，即使距管制严密的殖民统治时代已物换星移地经历了许多代。

班吉城外约12英里处，大伙碰到了麻烦。检查哨的一位警察大人要亚里克西支付更多的咖啡费。这名警察身穿普通的政府迷彩连身制服，装扮让人分不清是警察还是军人，不过他皱眉怒视所显现出来的权威，似乎足以让整个村子俯首称臣。我们不是唯一遇到麻烦的人。我看到他下令让人把我们后面的一辆破旧小面包车就地解体。除此之外，其他在田野工作的工人也只是静静地看着自己袋子里的物品被掏出来扔在路上。

经过半个小时的交涉，亚里克西仍无法让那名警察把漫天喊出的高价降下来。我走过去直接沟通。

"我们有通讯部部长的授权函。"我这么说。

"部长！谁是部长？"这位检查哨队长如此诘问，"他在他的冷气办公室里，我们在这儿风吹雨淋。"不过，他并没有正视我的眼睛。我看着旁边一名穿着穆斯林长袍的年迈工人，从那破面包车上走下来，被枪指着跪到了地上。士兵搜查他的口袋。

我掏出一本笔记簿。

"长官，您的大名是什么？"我问那位士兵，亚里克西露出高度紧张的神情。

我的问题没有得到答案。我又问了一次，同时拿开圆珠笔的笔套。

"长官，您的大名？回到班吉后，我们会向帕尔费·孟巴耶报告。"

五分钟后，我们已经上路。柏油路很快变成了辙痕累累的土道。车子放慢速度开上一条架在小溪上的桥，桥是用市场里的木条绑在一起搭建的。光溜溜的孩子在水里向我们招手、叫喊。一开始我以为他们是用法文喊"你好"（bonjour），后来才晓得城外老百姓法文能达到流利程度的实在少之又少。那些孩子吼叫的词，其实是桑戈语的"马旧"（mahjoo），意思是"白人"，树丛里少见的奇观。

我们一路朝着乡间最基层地区前进。那儿是中非共和国真正且自古未曾变更的乡下地方。用竿子与泥巴建立起来的村子，不知道用了什么方法留存下来，比奴隶贩子、阿拉伯劫匪、传教士以及首都里遥远的争斗都来得长命。这些村庄在有如一千三百年前印加时代那种安静又不受注意的环境中，夹杂在猴面包树与波霍树（Poho）之间勉强维生。晨雾开始散去，水泥与炭灰合成的空心砖小屋景象，也已变成了滚滚尘土，丛林开始迫近。

钻石如何生成？

钻石是地表的异乡人。钻石真正的家在地球内部一块被称为地幔之处，那是块充满铁、硅酸盐与镁组成的化合物的糊状区域。这块区域承受着巨大的压力。在将近1094℃的高温下，不小心跑到这个区域的小小碳粒，慢慢结晶成了自然界目前所知最坚硬的东西。高温与地幔压力的重量把一层层的新碳压成了颗粒。这些新成形碳层的分子结构本质上具备坚不可摧的性质。钻石的每个碳原子都与四个围绕在旁的碳原子分享一个多出来的电子，彼此形成了一个紧密的立方体。这是化学界目前已知最坚固的原子组合形态。这样的组合无法存在于压力较低的地壳区，因为那儿的碳被压成了薄片形态的物质，称为石墨。地球内部只有在深度接近120英里处那个宛如地狱的铸造厂，才是钻石唯一的出生地，钻石的英文diamond源于希腊词汇adamas，意思是"不屈不挠的"。

钻石之所以会出现在人类的世界中，完全是因为远古火山的火山锥被风吹开。岩浆自地幔更深处喷出，夹带了崩落石块，其中包括有如火车头般蹿出的珍贵小碳石。熔岩与泥浆河打穿了地壳附近的硬石沟缝，直接喷入空中。如果岩浆流动速度够快（预估时速必须达到100英里），那么其中夹带的钻石在地表气体急速扩张的环境下，存留概率微乎其微。这就像美国太空总署太空舱需要完全精准的角度与速度，才能在不被烧成灰的情况下重回大气层内。如果岩浆移动速度过慢，钻石会在气体释放时被炸焦。因此，我们戴在手指与脖子上的钻石全是侥幸的存留者，都是最后赢得比赛的精子。

当古老火山成为死火山或被侵蚀殆尽时，当初熔岩河经过的垂直沟壑已硬化成了红萝卜形化石。这些插入地里的短匕，含有大量被称为角砾云橄岩（kimberlite）的灰绿色石头。一根根角砾云橄岩管一直是地质学家穷追猛找的大奖，然而只有在那些当初岩浆移动速度够快所留下的角砾云橄岩块之中，才找得到值钱的东西。在目前已知的6000根角砾云橄岩当中，只有不到12根的岩管具有"经济层面可行性"，意思是矿藏大到值得开采。然而这些数据对非洲钻石矿工而言，一点意义也没有。如果既没有卡车、钻凿机、滚轴、斜槽，也缺乏以严谨计划探勘角砾云橄岩所需的数千万美元资本，那么唯一的变通方式，就只有在那些从钻矿所在的火山口顺流至其他地方的河流中，寻找可能夹带着的小钻块。矿工只须在河床上挖个洞，把掏出来的河沙过筛，然后祝自己走运，而且最好是挡都挡不住的当头红运。

长久以来，钻石的出生始终是个谜。钻石内核（也就是地幔中的外来碳苗）究竟是如何跑到地幔中的？目前存在着三种解释。其一，碳用一种科学家还没有准确了解的方式，在地幔中自然生成。

第二种说法认为地球某些海底在地层移动时，倾倒出大量淤泥和有机物质，这些东西穿过玄武岩地壳的斜角裂缝，辗转漂流进入地幔之中。其中数量极少的碳种子在这个向下沉沦的旅程中存留了下来，然后在时间洪流中，被层层极其牢固的结晶包围，一如牡蛎层层裹住一粒细沙成就了珍珠。

这个说法同时也暗示了钻石核心曾一度是个生命体——也许是一小块海草，也许是一小片三叶虫。榴辉岩钻石中所看到的碳同位素比率为负值，不但更坚定了大家对碳块生命体的联想，也提供了更具说服力的想法，认为人类和钻石其实源于同样的祖先。

1981年史密森学会[①]的研究人员在试着用电锯锯开南极艾伦山（Allen Hills）挖出的一块陨石时，电锯叶片被弄坏，源于生命的碳块理论自此受到大家质疑。什么样的东西会把钢损坏到那种程度？结果一点都不夸张，陨石内发现了散含的细小钻石粒。科学家于是开始发展出另外一套理论，解释地幔中极其细微的小钻石粒出处，很可能是古代陨石砸落地球时所埋下：数十亿年前，来自遥远银河的巨石，带着星际间的乘客，砰然坠入还处于熔浆状态的地球表面，直落地狱。这个假设在六年后又得到了强而有力的支持，因为芝加哥大学的天文学家在用分光镜观察一颗爆炸的超新星时，发现了直径不到20埃[②]的钻石。"看起来，似乎有必要为钻石新辟一个太阳系外的起源。"芝加哥研究者在1987年发表的报告中如此总结。这种小小的宝石曾在无垠的太空中悬浮，是一颗垂死星球所释放出来的物质。

[①] 史密森学会（the Smithsonian Institute）：美国教育与研究机构，同时下设多个博物馆，由美国政府资助、管理。该机构大多数的研究设施都位于华盛顿特区，每月出版名为《史密森》的期刊。
[②] 埃（angstrom）：单位名，一亿分之一厘米，即0.1纳米。数学符号为Å。

在中非共和国要如何找到一小块星星？大家习惯的方式是做梦。

你有几克拉的梦？

我们来到了博达（Boda），这座小镇类似矿区补给中心。市场上的商店大多数都是穆斯林老板，贩售油灯以及巨袋的磨坊面粉。有间酒吧传来震天响的音乐，那儿的男人在中午就喝到烂醉。博达有几家采购商，外面围着高墙。有一条宽广的主街，横切过雨水注入的小河道，缓缓降入一条了无生气的小溪之中。博达让我联想到普莱瑟维尔①、乌雷②、帕克城③，以及那些在19世纪内华达山脉与落基山脉如雨后春笋般冒出的泛黄城市。

正当亚里克西在一家店里买香蕉与面包、司机哈萨在附近一家小摊子上喝着塑料杯中的咖啡时，我坐在绑在丰田车后的备用燃料桶上。这时有位穿着米色衬衫的男人走过来用法语对我说话。我很快就明白他是位警官，于是伸手去掏咖啡费。然而他并不是要索取咖啡费。这个人刚刚才在50英里外一座小镇接下了警察局局长的工作。他问我们可以让他搭便车吗？局长带着一只皮箱爬了上来，然后在车子后摊开一个泡沫塑料垫，顺势滑下和我们坐在一起，就像坐在浮筏上，抬头看着愈来愈暗的天空。

我们在半夜来到了隆巴耶河（Lombaye River）边。河太宽，木头无法搭桥。对岸有艘铁渡船，是渡河的唯一工具。两个住在附

---

① 普莱瑟维尔（Placerville）：位于美国科罗拉多州（Colorado），最早是个矿区的临时营区，以圣米格尔河（San Miguel River）和李奥波溪（Leopard Creek）区的普莱瑟金矿区（the Placer Gold Mines）命名。
② 乌雷（Ouray）：位于美国科罗拉多州。
③ 帕克城（Park City）：位于美国犹他州。

近的孩子自愿划着独木舟去解开渡船缆绳。他们说渡船虽然是公家财产，但对岸村子里有个男人却习惯把渡船锁起来留给自己用。渡船是过河的唯一办法。我给了两个孩子几块法郎后，蹲在河边等。耳朵里唯一听到的声音是渐行渐远的船桨打水声以及青蛙的破锣嗓。月光下，河面开阔得像湖面一样。这时，黑暗中对岸传来铿啷啷的捶铁声，两个孩子正在努力解开渡船缆绳。

没多久，河边出现另一辆车子加入我们的行列。那是一辆救护车，虽然只是台破旧不堪的老爷旅行车，车上却乘载了十多人。我走过去与一名乘客攀谈，他是个40岁上下的男子，裤子被扯破了，背心也脏兮兮的。他自我介绍是恩迪杰瓦·西尔文，是个纳格巴塔，搭便车要回矿区。他还说自己破产了，这辈子找到的最大钻石也不过只有4克拉。这种大小在美国零售商那儿随随便便就可以卖到5万美元的价格，足够让中非共和国三个家庭一辈子衣食无缺；但在这儿，他却连双好鞋都换不到。

我问他怎么知道钻石在哪儿，他回答在睡梦中寻找地图。这些梦境都是老祖先托给他的，老祖先会指点宝藏的途径。

"梦总是带来好消息。在梦境中，常常有人告诉我要和孩子们分享自己的食物。如果我做了好事，第二天就会找到一颗钻石。就算没找到，我的邻居也会因为我的梦而找到钻石。如果你梦中出现一道新的闪光，表示你应该会得到那道闪光。"西尔文这么说。

我问："这种预言的梦有没有不灵验的时候？"

西尔文说没有。

"我会挖矿挖到进棺材为止。"正当铁渡船在一片铺天盖地的黑暗中从河对岸朝我们漂来时，他这么说。

当天晚上，我们睡在某座村子一栋破屋的地板上，我始终不知村名为何。抵达时，屋里有位善心妇人为我们准备了一碗碗咖喱羊肉。我睡得极不安稳，断断续续，并且开始做梦。动身前往非洲之前，我开始服用一种被称为美尔奎宁（mefloquine）的抗疟疾药，这种药的标签上有预知性的警告："精神疾病方面的副作用"以及"栩栩如生的梦境"。曾到热带地区旅游的朋友也这样警告过我。有位在印度待了好几个月的朋友，告诉我他曾出现谋杀自己同行旅伴的怪异念头。他最后的结论是，如果早知道药物引发的化学反应如此令人不适，他根本不会踏上那趟旅程。我听到的其他反应则较为温和，然而出现逼真程度令人毛骨悚然的梦境，却是所有人共同的经验。

那天晚上，我从一池吓人的七彩泥泞中惊醒，不清楚自己身在何处，听到有人用压低了的沙哑声音说着法语。我扭头张望，但小屋里除了从缝隙渗进的月光外，什么都看不见。接着，约10英寸之外的地方出现了一个红点。我发现是警察局局长，他正在用短波收音机收听《美国之音》。

第二天，我从一名较年轻矿工那儿听到了一个比纯钻石梦内容更丰富的梦境。这位名叫纳西斯·布雷德的23岁矿工，扛着一把铲子走在卡托普卡（Katopka）村附近的路上。他对我说，晚上造访他的预言梦境，并不全然是祖先所托。前一年，他梦到与一名富有的白人女子激情地翻云覆雨，第二天就挖到了一颗大克拉钻石。

"她开着一辆新车到我家。"他说。身旁的朋友大笑，但通过亚里克西转述故事给我听时，他却一点都不像在说笑。

"真是个好梦，我和神灵交欢。"他说。我问他最近有没有发现什么东西，他指指一个朋友。这位朋友掏出一个小小的硬纸板火柴盒，盒子上印着"拳击手"三个字。火柴盒内是一块惨淡的黄色碎石：一块被污染了的黯淡的半克拉小钻石。

"钻石充斥着神灵，力量非常强。如果钻石太大，人会发疯、死亡。"他说。

梦境与神灵。中非共和国目前的状况，就是出现了一整套全新的民间宗教。其实法国公司自19世纪80年代即开始在中非共和国的沙里挖钻石，然而从西部乡间大规模雇用人力投入技工式的挖矿，却一直要到对帝权闪烁的垂涎，变成了总统执着顽念的博卡萨时代才如火如荼般展开。总统已作古，但狂热却未亡殆。短短三十年间，钻石变成了乡间的经济体系。然而钻石所改变的，却不仅仅只是年轻人的梦想——也改变了文化本身。这些来自地幔的黄石头，以前几乎不为人知，在酿酿、孟巴卡、班明加、孟德强波①或其他部族的典礼、宗教遗产中，甚至完全没有地位。然而现在，一整套神话却全奠基在这些黄石头令人不可捉摸的外表之上。

这些黄石头大多绕着死者神灵而转。

在凯特邦巴雷（Kate Bombale）小村附近，有一块突出于地表的黑石。黑石位于山丘顶端，在前往附近某矿坑的细长赭土径北边。"那里是钻石神灵居住之处。每次经过，我们都向这些神灵祈祷。"当我们在路上颠簸而行时，有人这么告诉我。

凯特邦巴雷村一共来了八个人与我同行，全挤在丰田车后座。这群人带我们远离道路，进入大草原之中，去看他们希冀找到俗世救赎之所。车子困难重重地驶过浓密的树丛，所经之处，紫花与小树枝纷纷跌落发间。这些男人全低下头。众所皆知，有时大蟒也会像这样从树上跌落。

最后，我们来到了一连串紧邻罗阿美河（Loame River）边的

---

① 酿酿（Niam-Niam）：现称阿赞德（Azande，为复数形态，单数词为Zande），中非共和国北部的一支部族，依照不同的资料粗估，人数在100万至400万。孟巴卡（M'Baka）、班明加（Baminga）、孟德强波（Mondjombo）：中非共和国的少数民族。

浅矿坑。有人提醒我南边高速公路旁有开挖的碎石采矿坑，那些临时性质的采石场又称为"借坑"。村子来的人说第一阶段的挖掘工作是由推土机执行，委托者是一名来自博达的穆斯林钻石采购商。剩下的工作则由村民接手，工具只有铲子与筛子。就像在加利福尼亚州淘金热潮中淘洗黄金的人，唯一的区别是，一百五十年前的美国人使用的工具要比这些人好多了。

57岁的矿坑主管扬戈·米歇尔在中非共和国已经算是耆老了。他站在2英尺深的矿坑底部告诉我："我儿子就是在这个位置发现了一颗6克拉的钻石。我真是得意。如果成色能够再好些，我一定更得意。要如何分辨自己是不是找到了好石头——如果石头看起来像蜡烛，很好；如果颜色看起来像个瓶子，不好。"

我问扬戈他有什么梦，他说自己的梦境大多与鸡有关。

"神灵来到梦境之中，要求你做出奉献。我经常听到神灵要我买只白鸡和孩子们共享。钻石要在做好事之后才会出现。神灵接着说，'我听到你的祈求了，我是你的祖父。'然后告诉我去哪儿挖钻石。"

他们带我来到河边，一名男子向我示范如何用木制器具筛选石头，寻找神奇的八面体。有首献给死者的歌，是大家在用筛板过筛时唱的。那是一首用低沉喉音咏唱的曲调：

> 我的祖先
> 若你们真的存在
> 因为工作，我知道你们真的存在
> 给我五克拉
> 十克拉
> 二十克拉

我站在河边，抬眼望着切割河岸上那一列凯特邦巴雷村的男子。他们位在体系繁大的生物链最底层——这儿是坠亡的星星与商业世界的接壤之处。在这些人与最终使用者之间，矗立着一座庞然大物，博达、班吉、安特卫普、孟买、伦敦、纽约与美国其他城市，都是其间一个个增值站。在这儿所获得大概200美元报酬的宝石，在阿尔伯克基①商场零售价能够轻易变成4万美元。

这儿的人又饿又沮丧。来自博达购买钻石的商人，从来没有告诉过这些人他们的劳苦可以换来什么样的利润。他们心中虽有猜疑（而且猜测得非常正确），但却无力做任何事情，只能继续挖掘，希望找到大钻石。这儿的人也曾试图与国会中的成员商量，只不过得不到任何回应。

我问这些人，是否知道钻石在抵达欧洲与美国后，最后用于何处。他们说，不知道，一点儿概念也没有。

我说："在美国，依照传统，男人在求婚时要送女人一颗钻石。"这些话引起一阵大笑。他们从来没有听过这样的事，认为这简直匪夷所思、荒谬透顶。他们通过亚里克西问我是不是在开玩笑，我向他们保证绝非戏言。

村里唯一一位改信伊斯兰教的穆斯林是巴约·阿诺，今年22岁，已经有两个孩子。他站在切割河岸上对着我微笑。他说："在我们的世界里，钻石为村子带来财富。在美国，你们却用钻石买老婆，这表示你们比我们有钱多了。"

他的语气没有一丝挖苦或傲慢。他只是想表达诚挚（也许带些困惑）的欣羡，羡慕西方世界用他们已逝老祖先托梦指引的石头，创造出来的特别聘礼。

---

① 阿尔伯克基（Albuquerque）：位于美国新墨西哥州（New Mexico）。

离开中非共和国前,我买了几张用蝴蝶翅膀制成的纸卡。这些翅膀排成了令人熟悉的形状——一个男人、一间茅屋、两只鸟、一棵树。卡片似乎就是这整个国家的投影,从活生生的昆虫身上扯下翅膀,去拼凑出根本不是昆虫的图像。这种卡片拥有某种美丽,但代价却是剧痛。

老实说,究竟是什么赋予了钻石坚硬又冷酷的美丽?不论这些石头是出自一颗死亡之星或某种浮游生物的生命,都没有差别。因为这些来自异世界的小碎块,除了是装盛着梦境的空洞牢笼,以及除了可以在其漠然外表上写下心中捉摸不定的希冀外,什么都不是。钻石能将一切存在点石成金,因为它一如这个世界:只要通过我们选择代表的意义,那么仅凭言语就能赋予存在。对于像约瑟夫·恩果泽这样的人,钻石是张通往中产阶级的车票,亮闪闪却难以掌握;对于刚果的屠夫而言,钻石是更多枪支的头期款;对博卡萨一类的狂人来说,钻石是不朽的荣耀憧憬;在凯特邦巴雷村的矿工心中,钻石代表着老祖先重新苏醒;而贝因维纳·叶巴纳所看到的钻石,却只不过是另一天除了树薯,还吃得下的一种东西。对我来说,钻石是凝结成了沉默哀愁的爱情、一颗像肿瘤般附着在心上的石头,代表了我埋藏起来的期冀与失败。我们全都注视着它,却只看得到点火的自己。

安妮愿意再次戴上这只戒指。时光荏苒,我俩重修旧好。我向她认错,错在爱她不够深,而她也原谅了我。我们一起坐在一张长宴会桌上,身边还有其他宾客。我们双手交握,天南地北地聊着,就好像两人之间从未出现过任何嫌隙。我不记得曾经历过如此全然的平静。婚戒在她手指上闪闪发光。

吃开胃菜时,我对她说:"安妮,有件事我一直想不通。我想不起来我们是什么时候复合的。"

"我也想不起来。"她说。

"我连事情怎么发生的都不记得了。"我说。

然后,我决定这些小节都无关紧要。安妮和我又在一起了,这才是最重要的事。我一直吃着盘子里的辣椒,让宽恕与圆满的温暖流遍全身。可惜这种感觉并不持久。

再次停顿后,我说道:"安妮,我开始怀疑你不是真的。"

"别再想了。拜托别再想了。"她回答,并用那对我深爱的绿色眸子注视着我。

"你不是真的,对吗?"

她承认:"对,我不是真的。"

我知道自己只剩下几秒钟的时间了,我走过去拥她入怀,也抱住了正破碎幻灭成美尔奎宁的缕缕残梦。

那是一场熟睡与鲜明至极的疟疾梦境,我至少花了整整一分钟才完全清醒,弄清楚身在何处:孤零零一个人,头上罩着张开的马鬃布蚊帐纱。这儿是桑加河[①]边,这儿是非洲。

---

① 桑加河(Sangha River):为刚果河支流,流经喀麦隆、刚果共和国与中非共和国。沿岸多种植咖啡。

第二章
希冀的结果：日本

1966年，第一则广告展开攻势时，收到钻戒的日本新娘人数还不到1%。到了1981年，这个数字飙升至60%。再经过十年持续的广告宣传促销，钻石婚戒在将近九成日本新娘的婚礼中扮演着举足轻重的角色。

女人把秀发朝后拨，左手上有只婚戒闪炽耀眼。二十出头的花样年华；带着沉静的微笑与精心涂抹过的容貌；身穿一件简单的无袖洋装，V字领口朝下压，身边围绕着一股洛可可风的性感气息。

女人旁边的文句这样写着：就是这一刻。你我未来的梦，在彼此承诺的这片清新绿地上开展。钻石恒久远。

这幅杂志广告是20世纪60年代后期席卷日本的第一个浪头，也是戴比尔斯集团在一个他们没有任何销售经验的地方，为钻石创造新市场的一次努力。

这是步险棋，因为钻石在日本传统文化中没有任何地位。之所以如此，部分要归因于地质因素，部分则归因于贸易形态。日本地底流动的地热在久远的时间洪流中创造出许多火山，但其中没有任何一座山特殊到足以造就出可以窝藏钻石的岩块。讨海的商人或许早就从印度引进了钻石，然而日本的岛国特质却阻碍了钻石进一步发展成为贸易商品。17世纪横扫欧洲皇廷的钻石热，因此完全错过了这个亚洲角落。即使在1847年，美国海军炮艇促使日本被迫对外开放，日本政府依然禁止钻石进口。直到日本在美国"密苏里"号上投降，正式结束第二次世界大战之后，又过了约十四年，情况才有所改变。

日本人不需要钻石，主要是因为婚戒在他们浪漫的想法中并没有明显地位。一方面，日本人由家中长辈做主的婚姻由来已久；另一方面，对男人而言，冷静的"武士"追求新娘实在不是体面行为，所以始终保持着抽离感。"在以前，只要是个收入丰厚的优秀武士，周围的人自然会帮忙找到媳妇。"一位年长的日本高阶主管这么告诉我。"他不需要追求女孩，也不需要赢得美人心。大家都认为，努力吸引女人注意不是武士应有的行为。"在这种婚姻由长辈做主是常态的文化中，西方那类以追求为基础的求爱观念（而婚戒是终点）是异物。被称为"结纳"的日本神道婚礼，包括一场两家人交换礼物或金钱的正式餐宴，年轻的新人在宴会中共同用一只木碗喝清酒的过程中，从来没有双方交换戒指这段插曲。

20世纪60年代中期，当戴比尔斯集团将注意力转至日本时，眼中所见是一个极具潜力的市场。戴比尔斯雇用智威汤逊广告公司，以排山倒海之势在日本媒体进行广告轰炸，极力兜售戒指是西方性感与成功象征的概念。这个时期的广告全是具有侵略性的美国腔调与风格。在广告中，男人穿着干净利落的英国西装，背景总是有跑车为伴。女人呢，根据记者爱德华·杰伊·爱泼斯坦的观察，则全"都与藐视日本传统的活动有关，譬如骑单车、露营、乘坐游艇、在海里游泳以及爬山等"。文字从来没有清楚说明过什么，但视觉的提示却强而有力。钻石是新的东西。钻石是很有魅力的东西。钻石不是那个在太平洋战争中承受了羞辱性挫败的褊狭日本所有的东西。

戴比尔斯不可能找到更好的时机来传达如此重要的信息了。这个时机是个天时地利人和的完美例子。第二次世界大战时轰炸与屠杀的恐惧，距离当时的日本已有二十年之遥，算是上一代的事情了。1964年的东京夏季奥运会具备了某种让这个重建之国走出阴霾的宴会功能。日本的工业力量与繁荣正在与日茁壮，年轻人赚的钱愈来愈多。美国大兵长期驻守，为日本引进了好莱坞电影、爵士与棒球之类的娱乐。除此之外，当时日本渐渐对20世纪50年代流行杂志所称的"明亮生活"感兴趣。所谓的明亮生活，正是由冰箱、电视机与日光灯泡等各式美国进口电器商品打造出来的生活形态。随着战争伤痕渐渐愈合，日本人更有闲情逸致与闲钱购买奢侈品。

除了时机对，要传递的信息还同时兼具了彻底的"新"与全然的"旧"。戴比尔斯将钻石与古代的结纳加以结合，在广告中高明地嵌进了既存的文化感受，鼓励珠宝商把婚戒当作结纳仪式中的另外一项礼物销售。同时，年轻的职场男子还接收到一个简单的指标，告诉他们该用多少钱让自己的新娘幸福。"三个月薪水"成了广告中持续出现的句子，这些广告描绘出一连串诸如"你愿意嫁给我吗？"这种在当时日本人心中尚属异类的求婚主题。

结果广告宣传不但奏效，而且结果远超过任何人最乐观的预测。1966年，第一则广告展开攻势时，收到钻戒的日本新娘人数还不到1%。到了1981年，这个数字飙升至60%。再经过十年持续的广告宣传促销，钻石婚戒在将近九成日本新娘的婚礼中扮演着举足轻重的角色。过去完全没有人注意的东西，成了必要之物。

如今日本人对钻石的看法出现了改变的迹象，然而戴比尔斯率先销售婚戒给日本人的故事，却始终是行销市场上最了不起的成功突袭之一。这个强而有力的案例，同时也展现出有能力直接影响，甚至重塑整个文化的广告方式。日本曾是世界上第二大钻石消费市场。求婚仪式也随之被钻石重塑。一个比茶道还古老的习俗，为了配合一项消费产品，也跟着转入了新的形态。这一切的变化都以某种物品为中心，通过令人兴奋的广告促销活动，在二十年内全部完成。惊人的是，在以前这种物品就算不是毫无价值，但在一般大众的接受范围之内，也没有什么人会在意。

简言之，资本主义最高明的把戏已然完成。终于有人学会怎么贩卖石头。

只不过这套成功的公式，早在日本钻石广告攻势前三十年就出现于美国了。

钻石恒久远

1938年，艾耶父子广告公司纽约办公室接到一封信。信封上的邮戳来自南非。据称，写信者名叫雷蒙德·伯恩，信中解释，有人请他在美国找个合作伙伴，共同接下一份非常特别的广告业务。伯恩所代表的公司，是后来被称为"特殊而具挑战性的客户"——戴比尔斯联合矿业有限公司。当时，戴比尔斯因为限定货品价格，被禁止在美国国内做生意。然而在此同时，美国却是唯一可以将该公司从即将迈入的衰败之途中解救出来的地方。

戴比尔斯这个联合企业体当时正陷入供过于求的险境中。20世纪30年代的全球经济萧条与南非联合银行业者只关心自己在债权债务问题上的表现能力，使得钻石价格大崩盘。纳粹德国即将入侵波兰，欧洲马上就要陷入全面战争状态，钻石前途黯淡堪虑。

戴比尔斯自从1888年将南非最好的矿权全都收归己有后,就掌控了全球的钻石交易。但这种垄断行为却因美国反垄断的相关法令,导致该集团无法越雷池一步,在美国境内直接进行买卖业务。其实只要通过复杂的批发商网络,钻石依然能够合法进入美国市场。然而以人为控制数量让钻石价格始终居高不下的手法,却因世界大战而饱受威胁,戴比尔斯也因此需要雇用一个合作伙伴,将信息传达给美国一般大众。

他们不可能有更好的选择。1841年成立于费城的艾耶父子广告,素以将自己的声誉建立在核心价值之上著称。20世纪20年代,广告突然风起云涌,艾耶父子广告不但白鞋客户①数量大增,美国几家最响亮的大企业:福特汽车、雷诺烟草、联合航空、贝尔系统等,也通过艾耶父子广告向全世界推销。现在轮到希望脱离泥沼的戴比尔斯向他们求救了。

商业有个违反直觉的现象,那就是在经济不景气时删减广告预算,这种做法毫无意义。实际上,应该是加速前进。1933年经济萧条到达谷底之时,宝洁公司就用了这一招。宝洁公司用自己日益衰退的收入,购买了广播电台的一个时段,提醒日渐捉襟见肘的家庭不要忘了克里斯可料理用油与佳美香皂这些民生必需品。宝洁公司另外还赞助诸如《维克与莎黛》《柏金妈》和《青春永驻》②这类扣人心弦的广播连续剧,让自己的产品名称随着剧情发展,大量曝

---

① 白鞋客户(White-shoe Clients):白鞋企业(white shoe firm)一词,是指美国专业领域的一流公司,特别是那些已有百年历史,而且名列在《财富》全球五百强公司之内。通常大家指的是证券公司、律师事务所、管理顾问公司,甚至是设立于纽约市的公司,不过这两点都只是一般用法,并不尽然。有人认为"白鞋"二字源于"白鹿皮"(white bucks),是新英格兰上流社会很流行的红底麂皮或鹿皮系带皮鞋。
② 《维克与莎黛》(Vic and Sade)、《柏金妈》(Ma Perkins)、《青春永驻》(Forever Young):全是美国早期广播连续剧。

光。这种手法不仅造就出后来大众常用的"肥皂剧"一词，好几种产品的销售额也因此在各自的区域市场中成为龙头。当众多民生商品制造商销售额低迷之时，宝洁公司却以强健的体质送走了20世纪30年代。这一足供借镜的广告威力教程，距戴比尔斯对美国的首波重点攻击，并没有太久远。

当时艾耶父子广告的总经理是个长得像英国前首相丘吉尔的家伙，名叫格罗尔德·劳克，之前负责的商品是韦尔奇葡萄汁。劳克是个聪明但善变的广告人，天生适合在经济萧条时代工作，他只下令公司的创意小组做一件事：在美国人心灵中为钻石寻找一个新的定位；除此之外，创意小组什么都不需要做。这个策略的关键（一如三十年后在日本一样），是要让钻石远离以前那个只是有钱人身上的小饰品角色，进而转变成与浪漫之爱无法分割的象征。广告可以从这个方向攻占人心某些最脆弱与最急迫的领域。

这种攻城略地之策，古有先例。给一个女人戒指象征结合的想法，其实是西方世界古老的观念。最早的文献记录是罗马帝国时代的士兵，把皮绳绑在从村落中所选定的女人手指上。不过这可能出现在比罗马帝国还要早的时代：男人用一捆捆草绑住掳来的新娘的双腿，以防逃跑。这类行为通过金属圈环的象征性代代传了下来，而后又有基督教婚礼仪式的加持。但在20世纪30年代，钻石与婚礼之间的结合关系一点都不普遍。在当时美国大众心中，钻戒仍与贵族、装模作样的男人、黑道分子脱离不了关系。钻戒这种东西看起来挺有趣，却一点都不实际，当然更不用说会成为年轻劳动家庭想买的东西。戴比尔斯通过艾耶父子广告，从根本出发，彻底改变了这种想法。"如果要增加钻石销量，关键在大众，特别是为数几百万的中产阶级。他们的思想、品味、嗜好与流行，都必须受到影响。"一份于1939年呈送给戴比尔斯的报告如此自信满满地总结。

人生最大方的采买

  大规模的任务需要大胆的出击。劳克委托毕加索、德兰①、雨果与达利等世界顶尖的艺术家画出一系列四色原创画,作为刊登在世界一流杂志上的广告图案。这些画作主题均与钻石无关,全是田园生活、异国城市、教堂与乡间美景。这些成品就算挂在哈佛俱乐部的红木桌边墙上,也完全不显突兀。这些画作传达出一个信息:钻石本身即是一流艺术品。各种大小的钻石图片,很有品位地出现在图画下方小方块中,一同出现的还有一张概略价格表,以及一段说明:"你的钻石,即使价格合理,也要谨慎挑选,因为世上再也没有任何东西可以取代它的位置。"广告秘诀在于价格表,这张表不仅让那些对钻石价格没有任何概念的男性读者上钩,也具备了防弹墙功用。戴比尔斯集团依法不得在美国销售钻石(卖钻石是珠宝商的工作),所以当然也不能报出正确零售价格。但这张价格表却设下了半具体的价格范围,让年轻人知道人生到了这个阶段,出手最大方的一次采购应该是什么样子。

  整个广告宣传的关键假设基于:钻石是准备结婚的年轻人必备的要件,它不是众多选择的其中一个,而是单一的必要之务——准备钻石是必须要做的唯一事情。这个概念恬不知耻地否定了三百年来大家始终视钻戒为奢侈品的美国文化历史。艾耶父子广告早期广告中,从未提到任何与"新"这个始终受到广告界钟爱的字眼相关的议题,也不曾暗示过任何划时代、流行、现代的信息。相反,却

---

① 德兰(André Derain,1880—1954):法国画家,与马蒂斯(Henri Matisse)同创野兽派(Fauvism)画风。

出现了一种坦白的期待，希望读者理所当然地遵循古道（即使古人可能根本没有这种做法）。这实在是种厚颜无耻的行为，然而这种行为却根基于一个在市场与政界轻而易举就无往不利的成功准则：假设想要的东西为真，就朝着这个想法前进，毫无愧色。如果在此过程中，你有足够的魅力与持久力，大众终究会接受你的假设并视之为客观的真实——不论这个假设有多么荒谬。戴比尔斯就这样在美国人心中创造了一个"事实"。

除了对爱情的明显诉求外，早期的杂志广告还出现了一种对死亡与不朽相关议题的有趣依附。这些文字全以殷勤奉承的形态出现，让人读起来有如在看即将镌刻在大理石上的词句。

1939年，一则广告文案如此写道："到了享福的年纪，才恍然领悟到，多年奔波劳碌之后，竟独缺犒赏自己！但此生最得意的事情还是出现了——骄傲承续了家族名声与财富的人，得到了尊严与幸福。自己这辈子对工作与情爱所投注的热情，还有什么会比刚发现的那些东西更永恒而弥足珍贵呢？答案就在于妻子对一条祖传项链的钟爱、女儿对一只家族戒指的继承。这些永恒的珠宝中，蕴含着大地之果最具有表达性的象征意义。"

这则早期的广告除了典型文法上拐弯抹角的风格外，还用了一幅达利的阴凄画作当作主轴：一个五斗柜立在一片荒凉平原最前面。即使读者迷失在饶舌的文字中，达利的画作也清楚表达了主题：财富比生命长寿。戴比尔斯随时可以提供服务。

次年，艾耶父子广告又推出了另一则广告，主题是"时光的浅滩"，强迫读者思考自己的死亡以及死后遭到众人遗忘的可能性。唯一的解决方法，当然还是钻石。

文案是这么写的，"能够建造城市、发现星星、粉碎原子，这样的人少之又少。将自己墓碑建造得高大到足以让后人在远处指着说：'你看，那是我们的父亲。那是他的名字。那是他的生平事迹。'这样的人少之又少。钻石是人将一生留存在世上最永恒的记录"。

这些广告一再复述的主题，不仅仅是死亡的必然性，还有岁月的蹂躏。广告告诉客户，婚姻在经过了月月年年后，可能会变得单调、无聊，爱情最美好的部分总是会黯淡褪色。因此这些情感必须像鸟儿一样被捕捉，局限在钻石牢笼中。

有则1940年的杂志广告如此写道："岁月以令人屏息的美丽态势流逝，在夜里，每颗星星都印记着一个对未来的光明憧憬。沉迷于爱恋中的年轻人，时间似乎无尽无边，然而在他们第一次感受到爱时，岁月就已开始疾驶而去……幸运的一群，是那些从自己的梦想火焰中，留下某样实物的人，这样东西刻印着第一次甜美的翠鸟记忆，并借之荣耀这一生圆熟的快乐。"

而另一则广告则警告着：这样物品，愈大愈好，否则婚姻就会沦为二流。这样的广告让所有有情人都谨慎行动，不至于"低估自己新资产最美丽的祭典……对那些较容易毁坏的动产且慢行动，因为那些东西绝对不会闪耀着初恋的光芒"。

一颗够大的钻石，不但是座抵挡厌烦的堡垒，甚至可以防范配偶出轨。1944年有则广告，焦点放在因从军而即将分别的夫妻身上。广告上的画像，是个正在把玩着弦琴的孤单女子。整个广告文案都以极柔弱的语调呈现："战时分别的那段日子，这个闪耀的象征，也就是那只如此亲近她，同时又如此深印在他记忆中的婚戒，激起她内心的勇气，所有疑惑与恐惧全因此黯然失色。"次年，广告焦点放在另一名孤独女子身上，配上了这样的文字："看她的手指——戒台上的那颗星星引导着他的思想，快速而连续绕着大地深远的弧度，朝她奔去。"这则广告传达给女人的信息是：法国娼妓动不了这位美国大兵。

另一则名为"她不在了"的广告，甚至温和地暗示男性读者，如果妻子亡故，钻石可以取代她的位置。"没有男人知道自己对妻子的爱有多深，直到她不在身边。如此突兀又无法用言语表达的领悟，终究还是可以通过钻石传达。"

许多早期广告其实都是由一位名叫弗朗西丝·格雷蒂（Frances Gerety）的未婚女性操刀。在派往纽约直接为劳克工作之前，格雷蒂一直是艾耶父子广告费城总部中极少数的女性文案人员之一。

在20世纪40年代，看到钻石广告的读者，即使再怎么漫不经心，也会看到一个不断争取曝光机会的主题，犹如某首旋律的音符慢慢并入一首交响乐的主干中。在某则广告中，格雷蒂引用了诗人罗伯特·骚塞①的诗句："犹如钻石，圣洁的火焰永远燃烧。"另一则广告中，某位不知名的文案撰稿者，也许仍是格雷蒂，写出了两句原创文字："在她手指中的婚戒，回忆将永远闪烁。"1948年，劳克要格雷蒂写些令人印象深刻的文字，放在价格表中的宝石插画下。整张图的背景用了暗示永恒与遗忘的深蓝色，但宝石却采用无色呈现，这样的设计可能会让人误以为那是红宝石或祖母绿。这儿必须有敏锐又简短的文字，让人立刻知道那是钻石。当时，劳克次日要动身前往南非，他明确指示格雷蒂必须提出一些可拿给客户过目的东西。已精疲力竭的格雷蒂带着图案设计回家，一直工作到凌晨4点。太阳即将露脸，主打的广告词仍未出现。格雷蒂后来提到，戴比尔斯的某个广告概念其实早已让她"沦陷"了，因此主打的广告词就这么自然而然跑了出来。

"我闭上眼睛，祈祷上天赐给我助力，然后写了一些字后就去睡觉。"她回忆。

---

① 罗伯特·骚塞（Robert Southey，1774—1843）：英国浪漫派诗人，也是桂冠诗人。

第二天，她带着自己的广告词进办公室，不过得到的反应却相当冷淡。"没有人跳起来，这只不过是个凸显商品的方法。"她说。劳克带着这句广告词飞去约翰内斯堡。没有记录显示客户的直接反应，不过戴比尔斯公司中，显然有人慧眼识英雄。"这句话之所以散发光芒，不仅仅是因为简洁，还因为蕴含意义的深度与广度。"多年后，某位主管这么说，"这五个字浓缩了钻石一切情感与物质属性。"格雷蒂的深夜涂鸦，最后被《广告时代》（*Advertising Age*）杂志选定为有史以来最成功的广告词。这五个字在接下来的六十年间，不但让全球无数的杂志与广告看板增辉，更成了西方文化日常口语的一部分。戴比尔斯把这五个字镌刻在其伦敦总部入口的玻璃中。这或许是广告力量能无中生有并召唤出既深且远之重要性的终极碑铭：钻石恒久远。

最初的爱情

"恒久远"的概念，主要传达的对象是男人。根据艾耶的调查，90%购买钻石的都是男人。女人对决定有重大影响，但实际上，掏钱与控制购买同意权者却是男人。市场调查后来发现，夫妻或情侣间存在着一种令人意外的动力牵引。想买大一点钻戒的人通常都是男人，而真正每天把戒指戴在手上的女人，却一直游说男人买个小一点的钻石，她们的目的在于多花一点钱在婚礼或新家所需物品上。

"男人投资DER（'钻石婚戒'的广告专用缩写）这件事，其中蕴含了多重意义，但女人却因为比较看不到这层重要性，所以屡屡施压拉低费用，希望能把钱用在其他因婚事而必须先处理的事情上。"一份艾耶的内部策略文件上这么写道。

这份报告继续陈述了一个值得注意的结论，那就是钻石在男性心中所扮演的角色。一份1990年的市场调查，似乎暗示了男人会不惜危及主要的投资标的（譬如房贷或车款）而选择钻石。令人咋舌的是，有高达59%的男性表示他们愿意这么做；而女性当中，只有22%的人愿意挪用其他优先经费选购钻石。

这份策略报告的作者（文件中遍寻不着作者姓名）暗示，四十年来的广告宣传，已使钻石地位提升到占有美国流行文化一角的高度，其价值也早已跨越仅仅只是爱情表征的门槛。在大多数男性眼中，钻石似乎代表着自己真正迈入成年。

"对男人而言，订婚被视为一件值得纪念的大事，那代表一种生活的重大改变。对他们来说，DER被视为迈入成年，以及随之而来的责任——家人、家庭、一份稳定工作、一种不变的生活形态——的真正标记。正因为男人在DER上投入了如此深远的重要性与意义，因此DER成为骄傲的源头，必须充分地彰显。"报告上如是说。

这个对男性心理如此清晰的洞察，是美国钻戒广告之所以战无不胜、攻无不克的关键。那些广告或许发展出一堆冗长又费解的浮夸文字，然而这些文字却扣住了一份比男女之爱更核心的人性冲动，即为了赋予那些希冀更大的意义，而进行无尽的追求。

爱情之所以是爱情，完全是因为那是一种超越经验的行为，是比我们自己更了不起的事情，那是对另外一个人无私的臣服。买钻戒是一个拙于言辞的男子，将流经自己血管中那些"剪不断、理还乱"的感情，处理、整理成一个干净花托的方式。他可以用一颗小小石头将一些秩序强加在自己天性的狂野之中。华莱士·史蒂文斯[①]从未写过关于钻石的诗句，但1923年的诗作《瓶之轶闻》却捕

[①] 华莱士·史蒂文斯（Wallace Stevens, 1879—1956）：美国重要的现代主义派诗人。文中引用的《瓶之轶闻》（*Anecdote of the Jar*），是史蒂文斯最著名的诗作之一。

捉到了结构上的概念：混沌中的意义。

> 我在田纳西放了一只瓶
> 圆瓶，杵山顶
> 杂野荒原
> 自此围山绕
>
> 荒野追着瓶儿朝上蹿
> 绕着瓶儿往旁散，荒野不再野
> 圆瓶立地
> 也是空中高高一孔眼
>
> 瓶握天下权
> 灰灰空空一只瓶
> 既不生鸟也不长林
> 遍寻田纳西也无相似物

然而男人在买钻戒表达自己的激情前，必须先做出情感上的承诺。那份策略报告的作者将这个抉择拿来与年轻男子从军——这项生命中另外一种需要付出同样多时间与贡献的屈服——在规模上做了些比较（或许事非偶然，美国陆军是艾耶广告另一个大名鼎鼎的客户）。男人不论誓死忠于一个女人或一个国家，似乎都必须被缓慢而温和地牵引到这条奉献的路上。两种盟誓均非一蹴可就。策略报告中点明："一如参军的决定，购买一只上等婚钻的决定，需要非同小可的承诺。许下承诺时，当事人必须抱持着经过时间所培养出来的积极心态，而且最后的采购行为要在一种面对面的基础上完成（戴比尔斯通过当地营业人员，陆军则是通过新兵征募官）。"

这些"积极心态"关键全在于男性的承诺——不是效忠军队，就是宣誓终生遵守一夫一妻制。然而在女人眼中，钻石婚戒所蕴藏的意义却完全是另一回事：那是屈服于性欲的表现。1981年，《大西洋》杂志上有篇引人深思的文章，记者爱德华·杰伊·爱泼斯坦利用好几份艾耶广告内部文件，探讨钻石背后的心态以及求爱过程中钻石所扮演的角色。"男女角色似乎像极了维多利亚风格小说中的性关系。"爱泼斯坦这么写道，接着他引用一份备忘录中的文字，解释艾耶广告对购买钻石婚戒者所抱持的某种直觉性看法。

> "男人在过程中扮演主导、积极的角色。女人角色比较难解、隐晦，比较像团谜……"女人似乎认定接受一份钻石礼物有所不妥。……然而研究也发现"在这种负面想法之下……藏着负面想法之所以产生的可能主要驱动力。钻石是代表成就、地位与成功的一种传统而又显而易见的物品"。报告指出，譬如"女人很容易就会觉得钻石'俗气'，然而却依然非常狂热地想收到钻石首饰"。女人心怀矛盾收下钻石而表露出的惊讶，即使是矫揉造作，但其所扮演的角色，与第一次色诱男人过程中的角色完全相同：这样的惊讶让女人自以为没有积极参与决定。也因此，她得以同时保有自己的纯真——以及钻石。

如同过去的烟草商，钻石商人锁定的目标也是年轻人，他们希望能用这些细腻信息让年轻人早早上钩。1991年，戴比尔斯的广告商把挂图与问卷送给500位在初中任教的老师，希望替青少年与十几岁的孩子们创造出钻石"教材组"。同时，大学生信箱里也会收到特别撰写的通讯刊物。

这波说服男人"挑战荷包极限"购买更大钻石的驱动力奏效，艾耶广告不但如此报告战果，而且还提出一个调查结果作为证据。一群经过筛选的新郎，被要求回应"没有戒指就不算真的订婚"这个问题时，"完全同意"与"非常同意"的人数从1988年的41%提高至两年后的54%。广告公司继续提到，要求男人购买一种概念而非一种商品的想法极为重要，而这也真的是个强而有力的想法——"既是情人也是养家人"是男人的自我认知，而女人自我的认知则是决定与这个男人建立性关系。这就是艾耶广告希望让年轻男女了解到所谓物品的"真正价值"：每个人绕着这块石头自然编织出来的个人神话之网。

戴比尔斯很清楚这几乎是一种无意识的生理过程，一如伤口结疤或毛囊生发。当然，这一切都包裹着一个巨大的利润中心。这才是这个手法真正了不起的成功之处。戴比尔斯非常清楚，任何夫妻、恋人（或曾经相爱却已分手的任何一方）想要抛开曾经投注、刻画了如此多感情的戒指，绝非易事。这个现实有助于确保二手钻石市场孱弱不振。戴比尔斯一点都不想看到数百万克拉的钻石，由于离婚或丧偶而重新回到市场上，因为未经控制的供应会导致价格下降。如果所有钻石都能被首次购置者印上永远的"标记"，那么人为操作的神圣性就能得以维持，而钻石价格也因此能安枕无忧居高不下。这就是为什么在今天的美国，再售的钻石价格与原价几乎有着天壤之差。根本没有主要的"二手钻石"买卖。钻石本来就不该当作买进卖出的投资标的，一如在英国詹姆斯王时代干杯后就被砸碎的酒杯般，这只杯子再也不会用在任何二流的祝贺干杯上。同理，爱情也因此将永远刻画在当初两人一起购买的那颗钻石之上。

至少，我们是这么听说的。

发现这份艾耶广告的策略报告时，我在史密森学会的一间空研究室里。我不禁想起自己那颗钻石——那颗曾经属于我前未婚妻安妮的钻石；那颗即使关系已经结束而我也知道两人永远不可能再在一起，却依然无法抛开的钻石。那颗钻石是生命的象征，象征着我曾以为自己注定要和她一起生活，也象征着跟随那个自以为是的宿命而来的一切——男子气概、责任、孩子、房子、干净被单上的夫妻床笫之欢、烤箱中的辣椒肉馅蓝粟米卷饼、割草、足球队、印上夫妻名字与家里地址的信纸，还有随着时间而愈渐圆熟与坚实的爱。

现在，这颗钻石只代表了我曾要迈向那种生活，但结果失败了，即使如此，我依然无法抛开。

坐在史密森学会时涌上心头的感觉，让我想起了念初中时，因惹上某种麻烦而被留滞在辅导室的情景。那天辅导室里的档案柜没锁，我屈服于诱惑之下，拉开了有自己姓氏的那个档案柜，看看心理辅导老师究竟说了我什么。直到今天，我仍后悔当初曾那么做过。翻阅那份档案是个极不舒服的经验。让我难受的倒不是她写下的内容，因为我根本不认识她笔下这个人；而是某个抽象的对象：自以为知道我的性格中心点究竟发生了什么事情，进而从这种认知中去入侵我的感觉。她只用了15分钟谈话与一些令人摸不着头脑的文字，就导出结论，判定我是谁以及我需要什么。教育科学解开了一道锁，却偷走了一块我内心最深处的思想。有个陌生人背地里操纵着我。

戴比尔斯的广告团队，以同样的手法攫取到了一个基本心理真相：你我如何处理自己那些剪不断而理更乱的爱情想法。我们所拥有的物品中，最具意义的，永远是那些盛载着故事的东西。

钻石是女孩最好的朋友

　　钻石若要贵重，不仅仅需要个人的故事，也需要集体的故事——一个社会所有阶层都愿意相信而且了解的故事。

　　在美国，这是好莱坞的工作。

　　艾耶广告积极接触制片厂，提供无息贷款的美丽钻石首饰给潜力无限的明日女星，交换代价是确定这些商品会在银幕上出现。广告商也鼓励剧作家在情节里面利用钻石，或让戏中主要角色提到闪闪发亮的物品。这些东西常常都散发着趣味与危险的气息。钻石窃贼提供了1955年的《捉贼记》以及1963年的《粉红豹》这类嬉闹片的故事燃料。不过任何电影所传递的植入广告，都比不上1953年的《绅士爱美人》，女主角玛丽莲·梦露朱唇轻吐"钻石是女孩最好的朋友"这首歌时，脖子上挂着26克拉的黄钻项链。

　　玛丽莲·梦露饰演的淘金女朗罗蕾莱·李其实大有来头。这个角色最早出现在1925年安妮塔·卢斯①的小说中，书中有这样的句子："亲吻你的手，也许会让你舒服，但是一条钻石手链却历久不衰。"我们不清楚格雷蒂1948年写出她那著名的广告词之前，是否看过这本书，不过大家几乎可以肯定她一定看过第二年开始公演并风靡天下的百老汇歌舞剧《绅士爱美人》。这首受到众人注意的歌曲，其实传达着一个无情的信息，而这个信息，基本上就是戴比尔斯过去十五年来一直通过杂志广告转达给美国大众的信息，只不过现在是以音乐版呈现：

---

① 安妮塔·卢斯（Anita Loos，1888—1981）：美国作家与剧作家。

男人变老

女人变老

大家最后全都没了魅力

但是不管四角多面钻还是梨形钻

形状始终如一

钻石是女孩最好的朋友

这首歌名后来成了美国日常用语，即使在今天也依然如此，但讲这句话的人，绝大部分都不知道这句话是出自音乐剧的一首歌。

艾耶广告纽约办公室公关人员还制造出一堆里面塞满了新闻稿的档案柜，内容全是与钻石有关的名人资料。其中有份在20世纪50年代初期送给报社的新闻稿，内容是关于金发女星梅儿·奥勃朗[①]懊恼没能把握机会买下一条巴黎风格的手链。新闻稿中这么说："奥勃朗小姐搜集古董珠宝，就像有些女子在路边小屋搜集家中要摆放的陈设品一样。她最大的珍宝是购自伦敦邦德街的一条拿破仑时代的项链。她感叹道：'只要再多加一点点，我可以同时买下项链与那条手链。现在我连那家店的名字都不记得了，而且听说邦德街已遭到轰炸。'"艾耶广告支付月薪425美元给名为玛格丽特·埃廷格的好莱坞宣传业务员，确保佩戴钻石的女性明星照片能够出现在广受欢迎的杂志上。埃廷格胜任愉快：奥勃朗的照片出现在24本不同的发行刊物上。然而，埃廷格一直不知道支付她薪水的幕后老板是谁，她后来宣称完全不认识戴比尔斯或任何戴比尔斯关系企业。

为了能有更多免费曝光机会，艾耶广告试着让客户最著名的产品名称出现在百老汇音乐剧中。如果歌曲够吸引人，就能够成为大

[①] 梅儿·奥勃朗（Merle Oberon，1911—1979）：出生于英属印度的英国女星。

众常用词语。没有任何一出音乐舞台剧创造出与"钻石是女孩最好的朋友"效果相当的歌词,就算多试也无用。艾耶广告还尝试向锡盘巷①作曲家建议一种华丽的主调。隶属艾耶公关部门的桃乐斯·迪格曼寄出好几封以钻石为主题的小曲给词曲创作家彼得·德罗斯②位于纽约上西城的家。迪格曼在随着小曲附给德罗斯太太的便笺中写道:"希望其中能有首曲子让你老公眼睛发亮,进而把曲子发扬光大成一出剧,赚进一堆属于德罗斯家的钱,让彼得好再给你买颗大钻石。"

这些建议歌曲中,有首歌(感谢老天爷,这首歌从未在市面上发行)歌名叫作"苏西有了一颗钻石"。

> 苏西有了一颗钻石
> 自此总是用左手
> 只是为了要你知
> 终于她也走到了这一步

艾耶另外还委托制作了一系列令人印象深刻的"广播特辑",送给全国各广播电台。主题全是新闻里的名人,然而其中一些内容与宣称主题几乎没有关系。1968年8月的一份广播稿本,一开始提到英国安妮公主18岁生日,说她是"一位传递着时下青少年不拘泥于形式风格的蓝眼金发女子"。不过这篇文稿很快就转到公主从宫

---

① 锡盘巷(Tin Pan Alley):锡盘巷是对19世纪末、20世纪初美国流行乐坛那些以纽约市为中心的音乐出版商与作曲家的通称。一般都同意锡盘巷时代始于约1885年,一群音乐出版商在曼哈顿开设店面时。不过大家对于锡盘巷的结束却没有清楚的认定。许多音乐出版商与音乐人聚集的地方,后来也会称为锡盘巷。
② 彼得·德罗斯(Peter Derose, 1900—1953):留名于美国流行殿堂(Hall of Fame)的锡盘巷时期爵士与流行音乐的作曲人。

廷那儿所收到的发夹、胸针，以及对于伊丽莎白女王依然戴在手上的那块蜂巢状钻石手表的描述。广播最后这样总结："安妮究竟会有多少变化，尚待观察。她在众人面前的角色，介于传统的华丽与当下的环境之间，这位公主大可以创造出属于自己有如钻石般闪亮的年轻皇家品牌。"广播稿中没有只字片语提到节目的真正赞助者。

送给报社的新闻稿也一样厚颜无耻。1944年2月的某一天，艾耶提供给懒散的专题编辑一篇稿子，内容是相传由圣帕特里克①所建立的爱尔兰"传统"，依照这个传统，未婚女子有机会在每个闰年的2月29日向男友求婚。这篇文稿给出好几种女孩向海外服役的美国大兵男友求婚方式的建议，而这些方式全都以收到最重要的钻石为目标。"你也许得通过电报、显微软片传递②或包裹递送，绕过半个地球去问这个问题，不过如果他很快就寄给你一颗钻石，那么一切就都值得了。"新闻稿如此滔滔地说道。

处于供应链底部的全美独立珠宝商，完成了更多的、更纯熟的销售戏法。这些独立珠宝商全是南非钻石大集团那些价值千百万美元免费广告的被动受益者，大集团因此回头鞭策这些受益商针对当地青少年销售商品。他们鼓励珠宝商去当地中学演讲，大肆颂扬钻石的历史与科学。青年团体、妇女服务会所以及女校都被视为这些"教育"报告的主要对象。"演讲时，随身携带一些精选的新式钻石

---

① 圣帕特里克（St. Patrick）：大概出生于公元前387年。父亲卡波尼亚斯（Calpornius）原出身罗马贵族家庭，在英国拥有副主祭的职务。幼年时的帕特里克曾遭抢匪绑至爱尔兰，后来逃走。之后又冒着生命危险回到爱尔兰传播天主教，成为爱尔兰的守护圣人。
② 显微软片传递："二战"期间，美军为使海外驻军与国内亲友间邮件顺畅而设计的传递方式。由美军作战司令部主导，民间有柯达公司直接参与，因体系与一般的邮寄方式不同，所以用V-MAIL作为代号。有人说V代表的是"胜利"（victory）之意。这种传递方式是利用显微软片将信件缩摄成电影底片交寄，抵达目的地之后，再由当地V-MAIL站将之放大，并印于规格纸上派送至收信人手中。

第二章 希冀的结果：日本

婚戒，"1974年的一本手册中如此主张，"特别是那些女孩，绝对招架不住。"

同时，戴比尔斯的杂志广告对贪婪与性的诉求也愈来愈明显。腥膻的语言其实可能早已深深嵌进"二战"时期的广告当中，但随着20世纪60年代性解放革命，美国一方面为道德规范松绑，一方面质疑传统美德的价值，这段时间广告更是愈来愈大胆、露骨。

对戴比尔斯而言，这种情况意味着一种棘手的两难窘况。他们该如何反映现状而又同时贩售过去三十年来不遗余力促销的婚姻机制，而这两者的象征其实竟是同一个商品？钻石要如何同时代表忠贞与性解放，传统与宝瓶宫时代①？解决方式是：婚约必需品被塑造成同时传达反叛与服从的概念。有则杂志广告的卖点从20世纪70年代初期就尝试兼顾鱼与熊掌，结果也是毁誉参半。一幅图画中，有对幸福夫妻斜卧在草地上，然而伴随出现的男性声音却矛盾地喃喃说道："自由……无拘无束……活在当下。我一直都是这样。但是今天，这只戒指却说自由代表跟她在一起的我，比自我更像我。无拘无束代表一起飞翔得更高，地上没有任何东西可以绑住我俩。"另外还有一则广告针对嬉皮精神提出了更明显的诉求（但同样不具说服力），那是1971年在《生活、容貌、十七》中所插入的一则广告："我的教堂可以是片草原。我的婚礼不会与母亲相同。但是我的男人因为爱而给我的钻石，还有我所希冀的，却和所有女人的梦想相同。"

除此之外，戴比尔斯在20世纪70年代通过委制一连串彼得·马

---

① 宝瓶宫时代（Age of the Aquarius）：根据星象命理与占星士的说法，宝瓶宫时代是一个和平友爱的时代，人类和平相处；同时也是一个思想锐变，心灵挣脱旧有传统与束缚的时代。

克斯①式的迷幻影像广告以及改变弗朗西丝·格雷蒂著名的广告词，来进一步试图隔离自己之前所留下来的传统，希望能让钻石代表的贞节与牢靠意义少一点，冲动、突然闪现与明显的消费意义多一点。"钻石是当下"在一系列的广告中大声宣告，希望能向成功女性推销珠宝当作"自己送给自己的礼物"。有则出现在《时尚》与《纽约时报》上的广告，图像是一个身上用钻石安全别针绑着安全带的婴儿，婴儿的上方是一个母亲风骚的笑容。广告是这么说的："规则手册已被扯破。现在，当你与钻石一同玩耍时，不论何时、何地，你都可以像婴儿一样随性而为。"另一则广告焦点放在一个女人脚上，这只脚有一半吊在黑色的无带高跟鞋外。女人网袜上钩了一支镶了珠宝的胸针。广告问道："可以阔步，为什么要慢行？钻石粉碎了所有规矩。"

可惜有些规矩永远不死，特别是整个20世纪男人脑海里已根深蒂固的规矩：钻石助长男人的诱惑力。从1987年一则广告的弦外之音开始，围着钻石绕的性角力，几乎已完全显现。那则广告的主题是一对开心的年轻情侣，在游泳池中的泳圈垫上嬉戏。两人身上滴着水，男人用明显的性行为姿势，躺在女人双腿之间。"她一旦说'愿意'，我就让她有个会令她脱口说出'哇啊'的钻石。"广告上这么写。换言之，她已经同意和他上床了，不过现在他的权威成了赌注。她的幸福——以及他身为男人的价值——全部依赖他丢出钻石的能力。

1933年，正值经济萧条期间，戴比尔斯重返早期广告宣传的较

---

① 彼得·马克斯（Peter Max）：1937年生，美国流行艺术家。他的作品以具有幻象风格的艺术设计著称，20世纪六七十年代，广告界争相模仿他的作品。后来马克斯的风格转为新表现主义（neo-expressionism），利用油彩、亚克力、蚀刻、铅笔、炭笔、雕刻、影印、水彩等各种不同材料与方式进行设计。

古典路线。这次的广告主题历时长久，而且有多种换汤不换药的版本。宣传名称为"影"，焦点放在阴暗的剪影之上，剪影是夫妻共同历经的饶具纪念价值的生命片段，背景是正在上升的小提琴琴谱。这些广告图中唯一的一抹色彩，是钻石。营销专家对这个点子赞誉有加。有评论指出："由于剪影并没有让观众看到鲜明的物质特征，所以观众可以自行补充其中的细节或将自己变成其中的演员。"这次广告也再次肯定强烈感情与钻石之间的紧密关系（同时再次获得肯定的，或许还有广告公司相信购买钻石的人，只不过是一群需要钻光亮石才能将自己的感情整理得井然有序的平凡人）。

尽管"影"系列的广告宣传不论在商界或评论界都非常成功，戴比尔斯还是决定在1995年斩断与艾耶父子广告为期五十七年的合作关系。有些人觉得，美国这家历史最悠久的广告公司已经开始失去敏锐触觉，对于正在改变中的文化接受度过于保守，也过于缓慢。两家公司分道扬镳的过程并不平和。艾耶试图将一些智慧财产精品申请为自己的商标用词，譬如，"钻石恒久远""钻石结婚纪念戒""钻石结婚纪念环""4C"等。不过所有申请都遭到驳回。

同年，戴比尔斯把美国的广告业务转给智威汤逊。其实智威汤逊早已负责戴比尔斯所有海外行销，20世纪60年代在日本出人意表的成功，更是表现得抢眼。智威汤逊开始进行广告宣传的那年，日本进口的钻石一年还不足10万克拉；三十年后，竟达到410万克拉。戴钻戒的新娘也在三十年间，从零飙升到将近九成。套用某位珠宝界高级主管的话，这简直"像个奇迹"。如此成功的宣传，与日本人特质之间的关系，或许要大过与钻石特性之间的关联。不过答案究竟为何，一点都不重要。钻石在日本市场上的发展过程，依然为人津津乐道——姑且不论明智与否。这样的成绩始终被视为一个指标性例证，证明一个经过充分营销的商品，不但可以迎合文化，而且成效会比在美国更彻底。

三个月薪水换一世幸福

戴比尔斯在日本提出了一个革命性的概念，"男人需要钻石才能结婚"，可是至少有一个关键领域对这个概念仍抱持保守态度。在日本的社会期待中，忠贞是件分际严谨的事情，而购买钻石与社会许可的认知之间，也存在着极为坚固的连接。

为了在广告里中和浓厚的西方色彩，戴比尔斯创造出完全正确的"传统"，并将之介绍给新一代的日本年轻男性。听起来带着维多利亚风的习俗已经在美国编造过：大家期待年轻男人把相当于两个月的薪资花在他们心爱女人的戒指上。对有工作的人而言，随着职业不同（从店员到投资银行家），这个价格其实存在着很大的弹性。

不仅如此，这样的价格指标还有国界之分。在美国，是相当于两个月薪水范围，而在英国，上钩的男士却只愿意花一个月薪水打发。日本期待目标最高：三个月。我问过一位戴比尔斯的代表，为什么他们告诉日本人的费用，要比美国人或英国人高。

"说实话，我们只是试图哄抬价格。"他这么回答。

"三个月"的指标在日本是如此夜以继日地被鼓吹，以致最后竟然成为戴比尔斯这个品牌的一部分。20世纪70年代发送的平面广告上，大多都印着"一只婚约钻戒：值三个月薪水"这句广告词。有则黑白杂志广告，描绘一名年轻上班族坐在自己办公室隔板内，一脸哲学思考状，盯着远处瞧。图上文字这么写道："告诉我，在自己理想的女人身上花三个月薪水，是男子汉的行为吗？"另一则广告中的男人，用稍稍不太一样的修辞丢出这样的问题。"告诉我，如果我用三个月薪水买钻石婚戒，会不会有关于幸福的传说呢？"对日本读者而言，这个微妙的信息其实非常明显。如果没有花费至少三个月薪水在她的婚戒上，你不但没有达到全国家庭期待的标准，而且是个没有男子气概的男人，也不会得到幸福。

1984年，一个平面广告将这个信息用一种较轻松的手法表达，广告内容温和地嘲讽日本一个众所皆知的情形，那就是日本人并不愿意表达出自己强烈的感情。这个名为"动物园"的广告，在电影院正式电影放映前播映给观众看。一对年轻情侣坐在动物园的露天长椅上，背景采用带有卡朋特兄妹风的普通音乐。两人都显得有些忐忑不安，虽然没有任何肢体接触，但显然互相吸引。男人说着没什么意义的话："大象真大，对不对？"银幕下端出现了一行字幕："我用三个月的薪水买了这个。"代表他真正在想的事情。这样的剧情持续了一会儿，（她说："猎豹呜呜地叫着。"而他的字幕却显示："我一定要说！"）之后他笨拙地拿出一只求婚钻戒，并脱口而出："你可以接受我这个礼物吗？"这则广告引人注意之处，不仅仅是因为使用了美国情景喜剧的技巧，也刻画了一个发自内心的求婚情景——一个在当时传统日本，大家都还不习惯的做法。

另一个调性相似之作，同年以平面广告的形态出击。一个孤单的男人站在草原上，握着一个巨大心形气球，中间还有一支穿心箭。"我给你的是只为了你而存在的我，"广告上的文字这么写，外加这些必然出现的广告词，"因为我爱你，一只价值三个月薪水的钻石婚戒。"

"三个月薪水"的指导方针在日本消费者性格中，拨动了一根关键琴弦——那就是日本人对事物的认知，习惯于倾向受到整个社会认可。"要让日本人相信任何新事物，是非常困难的，"一位高级营销主管这么告诉我,"不过当你终于可以让他们接受某件事物后,他们就会全部奔涌过去。"这就是需要翻覆的关键平衡点,要做到这一点必须对日本人性格有独特的了解。

西方眼中的羊群心态,在日本人眼中却是个人荣誉。这是一种彻头彻尾的儒家观念。儒学是从亚洲大陆传入的心灵之学,不但对日本民族性格的影响既深且远,而且没有任何其他的人、事、物或观念可及。

孔子是公元前5世纪鲁国一名不太重要的朝廷官员,他的弟子视他为儒雅与卓越判断力的模范。中年时,孔子自称可知天命。他给予进退有礼与不矫饰极高的评价,认为社会礼俗应不计代价予以敬重,即使必须牺牲个人欲望。但是他又认为一切的重点不在于彰显自己,而在于让自己与整个世界和谐共处,一如家庭、团体以及与朋友之间的共处之道。孔子说的话——尽管因意义看似隐晦而遭到模仿嘲弄——常常让人想起耶稣那些自相矛盾的启示:真正的荣耀出于自谦而非自我崇拜。"谁愿为首,必先殿后"①与"己欲立而立人,己欲达而达人"的精神相近。朝鲜移民在公元4世纪晚期将《论语》文本带入日本,孔子思想于是在当时还目无法纪的封建岛国上找到了传递的渠道。在当时的日本,是否对追随者伸出援手,很可能代表着生与死的差距。

儒家思想的伦理中心,是一种称为"忠孝"或"忠诚与奉献"的大无私观念。也就是说武士必须先效忠自己的藩王,然后再依序效忠天皇与自己的家庭。这种思想延扩至整个社会,从最威武的武士到最孱弱的老人,人人恪守——儿子要为父亲尽心尽力、妻子要

---

① 《马太福音》20章27节的原文为:"谁愿为首,就必做你们的仆人。"(Whoever wants to be first must be your slave.)

对丈夫忠贞不贰、销售员要对自己的部门经理鞠躬尽瘁。就是这种无形的社会契约把现代日本绑在一起。大家常用来形容日本伦理的这种"武士道"源头，正是着重个人自处胜于其他作为的儒家规典。任何个人都绝不会逾矩出头表达偏激的意见，也不会与人发生争执，破坏团体的动力。如果逾矩出头或与人争执，那么不但不忠，还会危及社会结构。

因此，日本人当然也就理所当然地将自己交付给受到集体社会认同的思维，而且臣服程度之高难以用言语形容。日本对自己最深刻的描绘，无非是他们的大家庭。在增强军备加入第二次世界大战期间，日本天皇是"国—家"的隐形家长，要求所有孩子效忠自己。20世纪50年代工业复苏时代，企业取代了天皇的角色，成为日本国民的代理父母，但是家族国家的概念却依然锐不可当。这种概念所促成的商业或政府决策，有时候常常让外人觉得有违常理。有次我问一位日本友人，为什么东京政府要花费巨款建造一座桥连接一个只剩下寥寥几位老人居住的偏远岛屿？为什么不请他们迁出那个岛呢？"你会把你的祖母赶出她家，只因为对你自己比较方便吗？"他这么反问。"不会，应该不会。"我回答。"这就对了。"他说。

当家族做出决定时，各个成员就会有所回应。我必须引用日本导演黑泽明在他的自传《蛤蟆的油》中描述日本在太平洋战争投降时的那一长段文字：

> 1945年8月15日，我被叫到广播室，和大家一起收听从收音机中传出的短暂声明：天皇将亲自通过广播对大家说话。我永远忘不了那天在街上看到的景象。从祖师谷到位于砧的广播室途中，商店街看起来已经完全准备好了要进行"荣耀的千万人之死"。气氛既紧张又惊慌。有些店主甚至将武士刀从刀鞘

中抽出，呆呆坐着，眼睛紧盯着出鞘的刀刃。然而，当我听完了天皇的声明，走着同一条街回家时，周遭景象却完全改观：商店街上的人露出开心的面孔熙攘喧闹，简直像是在准备隔天庆典。我不知道这究竟代表着日本人的适应力还是愚蠢。只不过我自己的个性中，也同时存在着这两种面向。如果天皇没有发表声明，敦促日本人民放下武士刀，那些在祖师谷街上的人很可能会遵照之前所听说的，结束生命——而我，或许也会那么做。

投降时，天皇的话改变了一切。至于钻石，则是大众媒体的话改变一切。忠孝影响的层面，不只是个人的伦理道德，消费者行为也涵盖在内。戴比尔斯一再告诉日本人"三个月薪水"是一种社会期待，是一种该做的正确事情，而日本人也都同意。这种手法具有一种深层的类宗教意义。对日本人而言，他们不知不觉接受了一个概念，其深度与"真正价值"这个普及美国的思想同样深奥。广告宣传空前成功。在20世纪90年代高峰期，日本一年的钻石销售额超过20亿美元。这个传统抓住了永恒，至少表面上好像是这样。

尽管数字傲人，但那时却没有人认清楚这个着力点其实是多么不坚实。

亚洲金融风暴粉碎钻戒迷思

过去八年，日本的钻石市场完全逆转，而且这个改变一如当初钻石需求突然在一夜间涌现般彻底与突然。这次是惊人的逆转。一半以上的婚戒市场就这么蒸发消失，损失金额在10亿美元左右。在"传统"的高峰，日本每十对新婚夫妻中有九对购买钻石婚戒。日本珠宝协会提供的数据指出，今日十对新人中只有五对这么做，而且数字还在持续下降。有些中间商已经永远脱离这个行业了。

"全都完蛋了，"一位著名的批发商拉凯什·沙阿对我如此抱怨着，"全垮了。我正在考虑出清一切，改行卖电脑。"

最大的问题是婚戒，沙阿告诉我。以前他的生意中有六成都是单钻——经典的求婚镶嵌，但现在数量降到连两成都不到。要结婚的日本人已经不再购买钻戒了。今日钻石总销量只有1990年全盛期的三分之一，同时市场持续以每年7%的数量稳定衰退。几乎已经没有任何人在意"三个月薪水"的指标了，那些广告大半也都从媒体销声匿迹。

我在夏天结婚旺季之初，去了东武百货公司。那里是东京北部生意最好的零售据点之一。地理位置颇具策略眼光的东武百货公司坐落在池袋地铁站之上，五层擦得晶亮的大理石楼层堆积着高高的衣服、家具、鞋子、床单，以及各式各样的一般商品。顾客借着格子工艺设计的电扶梯，在楼层之间轻松穿行。除了日语标识与日本人脸孔不同外，若说这儿是梅西百货或诺德斯特龙百货，也没有人会觉得诧异。不过这儿有个设计很特别。在美国百货公司内，展示珠宝的玻璃柜应该都会排置在一楼接近中央的位置；但在东武百货公司内，珠宝展示柜却位于二楼不太容易找到的角落。我逛了15分钟才找到。

那天下午，整个展示柜区只有一对新婚夫妻伊冢展嗣与伊冢惠美。他们要求看的戒指有颗闪亮小钻端坐在上头。惠美试戴后，将戒指又还给了店员。这对夫妻只是在做白日梦，没有其他的意思。

"钻戒对我们并不太重要，"当我走过去和他们攀谈时，展嗣这么对我说，"没有那颗钻石，也不表示我们的婚姻关系会不稳固。"

惠美补充说："我们的朋友中，没有人认为我们应该有枚钻戒。"

这种态度在日本年青一代中非常普遍。对他们而言，钻石是种有点老派作风又不太酷的东西。"市场上有许多很可爱而且更时髦的珠宝首饰，"名叫村田和美的年轻女子这么告诉我，"我不会说钻石已经不流行，但钻石不见得是最好的选择。"

我去拜访柏圭株式会社（Kashikey Co., Ltd.）的代表取缔役社长加藤英高，他是业界一位传奇人物。身为20世纪60年代末期第一波钻石热的主要进口商，他一般被认为是日本钻石界的老祖宗。在加藤社长办公室墙上，正对着一排窗，有个加了框的天皇亲赐推崇奖牌。业界都称他"加藤社长"。

他带着露齿的腼腆笑容欢迎我的到访，还领着我去看一张玛丽亚·曼努诺斯（Maria Menounos）的照片，她是美国节目《今夜娱乐》的特派员，穿着一件全身覆满钻石、价值250万美元的晚礼服参加奥斯卡颁奖典礼。这件礼服缀上了两千多颗棕钻——"香槟钻"是大家比较爱用的名词。这是天然彩钻协会梦寐以求的公关机会，而加藤社长也是这个协会的理事长。当今重点在于把棕钻卖给有钱的日本中年妇女，因为钻石婚戒实际上已经从市场上消失了。

当我问他原因时，他这么回答："重点在于女士。曾经有过这样的调查。经济泡沫化之前，如果你问她们最想买什么，钻石是第一个选择。现在第一名的答案却是'到国外旅行'，第二名是美食，调查报告显示，手机电话、电脑甚至都已超过了钻石。"

我在东京和许多人谈过，不论是不是珠宝圈内的人也都附和加藤社长的看法。日本女人因为偏好其他更实际的商品，所以纷纷打消购买婚戒的念头。

"等我结婚时，有好多事情都要花钱。尤其是一些有用的东西，譬如说新的厨房。"25岁的女子白石久美子如此对我说。

"这个年头，在大家的眼中，钻石有点太传统。现在的人好像对手表更有兴趣。"一位珠宝批发商纪子这么对我说,事实上,她是我在东京看到极少数还戴着钻戒的人。

我以为自己在其他地方见过钻石——在一名23岁女子的鞋环上,她当时正蹲在地铁站外的水泥柱旁。这名女子头戴一顶印有"金宝汤"的乳胶卡车帽,这身打扮可以让她身在纽约或洛杉矶的爵士音乐酒吧而不显怪异。她告诉我她名叫小山丽加,在一家服饰店当销售员,而她鞋子上的东西并不是钻石。

"我不太喜欢钻石,我甚至根本不想要什么钻石。一点都不特别。"她说。

这是怎么回事?20世纪60年代末期所点燃的钻石需求,似乎终于泡沫化了——就像当初在大战尾声集体自杀的冲动一样。日本所创造出来的钻石欲望,蹿升速度快得令人咋舌;然而这个欲望肤浅的程度也同样令人吃惊,因为仅一次股市修正就足以铲除所有欲望。

冈村宏太郎是东京摩根大通银行的执行董事兼分行经理。当我向他鞠躬时,他显得有些窘迫,反而伸出手迅速握住我的手上下摆动。我们当时站在一栋坐落于金融区的摩天大楼的第三十层,两人身后是一张红木办公桌。他同意和我见面,并解释1997年秋天亚洲金融风暴之后,日本所经历的事情。他请办公室同仁送来两杯咖啡后,开始缓慢而从容地从头讲述。

他告诉我:"我们之前是受到非常日本化的价值所驱使——长期的利润、高忠诚度的客户、员工之间的和谐、一个人职业生涯长期的晋升等。不过这一切都已改变。我们对企业稳定度的观念已经受到了侵蚀。"

金融问题起于泰国,当地房地产公司发现从国外银行借贷美元的利率要比向国内借贷泰铢的利率低很多。随着投资集团寻找标的投资大笔金钱，曼谷市中心建筑业一片蓬勃景象，但许多闪闪发亮的大楼几乎无人进驻。外国借款人开始担心，于是从泰国抽走银根。这个举动引起泰国银行挤兑，泰国人民全都赶着去将自己手上的泰铢兑换成美元。对自己国家货币的信心崩盘很快就传至菲律宾、马来西亚、印度尼西亚与韩国。日本银行对邻近国家的放款一向慷慨（光是泰国就被套牢了370亿美元），因此也很快就感受到危机。日经股市的市值掉了四分之一，国内最大的证券公司破产，成群在职员工遭到遣散。那时，失业率飙升至3.5%的历史最高点——以日本温情主义企业的标准来看，这个数字高得惊人。

"很多人开始更换他们的工作场所，这种情况在以前的日本是非常不寻常的事情。工厂倒闭了，工作外包到中国或印度。大家把资浅、年轻的员工视为'临时人力'——相当于美国的临时雇员，而不是未来人力的情况，成为当下的趋势。"

冈村指出，钻石为什么在一夜间就脱离了舞台，这是主要的原因。

"工作不再受到保障，因此承诺一只钻戒，再也无法像以前一样让女孩子心花怒放了。这样的行径甚至可能被视为愚蠢。度蜜月时把钱用在一家很不错的饭店上，要比买钻戒好得多。那才有意义。"

在日本，大家对婚姻的想法也和以前不一样了。同居人数节节升高，结婚比率却停滞不前。另外，日本主妇也和欧美女子一样，不冠夫姓不再是一件让人备感压力的事情。连曾经是定亲过程中极为重要的结纳典礼也渐渐式微，因为大家认为那是属于古老年代的活动，就像女孩子参加初入社交界的舞会与发送电报那样，有点不合时宜。

我问冈村是否有送他妻子钻戒，他说"有"。他在1986年结婚，那是日本男人仍觉得自己有义务花费相当部分的年薪在未婚妻戒指上的最后时代了。他们在当时东京最好的大仓饭店宴会厅举行了结纳典礼。双方家长也交换了礼物。他送给未婚妻一只钻石婚戒，她则回赠一只长皮夹。

"你为什么觉得需要买只戒指给她？"我提出问题后，冈村停顿了好一会儿，接着他扬起眉毛看着我。在我们会谈的两个小时里，这是他唯一一次似乎无言以对的时刻。

"这是个非常好的问题。有种说法是如果男人这么做，就是许下真正的承诺。一个男人把这么多钱全投注在一枚戒指上，女人真的很信这一套。我们蛮喜欢'三个月薪水'这个指标的。如果日本人全遵守同一个标准，那么要接受这件事就非常容易。大家盖了个屋顶，所以我们不需要担心天塌下来的问题。"他说。

他微微笑了笑，然后补充说："你知道，我们一结婚，我妻子就完全忘了那只戒指。不过我想她还是需要某些能够物质化的东西。"

一开始，他话中的矛盾令我感到疑惑，但之后我就完全理解他的意思了——任何一个曾经在某种程度上受臣服的悸动洗礼过的男人都会理解。

代表你，独特的自己

从智威汤逊位于东京的办公室里，几乎可以看到海洋。这些办公室位于东京最时髦的商业区之一，占据了某栋摩天大楼接近顶楼的一整层。这栋摩天大楼的建筑用地，以前是三宝乐啤酒的老旧红砖厂房。三宝乐啤酒是日本酿酒史上顶级的啤酒之一。5月的某个下午，我来到智威汤逊东京办公室，为的是拜访两位先生，他们负责重新点燃日本人对钻石的欲望。

彼得·布洛尼兹是个新泽西州土生土长的人，长得很像演员威廉·梅西。他的领带上印有许多小狗图案。另一位是布洛尼兹的老板石原岛雄，他比布洛尼兹年长许多，是负责钻石推广服务的主管。不过在我们两个小时的会面中，几乎都是布洛尼兹在说话。石原只有在被问及某些日文字的微妙差异时，才会开口。

"我们知道要重建钻石婚戒市场的价值，不过这并不是举手之劳。首先我们必须找到文化需求，然后绕着这个需求创造产品形态，接下来才能通过交易支撑这个商品。这才是创造热潮的方法。"布洛尼兹这么告诉我。

他提到的"文化需求"，是指愈来愈多年纪较长的女性，愿意拿出家用所省下来的钱，给自己买一个礼物。为了满足这种需求，戴比尔斯引进了"三部曲"品牌，其商品特色在于三颗钻石排成一列，置于项链或胸针上，象征着过去、现在与未来。中年女性在日本并非是个无足轻重的市场，日本性别角色的复杂度远超过表面所见。在公开场合，女性一般都从属于男性；不过一旦进了家门，妻子通常都要记账，掌握家庭的财务。举例来说，日本丈夫在每个星期之初从妻子那儿支领"零用金"，是很普遍的事情。根据估计，个人消费总额中有70%是受到女性的决定左右。

事实上，布洛尼兹说，智威汤逊希望能在家家户户诱发一连串复杂的连锁事件。女性看到了广告，决定要买颗钻石，于是她增加丈夫零用金当作巧妙的暗示，接着男性"赠送"了她想要的钻石当作回应。

"我们的理想状况是让这种情形成为一种具有文化性的义务，犹如之前的钻石婚戒。"布洛尼兹这么说。

第二章　希冀的结果：日本

这是戴比尔斯第一次尝试推出可能重新点燃早期火势的商品。从1996年一个杂志广告开始，戴比尔斯就试图在高消费层客户间推动一股新趋势。广告上如是说道："大自然完美设计出许多美丽的形状，方形钻石就是其中一种。若想欣赏方形钻那神秘的美丽，直到心满意足，那么最好的方式就是欣赏1克拉或更重的钻石。能享受这种极致欢乐的女人并不多。"（事实上，大自然并不会创造出像方形这种形状的钻石，但广告却对这点地质学的常识只字未提。）

白人的脸孔与西方世界的庆典一如既往地在20世纪末期那波让女性重回钻石怀抱的努力中扮演了非常重要的角色。电视广告主打名模凯特·摩斯颈项上那条戴比尔斯称为"简约钻石"的单钻项链。广告旁白说："我已抓住灿烂。我的钻石就是我的投影。我努力工作得到我的所有。"另外一则采用深蓝色色调的电视广告，刺激观众将钻石认定为一种神授之权。

广告要传达的信息是："上帝。精选之钻。为了你。永远在你身边。"

现在，为了"三部曲"首饰而推出的广告也重复着这个基调：钻石是你想要的东西，因为它们完美投射了内心世界中的那个你。有则电视广告刻画一位已迈入花发之年的妇女，在家附近开设了新的咖啡屋。另一则广告描述某位年纪不详的迷人女士正在上芭蕾课，广告最终的情境是幕布拉开，她在柔和黄光的衬托下，踩着芭蕾舞步滑上舞台，开始她第一次的演出。布洛尼兹说，智威汤逊内部曾对这则广告中的女演员有过非常热烈的争论，这名女演员必须要有戴安娜·莱恩或朱莉安·摩尔的魅力——年轻到足以吸引观众兴趣，但同时又成熟到足以攻占"三部曲"的标的市场。

戴比尔斯再次尝试将钻石移至某个与时光和谐共存的地位。布洛尼兹让我分享了一份他们的内部文件，文件中明白指出这次将目标转至中年女性（而且要远离新婚夫妻）的背后哲理。"有两种因素加速了这次把焦点放在自身的方向，年轻人拒绝拥抱任何泡沫经济期间的行为，然而老一代的人却通过追忆过去的生活，重新定义自己的'第二生命'。"文件上这么写道。

换言之，大家所期望的结果，是在依然秉遵儒家伦理忠孝的固有框架中，将日本妇女日渐升高的"自我"意识发扬光大。"三部曲"只是日本女性表达自我的一种可能做法，即以属于个人但又不至于太独特的方式表达。戴比尔斯的广告目的在于穿越日本人"本我"与"自我"那条狭隘的窄径。根据那份内部文件，这款特别的一列三钻珠宝安排"是一种细腻手法，以温和的独特方式表达个人风格、设定自我价值，但同时又未抵触她所隶属的社会环境"。

最近的这次广告宣传，最了不起的地方就是广告主题完全没有偏离戴比尔斯一直强调的钻石角色：真正的那颗心之外，你还有一颗代用的钻石心。20世纪60年代的第一波广告，就如同闪光灯般"咔嚓"捕捉住了这个概念。这些广告告诉日本人，他们可以成为任何本来就应该成就的人；可以同时拥有光明的生活与社会认可；可以同时是美国人与日本人；可以注视着钻石空洞的心室，看到反射出来的自己——不论是已经成为男子汉、走入婚姻或正在上芭蕾舞课的自己。

我问石原岛雄，钻石的形状或外表有没有任何独特之处可以与日本的古典美学互相应和。这个问题让他在整场谈话中第一次表现出生气勃勃的样子。他告诉我，钻石本身无色，从一开始或许就对日本人心灵产生了特殊吸引力，而且这个特点很可能也是早期广告宣传之所以获得大胜的一个重要因素。他把钻石比喻成一座线条匀称又协调的"禅寺"。

"人人心中都有一个休憩点，那是日本人性格的灵魂所在。"他说。

日文里有个字"间"常常与日本艺术和文学连在一起。这个字的字面意思为"间隔"，但也经常被翻译成"消极的空间"，指的是两点之间的空白、两个音乐符号之间的静默。"间"无法用图画描绘，也无法用俳句形容——那是画布上空无一物的白色区域，是简单字汇之间情感潜伏的复杂之地。一位西方文学评论家或许会称之为"含蓄"或"极简"，不过那都不是完整定义。"间"是充满了声音的沉默。在日本古典画作中，描绘河边的一棵树，可能只用毛笔挥扫七八笔就完成了。成品也许看起来像幅最粗略的概图，因为枝节都遭到舍弃，然而画作本身却丰富而引人入胜——看画人的心灵不自觉地为画填入了枝叶、河水、天空，还有空白之处的情感。这就是石原所谓的"心中的休憩点"。就画作而言，佳作与巨作的差别就在于画家用细腻的手法，鼓励看画人将自己的心灵投射于"间"的程度。

整个世界的色彩、意义、希冀，总是不断熙熙攘攘存于心中的休憩点，因此需要适切的空白区来让自己倾涌而出。

第三章
强人：巴西

若想合法挖矿，几乎是不可能的事情。依法行事成本太高。但这些人都得要生存。再说，中间牵涉的金额实在太庞大。听起来好像是巴西除了挖矿外就再也没有其他事业了，当然毒品不算。但挖矿的确带来重大影响——在某个下午，某人的人生可能从此完全改变。

车子驶在热基蒂尼奥尼亚河河谷①上方的高速公路上，在接近一座山丘之处，换到最低挡的卡车发出铿铿的疲惫之声。这儿有间用竿子与硬纸板拼成的陋屋，侧边大开。路过的旅者或许会花几块钱在这儿买些奶酪面包、蛋糕或一块裹在塑料袋中的花生糖。贩售食品的人有对引人注目的明亮双眼，站起来不过150多厘米高。一顶浅顶软呢帽盖住了白发，让他看起来正式得有点奇怪。裂痕累累的双脚踏着一双凉鞋，鞋带上是一面巴西国旗。

---

① 热基蒂尼奥尼亚河河谷（the Jequitinhonha valley）：位于巴西东南部的米纳斯吉拉斯州南部。

他的名字叫热拉尔多·德·桑托斯·努内斯（Geraldo de Santos Nunes），不过镇上的人都称他穆鲁多（Murrudo），这是个与巫毒押韵的词，葡萄牙文的意思是"强人"。尽管身材短小，身上也瘦巴巴的，不过他却和那些被称为"竹竿"的胖子，或被叫成"地虎"的高个儿不同，因为他一点都不认为自己的名字是个玩笑。穆鲁多是大家用来称呼他父亲的名字，他一直很喜欢，因此等到年纪够大的时候，便接受了这个名字。

当我在一个10月的午后到他的饼干店去拜访时，强人拉出了一条木头长凳请我坐。那天交通量并不大，所以并没有生意上门。两人一聊就是好几个小时。太阳正朝西方落下，慢慢落至山谷西缘，山丘上林木全褪成了暗沉污斑。

"即使经过了那一切，我父亲现在也一定会以我为荣。我知道，我一直是他最钟爱的儿子。"他这么告诉我。

询问热基蒂尼奥尼亚河河谷附近任何一人有关强人的事情，很可能会得到两种反应：一种是发出愉悦的低声轻笑，然后沉默不语；另一种是愉悦的低声轻笑后，开始讲故事。

"你知道那家伙做了什么事吗？就在他变得有钱之后，他驾着自己那辆新货车绕着镇上跑。卖弄！那是辆新的雪佛兰D-20，车床板很宽。群众中有个人决定跟强人开点玩笑，他开始批评车子的颜色：'每个人都知道蓝色是最适合货车的颜色，你为什么要买辆绿车？'强人假装满不在乎，不过第二个星期，他就贴钱把那辆只跑了7500英里的绿车换成另一辆蓝色货车。"

从未见过强人的人多年来也许听过不同版本的故事，但重点却都一致。这则故事之所以重要不在于细节，也不在于如何叙述强人，而在于其所展现出来的力量，强化了长久以来热基蒂尼奥尼亚河的分水岭的一个事实。在很久以前，久到任何人记忆所及之前，这个事实就已经成为当地故事不可分割的一部分——巴西的热基蒂尼奥尼亚河的分水岭，是个可以让穷人一夜致富的地方，而暴起之人最终会一无所有。

藏身在夹缝中的人

强人属于边缘化的巴西劳工阶级。这些劳工利用柴油泵和铲子寻找钻石，被称为嘎林皮耶洛斯（garimpeiros）。虽然一般人都认为这是份相当低下的职业，但身为嘎林皮耶洛斯的人却满心骄傲。

三百多年来，这个词汇一直都与秘密活动和侵权行为紧紧联结。18世纪20年代，葡萄牙探险者在热基蒂尼奥尼亚河附近发现钻石，除了少数关系良好的商贾取得了国王许可外，其他人则一律禁止开矿。寥寥几个偷偷潜入山谷的大胆之徒，总说他们是因为藏身在山区许多锯齿岩层的缝隙才避开了皇家巡逻队。嘎林皮耶洛斯原意是"藏身在夹缝中的人"，不过后来大家都用这个词汇，形容巴西那些用泵抽开河床沙土，希望在废屑污物中找到钻石的人。

"嘎林皮耶洛斯"这个名词也用来形容跑单帮的金矿工，这些人以水银清洗矿石，只留下遭到破坏的环境。目前，亚马孙盆地有高达30万名嘎林皮耶洛斯。对环保官员以及较大型矿业公司的某些人而言，他们的工作一如白蚁群：迅速、偷偷摸摸、高代价。相较之下，挖钻石比挖金干净，不过同样也是活在合法世界的阴影中。这种行为绝大部分都违反巴西法律，而且为了避税，多数钻石也都通过走私渠道输出巴西。

我去参观了一个嘎林皮耶洛斯的挖采实况。同行的人都管他叫图。他有一套泵，因此也是个老板。他镇上的房子有座烧柴炉灶，内壁与屋顶没有完全相连。一笑起来，他眼角深黑的鱼尾纹全以扇状朝外游。

图爬进我租来的车里,坐在驾驶座旁,引导我驶入迪亚曼蒂纳(Diamantina)镇外一条砂石路上。迪亚曼蒂纳位于巴西不邻海的米纳斯吉拉斯州①。这个地区让我想到新墨西哥州中部,野草蔓生的高地、红色火山土,还有环绕着柯巴依巴树②的山峦,覆满了花岗岩落石与峡谷深痕。站在高高的山脊上,眺望50英里之外的景色,并非痴人说梦。

公路两边零星出现深深的切痕与成堆干枯的火山岩渣,那全是跟不上时代的钻石矿区遗物。其中有些矿区的历史在三百年以上。图最近亲自为这儿加上了好几处切痕。我们穿过一条干涸的水道,他说这是卡戴罗河(Rio Caldero),并示意我们停下脚步。

我们爬上了河边的平坦沙地,走了约十分钟后,噗——噗——噗叮,静止的沙地空气中传来二冲引擎转动的声音。干河床北边有个大矿坑。坑里脏水半满,水上浮着奇怪的机械装置:一对中间用柴油引擎架连的金属槽,外接一条通往坑壁的柔韧水管。泵在水中震动、冒烟。我跟着图爬上河岸,那儿有三个穿着短裤与T恤的人正在调整水管另一端。混杂着砂石与泥巴的脏水如瀑布般从水管尾端冲进盆中。泛流出来的东西先冲进一条金属斜道上,水在这儿进入一个泄水槽坑当中,然后穿过一条铁管,回到先前的矿坑。有好几堆砂石已经被铲到旁边——钱就藏在这儿。

每周六早晨,矿工在河边清洗一个礼拜累积下来的砂石。他们利用铁锅将富含石英的沉积物挑出分类。这个过程被称为"拉瓦"

---

① 米纳斯吉拉斯州(Minas Gerais):位于巴西东南部,是巴西二十六州中面积第四大、人口第二多的州。
② 柯巴依巴树(pau d'oleo):学名Copaifera multijuga Havne,树干中含油。主要分布在巴西北部,但米纳斯吉拉斯州及其他南部州也生产一些。

(lava，也就是"清洗"的意思)，一向都带来高度紧张，因为如果找不到钻石，那么大伙儿的工全都白做了。

嘎林皮耶洛斯从来不为工资而工作。他们的收入来自钻石抽成，所以钻石既是动力，也是牵绊。常见的分账比例是泵组所有人分一半的利润，地主可以拿到10%（前提是，如果有人愿意多管闲事去告知地主的话），剩下的就由矿工平分。万一矿坑没有钻石，矿工就全都得空手而回。运气特别背的嘎林皮耶洛斯有时工作好几个月也拿不到半毛钱，这时他的唯一收入就只有一天一次的米豆午餐。

这种类似利益共享的付款制度，源自巴西以前合法蓄奴的时代。在米纳斯吉拉斯州，大多数最早期的葡萄牙殖民者若有特别丰硕的发现，都允许家奴保留一部分利润。奴隶最后可以用这些存款买到自由，接着在河边自行挖寻。这种利润分享的奖励模式一直延续至今日，不过内容做了部分修改。如今，非自愿的奴役行为要素早已成为过去，汽油动力的水泵也加入服务行列，然而企业的基本形态（不论工程面或经济面）仍完整无缺。

侵权的状况也是如此。事实上，此区所有钻石矿都是非法企业。这是源于1988年巴西宪法一次思想体系上的全面改变。简单地说，政府在那次改革中，切断了矿工权利与土地所有权之间的关系。联邦政府宣布对所有埋在土地下的珍贵金属拥有"征用权"——不论是城市办公大楼之下、乡间私人农场之下或亚马孙丛林之下，所有地方无一例外。任何人想要对某地进行开矿，在下铲随便挖起一抔土前，都必须填写一堆申请表，申请一堆许可证。矿工也必须缴交详细报告，一般来说报告页数都超过500页，巨细靡遗地解释他将如何修复自己所造成的环境伤害。这种意欲改正长久以来习惯损害环境的尝试，立意高远，但效果却微乎其微。不消说，土地政策的变更对嘎林皮耶洛斯而言，难以捉摸又十分荒谬。谁要去告诉农人他不能在自己的土地挖钻石？土地就是土地，而地下的钻石数世代以来，一直都在喂养这儿的贫困家庭。填写那些报告至少要花费5万美元——这是任何一个低收入矿工都无法负担的价钱。

幸好有那些经费极为窘迫而训练又极为不足的警察，矿产法不但执行得松散，而且当一家有权势的矿业公司，因为想要折磨某些嘎林皮耶洛斯而提出特定的控诉时，矿产法常常成为被利用的工具。美国驻巴西大使馆中的一位贸易代表马里奥·瓦斯康塞洛斯（Mario Vasconcelos）这样对我说："有关单位总是用另外一种眼光看待这些弱势的人。五个穷光蛋能做出什么有意义的修补工作？他们只会让土地变得更糟。"

彻底执行矿产法，那么标准的幌子是先取得一张"勘探许可"，接着开矿。根据"官方"的说法，开挖矿坑目的在于研究与评估，而非实际生产钻石。这时候，其他矿业许可以及法律所要求的昂贵环境修复工作，都不必再理会。

在帕图斯-迪米纳斯①，有位经验丰富的地质学家对我说："若想合法挖矿，几乎是不可能的事情。依法行事成本太高。但这些人都得要生存。再说，中间牵涉的金额实在太庞大。听起来好像是巴西除了挖矿外就再也没有其他事业了，当然毒品不算。但挖矿的确带来重大影响——在某个下午，某人的人生可能从此完全改变。"

图和矿工们打招呼，他们暂时放下工作来与我们聊天。距离清洗矿石日还有五天。有名身穿破衬衫的矿工，畸形的脚趾伸在凉鞋之外。他说他叫马尔塞洛·席尔瓦，16岁。"清洗日就像是乐透开

---

① 帕图斯-迪米纳斯（Patos de Minas）：离贝罗荷立松提约400公里的城市。

奖日，每次都非常兴奋。"他说。他曾经喝过啤酒，是年纪稍长的朋友给他的。在砂石中翻寻的感觉，就像几瓶啤酒下肚后的迷醉。截至目前，他最大的一颗钻石大概是1克拉，那次他分到39美元。他告诉我，那是他这辈子最棒的感觉。

"这让大家有理由为我开个派对。"他说。

他的两个同伴年纪都比他大，但是也还没摆脱那种兴奋之情。"上瘾"是他们两人对这种感觉的形容词。35岁，已婚，生了六个孩子的何塞·佩雷拉说："世上没有什么东西会比这种感觉更好了，甚至比领钱还棒！找到的钻石越多，想要变得更幸运的念头就越强。女孩都围到身边来了。"

他向我解释，他拥有世界上最好的工作，尽管在面包店或加油站工作，在体能上要轻松得多。事实上，他从小钻石那儿赚到的钱，相当于一般劳工的薪资，但是他却能额外拥有每周一次肾上腺素激冲的福利。那是老赌徒的兴奋之情，是多巴胺的冲动。

我们徒步下坡回到卡戴罗河，图带领我们来到了约1英里之外的盒形峡谷边缘。峡谷底部离地面40英尺，是另一个钻石矿区。这儿一直都是条平淡无奇的小浅溪，直到几年前，高压水管喷出的急流让小溪变得又宽又深。河岸已被剥离，露出了内藏的钻石物质。一台漂浮的泵闲置于脏水坑中，脏水的颜色犹如番茄奶油浓汤，令人作呕。在我们脚下，有好几名矿工正躲在峭壁阴影下休息。这幅景象或许有点像托马斯·科尔[①]画作《黄石大峡谷》的怪诞版，只不过碱性岩壁与成堆废弃石块取代了画中的松树与清澈溪水。

图带我们沿着一条窄径下到矿区。"看到了吗？"他问，手指

[①] 托马斯·科尔（Thomas Cole, 1801—1848）：19世纪美国艺术家，被视为哈德逊河派（the Hudson River School）的创始人。非常关注美国自然与野外风景画的写实性与细节描绘。

着岩壁上一层人称卡斯卡荷（cascalho）的白色石英。"那些都是好东西。看到颜色变化了吗？从这里……"他用手指画出一条线，"大概到这里，就是钻石的位置。他们会用压缩机打个洞，敲进一些炸药，然后把整个绝壁轰掉。如此一来，每个星期大概可以产出150克拉的钻石。"他从附近石堆中捡起一块未经处理的石块，然后把点缀在硅酸盐中的各种不同黑色结晶石与石英指给我看。"钻石就藏在这儿，我们称这个为波沙（bosa），手提箱之意。"他说。

有位嘎林皮耶洛斯正在火上烹煮意大利面配豆子当午餐，我过去找他攀谈。他名叫马塞洛·桑托斯·戈麦斯，和其他人一样，他也是抽成矿工。不过和其他人不同的是，他痛恨自己的工作。

"我们在这里所经历的，根本一点都不值得。买方刻薄亏待我们、欺骗我们。我们辛苦工作，换来的只有他妈的九牛一毛。1克拉才赚100雷亚尔（Reals）。"戈麦斯这么对我说。100雷亚尔约合30美元，而且还要大家均分。

这是在矿区经常可以听到的抱怨——矿工群从一颗钻石那儿所赚到的钱，与钻石最后进入零售市场的价格有天壤之别。如果某个周六清洗日发现了一颗钻石，矿工与老板会立即把钻石送到数家位于迪亚曼蒂纳没有招牌的采购办公室之一。大家草草讨价还价一番，最后全体工作人员都拿到了现金，通常都是美元。几乎没有钻石采购商会白纸黑字记下交易，矿工也不在乎，因为他们是最不想留下任何证明文件的一群人。采购商另有一套绝不会对政府公开的账簿，登记办公室所有经手的金钱流向。当地为这种情况取了个名词：卡夏多伊斯（caixa dois），直译是"二号出纳"。钻石买卖的真正脉搏，在这儿跳动。

同时，非法矿区可以随时弃守，迅速的程度一如开挖之初，证据只有一个洞与一些废弃岩块。"没了，石头都装在口袋里，没有人看到任何事情。这就是巴西人的方式。"有位宝石交易商这么对我说。

虽然收入微薄,但戈麦斯说他无法放弃挖矿,因为找不到其他工作,而他还有两个孩子要养。四十出头的他,要开始新的工作也太老了。他指着峡谷另一边一个山脊。"在那儿,去年有座土丘坍塌,我被埋在里面。脖子以下全埋在土里,当时第一个念头是:我要死了。他们把我挖出来后,我又回去继续工作。"在河里工作的矿工每天都要面对岩壁坍塌的危险。戈麦斯有两位朋友就是因此丧生的。

接着,我问他关于周六早上的清洗(也就是钻石出现的那刻)。他带着微笑承认,大家都很享受那一刻。是一种冲动的激情,他说,那是心中某种精力的高度集中,一种几乎和性同样的感觉。

"你可以感受到风离开自己的声音。"他说。

圣母阿帕雷西达眷顾强人

一如巴西乡间的大多数孩子,强人很小就被送去工作。他父亲是个严厉的人。安东尼奥·德·桑托斯(Antonio de Santos)一直是个正直且自傲的人,但他几乎对任何人都怀有戒心。在许多方面,他都非常适合成为米纳斯吉拉斯州土生土长的代表人物。整个巴西都知道这个州的人民很吝啬,不论在情感上或其他方面。不到最后关头,绝不会丢掉面包。帕欧度罗(pão duro)是其他人对这个州居民的称呼,意思是"硬面包"。安东尼奥让儿子和自己一起在河床拿着长柄锄头工作,在平沙地上挖洞。父子俩的手都因厚茧而变得鳞鳞斑驳。

当安东尼奥因心脏病发作去世后,儿子强人娶了妻,岳丈一家人住在他擅自开采的矿坑附近。他的妻子名叫坎迪达,以前父亲还在世时，强人总是趁他不注意，与坎迪达偷偷摸摸打情骂俏。她是个美丽而害羞的女子，愿意在强人背着父亲寻找钻石时，帮他一起用泵工作。

"村子里女人并不多，她是我唯一的选择。"后来当两人关系变得不一样后，强人会这么说。不过在一开始，他非常以她为荣。1991年，结婚七周年纪念日那天，她并没有和他在一起，他正与工作人员挖矿，矿区在门达尼亚①朝上游走约6英里的地方。那个矿区和所有矿区一样，看起来潜力无限。在此同时，那儿也和山谷其他地方一样，已遭人多次搜寻。这可以从地上的刻痕判断。几年前，有人移动过这儿的卡斯卡荷，不过前人遗漏了某些富含宝石矿的可能性永远存在。懒散的矿工有时凿到错误的床岩位置，并误信为真。有时，水侵蚀出的洞口下方，隔了好几层石灰石之下，也会藏着未经碰触过的砂石矿藏。大家称这些洞为"魔鬼穴"。

上游地带的采挖当然是非法行为。不过这里是热基蒂尼奥尼亚河，是他们的河——他们有权在这儿挖采石块，喂饱自己的家人。谁也不能说什么。

如强人一贯的说故事方式，正午时，他向圣母阿帕雷西达②祈祷："请保佑我找到一颗钻石。我要为我的朋友买只鸡当中餐，还要买杯朗姆酒。"以祈求内容而言，强人要求的东西可算保守而死板，他和圣母说话的态度简直像在厨房和自己妻子讲话。不过他的祈祷很快获得了回应，而且是以他从未料到的方式出现。他正在清洗一盘沙土，约一个小时后，钻石像只打瞌睡的昆虫，在泥巴中朝强人眨眼。那是一颗他这辈子见过最大的八面体，他发出了一声压

---

① 门达尼亚（Mendanha）：位于巴西东南部的里约热内卢州（Rio de Janeior）。
② 圣母阿帕雷西达（Our Lady of Aparecida）：巴西的守护神，10月12日为其庆祝日。

抑的呼喊。那天，一群朋友像婚礼中扛新郎般将强人扛在肩膀上，一路穿过热基蒂尼奥尼亚河回家。他们都怕他会在急流中失足而丢了身上的珍宝。过河时，强人把钻石紧紧攥在掌中。

那颗钻石经过检验后，确定为11克拉，售价2万美元。采购商直接付他美元现钞。"钞票多到我可以用来织毯子了！"只要有人愿意倾听，他就会这么说。他的朋友第二天中午全都吃鸡肉配朗姆酒当午餐。

奴工靠钻石买回自由

每当巴西矿工打开汽油泵抽出坑里的水时，他们期待找到一块18世纪非洲奴工错过的含钻沙土区。这并不是件容易的事，因为当时的奴隶搜挖得极为彻底。

初次发现钻石的踪迹前，葡萄牙人占据南美洲东岸已超过两百年。他们在里约热内卢（Rio de Janeiro）有个美丽的殖民港，内陆还有好几座丑恶的殖民地，一群目不识丁的新世界大亨，数百万亩甘蔗耕地，以及奴隶买卖这种正欣欣向荣地横越大西洋的事业。贩售的奴隶，全是葡萄牙人从安哥拉、塞内加尔与冈比亚或捕或买来的人民。

这种人口买卖，导致巴西今日成为南美洲人口光谱极为独特的一个国家，非洲人、葡萄牙人与印第安人种族混合，让巴西成了一个丰富的民族熔炉，严苛的人种定义被连续好几世代的渴望与通婚而模糊了界限。估计当初被迫来到巴西的非洲人数有400万，其中许多人都被送往正在蓬勃发展的米纳斯吉拉斯州，这个州名的意思是"一般矿场"。1695年，一组探险家与被称为班叠里安帖（banderiantes）的恶棍在这儿发现沙金。班叠里安帖曾深入内陆，在图皮印第安人（Tupi Indians）村落间，寻找新的奴隶来源。发现沙金的消息在里斯本宫廷内造成轰动，也引发了世界上第一波淘金热。追逐财富的人大批涌入米纳斯吉拉斯，挖坑凿道进入山腰，然后砍下大多数的树当作熔炉燃料。千百名渡海之人死在为期六周从里约热内卢出发的旅途中，接着这个太干燥又太多山以致无法支撑大规模农业的区域，又有饥馑来袭。1700年夏天，在某次食物短缺的高峰期，据说一只野猫的售价离谱地高达2盎司黄金。

历史并未记录是谁发现巴西的第一颗钻石，但发现地点是在一个被称为帝茹库（Tijuco，意为"泥洞"）的山腰村落附近，时间是18世纪20年代末期某个时间点。当地流传着一个没有根据的故事，其中叙述一群金矿工利用他们在溪里发现的"水晶"作为玩纸牌时的计分工具。当地有位天主教教士年轻时曾派驻印度，认出这些计分工具的真实身份，于是故意漫不经心地问这些矿工是否可以给他一些留作纪念。这位教士后来带了一大袋计分工具离开，转往里约热内卢，接着又很快订了一张船票到阿姆斯特丹，自此销声匿迹。

这则故事反映的或许是背叛行为，但其背后的意义可能更深。远在这个谣言以讹传讹到不可控制的地步之前，当时米纳斯吉拉斯殖民长官多姆·罗伦可·德·阿尔梅达（Dom Lourenco de Almeida）似乎就已偷偷私藏了一些宝石，这应该是件可以肯定的事情，后来他不得已才向里斯本呈送了一份报告。1729年7月，他谨慎遣词写了一封信给国王，信中以非正式之态向国王报告，帝茹库发现了"一些白色小石头"，另外还随信附上六颗样品。国王的御用珠宝专家检验这些石头后，宣布确实为钻石，当然，这个判断并不令人意外。在这项宣布之前的两年间，一直有人通过从南美洲回航的货船，将数量虽少但来源稳定的钻石走私进欧洲市场。

钻石贸易一旦合法化，巴西生产的钻石克拉数很快就超越印度，也一跃成为这种奢华新工业的世界焦点。结果钻石大量涌入巴黎与伦敦王宫，造成价格暴跌。钻石当时是富豪阶层的新时尚，六十年前才由尚-巴普蒂斯特·塔韦尼耶从戈尔孔达①进口。后来来自美洲的新钻石，降低了这些宝石的稀有性，也因此让所有钻石都面临了可能毫无价值的威胁。珠宝商郑重宣布如此上等的钻石绝不可能出自那样粗鄙的土地，同时还坚称这些钻石真正出处其实是印度，只不过是走私客为了投机而转经巴西走私至欧洲。葡萄牙国王针对这次危机的处理方式，是下令对外封锁热基蒂尼奥尼亚河河谷，除了少数获得国王特许的公司外，任何在该区挖矿的人都是现行犯。在这个地区被发现的任何外人，都要在赤身接受彻底搜查后遣送出境。坊间还流传着更夸张的故事，描述如果有人被看到在热基蒂尼奥尼亚河里洗手，那么国王巡逻队就会砍下这个人的双手。除此之外，钻石被课以售价五分之一的税——这是种被称为"五"（quint）的贡金，不过大家全依照惯例设法规避。这些限制手段，不但可说是创造出嘎林皮耶洛斯阶层的唯一推手，连今天普遍存在于巴西钻石交易圈内虚假与小奸小恶的贪腐，也全要归功于此。

　　帝茹库这个以泥洞为名的小镇，后来更名为迪亚曼蒂纳，意思是"有如钻石"。镇上开始竖立双尖塔教堂，以及用碎石与砂岩铺设的弯曲街道。位于不毛之地正中心的帝茹库，自此笼上一层浓郁的中欧村落气息。20世纪有位为《世纪》（*Century*）杂志撰稿的作家曾用下列词句总结这种变化："破产贵族与知识分子来这儿创造财富，然后用当代所了解的文明定义，让米纳斯吉拉斯等州最终都

---

① 戈尔孔达（Golconda）：位于印度南部的古都，是古代海德拉巴王国（Hyderabad State, 1364—1512）的一座城市，又作Golkonda。在印度还是世上唯一已知的钻石产区时代，欧洲人以为所有钻石都来自戈尔孔达传说中的矿区。不过事实上，铜墙铁壁的戈尔孔达是当时的钻石交易中心，钻石来自许多不同矿区，包括戈尔孔达附近的矿区。

成了'文明'的焦点——许多撒了粉的头发、盖过膝下的束裤……小步舞曲以及成群悲惨的奴隶。"

奴隶的工作时间，从日出到日落。为了防范窃取，奴工身上通常只有一块围腰裹布，有些甚至被迫裸身工作。奴工若不是遍翻河谷搜寻躺在浅处的矿石，就是排成列，在手持长鞭的工头眼下清洗砂石。最常出现这种画面的地点，是在长茅草顶建筑物之中，里面还摆了一排铁箱。发现钻石的奴隶依照规定要先拍手，然后站直身，高高举起钻石让大家都看得到。每颗钻石都得小心翼翼放进铁箱旁的水碗之中。

然而，这些奴隶的目标，当然是偷偷把钻石塞进口中或夹在脚趾间。消化这些赃物的销赃市场，散布在迪亚曼蒂纳各个阶层，业务不但热闹活络，而且明目张胆。"这些东西很容易就由挑卖蔬果的小贩、沿街叫卖的商贩或离家最近的杂货铺收购。"有位游客曾这么说。因此，工头设计出了一套相应的库存掌控系统，仰赖苛刻的惩罚与极大的奖赏维系系统运作。如果工头怀疑某名奴隶偷钻石，这个嫌犯就会被关在牢里好几天，直到他所有粪便都经过了彻底检查。不过如果奴隶诚实工作，那么也真的可以用自己发现的钻石买回自由。

英国矿物学家约翰·马威对这种做法，曾有过一段戏剧性的描述。马威得到了葡萄牙国王的特准令，到这个区域旅行然后提出忠告。这趟旅行记录给外界提供了有关当时这个地区数量极少的细节描述。

马威写道："当黑奴非常幸运地发现一颗重达1奥塔瓦（oitava，即17.5克拉）的钻石后，接着举行了许多仪式，有人会为这名黑奴戴上花环，大伙儿列队抬他去见管理者，后者为他将赎金付给奴隶主，当场把自由还给这名黑奴。他还会收到新衣服当作礼物，并获准为自己的利益继续工作。"那些发现较小钻石的黑奴，也会收到礼品与赞扬。马威在1812年伦敦出版的书中，第一页就叙述了这样的景象：一列奴工弯着腰，桶子放在前面。在队伍中央，一名奴工胜利地挺直了腰杆儿，右手高举，胸膛扩张得有如一名打了胜仗的希腊士兵。他的态势表示甜美的自由正紧紧握在他拇指与食指之间。

这幕景象在理查德·伯顿[①]心中留下了深刻印象。他小时候读过马威的书，长大后成为维多利亚时期最著名的探险家，发现尼罗河源头的功劳也有部分属于他。伯顿对禁区特别有兴趣，他后来取得了许可，1869年，靠着独木舟横越迪亚曼蒂纳附近区域。他当时并不知道，那年夏天，南非的法尔河[②]发现了钻石，这个发现不但造成巴西统治钻石工业的终结，也种下了戴比尔斯商业集团的种子。

尽管夹带着对印度脚夫的直接侮辱——"我把我的食人族派去一个碰不到酒的地方露宿，确保在朋素塞索镇[③]有个清醒的开始"——但马威出版的游记，对当年那种采挖钻石矿的机制，或者

[①] 理查德·伯顿（Richard Burton，1821—1890）：全名Richard Francis Burton，获英国皇室颁发二等勋章（KCMG）爵士地位，也是皇家地理学会（Royal Geographical Society）会员。英国人，拥有探险家、翻译家、作家、人种学家、语言学家、诗人以及其他多重身份与能力。据称，伯顿可说欧、亚、非等洲的29种语言，对各地文化有非常渊博的知识。《天方夜谭》与《印度爱经》的英文版均是出自他之手。他也是第一位发现非洲坦干伊喀湖（Lake Tanganyika）的欧洲人，去过索马里兰的伊斯兰教圣城哈拉尔（Harar）与当时的禁地麦加和麦地那城（Medina），是19世纪最伟大的探险家之一。
[②] 法尔河（the Vaal River）：南非奥兰治河（the Orange River）的最大支流，源于德拉肯斯山脉（Drakensberg Mountains），全长1120公里。
[③] 朋素塞索镇（Bom Successo）：位于几内亚湾中的圣多美岛（São Tomé Island）上。圣多美岛为圣多美及普林西比共和国（Republic of São Tomé and Príncipe）的一部分，位于非洲西岸几内亚湾内，由圣多美岛、普林西岛（Príncipe）及其他小岛组成，首都为圣多美。

根本没有任何机制的情况，提供了许多敏锐洞见。一队队奴隶奉命清除农作物、刮掉地表泥土、挖洞、拖走废石。这些奴工把木头堆成斜水槽让水流出去后，弯腰屈膝将沙土过筛。当时唯一的科技就是人。

伯顿这么记录："即使在米纳斯吉拉斯最文明的钻石矿场，我没有看到任何研磨器、吊架、滑轮或轨道的踪迹，也没有获得任何精心设计的装置或用具的知识。奴工是唯一的器具。他们全像男学生一样尽可能把东西塞进自己口袋。"许多通过逃亡、偷窃或幸运找到钻石而得到自由的奴隶成了嘎林皮耶洛斯，用在桎梏工作环境下学到的技术非法采矿。

在奴隶与嘎林皮耶洛斯眼里，钻石既是悲惨的物品，也是值得珍藏的表征。钻石同时是自由与束缚的具体呈现。这种两极化的特质可以从伯顿在独木舟旅程中，自好几个人那儿听来的故事作为佐证：

有三个来自海岸区的人犯下了滔天大罪，因为他们同意接受永远流放至米纳斯吉拉斯荒野的刑罚，所以没有被处以极刑。这三人不准进入任何城镇，只能以地为床、认天为帐。由于没有较好的工作可做，他们全成了嘎林皮耶洛斯，自由地沿着阿巴埃特河（the Rio Abaete）河岸挖金。某次旱灾，河水水位下降，露出了一些未经挖采的沙土。在这些沙土中，三人发现了一颗巴西有史以来最大钻石之一——令人惊艳的144克拉钻石原矿。这下子，三人进退两难。他们不可奢望能够偷偷在销赃处卖掉这么大一颗钻石，如此嚣张的非法行为一定会遭到逮捕。根据葡萄牙法律，这颗钻石属于葡萄牙政府。最后他们并没有把钻石放回原来的河里，而是交给了乡间教士，由他代为向殖民地长官说情。钻石本身仅就其傲人的重量与光泽度而言，绝对是对他们有利的谈判筹码。三人后来不但当场获判无罪，而且还重新得到身为平民的所有自由。至于那颗钻石，则是被送到里斯本，最后戴在约翰四世国王阁下[①]的脖子上。

这则故事在热基蒂尼奥尼亚河河谷一直流传至今天。任何人只要找到够大的钻石，就可以买回自由。

从穿着丝绸内衣到光着屁股

强人发现第一颗钻石的地方，有个奇怪的名字：米纳多马托（Mina Domato），意思是"森林之矿"。这个地方让强人找到一颗又一颗的钻石。虽然后来找到的石头都不及第一次发现的大，但不断发现小钻石，也足够让他成为门达尼亚最富有的人了。"任何一颗钻石都大得塞不进可乐瓶。"他就是喜欢吹牛，不过那并不是事实。

他为母亲买了一栋五个房间的住宅，为妻子坎迪达的家人也买了一栋房子，送给自己一辆跑车，外加那辆因为在迪亚曼蒂纳遭到讪笑，不到一个星期就换掉的绿色雪佛兰货车。他感谢圣母阿帕雷西达赐给他财富，每次提到圣母，他都会举起头上的软帽以示敬重。

强人的运气是对地质学的挑战。他挖出来的钻石全藏身于数百年前从死火山核心冲刷出来的冲积土沙中。因此南美洲某处一定存在着这些冲积土源出的角砾云橄岩管，不过从来没有人发现任何决定性的证据。河床钻石散布位置杂乱无章，而在如此密集的地方发现如此丰富藏量的钻石是非常罕见的情况。一切都是嘎林皮耶洛斯的运气。有句话形容这种无常：天堂与地狱仅一线之隔。或者，更

[①] 约翰四世国王（King Dom João VI，1767—1826）：1816—1826年间的葡萄牙、巴西和阿尔加维联合王国（1825年承认巴西独立后，改名为葡萄牙和阿尔加维联合王国）的国王。

贴切的说法是：不是穿着丝绸内衣，就是光着屁股。

迪亚曼蒂纳有位专业矿业工程师在听过强人的故事后，哈哈大笑。

"在这个国家，地质学家老是碰到一个难题。他们无法用正常方式找到钻石，所以需要请嘎林皮耶洛斯带他们去最好的冲积土区。从这个角度来看，强人是位非常优秀的地质学家。"他说。

大家开始注意围绕在强人身边的女人。现在是他穿丝绸内衣的时期，女人通常都能带着首饰与其他礼物离开。有人谣传他在外地包娼养妓、交女朋友。他和坎迪达开始争吵。强人威胁要和她离婚。"你试试看！我绝不会让你如愿以偿。"她这么告诉他。他们当初是在天主教教堂由牧师主持婚礼，所以离婚一事行不通。他后来只好给坎迪达一栋位于高速公路对面的新房子，叫她离得远远的。

强人名气远播，多年不见的人也回到门达尼亚和他一块同乐。大家都知道他是个平易近人的富翁，而且总是帮所有人付酒账。后来米纳多马托的钻石开始逐渐耗尽，不过强人手上仍有些现金支应开销。矿区存在期间，强人手上来去的财富，至少有50万美元，后来他似乎仍留下了许多钱。举例来说，泵。他必须从存款中领钱出来支付新泵贷款。

有天，有个来自附近名为特欧菲洛欧托尼城（Teofilo Otoni）的人，向强人提出了一个建议案。由于强人因钻石累积了大笔美元，这个人问他有没有兴趣用相当优惠的汇率，将美元全换成克鲁塞罗①。

在巴西，黑市汇兑相当普遍。银行是合法兑换外币的地方，但汇率条件总是非常糟，而且手续费又高，因此黑市汇兑商就像秘密

---

① 克鲁塞罗（Cruzeiros）：巴西在1942—1986年间以及1990—1993年间使用的货币。现有货币为雷亚尔。

进行的钻石矿场一样,到处都是。强人召开了一次家庭会议,与家人、朋友商讨这个议案。最后的决议是接受提案。有些朋友甚至也拿出自己私藏的美元,把这些同样是从那渐渐枯竭的矿区所获得的最后利润,一起兑换。米纳多马托一直是个很棒的矿区,不过也该是时候投资些新器具,到其他矿区去搜寻以前奴工遗漏的地方了。强人搭巴士到特欧菲洛欧托尼城,腿上放着装满了美元的手提箱。

与汇兑商碰面的过程似乎进行得太快了,但因为害怕,他不敢多说什么。在被匆匆赶出房间之前,强人确实细数了一沓纸钞,一切似乎都没问题。当来到贝洛奥里藏特市①大如机场的车站男盥洗室时,他把手伸进钱袋中,从最底部抽出一沓克鲁塞罗钞票。这沓每张钞票中央都盖上了狭长的大红章印,章印中红色大字写着:不具任何价值。

这些全是印制来当作教学工具的钞票。换言之,也就是官方伪钞。强人一沓沓地检查,发现只有一沓真钞,而这些金额比他把美元拿到银行兑换的所得还少。骗子用假钞骗了他。

这就是米纳多马托的终曲。强人打电话告知家乡这个消息后,坐在即将发车的公共汽车旁的长椅上,哭泣。

河底淘钻的潜水夫

如果河道太长无法建坝,那么还有另外一种方法可以碰到河底的多沙部分。必须有人嘴含呼吸管,手持吸管,潜水至河底。这是世上已知的挖探钻石方法中相当危险的一种。不过在巴西,有一群

---

① 贝洛奥里藏特市(Belo Horizonte):米纳斯吉拉斯首府,巴西的第三大城。

人却拥抱这种工作，完全不觉得每天花四个小时在伸手不见五指的污浊河底当中有何不可。

这些矿工自称巴尔塞罗斯（balseiros，意即"船民"），一如其他矿工同侪，这些人没有固定薪资，收入全靠开挖出来的钻石抽成。这种工作典型的一天始于日出之时，三人小组驶着由两个空铁桶以及中间架着一块平铁台所制成的平底小船离开河岸。船上有个压缩泵、一个沙土收集桶、一个将岩块分类的筛矿器，以及一张用来遮阳的廉价塑料防雨布。这种粗制滥造的平底船要比在干河床中挖洞用的汽油泵稍微先进一些。巴尔塞罗斯的标准装备是一套乳胶潜水衣以及为了不被河底尖石割伤而缠在手指上的胶带。他们戴上呼吸面罩，在胸前画个十字后就下水，一手握着铁撬，一手持着吸管，在河底寻找到合适位置，便将吸管硬生生插入河床中。水底能见度通常极低，或甚至根本看不见。

一位名为鲁本斯·弗朗西斯科·卡利斯托（Rubens Francisco Calixto）的30岁巴尔塞罗斯告诉我："我的双手就是眼睛。只要一摸就能认出是什么东西。我一点都不怕做这份工作。"

和其他潜水夫一样，卡利斯托腰际缠着一条重达53磅的铅皮带。如果发生问题，他只须解开皮带就能够浮出水面。他们使用全球都相同的呼吸管拉扯信号：如果拉两次呼吸管，是告诉船上的伙伴吸管已准备就绪；如果呼吸管被扯了三次，表示需要更长的吸管；如果是四次，那么这趟任务已经结束。万一船上呼吸管不断狂乱拽扯，那么就一定是有颗大钻石出现在筛矿器中，发钱的时候到了。

"有时候每天都可以挖到钻石，有时候则连找到一颗石头的机会都没有。"卡利斯托告诉我。他离了婚，有两个孩子，湿漉漉的紧身足球运动衣裹着结实的肌肉。他说这份工作很好，四年的潜水生涯中，从未遇过危险。

"在水底的时候，根本感觉不到时间流逝。那种感觉一定和飞翔很像。河水清澈的时候，我试着看清周遭一切。那种感觉甚至比在瀑布下挖矿还棒。我感到水在我周围旋转。"他说。

对其他巴尔塞罗斯而言，这种日复一日的潜水不但单调无趣，偶尔还会令人惊恐。潜水夫何塞·威尔逊（Jose Wilson）对我说："我们之所以做这份工作，是因为没有其他选择，有好多人甚至不会游泳。"据说瘸腿的人最适合这份工作，因为经常使用拐杖，他们上臂的臂力理应比一般人强。在水底，上臂臂力非常重要，因为潜水夫要用双手与铁锹，有时还要利用铁锹来撬开岩床，把石块移开。他们要把大石头铲到一边，有时候还必须把小一点的岩块提搬到船上的小铁盒中。不过最重要的工具是吸管，吸管头接着一个三角形铁框。潜水夫使用吸管一如煤矿工使用空气压缩钻头。两种工具的目标都相同：将矿墙打破。巴尔塞罗斯跪在河底，用力把吸管头戳进地底，然后开始在河床表面之下吸出一条大家称之为"路"的坑道。这是大部分危险情况发生的地方。大型岩块因为移位而坍塌，把矿工压在水底，造成许多矿工在坑道中丧命的事件时有发生。其他危险包括插入的吸管突然脱落，造成岩块不断打落在潜水夫身上。

一位中年非裔巴西人迪亚凡·佩雷拉（Djavan Pereira）有次就碰到这样一个杂乱的恐怖险境。他当时在马德拉河①底刚挖完一条路，船上伙伴也已将吸管拉回了水面，这时突然有种东西驱使他仰

---

① 马德拉河（the Madeira River）：巴西西部的河流，为南美洲主要水道，全长约3380公里，是亚马孙河最长的支流，由马莫雷河（Mamoré River）与班尼河（Beni River）在巴西与玻利维亚边境汇流而成。

头上望。在一片模糊不清的水中,他看到了这辈子永远都忘不了的景象——崩落的岩块与碎石有如一阵脏雨般朝他劈头盖下。佩雷拉的反应非常快,即使在这种让一切行动都变得迟缓的胶状河川中也不例外。他立刻扭身逃开了落石正下方。如果当时没有抬头看,他早已葬身河底了。

"我以为自己死定了!我的肾上腺素拼命飙蹿。等我回到水面,才吸了好长、好大的一口气。"他说。

在深深的河底,他看到朋友在刚刚上升过快的弯处丧命,因为血液压力无法与水面压力取得平衡。他们在船板上安静地断气,手脚轻柔地敲着木板,犹如被捕的鱼在拍打中送走了自己生命的最后一刻。佩雷拉告诉我回避弯处的一套做法——上升到感觉温度已经出现变化的地方时,停下来、摘掉面罩、喝一小口水,让自己放松几秒。再戴上面罩,往上游一点点距离,停下、喝水。然后重复这些动作,直到浮出水面为止。

我们在帕图斯-迪米纳斯镇4美元的公寓前,一起蹲在阴影下。佩雷拉虽然缺钱,不过心情非常好,因为他正要往博阿维斯塔市[①]去,那儿有个他特别喜欢的欢场女子。他已经当了23年的金矿与钻石矿矿工,走遍了南美洲。他为我细数曾工作过的河川:阿拉瓜亚河[②]、帕拉尼亚巴河、阿巴埃特河、伊亚波克河、马德拉河、特雷斯河[③]。他在行李中,带了一根小笛子与一本相册。一堆不同的女友和纵情玩乐的影像里,有一张他个人照片,照片中几乎全裸的他,站

[①] 博阿维斯塔市(Boa Vista):位于巴西北部,为罗赖马州(Roraima)的首府。
[②] 阿拉瓜亚河(Araguaia):巴西主要河流之一,全长约2627公里,为托坎廷斯河(the Tocantins River)主要支流。
[③] 帕拉尼亚巴河(Paraniaba)、阿巴埃特河(Abaete)、伊亚波克河(Iapok)、特雷斯河(Tres Rios):巴西境内的河流。

在朗多尼亚州①偏远丛林里一片泥泞当中，手中握着一根水压管，正准备炸开河岸。

"我对这个已经上瘾了。这是我觉得自己还活着的唯一方法。我的生活在水里。"他告诉我。

佩雷拉并不是典型的巴尔塞罗斯，真正巴尔塞罗斯的生活总是绕着家人的需要与迫在眉睫的贫困而转。佩雷拉比较像个听任自己冲动而行事的雇佣兵。不过，他要的东西和其他巴尔塞罗斯一样。

"我靠着一颗颗钻石过日子，这是这儿最好的工作。有车、有酒、有女人。不错的饭店加上不错的餐厅。正常工作？我疯了才会去做正常工作。"佩雷拉在回到公寓前这么说。

光着脚履行承诺

对强人而言，报警根本不在考虑范围之内，因为从一开始，在黑市兑换美元就是非法行为。这就有如抱怨在毒品交易中被人抢劫一样行不通。他不但永远见不到自己的美元，还可能被逮捕。当然，私下的报复行为绝对可行，不过强人不是那样的人。再说，他也根本不知道该怎么去找那名兑换商。

既然没有钱支付债务，他被迫卖掉了泵与货车。套句矿工的行话，他"破了相"——也就是说，强人失去了一切，而且必须放弃挖矿工作。他在6英里外的农场接下了一个伐木工作，当找不到便车可搭时，就走路去上工。在镇里，他总是会碰到以前有钱时围在身边的女孩子，她们身上依然戴着他以前买给她们的首饰。

---

① 朗多尼亚州（Rondônia）：位于巴西西北部的一个州，南部与玻利维亚为邻。亚马孙雨林占了该州三分之二的面积。

强人开始痛恨自己的傲慢。他知道自己过去一直财大气粗，因此这时寻求赎罪之法。他开始过着禁欲的生活，每天赤足步行到农场工作，让自己感到疼痛与谦卑。他的胡子留长及腰。接下来，强人想到要向圣母阿帕雷西达许下承诺。

这是件严肃的事情，因为这是对巴西圣母的个人盟誓，而巴西圣母又是他国家中公认的上帝之母。大家都知道那个故事——去寻找某种难以捉摸的东西，结果厄运去好运来的故事。1719年，三名渔夫在圣保罗附近一条河里捕鱼，当天运气背透了，大家准备回家。此时，渔网里却捞到一个圣母无头身像。下一次撒网，捞起了圣母头。第三次撒网，出现了满网的鱼。渔夫们认定这是个奇迹，教士也同意他们的说法，于是大家建了一座荣耀圣母的教堂。圣母阿帕雷西达有张黑脸，一如墨西哥瓜达卢佩圣母[①]。强人不止一次，而是三次，为了圣母步行至迪亚曼蒂纳，就像他步行去伐木一样，只为了要在圣安东尼奥教区教堂中献上自己的尊敬之意。强人试着远离当初引导他走向兑换商的贪婪之心。每次徒步之旅，都换来血淋淋的双脚。然而他并没有再次变得富有，事实上他陷得更深。他的皮夹中总是带着几张不具任何价值的纸钞，一方面是为了不让皮夹空空如也；另一方面是当作证据，拿给那些以为他是把所有钱都花在娼妓身上的人看。

不过他也确实碰到了一件好事。以前他曾答应住在附近库尔托马加哈耶斯村（Cuoto Magalhaes）的朋友，要当那人儿子的干爹。那座村子里有个名叫玛丽·何塞的女孩，吸引了强人的注意力。玛丽·何塞有点儿胖，不过是个很有爱心又宽容的女孩。她接受了强人所有缺点，也接受了强人像无头苍蝇般回旋在肉欲与虔诚两个极

[①] 瓜达卢佩圣母（Virgin of Guadalupe）：墨西哥守护神。

端之间。这或许是因为她自己也同样深陷在两个极端之间。

因为第一任妻子坎迪达不合作,强人与玛丽·何塞无法结婚,但仍可以如巴西乡间许多情人所称的"自我结合"般,在不举行任何宗教仪式之下,依据习惯法同居在一起。她搬进了强人在山顶的小房子,两人一起在路边摆蛋糕摊子,赚一点点钱。"你唯一的缺点,就是太谦逊了。"玛丽·何塞总是喜欢这么对强人说。

强人的落魄成为某些人的玩笑话题。一位珠宝商笑着说道:"他以前总是为了展现虔诚而赤足走路,现在他真的得光脚走路了。"

巴西钻石有限公司

尽管心思巧妙、工作努力,嘎林皮耶洛斯每年只能生产约50万克拉钻石,不到全球钻石总产量的1%。也因此,巴西今天在全球钻石舞台上只不过是个配角。但这个国家尚未发掘的角砾云橄岩矿源,让许多国家的矿业公司始终对它保持着高度兴趣。只要任何人发现一根富含钻石的岩管,巴西就可能轻易大走红运。

18世纪让整个里斯本宫廷雀跃的钻石,应该是出自一个地下矿源,也许是一连串围绕在米纳斯吉拉斯与附近其他州的复合火山体。这儿的矿源躲开了大家的搜寻,或许是因为岩管已被无期无尽的风吹雨淋完全蚀尽,或许是因为角砾云橄岩已经变得一点都不像该有的形状,也或许是因为岩管上又覆盖了数百英尺砂岩。已经有人找到了好几根贫瘠的岩管(从高速公路上的某段路堑上,可以看到巴西利亚①附近一条狭长黑土区),只不过"钻石库"还没出现。

1975年,有组来自法国地质研究与矿产局的地质学家,循着一

---

① 巴西利亚(Brasília):巴西首都,位于巴西中部。

条冲积钻石的行迹,来到靠近圣弗朗西斯科河①一个山腰上。他们在山顶取了核样后,发现这里是个值得开采的矿脉——散含着钻石微粒的角砾云橄岩。进一步勘验更发现含有宝石品质的钻石浅管。如果依照非洲标准,这根本是上不了台面的微量,但在巴西,却可算是革命性的发现——传奇钻石库有史以来的第一名竞争者。

戴比尔斯很快就知道了这儿发生了什么事情,因此通过一家空壳公司买下那块地,开始在那块山腰进行好几年缓慢的地质研究。这是戴比尔斯集团的一贯作风,他们总是在大家把人为的圣石丢进市场之前,先行抢下或接手每根新发现的岩管。这根岩管看起来像个藏量相当丰富的矿脉——2万吨矿石整体采样,可生产出相当于5000克拉的钻石——不过戴比尔斯一点都不急着开采。

另外还有一个因素阻碍状况发展。这块高原离巴西传奇之河圣弗朗西斯科河源头不到3英里,许多当地居民与这条河有很深的感情。20世纪80年代,全球对亚马孙雨林面积锐减的关注,为巴西环保运动注入了生命。因此,一整群新起的非营利组织站稳了脚步,准备制造阻碍。同时,戴比尔斯集团不但几乎没有付出任何努力,试图赢得新邻居善意的舆论,反而可能从一开始就与这些团体建立了极其不善的关系。"你们派这些偷偷摸摸、口风很紧的英国人、南非人,在那里进进出出,制造出各种猜忌,可是这些人就是不肯说是来干什么的。"有位旁观者这么对我说。有鉴于巴西历来偏好进步不重维护的倾向,这些因素其实不一定会成为阻碍。然而在这件事情上,角砾云橄岩管恰巧坐落在一个极度不便的位置——位于1972年巴西政府设立的广阔的卡纳斯特拉国家公园西缘之外。积

---

① 圣弗朗西斯科河(Rio São Francisco):巴西境内的河流,长3160公里,为南美洲第四大水系,源于米纳斯吉拉斯州。

极的环保分子以及联邦环境部内相当有权势的少数人员，希望见到国家公园更往西延伸，永远封闭这个钻石库。这实在是个很棘手的问题。

不过戴比尔斯根本不以为意。在19世纪、20世纪之交，戴比尔斯集团破天荒将事业重心移转至零售业之后，他们又重新评估手上握有的全球矿场。巴西岩管被视为一项可变卖资产，2002年由一家名为黑天鹅资源（Black Swan Resources）的加拿大公司买下，后来改名为巴西钻石有限公司（Brazilian Diamonds, Ltd.）。这家钻石界新兵开始尝试说服巴西联邦政府批核执照，希望能在公园扩大之前获准在山腰进行采矿。除了这个办法，没有其他方法可以让产钻计划向前推行。

"大家一想到矿区，就以为要铲平整座山。事实上，我们只需要1.5公顷、大不过一个足球场的地区。政府不能不知道这块地下面有什么。"巴西钻石有限公司的财务主管卢西奥·毛罗·德·索萨·柯埃洛（Lucio Mauro de Souza Coehlo）这么说。

拓展卡纳斯特拉国家公园的游说正方兴未艾，巴西钻石还得设法阻止在他们其他地产上进行的窃采钻石行为。其中一块地产位于米纳斯吉拉斯州西部一条弯曲小溪的盆地区，小溪的名称是圣多安东尼奥多波尼塔。之前，州检察官曾派出一队武装警察到此打击非法采矿。此举让嘎林皮耶洛斯震怒。对他们而言，这又是另一桩高级阴谋，意欲假借环境保护法之名，剥夺他们获得钻石合法权利之实。双方关系紧张。

我跟着巴西钻石一位负责该区的业务主管到那个区域去参观。这位主管是前葡萄牙特种部队的队员，名叫马里奥·弗雷塔斯（Mario Freitas）。在戴比尔斯放弃巴西之前，他是旗下员工。他有个圆鼓鼓的肚子、一部手机，以及一本每页都挤满了密密麻麻文字的活页记事簿。我们钻进他的三菱小货车上,颠簸地沿着一条土道进入了矿区。这儿的乡间看起来有点像索诺马县①,只不过葡萄园换成了咖啡树丛。这儿有绿色缓丘,远方山丘上还有零星的几头牛,高高低低的沃土上,出现了连在一起的小径。过几个月,豆苗会从地底钻出来。

这些矿区可能很危险,马里奥这么告诉我。他并没有遇到过直接的威胁,不过每个人都认识他的卡车,也都知道他有权报警处理破坏非法矿区。有时候他会带着手枪视察这些矿区,随时准备面对麻烦。1975年葡萄牙人准备撤离在安哥拉的殖民区时,也就是残暴的安哥拉内战即将爆发前,马里奥就是在安哥拉服役。

"在这儿我随时保持警戒。"他说。车里后视镜上吊着一个微笑南瓜的芳香剂。

我们经过一串山脊,来到一栋位于宽阔河谷中的水泥农舍。"我认识这儿的人。"马里奥说。有位妇人走出来邀请我们进入满是烟雾与苍蝇的厨房。在这儿,她从一只黄色保温瓶中倒出了浓稠的甜咖啡请我们喝。她的名字叫阿莉塞·博尔热斯(Alice Borges)。丈夫几年前在溪床上找到一颗87克拉的钻石,两人用那颗钻石所换来的利润买下了这栋农舍。"这个年头,钱不容易赚。"她这么对马里奥说。刚挖出来的废石仍在,她之前一直缠着丈夫再去将那些岩块清洗一遍,希望找到更多钻石,不过他拖拖拉拉,现在雨开始打进来。

马里奥告诉阿莉塞,他打算去看看她的土地。严格说起来,那一大片短草地其实是属于巴西钻石公司的地产。那块地蜷在圣多安

---

① 索诺马县(Sonoma County):位于美国加利福尼亚州西北岸,为大旧金山湾区的最北区之一。

东尼奥多波尼塔溪的弯道之中,这对夫妻用有倒钩的铁丝网将这块区域交叉圈围,里面还养了几头牛。最大的一块草地中央,立着一棵孤单的棕榈树。"这块地同时也是主要的钻石草地区。"马里奥这么告诉我。溪流90度的弯道与博尔热斯平坦的农舍,暗示着草下有许多尚未开发的卡斯卡荷。几乎可以肯定的是,这条溪数百年前曾流经这座农舍,但后来河道改变了方向。

我们连续经过了好几道铁丝网门,颠颠撞撞穿越了田野,朝着溪水边缘附近一个开挖点前进。有名中年的嘎林皮耶洛斯正站在浅浅的开凿切口之中,努力地对着地面挥舞十字镐。挖采坑边摆着一台用电池的调频小收音机,他正在收听科罗曼德尔镇①播送的桑巴音乐。独立作业的嘎林皮耶洛斯放下十字镐,自我介绍说他叫拉扎罗·努内斯·达希尔瓦(Lazaro Nunes Da Silva)。

"还没挖到东西。我正在等上帝选择的时间。"他告诉我们。

马里奥蹲下身子,注视着他挖出来的3英尺深坑墙。显然,地表土下有一层厚重的碎石。接着马里奥从胸前口袋中掏出一个看起来像胎压计的仪器,细长的金属摆锤接着一条电线。马里奥将仪器靠近从坑里挖出来的土堆中某一个岩块,摆锤开始轻轻向岩块移动。"这根摆锤具有磁力,所以会被角砾云橄岩块吸引。"他这么告诉我。这儿有必要进行更进一步的地质探究,不过对博尔热斯家庭来说,这可不像是个好消息。

我们和达希尔瓦握了握手后,继续前往下一个开挖点。这次是在上游好几英里处的一个河谷,到处都是乱七八糟的废石堆,许多石堆上已有长草盖过。这条溪流的这个弯道,从殖民地时代就已经

---

① 科罗曼德尔镇(Coromandel):位于新西兰北岛东边科罗曼德尔半岛(Coromandel Peninsula)上的城镇。

有人在挖凿了。马里奥极为缓慢地将卡车驶过溪流,然后停在对岸一个深坑旁。我下车后,拉长了身子朝坑的另一边张望,结果看到一名拿着食鱼长刀的年轻人朝我们走过来。马里奥退缩了一下,但接着脸上立刻又露出了大大的微笑。"欧拉!"马里奥打声招呼,年轻人也朝他微笑。这个人穿着一件脏兮兮的衬衫与一条剪掉一边裤腿的牛仔裤,裤子拉链没拉,红红皱皱又遭到遗忘的生殖器半露在外。我们谈话时,他的食鱼长刀仍握在手中。

他叫何塞·马沙多·内图(Jose Machado Neto),他告诉我们他正和一名同伴把水管切成符合泵口径的尺寸。过去几个月,他们在两个矿坑中找出了八颗大小相当不错的钻石,不过都没有超过1克拉。何塞从6岁就当了矿工,手上的茧看起来几乎有半英寸厚。"嘎林皮耶洛斯是酒鬼,而挖矿就像是朗姆酒。只要一开始,就停不下来。"他告诉我。

马里奥在看到食鱼长刀的第一眼后随即放松了下来,他看到何塞同伴走了过来,便问他们在干什么。这位同伴弯下腰,在地上画地图。"1932年,这座河谷曾发生过暴力冲突事件。"他解释道。两组矿工各自从他们所在的溪床位置往内陆移动,大家在中央相遇。两组人马都宣称拥有权利开采一位农人土地之下的某个地点,那儿以前曾经挖出过一颗大钻石。彼此叫嚣了一阵后,演变成开枪交火。农人叫两组矿工把坑填平后滚蛋。前途无限的矿区消失了,现在,没有人确定那个地点究竟在哪儿。何塞曾在这个地点看过闪光,他认为这是个征兆。

"会怎么样呢?"何塞这么问马里奥,"他们会被驱逐吗?""下游有个家伙被警察关闭了矿坑,不过他已经又开始挖了。"何塞说。他显然很担心法律的铁腕会压在他这儿与他的窃采行为上。

"不用担心,我们对你没有什么不满。你又不是挖采一大堆。

不尊重环境的是那些大规模运作的家伙。"马里奥答道。

回到车上再度出发时,马里奥用英文喃喃自语。他说,这两个家伙挖出来的岩土堆至少要花六个星期的时间清洗,警察来之前,他们绝对洗不完那些岩块。

"关键全在于时间。"他说。

一样钻石两样情

强人的蛋糕摊子有不少客人听过他那个绿色小货车的故事。他对有兴趣的人开心讲述自己的钻石故事,不过中间省略了他曾花天酒地、非法采矿的部分,而强调20世纪90年代一连串异常的好运气与赤脚步行去履行自己的承诺。强人说故事时,真实与神话完全糅合成一体,没有人分得出其中的界限与区别。他成了自己传说中的主角,在邻居眼中,他的生活是一出道德剧。强人现在虽然穷得连屋里电费都付不起,但他很高兴有玛丽·何塞做伴。每当她离家时,强人都感到焦虑与忧郁。"对我来说,她不只是个妻子。"强人一面这么说,一面思索着应该如何形容玛丽·何塞才不至于亵渎她。最后终于说:"她像个母亲。"

如果可能,强人愿意再回去挖矿。前几个星期,玛丽·何塞做了一个梦,梦中她坐在河岸上把玩着沙。她在其中一把沙中发现了一颗6克拉的钻石。玛丽·何塞说:"这些钻石拥有属于它们自己的力量,让你去找一些不是你亲手放在地里的东西,是一种信仰的层次。"

村里其他人认为贩售花生糖对强人比较好。当地酒馆老板裘奥·巴尔博扎(Joao Barboza)说:"他是个好人,不过一碰到矿工病,就变得疯疯癫癫,神经兮兮。"他所说的"矿工病"是当地名词,用来指花钱如流水与用钱进行性交易的狂欢行为,这些行为通常都发生在发现了一颗大钻石之后。巴尔博扎继续说:"不过对他,我还有这样的话要说,很多家伙有钱时都忘了朋友,但强人从来没有忘记过朋友。"

强人的前妻坎迪达仍住在镇上那栋用强人的钻石收入所建造的房子里。太阳西落到艾斯皮纳可山山脊上时,我看到她从加油站越过高速公路,捡拾外面的木材。尽管已经40多岁了,而且一撮撮白发与极为僵硬的鬈发混杂在一起,坎迪达仍然有着令人瞩目的美丽。她在当地小学担任管理员,供其中一个儿子念迪亚曼蒂纳大学。这个孩子努力学习,希望有朝一日成为环境保护者。

我问坎迪达有关强人的事情,她笑了笑,有点疲惫。"他后来简直着了魔,完全变了一个人。他做的第一件事就是抛弃家庭。他交了许多女朋友,买珠宝首饰给她们。"

不过坎迪达一点都不怨恨她的前夫,至于这是因为她的天主教信仰,还是因为她对生活温和恬静的态度,不得而知。坎迪达很清楚自己比前夫过得好,她的房子有个绿色大铁门、有电,前院还有个花圃。

"我替他感到难过。不管发生过什么事,他从来都不是个坏人。我们在一起的那些年,他从来没有对我大声说过话。我帮他养大了三个儿子,我给了他我的一切。我很感激他。"她说。

"强人的三个儿子没有人会当嘎林皮耶洛斯。"坎迪达这么对我说。

"矿坑里的钱全是受到诅咒的钱。如果不好好管理,诅咒会从手指间渗漏出来。不过我们都过得很好。我们可以得到的,全都拿到了。一切都打理好了。不需要钻石了。"

说完,她捡起了木枝,走进家门。

第四章
钻石集团：南非

没有人知道钻石在真正自由交易市场上的价格，因为钻石买卖在一百一十八年前——自从戴比尔斯在一个半沙漠地带崛起后——就失去了自由。那块当时属于大英帝国的角落，之前长期以来在大家眼中一文不值。

在伦敦市中心，史密斯菲尔德市场（the Smithfield Market）露天肉贩摊附近，有座五层楼建筑物矗立在斜坡上，地址是查特豪斯街17号。水泥与玻璃外墙透露出一丝英国人温和的戒慎之气，但没有任何标示说明这栋楼内部有什么，唯一可以确定的是里面一定有什么东西需要周密的保全措施。有位穿着笔挺合身制服的警卫站在入口附近的防弹室中，那儿还有一座高耸的铁门，以及让武装车辆进入地下室的斜坡车道。

每年10次，每次约80位钻石圈最有头有脸的人物会到这儿会面，进行一项其他大宗物资交易界几乎完全陌生的仪式。客户都被引导至二楼的一间房内，房里有白色桌子、可调整角度的弯灯以及一张方形与椭圆形图案设计浅蓝色调的地毯。房里提供咖啡与茶。

与会者虽然用带有牛津腔的英文开着玩笑,气氛却相当肃穆。陪同人员走至通道底一个窗口,转身回来时,手上捧着看起来像便当的黄黑双色塑胶盒。盒子里面是各种大小与种类的钻石,与客户数周前下订的内容,也许相同,或许迥异。有关人员提供客户一只放大镜后,请他们检阅盒中物品。至于价格,完全没有商议空间。大家只有一个心知肚明的选择:照单全收或拉倒。选择拉倒的人少之又少。

这些例行大事称为"看货",主办单位是戴比尔斯联合矿业公司,也就是一百多年来始终严格控制着钻石供给的垄断企业。从这儿出去的钻石数,只比全世界的钻石每月总销量的一半少一点。在钻石圈,受邀参加戴比尔斯"看货"是事业臻至巅峰的象征,因为这代表贵公司通过了严苛评估:财务状况、市场敏锐度,也具备了已获证实的能力,能够将钻石配销给由批发采购商与精品店客户所组成的广大销售网。成为一个"看货者",同时也表示你说服了戴比尔斯,自己不但不会以批发形态售出太多盒子里的钻石,造成市场的波动,也不会抗议自己配额内的钻石品质。你的顺从,可换得实质保证,保证你从盒子里本金100万到3000万美元不等的商品中赚取可观的利润。

戴比尔斯容许客户挑拣盒子里一包包货品的毛病,但绝不接受客户对盒子配货有所抱怨。那样做会立即招致惩罚。前一个拒绝接受盒子的人是纽约传奇交易商哈里·温斯顿①。他曾一度宣称戴比

---

① 哈里·温斯顿(Harry Winston, 1896—1978):美国珠宝商。最著名的事迹之一是在1958年,将世界知名的"希望钻石"(Hope Diamond)捐给史密森学会。另外一项为人津津乐道的事情是,他曾将一颗重达726克拉未经雕琢的原钻,通过美国邮政系统寄送。"希望钻石"是目前世上已知的最大蓝钻,重45.52克拉。"希望钻石"周围有16颗白钻,项链上则有46颗白钻,也全都价值连城。不过根据传说,"希望钻石"是一颗受诅咒的钻石。

尔斯的看货系统"邪恶"，且一直很厌恶戴比尔斯高傲的手段。他很快就被排除在下一次看货邀请单上。没多久，他还发现自己处于必须加码补货这种极度不利的情况下。温斯顿试图与远在葡萄牙殖民地安哥拉的一个矿区建立关系，不过整场交易在英国某内阁大臣亲电里斯本某位官员后告吹。这位英国大臣对里斯本官员说，任何与温斯顿有关的事务安排都将被视为"不友善的行为"。没有人知道戴比尔斯究竟动用了何种精明的手段，导演出这桩粗鲁的外交行径。受到惩戒的温斯顿又回到看货名单上了，从此再也没有抱怨过依照惯例分配给他的钻石。

一位戴比尔斯前高级主管告诉我，为了释放出完全正确数量的钻石到市场上，每个盒子都经过仔细计算。钻石数量必须多到足以满足客户需求，但又必须少到不足以造成任何价格下滑。这件事格外重要，因为供需波动绝对不见容于钻石界——虽然这对世上其他金属交易而言都是常态。

这位要求不具名的前主管说道："维持平衡就是一切。我们会调查孟买、安特卫普、特拉维夫与纽约的原石价格。我们知道自己的一举一动对市场都有极大的影响。"

戴比尔斯通常不允许外人进入看货楼层，那儿算是一种钻石世界的中心神殿。不过圣诞节后的死期周[①]，人在伦敦的我，设法和一位好心情的慷慨主管连上了线。他叫安迪·博恩（Andy Bone），是一位衬衫扣子从头扣到尾，外加一件毛衣的整洁男士。我们在自助

[①] 死期周（Dead Week）：最早是美国校园流行的名词，指期末考试前的那一周，除了要准备考试外，几乎所有要交的报告期限也都在那周，所以赶报告、读书的学生晚上彻夜不眠，靠咖啡与提神饮料度日。后来沿用到感恩节后的大约两周期间，大家都已回过家，所以旅行人数锐减，交通状况通畅，机票、车票折扣高，之后圣诞假期将至，各种交通工具票价又开始飙升，交通也开始拥堵。作者所说的死期周，是指圣诞节后的交通低潮期。

餐厅享用葡萄酒煮鸡与龙虾浓汤中餐后,起身前往每逢第五个星期一就将宝石销给钻石圈精英的套房之内。

我不太知道自己应该看些什么,不过一间间看货室像是具有20世纪80年代风格的普通会议室。这些看货室与其他二流律师事务所会议室的唯一差别,只有设于窗旁的四方形台灯、电子秤,以及装在天花板上的监视器孔。一切都平凡到令人大失所望。我坐在一张有垫子的椅子上,把这些话说给博恩听。

"我承认的确有点普通,不过我想这是一种利用普通特有的压抑方式所表达出来的重要性。"博恩回答。

他并非在开玩笑。离我们脚底五层楼之下是一连串金库,里面存放着全世界数量最多的未加工钻石。这些库存钻石的确实价值一直引起不少臆测,但一般认为最接近的预估值应该是200亿美元。这些宝石中,只有比例受到控制的极少量会出现在看货场合中。对戴比尔斯而言,待在金库的钻石更值钱。钻石工业持续稳定发展,仰赖的是戴比尔斯一面辛苦经营所创造出来的人为数量操控;一面砸下数百亿、数千亿的美元,打广告维持钻石是爱情终极象征的形象。戴比尔斯组织现在正努力试图重塑形象,希望摆脱钻石交易管理者角色,转型为某些特别品牌钻石的贩卖商。然而在传统认知上,这家公司仍是个彻头彻尾的托拉斯企业——一个为了排除异己的竞争而结合企业利益的网络。在当下21世纪,戴比尔斯仍巧妙操纵着一种17世纪的经济模式,这成就着实令人佩服。这种操作也确保了钻石——这种自然界中其实并不是太稀有的矿产——可以在真正的自由交易市场上卖到令人望尘莫及的价格。

没有人知道钻石在真正自由交易市场上的价格,因为钻石买卖在一百一十八年前——自从戴比尔斯在一个半沙漠地带崛起后——就失去了自由。那块当时属于大英帝国的角落,之前长期以来在大家眼中一文不值。

南非第一道钻石曙光

每个文明都需要一个创始神话。这是个属于现代南非的创始神话：1867年春天某日，大草原偏僻地方一个十几岁男孩，出门修理父亲农场上一根堵塞的水管。伊拉斯谟·斯特凡努斯·雅各布斯（Erasmus Stephanus Jacobs）是一名布尔人①的儿子。布尔人为了脱离英国人统治的开普敦，长途跋涉迁移至卡拉哈里沙漠②边缘旱地生活。这些移民说的是一种轻快的荷兰方言，称为南非荷兰语。他们相信《圣经》上的每句话。许多人还相信世界是平的。在称为大卡鲁③的非洲沙漠旱地上，这些移民尝试在灌木丛、杂草与刺槐树丛中胼手胝足过活。雅各布斯只是个平凡农人之子，但这天下午，他却证明了自己与其他人相异之处。

"做好了该做的事情后，觉得有点累。我坐在一棵树下乘凉，

---

① 布尔人（Boer）：从欧洲大陆至南非的移民，以荷兰人为主，不过也有法国人、德国人、比利时人、北欧人等，后来还涵盖了印度人与马来人。这些移民在17世纪90年代开始从开普敦等地向荷属东印度公司（Dutch East India Company）所建立的东开普开拓区（Eastern Cape Frontier）迁移，部分留在东开普开拓区定居，大家称为布尔人（布尔为荷兰语"农人"之意），其他则统称为游牧布尔人（Trekking Boer），一般又以Trekboers表示。约19世纪的时候，布尔人与游牧布尔人全被称为布尔人，20世纪，大家改称他们为南非白人（Afrikners）。他们说的语言是南非荷兰语（Afrikaans），这种语言一开始是经过改造的荷兰方言，后来因陆续加入了法文、德文、葡萄牙文、马来文、英文等各种非荷兰语源的字词，而变成一种独特的语言。
② 卡拉哈里沙漠（the Kalahari Desert）：非洲南部的半沙漠区，面积90万平方公里，覆盖范围包括博茨瓦纳、纳米比亚与南非。部分为沙漠，部分为高原，有许多动植物生存在其间。
③ 卡鲁区（Karoo）：南非的半沙漠区，分为北部大卡鲁（the Great Karoo）与南部小卡鲁（the Little Karoo）。大卡鲁的面积约有40万平方公里，小卡鲁又称克林卡鲁（the Klein Karoo），属于比较肥沃的山谷。

突然注意到几米之外刺眼的烈日下,有颗闪亮的石头,"雅各布斯多年后如此回忆,"我很好奇,于是走过去捡起这颗穆伊克里普(mooiklip,荷兰语'漂亮的石头')。那颗石头正躺在石灰石与铁石之间。这里离我们家还有好一段距离,不过离奥兰治河①河岸只有数百米。当然,我根本不晓得那块石头的价值。当时我穿着一条灯芯绒的裤子,所以顺手把石头塞进口袋中。虽然找到这么漂亮的石头,不过我没有任何兴奋之情"。

后来,雅各布斯把穆伊克里普送给妹妹,她用来玩一种名为"五石"的游戏,玩法类似丢沙包。玩的人先丢起一颗石头,接着一把抓起散落在地上的另外四颗石头后,再接起原先丢出的石头。邻居沙尔克·范尼凯克(Schalk van Niekerk)造访雅各布斯家时,在门口打断了小女孩的五石游戏。他声称很喜欢这颗亮晶晶的石头,想用这颗石头刮窗台。范尼凯克询问是否可以买下孩子的石头,雅各布斯太太说石头怎能收钱,想都不想就给了他。范尼凯克把取得的石头卖给一个名叫奥赖利(O'Reilly)的流动商贩。奥赖利在霍普敦②的酒吧里夸示自己买到一颗钻石后,张大了嘴一路笑呵呵走了出去。宝石最后辗转来到一位麻醉师的办公室,他在用它刻刮一片玻璃后,宣布这是一颗真正的钻石。就这样,有人在奥兰治河捡到其他穆伊克里普的故事传了开来,麻醉师也把这个令人兴奋的消息传给了伦敦商贾。

---

① 奥兰治河:又作盖瑞普河(Gariep River)或山库河(Senqu River),是南非最长的河流,全长2200公里。源于莱索托(Lesotho)境内的德拉肯斯山脉(the Drakensberg Mountains),注入大西洋,中间有部分形成南非与莱索托、纳米比亚的国界,南非境内有些省份也以此河为省界。
② 霍普敦(Hopetown):位于南非北开普省(Northern Cape Province)的大卡鲁边缘,是个干燥区,地势朝着奥兰治河斜倾。南非第一颗钻石(the Eureka Diamond)即在此地发现。

在钻石界，有个放之四海而皆准的现实：任何新矿区的出现，几乎都一定会面临形式上的质疑。这份质疑背后的实际心态是惧怕价格崩盘。这次也不例外。邦德街某珠宝商派出一位名为詹姆斯·格雷戈里（James Gregory）的调查员至南非，针对那个被视为钻石矿区的地方进行了解。格雷戈里行至南非乡间，检验了一些地表地质特性后，在《科学看法》（Scientific Opinion）期刊上发表了一份钻石判决文："我坚信自己的看法，提出南非发现钻石这整件事情是场骗局，是一个欺诈计划。"简言之，格雷戈里认为穆伊克里普是不明人士为了快速致富，从印度或巴西进口钻石，却宣称产地是非洲。这个说法似乎相当符合当时大家对南非的印象。那个时代的南非，只有一条条枯水的小河流、一群群白蛉和一望无际的草原。

不过格雷戈里错得离谱。这份报告发表后没多久，有位牧羊人在奥兰治河的沙里发现了一颗83克拉钻石。经过琢磨后，这颗钻石成了名为"南非之星"的闪亮珠宝。有则可能是杜撰的故事，讲述英国殖民部大臣理查德·索锡（Richard Southey）在开普敦国会进行演讲时，用这颗大钻石当作庄严声明的道具。他的语调想必如吟诵般抑扬顿挫："各位先生，在这颗石头之上，将建立起南非的未来。"有位商人在日记中细心地记下了出现在霍普敦的第一颗钻石，他也提出了类似的评语："尽管格雷戈里先生尝试贬抑我们的钻石，但他不可能泯灭存在于奥兰治河与法尔河沿岸的钻石。我大胆预测，那些钻石未来将为这块始终相当倒霉的国土带来巨大财富。"

商人之语后来证实要比维多利亚式的夸大之词正确多了。"格雷戈里"这四个字，在南非俗语中也因此演变成"离谱错误"的同义词。发现巨钻的消息在1870年夏天有如大炮射出的炮弹般炸开，世界各地探矿者蜂拥至南非，加入挖寻可能存在的丰富矿脉之列。这些人包括美国加利福尼亚州金矿资深矿工、美国内战老兵、不久前才出现的澳大利亚淘金潮淘客,以及来自英国埃塞克斯郡①与波切斯特②的乡巴佬。连水手都在南非海岸弃船从矿,连塑胶靴和油布防水衣都来不及脱,就跳上货运火车。这些移民组成散乱的马车或牛车车队,从开普敦港口启程,横越500英里干旱的南非无林大草原。在卡鲁区平原半空中,朝天扬起一圈巨大的灰尘与烟雾,标示着一座喧闹嘈杂的帐篷村的位置。村子里的寻钻者、娼妓、盗贼以及一群群祖鲁人与格里夸村民③,全都兴奋地挖着河床。本来此地有一群鸵鸟会在河边喝水,帐篷村里的人没多久就将这些鸵鸟射杀殆尽,接着挖肠剖肚细细检查内脏,看能不能找到鸟儿生前吞下的钻石。

尽管偶有令人激动的时刻,但挖钻工作又脏又热,而且大多徒劳无功。河里砂石成堆成堆被拖上岸,经过名为"摇篮"或"宝宝"的筛网摇动过筛后,倒在平坦的木桌上。湿漉漉的矿石据说会呈现一种绿、黄、红混杂的鲜亮砂锅菜肴色调——"一种磨损与碾平的玄武岩、砂石、石英与暗色岩的碎屑,混进玛瑙、石榴石、贵橄榄石、碧玉与其他色彩丰富石块的杂烩。"有位矿产工程师如此描述,他说那是他见过最美丽的矿石。探矿者用小刀与一块打扁了的锡片将彩色矿石挑拣分类后,将剩下的沙土堆到一边,再进行下一堆砂石的过筛与分类。重点在于速度,一个人过筛分类出来的砂石越多,找到致富石头的可能性也就越高。经验丰富的老手吹嘘着

---

① 埃塞克斯郡(Essex):位于英国东部的一个郡。
② 波切斯特(Porchester):位于英国诺丁汉郡(Nottingham)。严格说起来,波切斯特并不是一个地区,虽然有条波切斯特路位于波切斯特教区南部边缘,不过全都属于诺丁汉西南的洁德林(Gedling)区。
③ 布尔人用带有侮辱性的名称称当地原住民为"卡菲尔"(Kaffir),这个词源于一个谬误的阿拉伯词汇"夸分"(qafin),意思是"异教徒"。遗憾的是,这个名字一直跟着当地原住民。——原文注

自己可以在一堆岩块中看到钻石光芒一闪即逝，然而百年之后，重新检视那些废弃的砂石堆，结果却证明许多宝石还是逃过了当年老手的法眼。有位名为弗雷德·英格利希（Fred English）的矿工曾描述过这样一件事：某人终于找到了一颗钻石，不过他差一点就把这颗宝贝划下桌，幸好他那年纪尚小的儿子眼尖，发现那是一颗26克拉的钻石。有人出价2600英镑买走了。

极少数幸运的移民成了财主，然而大多数人都空手而回，就算没有空手而回，情况也好不到哪儿去。其中最典型的例子，是个名叫约翰·汤普森·达格莫尔（John Thompson Dugmore）的年轻小伙子。他寄给在英国的妻子西德妮的家书中，提到南非这个新边境之区。最早有封写于1870年9月9日的信，信中描述了矿坑附近的乡间：

> 这儿举目所见，是想象中最可怕、最荒凉的一片景色。仅仅是看到这幅景况，就让我的士气跌落谷底。没有任何青草的踪迹，稀少的树丛几乎不见叶片，即使有叶，也稀疏可怜。这儿只有不含石块的沙土，唯一例外是沙床，连牛车也几乎无法穿过的深深沙床。

达格莫尔花了一个月清洗砂石，吃一成不变的食物：羊肉与粥饭。然而他和同伴却毫无所获。

> 也不能说很失望，因为我从未对这份工作抱持着乐观希望。然而我认为，这个根据臆测就可以赚钱的事业，其实是骗局一场。我认为这儿产出的矿连四先令都不值。这儿有数以百计的人日复一日、月复一月辛苦工作，却毫无成就。整件事就

像买乐透,而且还是中奖概率最低的那种。

到了秋天,达格莫尔更沮丧了,于是他移去另一个新地点挖采。一个礼拜里,虽然有六天都不断筑坝、清洗砂石,辛劳工作到背都要断了,但钻石似乎总是出现在河的另一端,他如此抱怨。尽管抱怨不断,达格莫尔显然也犯了天底下所有钻石矿区都挥之不去的通病——"矿工病"。可惜收获仅有三颗全不足1克拉的石头。

成千上万的矿工不屈不挠一味蛮干。有个名叫范宁(J. E. Fannin)的人,总是碰到倒霉的灾难,像蝗虫吃穿了补给袋、暴风雨吹走了帐篷等。除此之外,他还不断担心回家时,自己的小女儿已不认得他。他答应家人1871年春天一定回家,但到了4月,他又卖掉了帐篷与牛,要再试试运气。有人曾在接近杜托伊斯宾(Dutoitspan)某处找到一些钻石。一位名叫理查德·杰克逊(Richard Jackson)的矿工在一大片杂草蔓生的贫瘠之地,遇到一位高大利落的布尔人,自称柯尼利厄斯(Cornelius)。这名陌生人把他收集到为数并不多的钻石拿给杰克逊看,还说他获得了冷峻的地主兄弟许可进行搜寻,代价是他所得的四分之一。这对兄弟的名字是约翰尼斯与D.A.戴比尔(Johannes and D.A.De Beer)。

"还有别人知道这件事吗?"杰克逊问。

"没有。"柯尼利厄斯如此回答。

接着,杰克逊冲回河边营区,把设备一股脑儿全抛进自己罩了防水布的货车车厢中,然后大声向每个愿意听他说话的人宣布,他决定要休息一阵子,不挖矿改去打猎了。杰克逊想必是演技很差,因为第二天,一排牛车有如遭到地狱恶鬼追赶般,全轰隆隆朝着戴比尔农场而来。杰克逊到得太晚,连一个好位子都没抢到。至于柯尼利厄斯,他愈来愈惧怕这些乌合之众,也干脆弃守了此区。有着长颚与一脸络腮胡的戴比尔兄弟，面带厌恶看着自己的土地遭人践踏、蔬菜遭到掠劫，而农场更是被成千上万想要找到下一笔意外之财的粗人翻寻。有一阵子他们还试着收取土地使用费，不过最后还是决定以6000英镑的价钱，把土地卖给来自伊丽莎白港^①的投资者，永远离开他们建盖在无林大草原上的泥屋。当时这场交易看起来相当划算，因为戴比尔兄弟最初的购地价格只有50英镑。约翰尼斯·戴比尔后来说，他唯一的遗憾是没有另外多要一辆新货车与一些拉车牛。

戴比尔兄弟就这样消失了，没人知道他们的下落。两人只留下了名字，代表鲸吞了他们农场的矿坑。这桩历史上的偶发事件绝对会令两兄弟恼怒。他们并不在乎钱，只不过他们的名字很快就用在非洲有史以来最贪婪的资本主义帝国之上，而这个帝国所作所为却与这对兄弟毫无关系。有此作为的人，是一位了不起的帝国建造者。

金伯利淘钻热

塞西尔·约翰·罗德斯（Cecil John Rhodes），这个后来被英国作家吉卜林称为"当今活在世上最伟大的人"，出生于1853年7月5日，是赫特福德郡^②一位神职人员的儿子，患有贫血症。罗德斯是个散漫的学生，总是保持沉默并做白日梦。有一张早期经过硝酸银处理过的相片，是他在埃塞克斯郡斯多弗主教学校念书时所摄。相

---

① 伊丽莎白港（Port Elizabeth）：又称为马迪巴湾（Madiba Bay），位于南非东开普省（Eastern Cape Province）的一座城市，离西开普省770公里。
② 赫特福德郡（Hertfordshire）：位于英国东南部。

片中的罗德斯穿着古板的板球选手制服坐在草地上，离同班同学远远的，瞪着镜头的表情慵懒虚弱。17岁心脏病发后，他的父母同意让他去南非的棉花种植园与哥哥赫伯特一起生活。罗德斯的父母相信南非气候有益于儿子的健康。结果，非洲对他有益的不仅仅是气候：无情的太阳与广阔的草地对年轻的罗德斯产生迷醉的效果。他在这个环境中看到了狂野与未开发的领域。

赫伯特让弟弟负责管理棉花园与30名当地员工后，就出发至戴比尔农场。满怀希望的探矿者正像火蚁般成群涌向那儿。带回来的消息相当振奋人心，于是罗德斯也驾了一辆牛车出发去找哥哥。他的第一份工作是贩卖冰淇淋给矿工。这个时候，戴比尔农场附近已出现了四个主要矿坑，其中最大的那个坑洞，位于戴比尔兄弟弃住的泥屋东边矮丘上。有个伊拉斯谟·雅各布斯找到穆伊克里普的翻版故事，曾在这座矮丘上演过，那是名叫戴蒙的格里夸奴工，遵照指示在山丘上放牛。就在树下小憩时，注意到不远处的闪耀石头。

这则故事像另一发大炮炮弹爆炸般传了开来。两天之内，800多人提出申请，意欲购买那座矮丘。不可思议的大钻石出现在红土之下数英寸的地方：21克拉、37克拉、14克拉、28克拉。当时没有人知道，这座山丘其实位于一根火山管之上，而这根火山管则是历年来发现钻矿最多的其中一处。矿工为了追逐钻石的踪迹，用手把山丘剥了个四分五裂，又继续往下掏。窄径与矿坑交错，不久地面就坍塌成了一个不断扩大的坑洞，大家称为"大洞"。地主在呈梯形的地权范围内开始竖立高墙和梯子，模仿美国西南部印第安人的村落。在帆布帐内的手摇风琴声以及由装货箱条搭盖的破屋之中，这儿照例出现了酒馆：国王酒吧、老公鸡酒店，以及烧烤店、山姆大叔小屋等。其中还有一些柯普街跑单帮客①的摊子——钻石商挂羊头卖狗肉，利用摊子当掩护，实际进行大规模的赃物买卖。大家为这座欣欣向荣的前哨镇取名"新潮"（New Rush），后来经过一群有政治头脑的矿工修改，借用了伦敦当时在位的殖民部大臣之名，重新将此镇命名为"金伯利"②。

地下60英尺处，矿坑松散的黄土变成了较硬的蓝土。大家必须发展出一套新的挖矿方式。坑缘架起了木台，生皮桶利用滑轮装置在各地主的地产坑内上下来回。延伸到坑里的线路如蛛网般交织，犹如巨大的竖琴琴弦闪闪发亮；据说在月光下，这幅景象更令人难忘。千百吨藏量丰富的"蓝土"被大家以双手不畏辛苦地拖上地面。不过附近没有可靠的水源，因此挖钻者只能在没有水的环境下挑拣砂石。邻近有条名为杜托伊斯宾的小溪，因为采钻而过度负荷。乔治·比特（George Beet）曾提到在这条小溪上游发现了一具浮尸。这个倒霉的家伙在水里泡了九天，皮肤都已由黑转白。"回想起我们开心喝着这条遭到污染的溪水已超过一个礼拜时，你可以想象大家当时的感觉会是什么。"比特这么说。开普敦运来的汽水变得比清水还便宜，有些人则夸张到用汽水洗澡。

罗德斯一手打造钻石帝国

塞西尔·罗德斯一直来往于欧洲和南非之间，在这混乱的时期

---

① 柯普街跑单帮客（kopje wallopers）：柯普街是指地表开矿的主要地点，有些收购商在其中巡回，向自称为钻石所有人收购钻石，其中当然不乏诚信不良的人。
② 金伯利（Kimberley）：位于英国诺福克郡（County of Norfolk）。此处指的是约翰·沃德豪斯爵士（Sir John Wodehouse），1669—1754年英国议会议员，同时也是第一任金伯利伯爵（Earl of Kimberley）。

看到了机会。他在夏天洪水季期间出租唯一的机器泵，赚进丰厚的利润。之前也已买下一些戴比尔兄弟与金伯利矿区的产权。他眼中有一个巨型公司，这家公司整合所有零散的矿区地权，带来巨大的收益：较低的劳工成本、较大的机器设备，以及成长快速的产量。1880年，罗德斯创立戴比尔斯公司，手上只有零星的矿区地权，其中许多还是因为高墙坍塌或洪水肆虐而无法开采的地区。鲁莽的采矿时期已接近尾声；现在需要的是挹注一笔巨额资金，建立矿区的竖坑与工厂。罗德斯与父母筹划了一个大规模计划，要点有二：首先，清除所有矿坑的滑轮装置与线路，由更具效率的地底通道取代。其次，为了减少金伯利日渐热络的非法钻石交易，将黑人劳工圈禁在矿坑所在区的临时工人宿舍中。罗德斯家族借着巴黎某银行提供的250万英镑资金，开始试图买下所有矿区地产。可惜诸事不顺。不同地区的价格引起了各式各样的争吵，法国金主态度日趋慎重，整个计划告吹。然而不屈不挠的罗德斯依然继续收购其他一连串较小的公司，计划东山再起。

不过，另一位也想成为钻石大亨的家伙阻止了他的计划。巴尼·巴尔纳托[①]是金伯利中央公司（Kimberley Central）董事长，出身背景虽然与罗德斯不太一样，但两人耍心机的程度却不相上下。罗德斯出身于浮夸的英国国教中产阶级家庭；而巴尔纳托是伦敦东区[②]的街头混混兼酒保，带了40盒廉价雪茄到金伯利，诈称这些全是"哈瓦那"高级雪茄。巴尔纳托热爱拳击、陋室中的娼妓与色情故事，然而同时却也可以一面倒立一面完整吟诵完《哈姆雷特》整段独白。然而，巴尔纳托真正热情的寄托处，在于钻石。

---

① 巴尼·巴尔纳托（Barney Barnato，1852—1897）：出生时的名字为Barnett Isaacs。
② 伦敦东区（East End）：此处聚集者多为英国社会底层劳动者。

巴尔纳托的眼光聚焦于出现在60英尺处的不稳定"蓝土"。这种蓝土矿藏量不如地表层丰富，当大众相信矿坑藏量即将采尽时，地价开始下跌。但巴尔纳托却倾向于相信一套新的理论，而后来也证实这套理论论述正确，那就是火山土是钻石的主岩。大洞里的钻石必定出于一根"地里的管子"，巴尔纳托这么推论。于是他迅速筹集了3000英镑，尽可能买下所有眼睛看不见的管子。到了1887年，他和罗德斯已经成为两个金伯利最大的竞争对手。双方之间的龙争虎斗已是弦上之箭。

"仅是外表，罗德斯与巴尔纳托就已有极大的差异。一个是矮壮圆头、外加近视眼的犹太人，总是在当时的比赛与非法交易中插一脚；另一个则是爱思考的高个子年轻督导，总是闷闷不乐坐在桶子上，对周遭的唠叨、废话完全无动于衷，澄蓝色的双眼只专注在自己大脑里的组织计划。这两人的差异，岂是'南辕北辙'四字可形容！"美国采矿工程师，同时也是戴比尔斯多年的总经理加德纳·威廉斯（Gardner Williams）这么写。威廉斯在罗德斯与巴尔纳托这两位极具吸引力的大人物年轻时即已认识。

接下来，这两位指标人物的竞争演变为购并竞赛。几乎每个南非人都认为这段插曲是出高风险的滑稽歌剧。罗德斯在精明的经理艾尔弗雷德·拜特[①]协助下，回到伦敦，央求投资家内森·罗斯柴尔德[②]挹注资金。罗德斯的目标在于拿下巴尔纳托尚未确保的大洞开采特权，这个权力当时是握在一家由许多股东组成的法国钻石矿业开普公司（Cie Française des Mines de Diamant du Cap）手上，大

[①] 艾尔弗雷德·拜特（Alfred Beit, 1853—1906）：英国人。南非黄金与钻石大亨，支持英国在南非的帝国主义。
[②] 内森·罗斯柴尔德（Nathan Mayer Rothschild, 1840—1915）：英国银行家与政治家。第一任罗斯柴尔德男爵（Baron Rothschild），也是罗斯柴尔德国际金融帝国创立者。

家都称这家公司为"法国公司"。巴尔纳托出的价格较高，但罗德斯却向巴尔纳托提出一个相当独特的交易条件：与其进入哄抬价格的殊死之战，不如让他出资买下法国公司，然后用微不足道的30万英镑将法国公司卖给巴尔纳托。罗德斯要的只是巴尔纳托公司五分之一的有效股权。巴尔纳托评估后，找不到任何对自己不利之处，欣然同意。

可惜他并没有算计到罗德斯自大又饥渴的掌权欲望。戴比尔斯的股票经纪商授命不计代价收购金伯利中央公司所有流通在外的股票。这家公司股价一个月之内飙涨四倍，而罗德斯也取得该公司大部分的股权。巴尔纳托承认失败，选择不再继续进行毁灭性的竞争，让钻石价格一跌再跌。然而罗德斯的成功之路上还有其他阻碍：一群极度不满的金伯利中央公司股东，试图向开普敦法庭指控，阻挠罗德斯与巴尔纳托之间的交易。这群股东主张的立场根基于当初金伯利公司规章规定：该公司只能和"同性质的公司"结合。这些股东坚称戴比尔斯与金伯利中央根本是两家无一相同点的公司。罗德斯自己也承认，他的公司不只开采钻石。事实上，罗德斯的公司是想兼并非洲其他国家的钻矿，与各地部族族长建立外交关系、建造铁路、建立一支常设武装部队，甚至在必要时不惜开战。戴比尔斯驳斥那些金伯利股东根本就是我行我素、不负责任。不过法官接纳股东的说法，阻止了交易进行。

罗德斯选择采用典型南非风格的粗暴政治手段回应这件事。他和巴尔纳托毫不犹豫解散了金伯利中央公司，并立刻以令人咋舌的天价，将该公司资产全部购入戴比尔斯旗下。罗德斯开立了5,338,650英镑的支票，全用来清算金伯利中央公司，这是当时前所未见的天文金额。除此之外，这也成为钻石交易界极为重要的时刻，因为从此之后一切都变了，钻石市场不再出现任何阻碍。根据罗德斯1888年3月31日对股东所言，戴比尔斯现在的目标，是成为"世界从未见过的最富有、最伟大与最有权势的公司"。

掌握了世界上九成钻石来源的罗德斯，遣散了数千名工人。金伯利的白人矿工几乎有四分之一丢了工作，黑人矿工则是有半数失业。更重要的是，罗德斯与戴比尔斯董事制定了两大方针，建立了此后一百二十五年的钻石销售方式——钻石界至今依然遵照这些方针运作。首先，他将矿产大砍将近一半，以人为手段制造出稀有性，钻石价格因此飞快飙升。第二，戴比尔斯创立了世界钻石配售单一渠道：钻石仅独售给伦敦一小撮被称为"联盟"（The Syndicate）的中间商。这个做法是今天看货系统的前身。钻石价格在一年之内几乎翻涨一倍。

同时，矿区劳工政策在塑造20世纪南非种族隔离一事上，也开始清楚显现其所扮演的重要角色。相关人员说服了英国殖民官员在金伯利制定一条"通行证法"（实施时间为1923—1986年）——表面上适用所有人种，然而在执行时却只针对黑人。这条法令规定"奴工"都必须随身携带文件，文件上必须注明自己在某地的合法工作权、薪资金额、工作履历与现任雇主。任何一名白人或警察都有权向黑人提出看证的要求，违者不是坐牢就是罚款。黑人矿工每当下工时，都被迫脱光衣服接受对身上所有洞孔的检查，以防窃取钻石；但他们的白人同僚却不需要接受如此屈辱。如果经理阶层觉得盗窃行为过于猖獗，黑人矿工会被圈在矿坑旁围着铁栏墙的围场内。除此之外，黑人矿工在工作契约期间也都被迫住在围场之内，可以想见的是，围场内的居住状况悲惨不堪：20人住一间房、肮脏的厕所、冷的剩菜残汤、木桶权充当碗盘。有位围场工人的儿子回忆1901年在罗德斯某个矿区见到的凄惨景象："我父亲在金伯利矿区做一期工，他必须在围场里至少待六个月，不到工作期限结束不能出来。每个月一次,父亲会出现在大门与亲戚见面,但中间却隔着一道墙,如同坐牢一般。"

金伯利没有工作的矿工焚烧罗德斯的雕像、在当地报纸上诅咒他。"他一点都不在乎矿工的福利,他只关心自己的利益。"有人如此怒斥。但矿工们的作为,却无法损伤罗德斯在开普敦甚至威斯敏斯特的政治影响力。大家把他捧成模范帝国主义者,除此之外,他还是维多利亚女王钟爱的人物。罗德斯造访温莎城堡时,女王问他:"现在在忙什么,罗德斯先生?"他给了天下第一流的答案:"我在努力拓展女王陛下的领土。"

舌灿莲花的罗德斯,将自己财富建筑在他人虚荣之上。之后他开始以大英帝国为遮掩,把自己的虚荣扩展至非洲大陆心脏地带。他说服了英国议会让他创立一家公司收购南非北部马塔贝莱兰[①]的矿业与农业特权。马塔贝莱兰位于当时已消失的原住民城市废墟附近,大家称此地为大津巴布韦[②],没多久前这儿才发现了黄金矿脉。罗德斯派出一批军队,迅速取得新的地盘、清除难以驾驭的原住民,并在索尔兹伯里[③]建立了一座前哨首都。"请大家了解,这绝不是个人的贪婪所期盼的结果,而是如各位所知,黄金要比其他任何东西更能加速国家的发展。"他在写给一家伦敦报社的信中如此说。在较坦率的时刻,罗德斯则以这样的话打发批评者:"我喜欢土地胜过黑鬼!"

[①] 马塔贝莱兰(Matabeleland):以前是罗德西亚的一省,位于林波波河(Limpopo River)与赞比西河(Zambezi River)之间,不过今天的马塔贝莱兰分成南、北马塔贝莱兰两个省份,分别位于津巴布韦的西南与西部。
[②] 大津巴布韦(Great Zimbabwe):津巴布韦国内的一座古城遗址,有时也称大津巴布韦遗迹(the Great Zimbabwe Ruins),是古代非洲南部大津巴布韦帝国(the Empire of Great Zimbabwe)的一座中心古城。
[③] 索尔兹伯里(Salisbury):即现在津巴布韦首都哈拉雷(Harare)。

曾被诓骗签约让出自己土地的洛本古拉族长[①]，发起暴动对抗罗德斯派来的雇佣兵。被侵略三年后，族长在战争期间过世。他最后所做的事情之一，是送给追捕他的人一袋黄金与一张纸条，纸条上写着："白人，我被征服了。拿了这个回去吧。"答案当然是：办不到。马塔贝莱兰这时已经毫无争议属于大英帝国所有，殖民者大批涌入，铁路、电报也都在短时间内建立起来，连接殖民地与外面的世界。报纸开始以这个新地区的征服者之名，称这里为"罗德西亚"（Rhodesia，津巴布韦旧称）。这个名字就这样与这块地方黏在一起了。塞西尔·罗德斯成了世界史上极少数把自己名字印记在独立自治国家的人物之一。

罗德斯发现这带给他极大的满足感，因为没有什么会比留在身后的功绩名声更令他在乎的了。这个对打造20世纪钻石婚戒传统基础至为关键的人物，终生未婚，过世时很可能还是处男。有一次他写给赫特福德郡朋友的信中说道："我希望你永远不要结婚，我讨厌大家结婚。他们结婚后都变成了机器，除了自己的配偶与后代外，什么想法都没有。"罗德斯生命中真正的热情是大英帝国的扩张，钻石充其量只是个有用的工具。戴比尔斯总公司里挂着一幅非洲地图，罗德斯总是专注地盯着那张地图看。他曾对一名访客表示："我希望看到全部都那么红。"红色代表大英帝国。面对另一名访客时，在担心自己心爱的罗德西亚之余，曾痛苦地问道："他们不能从我手中抢走罗德西亚，对吧？你从没听过国家名字被更改吧？"他在遗嘱中，拨出了一部分财产给牛津著名的奖学金，奖

[①] 洛本古拉族长（Chief Lobengula，1845—1894）：全名Lobengula Kumalo，是被誉为天生艺术家的恩德贝勒族（Ndebele people）第二任，同时也是最后一任的国王。恩德贝勒族的意思是"长盾的人"，此族勇士善用祖鲁的矛与盾。

励智体双优的学生——换言之，也就是未来的帝国主义者。罗德斯曾对一个朋友说过，他希望死后还能被人记得四千年。他在私人手札上也呈现出从这个了不起的计划跳跃到另一桩伟大梦想的狂野想法，中间甚至根本没有时间多作解释或顾虑文法的连续性。罗德斯在一封信中幻想收复英国所有失去的殖民地，还概述了一幅或许是他最终憧憬的画面：

> 我死后，那个名字也许仍可与英国各处目标地连在一起，而名字的串联或者还可传达出一种想法，让大家终能设法结束所有战事，并让全世界共用一种语言。要臻至这样境界，重点就在于慢慢吞并目标地的财富并置入较高等的人类心智。一想到就难过，如果没有失掉美国多好，或许我们可以利用现有的美国国会和我国下议院人员，让世界获得可能永远存在的和平——我们可以每五年更换一次联邦议会的举办地点，五年在华盛顿、五年在伦敦——能够履行这个想法的唯一方式，就是让秘密（罗德斯笔误，应为"社会"）缓缓吸收世界的财富，至于目标，我们可以慢慢确认。

在罗德斯心中，除了一个用钻石和其他矿产财富资助建立的新世界秩序外，别无他物——那是一种钻石统治下的和平（Pax Diamantes），由一小撮囤积了所有矿产地区所有权的精英圈支配全人类。罗德斯虽然没有达成这个目标，但钻石却仍帮他将南非改造成为一个现代国家，也让他建立起至今不但依然存在于世，而且还完整保存了他当初注入帝国主义精神的巨人公司——戴比尔斯。不仅如此，戴比尔斯阵营的理念因为钻石，还得以运用在世界其他地方。1902年3月26日，罗德斯心脏病发作，逝世于开普敦住宅。他真正留下的纪念碑不是罗德西亚（这个国名早已不复存在于地图之上），而是以膨胀得离谱的价格在世上几乎每个珠宝店内贩卖的晶亮石头。

至于伊拉斯谟·斯特凡努斯·雅各布斯，那个开启了所有故事的布尔农场男孩，当初找到穆伊克里普的那一刻就是他人生中最接近财富的时刻。金伯利钻石热期间，他也在矿区工作，但没有看到钻石，只找到尘土。后来他成了爸爸，八个孩子中只有四个活了下来。其中有个儿子为戴比尔斯集团看管黑人囚犯。雅各布斯80多岁时，一贫如洗，金伯利的市民为他筹募了30英镑。最后他不断叙述自己在树下因看到一颗发亮的石头而心生好奇的故事。钻石没有为他带来任何东西，1934年即将辞世之时，他请人写下了这句话："我揭开南非钻石矿区存在的事实，但这份功劳并未让我从开普敦、联合政府、任何公司或个人那儿得到任何奖励。我听说南非生产的钻石总值已经超过3亿英镑了。"

奥本海默征服戴比尔斯

有人曾问过戴比尔斯长期在位的董事长哈里·奥本海默[①]喜欢黄金，还是钻石。"当然是钻石，"奥本海默回答，"我认为大家买钻石是出于虚荣之心，买黄金则是因为愚蠢到想不到其他可以运作的金融体系。在我的眼里，虚荣心要比愚蠢迷人多了。"

戴比尔斯必须通过购并或其他极为严苛的政策，才能继续圈锁住世界的虚荣之心。这也是他们对付新钻石矿区的策略——不是吸收，就是破坏。事实上，在整个20世纪中，戴比尔斯集团用来压制

---

① 哈里·奥本海默（Harry Frederick Oppenheimer），1908—2000年。

第四章　钻石集团：南非

生产的精力几乎与实际生产的精力一样多。"只要听到发现了新矿区，戴比尔斯就算不在现场，也在附近。"塞西尔·罗德斯曾经这么说过。他指的并不是公司雇用的地质学家在寻找附近的角砾云橄岩，而是指戴比尔斯的代理商一定会尝试劝诱或威胁矿区所有人卖掉那块地。

没有人忘得了戴比尔斯早期最大的挫败之一：第一矿区（the Premier Mine）。一位名叫托马斯·卡利南（Thomas Cullinan）的砌砖工人，宣称在约翰内斯堡淘金镇外发现了钻石矿区。戴比尔斯的官方姿态一向都是保持怀疑观望。当时罗德斯继任的董事长弗朗西斯·奥兹（Francis Oats）相当不厚道地指控卡利南是有史以来最了无新意的矿区骗子——把钻石"撒落"在地上，然后将贫瘠土地装扮成宝地。不过当艾尔弗雷德·拜特到当地进行仔细勘察后，发现事态严重。那块地百分之百有岩管，更棘手的是，顽固的卡利南一点都不想把地卖给戴比尔斯。他怎么知道素来名副其实的大骗子公司戴比尔斯给的价格公不公道？卡利南依照自己的意思与一对非常年轻的兄弟钻石商签订了销售协议，这对兄弟的名字是贝尔纳德·奥本海默与埃内斯特·奥本海默[①]。没多久，这个难以驾驭的矿区，每年产出190万克拉钻石——几乎等于戴比尔斯南非所有矿区的总生产量。

[①] 埃内斯特·奥本海默爵士（Sir Ernest Oppenheimer, 1880—1957）：生于德国的犹太人，但成年后改信基督教，在约翰内斯堡去世。贝尔纳德·奥本海默爵士（Sir Bernard Oppenheimer, 1866—1921）：1917年在英国计划训练伤残的士兵切磨钻石，因此开始了贝尔纳德·奥本海默钻石工坊（the Bernard Oppenheimer Diamond Works），后称全国钻石工厂（National Diamond Factories Ltd.）。1921年，由英国劳工部（the Ministry of Labour）转介到工坊的员工人数高达2000人。但1923年因营运不利而关闭，当年稍后又重新营业，1924年由财产管理人接管。贝尔纳德·奥本海默对伤残人士的贡献，让他在1921年获得准男爵（baronet）的头衔。

卡利南的矿区不但产量庞大，而且还出现了一个了不起的惊喜——一块排球大小的纯钻石。这颗被大家称为"卡利南"的钻石，直到今日都还是世上最大钻石的纪录保持者。当时负责运送的单位准备了一颗假钻，赝品在众多盛大活动与大量媒体的追逐中被送上邮轮，运至伦敦。至于钻石本尊，则被装进一个完全不起眼的信封中，悄悄通过正常的邮寄方式传递。一位比利时工匠在对这颗钻石如着魔般研究了九个月之后，凿下了第一刀，接着就立刻昏倒不省人事。这颗巨大的钻石后来被切磨成九颗钻石。最大的那颗，也就是530克拉的"非洲巨星"（Great Star of Africa），现在镶在英国加冕御宝的权杖之上。在戴比尔斯的地位进一步受损前，爆发了第一次世界大战。欧洲一片阴霾，大家对钻石毫无兴趣，卡利南的股价大跌。1914年，戴比尔斯终于如愿收购这块矿区，结束了十多年来为了维持钻石价格平稳而被迫减少自己产量的行为。

这并不是埃内斯特·奥本海默最后一次让戴比尔斯头痛的插曲。这位精明的年轻谈判者生于德国，是一位雪茄制造商的儿子，十几岁接下钻石分类工作时，就已经清楚自己未来要从事何种行业。奥本海默与罗德斯这个只将钻石视为扩大帝国领土棋子的人不同。奥本海默捕捉到一部分戴比尔斯所努力经营的浪漫梦想，钻石对他有相当的影响力。他彻夜工作，透过一只放大镜细审每颗钻石，看着这些石头在煤气灯下闪亮、发光。为奥本海默立传的安东尼·霍金（Anthony Hocking）说道："对他而言，每颗钻石都有自己的个性。天底下没有两颗相同的钻石。他是真心爱着这些石头。"

奥本海默当时的老板是安东·堂口斯布赫勒（Anton Dunklesbuhler），在那个年代是一位有权有势的伦敦联盟成员。手下的人称他"老堂口"。老堂口腰围壮观，火爆脾气之大，也不输腰围。有次奥本海默把一瓶墨水打翻在他头上，引来了老堂口大声咆哮。不过他却慢慢开始欣赏这名年轻的钻石分类员，后来要找人接替金伯利矿坑入口的公司派驻交易员时，老堂口决定的人选正是22岁的奥本海默。被取代的资深员工利昂·苏楚（Leon Souter）从一开始就领教到这位新人的自信。新交易员上任前，苏楚收到一封简短的电报："车站碰面，照顾行李。"

在南非新兴都市的氛围中，政治与开矿之间就算不是完全互通，也永远维持着秤不离砣的关系。这位来自伦敦的英俊钻石商以一丝不苟的言辞与态度闻名，据称他还拥有镇上最孔武有力的双臂。奥本海默从头到脚都与那些在大洞热潮时代就已掌握了金伯利的策划者和热情的辛勤工作者不同。奥本海默不出十年就被选为金伯利市市长，不但展现出稳健的支配力，紧紧掌握住当初让戴比尔斯成为业界巨人的同样原则，也给南非带来预期之外的繁荣之景。"常识告诉我们，增加钻石价值的唯一方式就是让数量变得稀少。换言之，就是减少生产量。"他曾在1910年这么说过。然而奥本海默也很清楚，这句至理名言的反面，即戴比尔斯的死穴——任何新发现的钻石矿区，只要不在戴比尔斯集团控制之内，都会造成灾难。

第一次世界大战虽然结束了卡利南的威胁，却创造了另一个威胁。德国人放弃了西南非洲的殖民地（现在称为纳米比亚的一片海岸沙地区），南非没有浪费任何时间，立刻宣布该区为自己的保护领地。在那片殖民地内，靠近奥兰治河出水口处有一块面积约和美国南卡罗来纳州一样大的干燥冲积平原，出产透明度极为罕见的钻石。但德国人称此地为禁区（Sperrgebiet），因为绕过开普敦的船只很容易在这儿遇难。船难留下的扭曲残骸，夹杂在地下数百万克拉的钻石之间腐朽。战后，拥有这块地权的德国众家地主，发现自己处在进退两难的境况之中。他们必定会因南非政府相关单位的否认而丧失土地所有权。这些地主需要一位可以为他们迅速变卖资产的友善买主。掌握完善机制的奥本海默,抢在戴比尔斯之前下手。通过美国商务部部长赫伯特·胡佛的协助,奥本海默与相当有势力的财务机构摩根银行搭上了线,成立了一家名为英美(Anglo-American)的金矿公司,用来汲取深井中的现金。纳米比亚的矿区便以350英镑的低价落入奥本海默手上。没多久,禁区的钻石如大河之水般注入伦敦市场,完全不受戴比尔斯管束。卡利南的惨败经验重现。

1921年,奥本海默被英国国王乔治五世①封为爵士,三年后赢得选举,进入南非国会。他的英美公司在20世纪20年代的景气中大发利市,子公司网脉密布,营业内容多变。整个英美公司组织庞大,投资者称为"八爪鱼"。不过奥本海默爵士心中仍有一个最终目标。他采用罗德斯最中意的计谋,将对手流通在外的股票全收购一空。到了20世纪20年代末,奥本海默爵士的实力已经过于强大,而他的对手变得完全不堪一击。1929年12月20日,戴比尔斯的董事成员冷静下来,推选埃内斯特·奥本海默爵士为戴比尔斯董事长。他把自己的英美公司也收编在戴比尔斯集团旗下。世上钻石的所有产量,实质上又再次落入一个人的掌握之中。

阿肯色州无解的密谋

唯一能挑战戴比尔斯无上权威的事,是找到让这个集团鞭长莫

---

① 乔治五世(George V, 1865—1936):全名George Frederick Ernest Albert,英国第一任的温莎家族国王。在位期间,同时也是印度与爱尔兰自由邦(the Irish Free State)的国王。

及的新钻石矿区。1906年,美国阿肯色州一位农场主在自家养猪牧场上发现了这样的矿脉。然而一连串离奇事件阻碍了这个矿区的发展,让这块地方尽管藏量潜力无穷,但除了极少数出土的钻石外,从未大量生产。这个结果对投资人而言,既是个解不开的大秘密,也是个放不下的大挫败。而那些离奇事件更不禁让许多人(包括美国政府)怀疑,戴比尔斯是破坏美国历来最佳钻矿岩管发展前途的主谋。

故事发生在阿肯色州的铁路城——默夫里斯伯勒①。城里有个长了对招风耳的人,名叫约翰·韦斯利·赫德尔斯顿②。1906年,他在契约上画了押后,买下一块溪流边高低不平之地。有天早上,他丢盐块给猪舔食时,突然注意到在前方的地里,有一粒粒看似黄金的东西对他眨眼。赫德尔斯顿进屋清洗了一大堆土块,没找到黄金,却洗出了两颗透明的石头。他把两块石头放进磨刀器的轮轴里,石头不但丝毫无伤,反而在铁上刻出一条深沟。不论是什么,这两块石头都是赫德尔斯顿这辈子见过最硬的石头。他兴奋地把石头拿给名为杰西·赖利(Jesse Riley)的当地银行职员看,对方出价5毛钱要收购这两颗罕见的石头。赫德尔斯顿用他浓浓的鼻音如此回复:"门儿都没有,杰西。这些可是窜(钻)石,我有一整块地都是!"

州属地质学家也出动勘察。这位地质学家告诉当地的报纸,默夫里斯伯勒附近地区的钻石藏量大概有一亿颗。看起来赫德尔斯顿的猪场似乎坐落在一根约一亿年前生成的火山岩管之上,而这种

---

① 默夫里斯伯勒(Murfreesboro):位于美国阿肯色州派克县(Pike County),为该县的县政府所在地。戴蒙德州立公园(Diamonds State Park)的火山口位于此城南部。
② 阿肯色州默夫里斯伯勒将每年6月16日定为约输·赫德尔斯顿日,以纪念该州发现钻石。

岩管又是地质结构中最罕见的一种——富含钻石的角砾云橄岩。据称，表层岩管外观几乎和在南非看过的一样好。发现钻石矿区这事情一经美国地质调查局与史密森学会的科学家确定后，由银行家萨姆·雷伯恩（Sam Reayburn）领军的一群阿肯色投资者，就以36,000元美元的价格买下了这座猪场。赫德尔斯顿坚持以20元纸钞支付款项，随后又卖了满满一个达拉谟牛皮烟草袋的钻石。发了横财的赫德尔斯顿，买了一辆崭新的福特T形车、娶了个大家形容"来自阿卡德尔菲亚①嘉年华女子"的金发美人。有天晚上，赫德尔斯顿夫妇开车外出，他在一家杂货店前停车买烟时，新婚妻子开着T形车扬长而去，从此不见踪影。赫德尔斯顿把剩下的钱放进一个他从来没搞清楚要怎么使用的保险箱内。每当有人不小心锁住保险箱，他总是二话不说直接掏枪射掉号码盘。

美国这根唯一的钻石岩管看起来前途无限。上万名挖矿人涌进这个区域，沿着普雷里溪②扎营。阿肯色州甚至把钻石的形状纳入重新设计的州旗之上。赫德尔斯顿隔壁的农场主米勒德·茂尼（Millard Mauney）在自己拥有的楔形地下也发现了部分矿体，于是他向每一名在自己这块秋葵状的深色土地表层搜寻钻石的人收取5毛钱。茂尼不但在城址预留地精心设计了诸如黄玉、红宝石、石榴石等街名，还把一小颗钻石镶在自己的门牙上打广告。后来因为厌烦了大家一直要求他微笑，所以又请牙医把钻石取了下来。

同时，雷伯恩与他的伙伴成立了阿肯色钻石公司（Arkansas Diamond Company），雇用戴比尔斯前工程师约翰·富勒（John T.

---

① 阿卡德尔菲亚（Arkadelphia）：位于美国阿肯色州克拉克县（Clark County），该县的县政府所在地。
② 普雷里溪（Prairie Creek）：美国阿肯色州本顿县（Benton County）一个人口普查区（census-designated place, CDP）。

Fuller）负责整体运作。刚开始一切顺利。他们建造了一个泵站和一个锅炉，钻凿了测试坑，利用轨道斜坡设备刮开地表的土，也从地壳上层找到了1400颗钻石。但麻烦也接踵而来。首先，处理厂因为推动矿石通过的速度过快，以致遗漏了许多钻石，公司需要较好的设备，而最好的技术大多都在南非。雷伯恩于是搭乘一艘名为"威廉王"的邮轮去伦敦募款。他抵达伦敦后，南非银行家艾萨克·刘易斯（Isaac Lewis）与塞缪尔·马克斯（Samuel Marks）这两名金伯利淘钻热的资深老手主动接洽。根据雷伯恩的说法，这两个人"整整喂我吃喝了三个星期之后，才告诉我他们要完全掌握阿肯色矿区"，这是他们愿意出资挹注的条件。雷伯恩后来越发觉得刘易斯与马克斯除了是贝尔纳德·奥本海默（埃内斯特·奥本海默的哥哥）公司的董事外，不会有其他职务，也因此愈觉得他们两人的提议有问题。最后这两位银行家提出了交易条件：用25万美元买下矿区股份，另外如果雷伯恩愿意结束矿场运作，将再支付他5万美元的薪水。但雷伯恩坚信持续开采钻石会为贫穷的阿肯色州带来利益，所以回绝了两人的提议。多年后，雷伯恩说他相信刘易斯和马克斯都是"戴比尔斯的经纪人"。

可是接下来发生的事情，却让好几代阿肯色州人满怀疑惑。约翰·富勒似乎无法建立起像样的矿石清洗厂，自己辞去了职务。雷伯恩也说他无法筹到钱购置较好的设备，1912年关闭了矿区。不过从那之后，他的事业却开始宏图大展。位于纽约曼哈顿第五街的洛德泰勒百货公司聘他担任高薪的执行主管。当时这家百货公司属于克拉夫林公司，而这家纺织公司的资金供应者恰巧也是英美公司的主要金主——摩根银行。雷伯恩后来写了一本书，名为《成功贩卖住家家具》，另外还在自己位于曼哈顿区中心的百货公司办公室内，经营阿肯色州一处运作都已上了轨道的矿区。雷伯恩就算没有被收买,整件事看起来也实在不合常理。

第一次世界大战后,钻石价格又开始上扬。雷伯恩雇了一名来自密歇根矿业学院的地质学家斯坦利·齐默尔曼(Stanley H. Zimmerman),重新着手进行阿肯色州矿区的工作。齐默尔曼嘴唇很薄,鲜少微笑,很快就得罪了当地的人民。他们嘲笑他是个出来执行自己想法的"北方佬"。齐默尔曼看起来的确是个急躁的家伙。他协助建造一栋五层楼的主厂房、一间油仓、一间机房与一个水箱。不过这次又出现了机器设备方面的问题。工厂似乎无法将藏有钻石的硬土捣碎。土结成了球,以巨块之态经过油桌,成千上万数量不详的钻石因此流失。有位矿业工程师乔治·维特(George W. Vitt)抱怨这间工厂本就是南非早已淘汰使用的无效率厂房。他说工厂排出的废土中,钻石含量惊人。

同一时间,矿区隔壁的土地情况也不乐观。茂尼把自己含有钻石岩管的土地租给一对来自明尼苏达州的业余地质学父子搭档奥斯汀与霍华德·米勒(Austin and Howard Millar)。这对父子竭尽所能依照计划行事。他们建造了一条小矿区铁路,将矿石运到普雷里溪中清洗,也找到了好几千颗品质非常好的钻石。但不知怎的设备却经常莫名其妙起火,次数频繁到连保险公司都打了退堂鼓。另外,还有人毒死了他们养的十只鸡,附近树林里也不断有人开枪,好几次差点击中霍华德·米勒。1919年1月13日的晚上,米勒雇用的夜间警卫被一位迷人的女子勾引,擅离岗位。霍华德·米勒后来写道:"她并不是当地人,名声也不怎么好。我们确定有人买通了这个女人引诱警卫离开工厂,这样纵火犯才能放火烧了工厂。"矿区有四个不同的起火点,整个厂区全毁。有人怀疑茂尼是主谋,因为他和米勒父子闹上法庭的纷争始终不断。但米勒发现的所有钻石茂尼都可收取25%的权利金,因此他也不可能跟自己过不去到放火烧厂的地步。这次的损失让所有人都成了输家。没有人遭到判刑或定罪。米勒一家再也没有尝试如此大规模的开矿工作了。

雷伯恩的矿场在第二年委外运作，也是怪事连连。1921年3月，齐默尔曼奉命至摩根银行纽约办公室开会。出席者除了萨姆·雷伯恩和摩根银行的矿业主管外，还有埃内斯特·奥本海默爵士本人。他当时才刚受封为爵士，虽然还未成为戴比尔斯董事长，但与戴比尔斯的合作关系密切。那场会议中大家究竟说了些什么，并未对外揭露。但会议结束没多久，齐默尔曼就发了封电报给默夫里斯伯勒的总工程师，电报内容为："下午的最新发展是决定暂时关闭矿场……让斯科蒂做好长期开场的准备……准备好所有记录与资料，回去才能立刻看。"就这样，矿场突然停工，65名员工当场遭散。齐默尔曼在重新审阅过矿区内所有书面记录后，要区内仅存的员工将文件全部焚毁。接着他出发到英国与南非待了好几个月，数度与埃内斯特·奥本海默会面。当大家问他在那儿做什么时，他只说在研究戴比尔斯的开矿技术，未来要用在阿肯色州。不过这些技术始终没有派上用场，大火烧光了所有设备。至于齐默尔曼，他后来接下摩根银行一份收入丰厚的工作。

阿肯色事件就这样风平浪静了多年，直到第二次世界大战爆发，尖端包钻的切割工具突然成为切割坦克与飞机引擎零件的关键工具。随着德国入侵北非，德国潜水艇U形船在航道上游荡，美国似乎面临了可能失去比属刚果这个主要工业钻石来源的危机。在这之前，戴比尔斯早已通过咖啡方丹矿业公司、开普海岸勘察公司、第一钻石矿业公司以及新亚赫斯方丹矿业与探勘公司等脉络复杂的子公司，进行市场交易，掌握钻石矿藏。经济萧条期间，为了维持钻石价格高高在上，戴比尔斯将4000多万克拉的钻石全储存在仓库。这个策略极为成功。生意迟滞多年之后，戴比尔斯解决了因发行债券所累积的全部债务,而且还可以支付大笔年度股息给投资人。结果,戴比尔斯不但以极为健全的财务状况进入战争时期好几载,同时也直接掌握了当时世界上九成半的钻石供应量。

那个时候,戴比尔斯囤积的钻石被视为抵御纳粹的重要武器,但该集团却拒绝出售钻石给美国兵工厂。这项决定出于这样的逻辑:如果允许美国建立钻石库存,一旦战争突然结束,所有钻石必将当成剩余品出清,届时市场价格势必崩盘。这是绝对不容发生的情况。

1940年,纳粹导致欧洲钻石交易中心瘫痪,埃内斯特·奥本海默爵士亲赴纽约与美国的陆海军军需品委员会(Army-Navy Munitions Board)协商。戴比尔斯同意出售100万克拉钻石给美国,远低于美国之前要求的1000万克拉。相对的,奥本海默要求美国免除戴比尔斯遵从谢尔曼法[①]的义务,并允许他辖下的伦敦联盟在美国设立分支,让他在有利可图的美国市场上做生意。然而尽管如此,奥本海默对在美国境内设立钻石储库一事仍有犹豫。他后来表示只愿意在伦敦万一陷入德国人的掌控时,在加拿大设立钻石储库,而且钻石储库的掌控权仍归戴比尔斯。这场会议并未达成任何协议。戴比尔斯继续让数量有限的工业钻石以天价涓涓流出。"钻石联盟不出售大量的储备钻石给我们,因为他们不容许大量库存品脱离他们独占的控制。"美国官方一份备忘录中这样总结。

同时,美国杂志上仍出现一连串广告,确保浪漫的钻石即使在战争期间也依然保有稳定的市场。伪善行为永远都不缺惊艳之

---

① 谢尔曼法:美国国会制定的第一部反托拉斯法(Antitrust Law),美国为了防止商业机构独占市场或限制同业竞争而制定的法律,保护市场竞争机制与消费者拥有更低价及更多商品选择的权利。

举。杂志广告对女人说，只要继续索取钻石婚戒，她们就能够对战情提供实质的协助。根据1943年《周六夜间邮报》（*The Saturday Evening Post*）一则广告，如果美国钻石流量出现任何阻碍，那么原因必定出在美国人买的珠宝不够多。广告这样描写工业钻石："在宝石群中无意发现的钻石，可以协助降低那些小'抗战'钻石的制造成本。因此，销售钻石完全不设限。"在贸易杂志《百货公司经济学人》（*Department Store Economist*）中提到，百货公司店经理全被告知要向妇女一再保证购买钻石不是不爱国的举动："为了让敌人懊恼不已，我们这边几乎掌控了另一种钻石的供应量，那些钻石要用来进行各种既需速度又需技术，而数量又多到数不清的工作上面。有了这些工作，军备才能源源不断地生产出来……你的美丽钻石，协助了这整个系统的运作！"

罗斯福总统对这种挖墙脚的行为暴怒如雷，下令司法部调查戴比尔斯违反反托拉斯法的可能性。从此，戴比尔斯与美国政府之间开始了一段长时间的攻防对立，而这段对立关系也深远影响了今天钻石贩卖的方式。事实上，将钻石联盟绳之以法，成了司法部门内一件有如宗教信仰的事。在司法部眼里，戴比尔斯的形象是个既自大又会骗人的企业，不过为了让反托拉斯案件成立，美国政府首先必须证明戴比尔斯在美国境内"做生意"。要解决这个问题相当困难，因为多年来戴比尔斯始终利用看货系统，把钻石卖给独立批发商，借此回避反托拉斯法的惩罚。批发商才是把钻石带进美国的人，而非戴比尔斯。美国联邦政府似乎真的束手无策。

没多久，美国政府得知艾耶广告公司负责的工作内容，不仅仅是为戴比尔斯集团创作误导的广告。司法部律师找到一位名为路易斯·鲍姆戈尔德（Louis Baumgold）的珠宝商，他告诉有关人员他曾从艾耶位于洛克菲勒广场的办公室内，秘密买到一大批切割钻石。艾耶很可能将RCA大楼11楼的办公室租给戴比尔斯集团，并且定期提供约翰内斯堡有关美国钻石市场状况的报告。除此之外，戴比尔斯在美国银行使用不同的名字保有数十个账户，也在大通安全储蓄银行囤积了价值数百万美元的钻石。哈里·温斯顿告诉调查员，"伦敦联盟运作了一个最恶毒的系统，但这个国家显然拿他们没办法"，只不过美国政府并不这么认为。美国政府在1945年1月对戴比尔斯提出诉讼，原因是"阴谋计划控制并独占美国的国外贸易"。

在为诉讼案收集资料期间，美国司法部派调查员去阿肯色州了解为什么国内最有希望成为钻石矿源的地方，竟会被糟蹋到这步田地。调查员发现破坏事件都使用同一手法，似乎暗示了国外势力主导的可能性，但却苦于没有确凿证据。司法部律师赫伯特·伯曼（Herbert Berman）检阅了美国政府手上一份证据确凿的机密资料——那是斯坦利·齐默尔曼1921年3月与奥本海默开完了那场令人起疑的会议后所发出的一封信。信中齐默尔曼告诉一名员工："发生了好几件奇怪的事情，我回去后会亲口告诉你。我相信你一定会觉得意外，而且非常想知道奥本海默爵士的看法，我觉得他那些观点既独特又新奇。"

伯曼并不知道那些"看法"究竟是什么，不过他在1944年1月6日写给顶头上司的公文上有着这样的结论："从齐默尔曼的信件、摧毁所有记录的命令以及维特有关矿区工厂的证词来看，我们可以推断，遭到蓄意破坏后，该矿区在埃内斯特·奥本海默爵士的坚持下关闭。"但是伯曼补充了一段叙述性的说明，承认这起发生在阿肯色州的卑劣作为并非天衣无缝："另一方面，我们如果推论这家公司希望能从奥本海默那儿得到财务协助，不过要求遭到拒绝，而矿场营运因没有利润而关闭的话，那么情况就与事实相符。"只不过大家比较难以接受的是奥本海默不可能会在不要求完全掌握矿区的条件下，提供资金给任何矿区采矿。这样的行为完全违反了戴比尔斯之所以成为戴比尔斯的原则。

阿肯色州状况不明的事件始终没有水落石出。联邦地区法庭的裁定，不利于原告美国政府所称戴比尔斯实际上在美国"做生意"的事实，案子就此终结。不过威胁一直挥之不去。戴比尔斯的执行主管宣誓：做证时必须毫无其他选择地回答问题，这个威胁让戴比尔斯下令执行主管全都不准进入美国。同时，阿肯色州的那根岩管再也没有成为矿区。包括飞机制造商与得克萨斯州油田大亨在内的许多投资者，在战后都尝试让这个矿区获利，但全都失败。没有人尝试认真去剥开钾镁煌斑岩的地层。结果证明，让默夫里斯伯勒矿脉赚钱的最好方法，竟然是农场主茂尼的做法：向每个业余搜石者收取几美元的费用，然后让他们在表土上随意捡拾。

米勒一家人与20世纪50年代铁路边的廉价酒馆文化接上了轨，他们在高速公路旁摆了许多看板宣传"世界第一的观光景点"。规矩很简单：观光客找到的任何东西，都可以带回家。这个观光景点开幕的当天，福克斯电影公司《电影新闻》还拍摄了一则新闻影片。有位来自得克萨斯州的阿瑟·"温妮"·帕克太太找到了一颗随性躺在地表的炫丽钻石：15.31克拉。从此之后，米勒家的生意极为顺利。帕克太太磨亮了这颗钻石后，称之为"阿肯色之星"（the Star of Arkansas）。霍华德·米勒受邀成为加里·穆尔[①]全国性电视节目《我有一个秘密》的特别来宾，约翰尼·卡森的[②]《你要相信谁？》也请他上了两次。同时期，佛罗里达州忙碌的高速公路旁盛

[①] 加里·穆尔（Garry Moore, 1915—1993）：美国益智节目主持人与喜剧演员。从电台广播节目开始，以电视节目主持人成名。
[②] 约翰尼·卡森（Johnny Carson, 1925—2005）：美国著名的电视节目主持人。

行着在穴坑内与短吻鳄的搏斗表演,用以招徕顾客,阿肯色州这座失败的钻石矿区,无疑是阿肯色州版本的搏斗表演。尽管霍华德·米勒已是非常成功的路边企业家,但他始终坚信当初是戴比尔斯蓄意破坏了矿区,不但如此,还在伦敦买通了萨姆·雷伯恩,并下令斯坦利·齐默尔曼建造有问题的工厂。随着"世界第一的观光景点"参观人数下滑,1972年,阿肯色州州政府买下了岩管附近的所有土地,改建为州立公园。不过老规矩依旧适用:找到的东西都可以带回家。直到今日,阿肯色州仍有些人怀疑,当初是因为国外幕后黑手的干预,才骗他们失去了好东西。

3月的一个午后,我在低矮的派克县属法院对街的便利商店中遇到了一个人,他认为整个破坏论其实根本是无稽之谈。迪安·班克斯(Dean Banks)年近七旬,留着笔直的小胡子与长指甲。他曾写过一篇长篇的学术论文,探讨20世纪30年代亲法西斯派的政治宣传者。对于自己所称"煽动群众"的举动,完全无法容忍。他认定霍华德·米勒与其他人都只是在利用阿肯色州农村居民天生的不安全感,进而把矛头指向戴比尔斯。这些人只是要给"为什么从来没有出现钻石"一个合理的解释。他告诉我,没有钻石纯粹是地质问题。1933年钻凿的试验坑似乎指出这根阿肯色岩管的形状就像个香槟杯——顶部口大但越往下越小,最后细成了一根窄轴。这个说法成就了班克斯所称的"表面的丰富矿脉",也解释了商业性开矿老是失败的原因。

"霍华德·米勒是个宣传者、神话制造者,这都是铁证如山的事,他主要的任务是要提升自己的利益。那儿自始至终,根本就没有大量的钻石。"当我们坐在汽水区旁的橘子摊上时,班克斯对我这么说。

不过有许多人并不同意这样的判断,迈克尔·霍华德(J. Michael Howard)是其中之一。他是位地质学家,为阿肯色州工作了三十年。1999年，霍华德提出一份报告谴责当初大多数的试验坑过于形式化。香槟杯的推论并不扎实，他这么说。矿脉较下层的部分要比上层大得多。"大家从来没有做过适切的整体采样。那根岩管的确有部分可能非常细长，但其他部分的藏量或许非常丰富。我们永远都不会知道了，因为阿肯色州通过了一条法律，严禁那块地方再进行任何商业性的勘探。"

我出发到戴蒙德州立公园的火山口参观，导览者是亲切的公园副园长比尔·亨德森（Bill Henderson），他以前是默夫里斯伯勒中学的地理老师与美式足球校队教练。我们经过一条条黑土深沟，那儿有好几十位穿着T恤与及膝短袜的观光客正在用租来的铲子撬凿地面。"我想大家平均在这儿停留的时间应该是两个小时，他们找不到任何东西之后就觉得无聊了。"亨德森说。园区偶尔会看到运气特别背的观光客，他们在进公园时，抱怨自己的债务像山一样高，然后大声说希望能找到一颗可以解决所有债务的大钻石。不过这些人除了弄脏衣服外，总是无一例外地毫无所获。

亨德森带我参观一座处理厂的骨架。这座1946年建造的处理厂，盖好后没多久就因令人失望的结果而关闭，现在被包在周遭全是橡树与松树的二代林当中。我站在一块贫瘠的水泥平台上，询问亨德森的看法：为什么这块地质判断如此前途无量的矿区，始终没有生产出大量的钻石？

"有人蓄意破坏？这绝对是肯定的。至于是谁做的，大家心中各有凶手人选。不过戴比尔斯做这件事情的动机最大。"他说。

钻石走私与种族隔离

埃内斯特·奥本海默爵士钟爱侦探与间谍惊险故事，伊恩·弗莱明①是他晚年最喜爱的作者之一。这位创造了007情报员系列的作者，曾为了研究一本新小说的题材而远渡非洲，完成的小说《金刚钻》讲述一个首脑罪犯，通过以牙医掩饰真正身份的妖冶女子蒂法尼·凯斯，将钻石走私到拉斯维加斯的故事。这是典型的007邦德故事，有着精巧的机关与繁多的女人。但大多数读者不知道的是，弗莱明这本书的灵感其实来自奥本海默爵士在真实生活中所部署的情报网。

一直都吸引着窃贼与走私者的钻石，不但容易隐藏、追踪起来困难重重，而且价值几乎高过世上其他任何物质。金伯利矿区的产量几乎有一半沦入"非法钻石采购"（illicit diamond buying），当地人简称为IDB。即使是21世纪的今天，这个情况也没有太大的改善。戴比尔斯位于安哥拉、刚果与坦噶尼喀②的矿区，全是黑市钻石最主要的来源，失窃的库存品数量似乎要比偶尔藏在舌下或耳里的钻石多得多。这样大的失窃量指出了一种复杂的内神通外鬼模式。更糟的是非法钻石削价与合法钻石竞争的结果，造成不容许发生的钻石价格下跌。一整个牛奶瓶的西非钻石，竟以戴比尔斯开价的5%在比利时成交。

埃内斯特·奥本海默的儿子哈里·奥本海默觉得自己有办法解决这个问题。"二战"期间，他曾在英国情报单位工作，协助破解隆美尔③从西非前线发出的纳粹密码内容。哈里还与当时刚退休

---

① 伊恩·弗莱明（Ian Lancaster Fleming，1908—1964）：英国作家、记者与第二次世界大战的英国海军中校。
② 坦噶尼喀（Tanganyika）：非洲东部的国家，临印度洋，1964年与桑给巴尔（Zanzibar）合并成为坦桑尼亚。
③ 隆美尔（Rommel，1891—1944）：全名是Erwin Rommel。"二战"期间德国最著名的陆军元帅，1944年因涉嫌参与刺杀希特勒的计划，被迫自杀。

的传奇英国情报局[①]头子，也就是爱抽烟斗的珀西·西利托爵士[②]熟识。"为什么不雇用英国的间谍大师来负责一小队钻石秘密警察呢？"哈里这么想。他查访出西利托回到了萨塞克斯郡[③]的一个小镇，在某家糖果店柜台卖太妃糖与巧克力给郊区的太太们。珀西解释道，糖果店的老板是自己的儿子，卖糖纯粹是为了打发时间。

西利托被说服出山为"八爪鱼"工作。他参观了非洲几处窃行最猖狂的地点后，确认达喀尔[④]、安特卫普、贝鲁特与其他几个城市为主要的走私枢纽。老先生接着指挥了英国式老当益壮的做法，聘用数位英国情报局的同事，组织了一个不公开的部门，名为"国际钻石安全组织"（International Diamond Security Organization，简称IDSO），专门打击钻石库存量的漏损问题。老先生认定这个组织首要之务是加强矿区当地的安全措施，于是矿区周边架设了X光机，任何离开矿区的人都必须接受扫描。有位IDSO的雇员描述过这样的过程："如果机器操作员看到某人，譬如，胃里有个黑块，他可能会通知矿区经理，然后那个人就会被送进医院。医疗人员会很客气，又很彻底地帮他清肠清胃。"据说，有些矿工会故意吞下纽扣、小石块或其他硬质物体，只是为了要测试机器的功效。其他IDSO成员则奉命渗透进入走私者的网络，弄清楚负责将钻石送到安特卫普的人究竟是谁。在一个像是20世纪90年代"血钻石"战争前兆的案例中，西利托的小队试图弄清楚这么大量的钻石是如何在非法开采后，以伪造的文件运出塞拉利昂。

弗莱明发现这些过程对自己有绝对的吸引力，因此在征得戴比

---

① 正式名称为军情局五处（Military Intelligence, Section 5）。
② 珀西·西利托爵士（Sir Percy Sillitoe, 1888—1962）：为军情局五处1946—1962年的局长。
③ 萨塞克斯郡（Sussex）：位于英国东南部，1974年分成东、西两个萨塞克斯郡。
④ 达喀尔（Dakar）：塞内加尔首都。

尔斯的同意后，获准在丹吉尔①一家并不是太高级的明札旅馆里，和一位只愿意出示假名"约翰·布莱兹"（John Blaize）的IDSO高级探员进行一个星期的会面。两人要谈的东西很多。弗莱明是新殖民主义者，可以说是另一个版本的塞西尔·罗德斯，大战期间，曾在海军情报单位服过役；布莱兹则看过好几本007系列的小说，而且对这些小说推崇有加。布莱兹与弗莱明分享了好几个戴比尔斯中级员工因无法抵挡诱惑而沦陷的故事。对布莱兹而言，富贵的诱惑实在是件稀松平常的事情。"这个人没有任何犯罪记录，不过突然间他希望银行里有5万英镑的存款，或许外加一辆凯迪拉克与一个在巴黎的女友。今天那个人还很正直，到了晚上，他突然决定要当个小偷。"有位戴比尔斯的地质学家就是这样的一个人，他独自一人沿着如今在纳米比亚境内的骷髅海岸②工作。布莱兹决定称这个人为"张三"，也许只是为了要强调罪恶的平凡之处。不管怎么样，张三一直一个人工作，后来开始决定要私存一些自己在岸边坑洞里挖到的钻石，并在夜晚搭乘水上飞机或快艇回坑洞去取。有天晚上，张三的飞机失事，他和驾驶员差点送命，窃行才曝了光。调查员在海滩附近发现一只埋在地下的罐子，里面装了偷来的1400颗钻石。比起不同肤色员工可能被判处的刑罚，张三的九个月劳役实在太轻了。

---

① 丹吉尔（Tangiers）：又作Tangier，摩洛哥北部的一座城市。临近直布罗陀海峡，为欧洲进入非洲之必经之地。
② 骷髅海岸（the Skeleton Coast）：纳米比亚北部的大西洋海岸以及安哥拉南部，有时也用来指称纳米布沙漠海岸（Namib Desert Coast）。纳米比亚内陆的布须曼人（Bushmen）称这个地方为"地神气愤之作"，葡萄牙水手称之为"地狱大门"。大多时候海岸都罩在上升的雾气中，从陆地吹往海面的风极为干燥，气候恶劣，不适合人居，岸边海浪汹涌。"骷髅海岸"之名来自早期因捕鲸工业而覆盖在岸边的鲸骨与海狮骨，以及因雾气而撞毁在岸边的船只残骸。

第四章　钻石集团：南非

弗莱明后来又匆匆出版了一本非小说类的书，名为《钻石走私者》。这本书一定大讨埃内斯特·奥本海默爵士的欢心，因为书中不但极力赞扬钻石警察战无不胜，也同时增加了钻石的国际魅力与大家对钻石的兴趣，而这两个因素绝对不会对钻石零售价产生任何负面影响。弗莱明甚至让自己笔下那个世人都已厌倦了的英雄人物亲身感受这样的魅力。在《金刚钻》中，007情报员邦德在检验一颗切磨过的钻石后有了这样的领悟："这时，他才理解数百年来钻石在那些处理者、切磨者与交易者身上所激起的热情、所勾引出近乎情爱的炽焰。"

IDSO成员并非唱诗班里的乖男孩儿，其中许多人都来自殖民非洲的警力组织，而这些地方对事情应该依照规定处理的过程也不太重视。一位南非前警员杜·普莱西斯（J. H. du Plessis）据说曾监听某些涉嫌走私者的电话，并直接闯入这些人位于刚果的家中。当受害人证实这些方法过于狡狯时，杜·普莱西斯干脆狠揍他们一顿。另外有位利比里亚的店员福阿德·卡米尔（Fouad Kamil），因为对利比里亚的钻石走私状况非常气愤，于是设立了一支报复小队，用私刑伸张粗野的正义。他后来宣称戴比尔斯通过中间人付钱给他，要他成为钻石王国的雇佣兵。卡米尔最出名的行径就是在走私路线上埋设地雷，然后用猎枪扫光生还的走私者。不过戴比尔斯始终否认别号"闪电弗雷德"的卡米尔是公司员工。除此之外，卡米尔说法的可信度也在一次试图劫机迫使戴比尔斯支付他所称积欠的薪资之后遭到质疑。"闪电弗雷德"的惊人之举，为自己换来了马拉维监狱里21个月的劳役之刑。

走私现象并不是来自非洲大陆内部的唯一问题。南非的政治领导权，开始绕着激增的多数黑人以及城市与矿坑周遭的贫民窟问题，因彼此憎恨而严重分裂。这些问题，大体而言，可说是塞西尔·罗德斯遗留下来的产物：钻石矿与金矿比其他社会因素更强而有力地摧毁了数千、数万个祖鲁、格里夸、科萨①与贝专纳②部落的生活，他们被迫离开自己的村子，挑起白人拖拉矿石的重担。"要视原住民为小孩，不要给他们选举权。我们必须采用专制国家的系统与南非这些野蛮人民建立关系，就像在印度运作顺畅的系统一样。"罗德斯有次对立法机构这么说。即使罗德斯没有亲自创立日后严苛的法律制度，即后来众所周知的种族隔离制度，他也绝对是奠定了那些法律基石的人。南非黑人除了劳力，没有任何其他可供交换的东西，因此成了实质的钻石奴隶。以农产品交换劳力的经济取代了现金薪资，脏乱的砖造围场取代了泥巴与竹竿组成的村落。在这样的新世界里，根本不可能有任何真正的进步。黑人矿工的薪资通常只有白人矿工的三分之一，而且几乎没有任何升迁至经理阶层或利用资金开始自己事业的机会。

其实从金伯利第一次钻石热开始，隔离就已是存在于生活中的现实面，但当南非白人领导的国民党赢得了1948年的选举之后，种族隔离制度却被列入法律之中。新政府说服白人相信他们正处在种族危急时刻的边缘，因此强行通过了一整批专门为了强化少数人掌权的不稳定体制而设计的法案。其中最典型的法案，要算是达到名副其实目的的禁止跨族通婚法以及禁止白人与非白人发生性关系的社会道德维护法。既有的婚姻与爱情被迫离异与终结。在大多数区域，黑人与黑白混血的人民不但禁止拥有财产，还被剥夺了国会中

---

① 科萨（Xhosa）：科萨人本来大多居住在南非东南部，近二百年来则向南部与中南部扩张，有许多分支。南非约有800万科萨人，科萨语是南非第二常用的家庭语言，仅次于祖鲁语。曼德拉就是科萨人。
② 贝专纳（Bechuanas）：南非一支民族。现多作Tswana、Batswana（单数为Motswana）。19世纪时，较多人使用Bechuanas的拼法。

曾经有过的极少数代表席位。表面上，他们得到的回报是可以支配"家园"，但那其实只是一串连在一起的土地，面积不到全国国土的30%，而且大多都是一些现成的烂地、干地，只有寥寥几根水管凸出于地面。

数十年来，尽管戴比尔斯公司毋庸置疑是廉价黑人劳工的最大受益者之一，然而在种族隔离议题上，奥本海默家族却将自己定位成开放派。哈里·奥本海默之所以反对种族隔离，其实是基于极现实的考量。他认为南非是个多种族国家，这是个已经回不了头的事实，因此要将这个国家依照不同种族来封地，无疑是自杀之举。1957年，埃内斯特·奥本海默爵士在世的最后一年，亲自造访了约翰内斯堡边缘的一个贫民窟，对亲眼所见的景象大惊失色。在这儿，杀人、抢劫是家常便饭，婴儿在肮脏的街道上出生，"房舍"只不过是一堆由木头、石头、破铜烂铁像迷宫般围着同一个中心点所堆起来的烂屋子，而这个中心点，经常都是一根污秽不堪的水管。第一次看到自己国家的这一面，受到惊吓的埃内斯特·奥本海默爵士从矿业局取得300万英镑的贷款，在约翰内斯堡城西南部的平缓山丘区上那片环境极为恶劣，但远离市中心玻璃外墙摩天大楼的地区，建造了一些可以住人的房子。"这些原住民，大体来说，是欧洲公民的员工，"埃内斯特·奥本海默爵士对报纸这么说，"去做我们能做的事情，确保他们居住在健康、有效率、安分守己以及服务令人满意的环境中，只不过是一种开明的私心。"有关单位用拆掉破屋烂房留下的石块，仿造大津巴布韦古城遗址（位于当时仍称为罗德西亚的这个邻近国家），在新房舍发展中心建造了一座塔。高塔底部有块刻着埃内斯特·奥本海默爵士名字的牌匾。在整个惨不忍睹的区域当中，这座塔是最高的建筑，而塔名则是取自一个政府名称的英语的缩写：西南镇（South West Township，取这三个英文单词开头的两个字母），也就是索韦托①。

同时，哈里·奥本海默当选了国会议员，他呼吁逐渐削弱种族隔离法的演说激怒了国民党。只不过利他主义并不是他的动机，纯粹经济生存上的考量才是他的重点。"在非洲，我们已经走到需要进一步物质发展的阶段，这当然代表我们可能越来越需要解决自己创造出来的人类问题，而这是个再清楚不过的道理。"他在一次演讲中这么说。面对另外一群听众时，他用了"反感"这两个字来形容他对种族压迫的感觉，还说政府政策已成"废墟"。幸好批评者注意到，即使到了种族隔离末期，戴比尔斯在矿区的政策与哈里·奥本海默华丽的词句并不相符。1982年，《财富》杂志发现戴比尔斯不允许工作场所的黑人琢磨任何超过1.19克拉的钻石，指出这是"一种典型荒谬的种族隔离制度"。《财富》还注意到黑人矿工与白人矿工同工不同酬的情况严重。除此之外，黑人矿工被圈限在围场之内，居住条件虽然还可以忍受，但却是侮辱。"在孤立的环境下，那些男孩的生活一定非常无聊，不过，他们都很整洁，吃得很好，而且以南非的标准来看，薪水也不错。"一位替《纽约客》（*New Yorker*）写稿的作家，在1956年应戴比尔斯之邀参观场地后曾如此报道。

尽管隔离制度让南非在国际上的名声越来越臭，但戴比尔斯——这个矿业巨人的部分作业系统被戏称为"南非公司"——却依然设法从一些其实很不友善的国家榨取钻石。欺瞒是必要的条件，而傀儡公司则是答案。这些傀儡公司与安哥拉、塞拉利昂、加纳等国家的政府签订交易合约，将钻石以完全不引人注意的名字重新包装运到欧洲，再转手以成本价卖回给戴比尔斯。有家设立在巴哈马群岛

---

① 索韦托（Soweto）：约翰内斯堡南边最大的黑人城，曾发生过学生暴动。

的空壳公司威尔克罗夫特，吃下了坦桑尼亚一个巨大矿区的一半所有权，另一半所有权属于该国黑人政权，但这个政权因为无法承担后果，所以不能公开自己与如此鲜明的种族隔离象征有任何关系。最戏剧性的莫过于当苏联地质学家在西伯利亚寒带草原上，不经意发现了一根巨大的钻石岩管时，一位戴比尔斯的代表立刻飞到莫斯科，提出了前所未有的条件：戴比尔斯愿意以未来可能出现的保证价格买下整个矿区的地产，但交易金额必须经由复杂的控股公司网络汇出，隐藏真正的买主身份。

苏联人觉得这样的条件实在好到难以拒绝。列宁的子弟其实早已和地球上最老式的资本主义公司携手合作多年固然没错，不过戴比尔斯这个条件的利润（预估一年2500万美元）将大大补充克里姆林宫的公库，并可供应资金协助核武器与提升军事技术。苏联的钻石最后进了查特豪斯街地下金库内。买卖完成，大家仍都清清白白，至少在大众眼前如此。"这项安排将给予苏联代表在联合国拍桌子的许可证，他们照样可以公开指责独占事业、谴责南非种族歧视的资本主义者，也可以主张抵制该国的出口品——只不过自己的国家正在将钻石批发给那个自己正在谴责的经济体。"历史学家斯特凡·坎费尔（Stefan Kanfer）写道。苏联1990年揭露这件事后，戴比尔斯又重回莫斯科出价，这次他们要提供10亿美元的现金给过渡政府，交换苏联储存的大量西伯利亚钻石。这是担保借款的约定——也就是说苏联把钻石运到伦敦保管，直到债务还清。戴比尔斯并没有兴趣出售这些钻石，他们只是不希望这些东西掌握在别人手上。

神话再次得到了保全。钻石并非自然界特别稀有的东西，但戴比尔斯却让钻石成为世上罕见的宝物。钻石与爱情之间夸大的联想，加上从金库里所流出的控管数量，都确确实实向所有愿意继续玩游戏的人保证，这将一直是桩赚钱的买卖。在20世纪90年代，钻石零售是个价值400亿美元的事业。这个新世纪，戴比尔斯也是以相当强健的体质跨了进来。一如既往，世上只有一件事可以威胁戴比尔斯的地位——某人在某处发现了富含钻石的火山，然后大量产出，完全不受戴比尔斯集团控制。

在澳大利亚内陆的一个偏僻角落，这件事终于发生了。

第五章
新纪元：澳大利亚

那段时间，戴比尔斯仅仅为了维持钻石价格平稳，就损失了将近10亿美元。澳大利亚的威胁必须立刻控制，尽管阿盖尔矿区出产的钻石中，只有5%能用来当作镶嵌宝石，但戴比尔斯还是与阿什顿、力拓达成了协议，成为阿盖尔矿区最大买主，每年买进4.5万吨钻石。

澳大利亚原住民的古老信仰认为：世界其实是由造物诸神所"唱"出来的。在音乐演奏中，大地由太虚化而成形。在人类出现之前，一个称为梦境时代的前世，万物景致（岩石、树木、河流、海岸）都是由数百万首歌组合物化而成。每位旅行的原住民都要恪守一个习俗，即当他从此地移往彼地时，必须一直重复梦境时代的歌曲。如果不继续唱歌造就世界，那么世界将不复存在。沙漠中的地标不仅与音乐关系密切，它们其实就是源于音乐。一道河床也许是一条小丑蛇的路径、一堆石块可能是某位酋长的休憩之地、一林子的橡胶树或许是老女人的阴道，而音乐就是这些东西的真实内容。澳大利亚原住民称横跨陆地的道路为"歌线"。歌线是非常卓越的领航辅助器，因为当你配合沿途景色按时打开一卷卷蜷伏在时间之中的故事时，你会非常清楚自己身在何处。唱完一首歌，目的地也到了。如果吉普车上有位思想非常传统的原住民与你同行在歌线之上，那么汽车以每小时25英里的速度前进时，原住民会用快板把歌唱五遍，让音乐跟得上景色的变动。澳大利亚是由无数的歌线编织而成的。然而，即使是最年迈的原住民也无法细数全部的歌线。地球是一块由圣洁之声所织成的布。

在澳大利亚西北部内陆大沙沙漠①边缘，山脊上有两条交错成马鞍形状的棱线。此地的原住民歌线，是有关一只澳大利亚肺鱼的故事。这条名为戴伍儿的肺鱼在印度洋水域中朝北游。三名妇人试图以澳大利亚刺草编成的渔网捕捉，但戴伍儿从网洞中逃脱，并循着坑道游入了两条山棱线之间。鱼儿在这个大家称为巴里木恩迪隘口（Barramundi Gap）的地方一直活到今天。没有捕到鱼的三名妇人心灰意懒，走入现在称为卡特尔溪（Cattle Creek）的季节性河川中结束生命。

巴里木恩迪隘口的坑道底部，温热的水从岩缝中渗出。这儿的空气既炎热又窒闷，有如8月的汽车行李箱。我进入此区约半公里深的地底，头戴矿工灯帽，身穿矿工工作服，耳里听到的是矿业工程师伊恩·贝尔（Ian Bell）谈论他们最近针对眼前那根钻石锥形岩管所进行的攻击。几乎已经完工一半的通道，目标设在更深处的阿盖尔（Argyle）钾镁煌斑岩结构层。这个岩层现在已经可以每天出产约10万克拉晦暗不清的棕色粗钻，预估还可以再提供1万亿克拉的钻石。仅就岩管内所富含的数量而言，阿盖尔钻石矿区的藏量实

---

① 大沙沙漠（the Great Sandy Desert）：面积36万平方公里，位于澳大利亚西北部，地势平坦，属于西部沙漠（the Western Desert）的一部分。

属世界第一。

"如果你几年后再来，这儿会有更多的活动。"贝尔说。他把自己的探照灯对准前面位于通道底部的可移动式钻凿机。这条通道以每天4.5米的进度微微倾斜朝下探钻，预计还约需六个月的时间就能与钻石岩管交会。"从15世纪发明火药后，钻探与爆炸就一直是开矿的方式。在那之前，大家习惯先挨着岩墙生火，然后浇上冷水，让墙壁裂开。"当贝尔说话时，我们正站在水滴滴答答落下的黑暗中。周围岩壁都喷上了喷制混凝土，还加上了一道8英尺长的铁闩补强。

开挖这条通道，是希望能从地底侵入这块富含钻石的土壤，好让地主力拓股份有限公司决定未来二十年继续延续这个矿区的生命。所有指数都可能让这个希望成真。尽管这个矿区出产的钻石品质不佳，但力拓自从1985年上线后，获利一直很惊人。到了20世纪90年代中期，阿盖尔矿区每年粗钻的产值高达5亿美元。

就大规模的钻石矿区而言，阿盖尔出产的钻石品质位居末位。这些钻石小而暗沉，大部分出土的石头色彩都像早餐红茶。这些钻石似乎注定只能用在刀刃、牙医工具或钻凿器具上，直到某个很棒的新事业伙伴跨过印度洋出现为止。此番合作将彻底改变现代消费者对美丽钻石的认知。

当一切都成了定局后，戴比尔斯以大输家的姿态出现。事实上，对戴比尔斯而言，澳大利亚所造成的损失，和一百年前传说中的卡利南矿区一样惨重。这件事迫使戴比尔斯重新思考核心企业理念，也因此引发了钻石工业的重大变化。这些变化直到今天仍处于盘整的过程。

这一切变化正因澳大利亚钻石的灰暗色彩而显得灿烂夺目。

阿盖尔钻石之歌

阿盖尔矿藏的岩管形状有点像人类的臼齿，上宽下岔。从展示地层内部的地质斜剖图看来，这些岔脚长得有点像牙根。这根富含钻石的岩管，很可能在十六亿年前即自地幔区露出。不像世上其他钻石矿脉由角砾云橄岩组成，这根岩管的成分是一种与角砾云橄岩"血缘"很近的火山石"表亲"，名为钾镁煌斑岩。钾镁煌斑岩含有大量高浓度的氮，因此钻石颜色泛黄，其中有些还会出现怪异的粉红色泽。

20世纪60年代，有人在澳大利亚内陆河川发现了一些这样的钻石后，一队地质学家决定开始探寻这些钻石的源头。他们循着灰黑钻石的踪迹，来到了巴里木恩迪隘口，这时地质学家就知道自己挖到了宝。阿什顿矿业公司（Ashton Mining Company）与力拓合资，和当地一些原住民签订了土地利用合约。自此之后，阿什顿终于可以摆脱沉重的负担。

这期间，还发生了一件具历史意义的意外之事。发现阿盖尔矿区的时间，刚好与印度新兴的钻石切磨工业同时期。印度执行松散的劳工法、现成的资金，再加上数百万名愿意赚2美元工资的印度人民，使得印度北部城市苏拉特（Surat）出线，成为特拉维夫与安特卫普各大师级老店激烈的竞争对手。在苏拉特这个地方，即使打磨一颗香芹籽大小的钻石，也没有人会亏本。印度珠宝制造商将这些晦暗的小钻石排列组合、镶嵌成手链、项链后，找到了塔吉特、沃尔玛与凯马特等美国廉价连锁商的现成市场。

阿盖尔是这些印度切磨钻石的最佳供应者。一如其他新钻石矿区，阿盖尔也几乎是立即被网罗至戴比尔斯旗下。即使如此，澳大利亚沙漠发现钻石的消息一经披露，戴比尔斯还是遇到了很大的麻烦。钻石价格在20世纪80年代初期下跌，戴比尔斯被迫将一半以上的年产量囤积在查特豪斯街17号的地下金库中。那段时间，戴比尔斯仅仅为了维持钻石价格平稳，就损失了将近10亿美元。澳大利亚的威胁必须立刻控制，尽管阿盖尔矿区出产的钻石中，只有5%能用来当作镶嵌宝石，但戴比尔斯还是与阿什顿、力拓达成了协议，成为阿盖尔矿区最大买主，每年买进4.5万吨钻石。换言之，阿盖尔矿区大部分的产出，不论废物或是宝物，戴比尔斯都将照单全收。

可是麻烦事依然接踵而至。澳大利亚政治人物在国会中怒斥阿盖尔，竟与总部设在南非这个种族隔离国家的公司签下如此大小通吃的交易。戴比尔斯于是再使狠招，却让事情愈演愈烈。接着，戴比尔斯的主管开始告诉阿盖尔矿区相关人员，要他们将一大部分的矿产储存起来，借以平衡因内战而从安哥拉走私出来的钻石潮。合资关系建立后的第一年，三方协议的钻价从每克拉12美元下滑至9美元。理由何在？戴比尔斯坚称随着矿坑愈凿愈深，钻石的品质也愈来愈糟。阿盖尔的主管偷偷聘雇了外部的永道（Coopers & Lybrand）会计师事务所，确认此估价的合理性，结果得到的回复是：深处矿藏与表层矿产的品质没有差异。根据一位墨尔本的观察者所记，戴比尔斯知道这个消息后，反应"犹如一个顽皮的男孩把手伸进棒棒糖罐里，却被当场逮了个正着"。戴比尔斯对阿盖尔的老板迈克·奥利里（Mike O'Leary）说这是"没教养"的行为，并威胁要将自己派去的20名拣选员小组撤出矿区。完全出乎戴比尔斯意料的是，奥利里不但回答"请便"，还限这些拣选员两天内卷包袱滚蛋。接下来的四个月，阿盖尔矿区内连一名戴比尔斯的拣选员都没有。

双方的决裂最后还是得到了平复，不过这件事却树立了日后事情的处理模式。为了弥补低廉的价格，矿区加倍生产，可惜这是戴比尔斯最不乐见的事情——这表示他们得吸收更多钻石。到了1996年，澳大利亚人受够了低空盘旋的价格，决定采取蛮横手段。他们开始放出风声，说不打算和戴比尔斯续约，后者公开示意没有把这些传闻当成一回事。戴比尔斯的执行董事加里·拉尔夫（Gary Ralfe）对记者说：“他对这种吵闹行为'相当不以为意'。他们也不想扰乱世界的市场行情。"暗示阿盖尔可能会尝试自行贩售钻石。令人惊讶的是，阿盖尔的确这么做了，而且宣布将直接通过之前就已存在的印度-阿盖尔钻石委员会集团在孟买的办公室，把钻石卖给印度制造商。

　　"这是一种相当自私的行为。如果每个人都这么做，那么钻石市场根本不可能存在。"戴比尔斯董事长朱利安·奥格尔维·汤普森（Julian Ogilvie Thompson）如此抱怨。这句话所透露的信息或许比他想表达的更多。懊恼不已的戴比尔斯利用权势，祭出了让塞西尔·罗德斯都会微笑的手段：他们在印度丢出4亿美元的廉价粗钻，希望能打压阿盖尔的钻石价格，进而迫使这些澳大利亚人重回戴比尔斯的手心中。戴比尔斯还向银行放出消息，说预期孟买的切磨业会出现大规模破产潮。最后，两位阿盖尔主管拜会银行，并邀请两位额上缀有"第三只眼"红色小点的主管参观工厂，才阻止了银行抽走印度切磨商的银根。

　　戴比尔斯之所以惧怕计谋会失败，背后藏着一个非常重要的原因——那就是一直在忍受戴比尔斯尖酸刻薄的澳大利亚人，多年来已经为这些略带棕色的钻石创造出一套新的品牌标志；而这个新品牌的钻石，也强壮到足以建立起令戴比尔斯难以望其项背的市场需求。吸引人的名词与这些过去毫无魅力的商品建立起不可分割的关系：强力促销给独立珠宝商的"香槟钻"与"白兰地钻";杂志上密集的广告,也一成不变地与浓郁的巧克力色调结合。广告另外设计出一张与著名的4C表①类似的简单色泽表,提供顾客一种掌握采购的感觉。新的变化表甚至接收了矿区的内部运作,"工业品质"这个名词已不再适用于75%的阿盖尔钻产。现在用在这些钻石身上的名词是"近宝石品质"。

阿盖尔这套做法是将戴比尔斯20世纪40年代一则不太成功的广告宣传,以讥讽手法换汤不换药呈现,希望将棕色钻石送入美国市场。1941年出现在《纽约客》杂志的那则广告,赞扬光谱上各个不同颜色的晦暗钻石:"从香槟的清淡,到白兰地的浓郁。"这次重新复活的宣传引不起戴比尔斯任何兴趣,也因此得不到任何戴比尔斯的协助。无所谓——一出由数百万颗品质不佳的澳大利亚钻产担纲演出的戏码,正在全球大规模上演。这些钻石在印度工厂被压制成项链与戒指,分运到美国、日本与世界各地,结果立即受到意想不到的欢迎。一颗"香槟钻"是个性低调的客户以自己能够负担的价格,表达自己也属于奢华一族的理想方式。《今夜娱乐》节目主持人玛丽亚·曼努诺斯,穿着一件缀饰了2000多颗暗色钻石的礼服,走在2003年奥斯卡颁奖典礼红地毯上的镜头,更推波助澜,强化了棕钻的形象。若是在以前,这些钻石不是早早被磨成了粉,就是只能嵌在锯子的刀刃上。据称,演员欧文·威尔逊在玛丽亚·曼努诺斯面前一面盯着这套礼服瞧,一面问她:"这些是真的吗?"曼努诺斯竟然说不出话。

事实上,这次重新定义棕钻的策略实在太过成功,以致阿盖尔的美国广告公司MVI营销在2002年建议将棕钻售价调高好几个百分

---

① 一般选择钻石的四大辨识指标为:颜色(color)、净度(clarity)、切割(cut)与重量(carat weight)。

点。因为一项令人吃惊的事实是，调查显示大多数的采购民众都认为"香槟钻"和无色钻石一样稀有，甚至更罕见。换言之，阿盖尔已经为产区这些石头编织出了一套新故事，并对着全世界消费者，唱着另一个曲调的钻石之歌。戴比尔斯失去阿盖尔一事，撼动了整个集团的根本。但这个结果只不过再次强化了钻石圈人人都相信的一个道理，而这个道理在人生许多层面也会碰到：控制了说故事的方法，就控制了一切。

骨子里就是垄断

我送给安妮的那颗钻石极可能是通过戴比尔斯的渠道获得的。2000年我购买这颗钻石时，戴比尔斯控制了全球四分之三的粗钻来源，不过要追溯钻石在进入戴比尔斯系统之前的历史，却难如登天。从统计数字上判断，那颗钻石最可能的出处是博茨瓦纳的奥拉帕（Orapa）矿区，这儿是戴比尔斯最大的钻源，也是自给自足的矿区代表。我买钻戒时，奥拉帕的年产钻量是1200万克拉。不过这颗爱情象征也可能来自俄罗斯西伯利亚的国际矿区、南非的第一矿区、纳米比亚的骷髅海岸矿区，甚至巴西的热基蒂尼奥尼亚河河谷。当然它也有可能是安哥拉内战的战利品，或中非共和国的走私品。尽管不可能查到这颗钻石的来历，但我可以说，戴比尔斯的伦敦办公室很可能是这颗钻石来到美洲之前的转运站。

戴比尔斯的主管始终不喜欢大家以"托拉斯"一词形容他们做生意的方式，而且从技术层面来说，他们也的确有理由这么坚持。因为20世纪大部分时间，戴比尔斯并未掌控全世界百分之百的钻石供应来源。走私、非法的钻石买卖以及少量重要性较低的钻石交易，总会流入安特卫普与纽约。然而大体而言，如果你想买钻石，它一定是来自戴比尔斯，只是当事人未必知道这件事。钻石矿区与商场之间，隔着一个庞大的中间商。

戴比尔斯花了许多力气避免让自己的名字出现在零售世界中，特别是美国这个视自由市场竞争为大众信仰的国家。即使大家仔细检验，戴比尔斯也力图否认自己的天性。

"就算真的是垄断，那也是一种基于顾客爱戴支持下的垄断。"戴比尔斯的广告公司在一份内部公文上这么写，建议客户在面对这个问题时如此应对。"钻石业的真正状况是：所有钻石生产商都是自由身，如果他们愿意的话（公文中以不同字体强调），他们可以自由选择销售自己钻石的方式。戴比尔斯并没有实际的权力胁迫生产商通过戴比尔斯或钻石企业组织卖钻石。因此这里所谓的'垄断'，是一种制造商选择戴比尔斯的自由结合。他们与戴比尔斯签订合约，因为他们赏识集体行销所带来的利益。"

这种不实的说法真是滑天下之大稽。胁迫向来都不是戴比尔斯最后的选择——而是他们一贯的生意手法。1981年，贫困国家扎伊尔愈来愈不满意自己与戴比尔斯签订的交易条件，因此试图与三家独立的欧洲公司签订新合约，转售国内相对而言产量并不大的工业钻石。戴比尔斯的报复手段是：刻意释出一大堆库存，破坏钻石行情，迫使扎伊尔钻石工业陷入濒临破产的地步。当扎伊尔再度与戴比尔斯结盟后，每克拉钻石马上提升到3美元的价格，之前靠自己贩售却只有这个价钱的一半。承受这样惩罚的扎伊尔，不但是世界上最贫困的国家之一，也是在蒙博托·塞塞·塞科政权下，政府最腐败的国家之一。即使用非洲的标准评断，蒙博托·塞塞·塞科也是个窝囊到极点的懦夫独裁者，但他为了让自己国家的钻石工业免于瓦解，在两年后被迫重回戴比尔斯的怀抱。"还有人想要效法扎伊尔吗？"据说在当时有位戴比尔斯的主管对这件事下了这样的短评。所以，就算这真的是一个"生产者的自由结合"，这显然是一个永远逃不出去的结合。

然而不可讳言的是，待在戴比尔斯大伞之下的报酬也是不容否定的事实。只要牺牲自己的独立性与戴比尔斯签约，那么不论个人或国家，就等于拿到了赚钱的保证。戴比尔斯会不惜花费数百万美元，确定唯一的渠道之外没有强大竞争者出现，窃取这些签约珠宝商的生意。哈里·奥本海默曾重复说过这段话无数次："任何人都和钻石有关，不论是生产商、交易商、切割商、珠宝商或顾客，除非他们不是因钻石而获利的人。"

顾客有没有因暴涨的价格而受益，始终是个备受争议的话题，但戴比尔斯对生产商与交易商的价值却清楚而确定。对小本生意人而言，珠宝买卖是风险最低的事业之一。大量内容丰富的免费广告（譬如"钻石恒久远"）炒作着宝石的概念，而不是任何单一珠宝商。况且，在这个与爱情紧紧相扣的稳健环节中，即使人事更迭，仍可确保顾客源源不断，因为人类目前还没有结束婚姻制度的打算。

戴比尔斯求稳定与秩序若渴，憎恶不安定与竞争。整个20世纪，他们不断在宣传"钻石不是投资商品"，而且成效极为显著。我们不得不说戴比尔斯的说法其实具有一定的正当性。钻石的可携带性极高，却也因此极易遭窃，造成突然的绝对损失。世上没有两颗完全相同的钻石，因此要建立起一套如同金、银或其他金属的标准估价制度也极为困难。除非你是难民或罪犯，打算私藏资产跨越国界，否则钻石实在不是储存财富的理想工具。"根据我们深虑的结果，钻石的价值应该在于其美丽、稀有性与持久性。"戴比尔斯董事长朱利安·奥格尔维·汤普森在一份1988年发给美国加利福尼亚州报纸的声明稿上这么说。他指的并不是金钱方面的"价值"，钻石对于顾客的重要性应该在于其持续到永远的价值，而不是进入下一轮回的交易之中。这是维持戴比尔斯稳定的另一根支柱。钻石所勾起的情感牵绊，让拥有者很难再将钻石卖出——个中滋味，我实在太清楚了。

这正是钻石与爱情紧紧相扣的妙处，至少从生意眼光上看的确如此。现在世界上大约有10亿克拉经过切磨的钻石，数量应足以塞爆一辆伦敦双层公交车。戴比尔斯一点都不希望看到这些钻石重新在市场上流通，最好是永远挂在大家的脖子上或藏在衣橱里的珠宝盒中。活络的二手钻石市场，会对新切磨的钻石市场造成不受欢迎的竞争。

更妙的是，戴比尔斯稳定的结果代表着钻石零售价格不会上下波动。钻石商依照游戏规则行事的回馈是：保证未来毫无风险的合理利润。经济萧条期间，躲在戴比尔斯大伞之下，有如在世界大战期间落脚于瑞士。1986年美国股市大跌之后，有位记者询问戴比尔斯的主管罗宾·沃克（Robin Walker）该公司是否会为了适应现实状况而调整粗钻的价格。

沃克回答道："噢，不会，绝对不会。我们从来不降价，也永远不降价。"

打造21世纪戴比尔斯品牌

历史悠久的戴比尔斯经历了许多困境，但依然存活：卡利南的大挫败、反托拉斯诉讼案、纳粹闪电袭击比利时、种族隔离的恐怖、非洲后殖民时期的混乱、世界经济大萧条、血钻石的负面压力等等。在20世纪尾声，仅仅是戴比尔斯依然存活的事实，就已堪称奇迹。不过这家公司的商业思维却离瓦斯科·达伽马[①]的想法愈来愈远，和可口可乐反而愈来愈接近。不管怎么说，阿盖尔施加的压力、加拿大北极圈区新发现的钻石矿区，都让这位年迈的秩序崇拜者感到力不从心。现在世上有四分之一以上的粗钻落在戴比尔斯的掌握之外，而落入美国投资人手中的戴比尔斯股票比例又愈来愈高。在这些投资人眼中，查特豪斯街17号地下的传奇库存（预估接近50亿美元），现在除了沉重外，一无是处。"历经了种族隔离制度的孤立，戴比尔斯亟欲摆脱秘密、邪恶的组织形象，希望以具有国际水准的全球化公司角色进入世界。"哈佛商学院一位分析师如此说。奥本海默爵士的孙子尼基·奥本海默（Nicky Oppenheimer）接任董事长一职后，戴比尔斯自动自发走上再造之路。1999年，董事会聘雇波士顿的咨询公司贝恩公司（Bain & Company）进行经营方式与程序的评估。

咨询公司提出的建议令人错愕：戴比尔斯应加速扬弃自己"工业保管人"的历史角色，专注于建立已有品牌的奢侈商品。奥本海默接受了这种想法，并推出一个名称有些隐晦的"精选供货商"计划，将这波动传遍整个钻石界。"当我们持续进行钻石交易时，却鲜少注意到交易渠道的效能，这种买卖模式并没有为顾客带来任何附加价值。相反，我们忽略了顾客的需要，也忽略了顾客对一只钻石珠宝的要求。"戴比尔斯的主管加里·拉尔夫在一份业界刊物中如此解释。

换言之，现在这个钻石王国真正的竞争对手，不再是叛节的地质学家或安哥拉饥寒交迫的嘎林皮耶洛斯；眼前戴比尔斯的敌人是

---

① 瓦斯科·达迦马（Vasco da Gama, 1460或1469—1524）：葡萄牙探险家，是第一批欧洲至印度的船队指挥官。

香水、百慕大群岛度假与宝马轿车诸如此类的奢侈品。戴比尔斯的执拗之念几乎在一夜之间就从供应面（不断想掌握世上每一处自由矿区）转到了需求面（直接与所有想要一流钻石的富有客户接触）。这个变化，就像塞西尔·罗德斯当初建议拆掉大洞的滑轮线路，然后把事业全放在一个大公司旗下般剧烈。在此次再造计划中，戴比尔斯想要铲除的对象，是令人头晕脑涨的各层交易商、中介商与中间人——统称为"意大利面条交接点"①。这些人从看货商处买下钻石后，再转手卖出，赚取差价。戴比尔斯打算果断挥出大刀，斩除位于这个环节的次要角色。

曾经隐遁的家族事业变得愈来愈外向。一度是美国禁忌的"戴比尔斯"这四个字，开始在许多自家的广告上出现。如果有人可以将品牌"啪"的一声黏在饮用水上，然后收取额外进账，贩售钻石为什么不能如法炮制？戴比尔斯开始利用显微激光印刷，将公司名称与一个名为"永恒标记"的商标图案，蚀刻在钻石腰际。同时，还与贩售一流品牌产品的法国奢侈商品集团酩悦·轩尼诗–路易·威登集团（LVMH，Moët Hennessy-Louis Vuitton Group）签订合资合约，法国酩悦香槟与路易·威登手提包全都是该集团旗下商品。在世纪交替的时刻，戴比尔斯于伦敦展出了一颗203克拉、名为"千禧之星"（Millenium Star）的大钻石，而一群窃贼试图盗取的行动，让戴比尔斯的曝光率与引人注目的程度突然间大大提高。伦敦《标准晚报》（*Evening Standard*）以头版头条"3.5亿万英镑的钻石在展示场内遇劫"来报道这个事件。这则头条新闻如今裱了框，就挂在伦敦公司公关部门墙上。钻石与不忠不义的行为，再次神秘且卖座地结合在一起。尼基·奥本海默据说曾讲过这么一段话："如

---

① 对极为复杂交流渠道的戏称。

果每次都能像这样上头条,我们大概可以解散整个公关部门了。"就算他那次没说这话,之前也一定这么说过,因为当我在戴比尔斯公司里询问安迪·博恩这话的真实性时,他带着严肃的微笑回答:"嗯,我们内部一直都这么说。"

其他的变化也在进行。戴比尔斯解决了与美国司法部之间长期缠讼的官司,令人惊奇的是,他们在俄亥俄州哥伦布联邦法庭认罪,承认违法操纵物价的罪行。针对戴比尔斯的控诉中,有份源于1994年的控告书中指出戴比尔斯与通用电气公司合力非法操纵工业钻石的价格。此番俯首认罪让戴比尔斯的主管一百年来首次可以自由进出美国,而不受法院传票的威胁。2005年夏天,美国第一家戴比尔斯零售店在曼哈顿第五大道开张,场面之铺张绝对会让如果还在世的法兰克林·罗斯福气到冒烟。戴比尔斯砸下176亿美元重新买下自己的股票,再次成为一家私人公司,暂时从爱抱怨的投资人与华尔街分析师那儿喘口气。只不过,查特豪斯街17号地下的库存钻石,少了将近一半。

看货系统依然持续,但看货商名单上的精英数量却从100多人稍事删减到84人。戴比尔斯大力鼓励仍在名单上的人将钻石蚀刻上戴比尔斯的品牌标志。失了看货门票的看货商当中,有位戴维(W. B. David)先生,他对自己跌出名单外的反应是一状告到美国联邦法院,控诉戴比尔斯不但经营"无耻而不知悔改的独断买卖",而且还利用新的精选供应商体系这个狡猾的计谋,对市场控制做出实质上是更进一步的紧缩,而非放松。根据戴维的说辞,戴比尔斯这个大规模策略的目的,在于建立市场上2克拉以上钻石的主导权。若有任何人胆敢在这个高价位的领域与戴比尔斯竞争,都会毫不留情地被排挤出钻石圈。戴维指出钻石业内许多人的印象,这其实已是个公开的秘密:从看货系统中获得最大宗钻石的看货商是一家名为迪亚姆戴尔（Diamdel）的公司，而这家公司的老板其实就是戴比尔斯。换言之，戴比尔斯以每年接近5亿美元的价格，将钻石配售给自己。这种令人摸不着头脑的企业运作哈哈镜，从英美公司成立后就一直是奥本海默家的专长。

看货系统中这种排外的本质，因为中介系统而更显复杂。所谓中介系统，即每位看货商都必须通过戴比尔斯所认可的六家伦敦公司之一与戴比尔斯进行交易。至少有一家中介商广受质疑：亨宁公司（Henning & Co.）被指为是戴比尔斯帝国的一分子。尼基·奥本海默本人在1999年接受加拿大记者马修·哈特（Matthew Hart）访问时，也几乎承认了这件事。这表示1%的中介费显然从戴比尔斯的左口袋进入了右口袋。此类自我交易的指控在戴维的诉讼案中不断出现。另外，戴维引用了颇受敬重的钻石界顾问查姆·伊芬－佐哈（Chaim Even-Zohar）的质疑，认为戴比尔斯计划索取更高的钻石费用以弥补他们损失的市场占有率。"在一个竞争市场上，这并不是件容易的事。不过如果尽可能将竞争区块内的对手压低数量，那么只要掌握优势，这绝对可以做得到。"伊芬－佐哈在一份2003年贸易刊物上发表的文章中这么说。

不但如此，为了不失去伦敦看货资格，对手除了服从没有其他选择。即使在趋势大变的今天，戴比尔斯依然在整个交易过程中兼任法官、陪审团与死刑执行官三重角色。价格表出版商马丁·拉帕波特（Martin Rapaport）用生动的语词形容这个事实："如果戴比尔斯要求看货商身穿比基尼、头缠印度头巾，在查特豪斯街上排队，然后用一只脚不停跳跃，嘴里同时喊着'喔呜'，那么你就会看到看货商——照办、他们别无选择。"

当我征询戴比尔斯有关戴维案的回应时，对方拒绝评论。不过外部关系主管安迪·博恩告诉我，关于戴比尔斯试图重行独断控制的说法，根本就是"胡说八道"。

"我们并不是为了搞垮别人才实施精选供应商制度，那全是荒谬的指控。十到十五年前，营销还不是这么重要。如果了解钻石的交易过程，你会知道其实钻石来来回回要经过许多不同的人，但中间过手的这些人并不能为钻石增加任何价值。我们必须要现代化。19世纪的铁路大亨一直认定自己身处'铁路业'而不是'交通运输业'，因此错过了汽车的发展。这么多年来，我们一直认为自己是钻石业，但其实我们真正的归属是奢侈商品市场。我们必须变成更了解市场的企业。"安迪·博恩说。

一位颇不受老东家赏识的戴比尔斯前主管告诉我，他认为事实和博恩所说的情形完全相反。对他来说，精选供应商计划是再建戴比尔斯在业界支配地位的努力。"现在设立的制度，是一种更恶毒的独断交易形态。他们试图进一步控制客户，把提供的钻石数量与个别客户花费在广告上的金额连在一起。"他在电话上这么对我说。

换句话说，在供应链底部的全球交易商奉命促销戴比尔斯的名号。戴比尔斯不想再隐匿于背后了。对任何忤逆行为的惩罚，就是从看货的特权名单中除名，自此与世界上一些最优质的钻石无缘相会。不过阿盖尔那些灰暗的钻石不在此列，那些钻石已经永远脱离戴比尔斯了。

阿盖尔钻石之歌续篇

大概还有二十年藏量的香槟钻仍埋在澳大利亚巴里木恩迪隘口地底。我参访阿盖尔矿区时，当局仍在评估可能进行的地底钻炸，不过贝尔告诉我，这个计划可能要花费5亿美元。构想的计划是在矿脉之下建造一座空穴，让整条矿脉成堆成堆地坍进空屋底部。结合压力、地心引力与谨慎配置炸药，可以让这个计划实现。如果执行过程正确，矿脉会如蜂鸟喂食器中的糖水一样，定期定量涓涓落下。落下的矿脉由地下处理机压碎后，通过运输带送到地面。这种抽矿方法称为"块坍陷"，20世纪50年代由南美洲铜矿区率先采用。尽管矿脉下的岩块稳定性还是个未知数，但所有判断都认为这个方法适用于阿盖尔。前一年，通道的进度因为钻凿机撞上了一座火山的页岩边，造成岩边倾斜而延宕。事情发生之前，没有人知道这儿有个页岩区。因此一切工作都必须等到地质学家做完地质稳定性评估后才能继续。大家都不希望见到通道或空穴坍塌。人类每次对地球进行突袭，都存在着未知的变数。

"前端作业是所有大型矿区典型的运作模式，只有在进入开采阶段，你才会知道自己究竟处于什么样的状况之中。"总经理凯文·麦克利什（Kevin McLeish）这么告诉我。他是个说话慢条斯理的高个子，在力拓散布于非洲与南美洲的各矿区工作，回收钢、铁与铜的经验丰富。此次，他将以同样持续不懈的态度追逐此地的钻石。变数相同、设备相同、数量相同，甚至连行话都相同：矿脉、开采比率、每周吨数、重介质分离①、地区岩体、梯形规划、前进速率等。唯一不同的只有最终的产出品。这种一日产量可装进一只小手提箱内的产品，不是用来建造摩天大楼，也不是用来制造电网或汽车，而是用来制作戒指与手链，然后放在美国折扣店内出售。大部分在阿盖尔工作的员工或多或少都想过整件事情讽刺的那面。麦克利什这么说："这是我第一次督促生产对世界没有任何贡献价值的产品。"

---

① 重介质分离（Heavy-Media Separation）：又称为沉浮过程，是另一种利用重力细分矿沙与矿物的过程。

所有这种一无是处的产品，都必须经过海岸城珀斯[①]一栋玻璃办公大楼三楼的某个房间。这间房被称为"评估与拣选部门"，由一扇类似气闸的门把关，装设在天花板上的数十架安保摄影机不眠不休随时监视。从矿区回收到这儿的每颗钻石，在经过称量与包装后被送到印度苏拉特切磨厂。也就是说，目前世界上所产的钻石，有四分之一强会经过这个还不到郊区三间车库大的房间。看到一个个装着钻石的塑料管几乎是随随便便就这么躺在这间房里，我着实感到意外。这些塑料管随意摊置，有如某名粗手粗脚的杂工工作房中凌乱摊散的一桶桶油漆。我细看其中一颗钻石：暗淡、灰扑扑犹如撒在车道上的盐。这些钻石看起来几乎可说是世上最不引人注意的东西，但我却突然有股冲动，想要用手扫过这些石头，想要感受这些石头从我手中滑落的感觉。

"我可以摸摸这些钻石吗？"我询问带我参观的经理罗德尼·克里德尔（Rodney Criddle），"你可以检查我的手。"

"最好不要，"他有些紧张地回答，"保安人员会不高兴。"

尽管看起来暗淡无光，这些源于澳大利亚内陆地底的钻石，在钻石业历史上却扮演了极为强势的角色。这些石头背后有个故事，代表着解除了老联盟的纠缠，也代表着开启一个新纪元的可能性。

阿盖尔矿区内有座山顶咖啡馆，坐拥蚁丘与红土矮丛空地的美丽景色。咖啡馆背向钻石矿坑。我和一位几乎从矿区刚开始运作就在这儿工作的矿工，在山顶咖啡馆里共进晚餐：烤牛肉与面包涂酵母酱。他和他那位当老师的妻子即将双双辞去工作，两人买了一部硬壳露营车，准备环洲旅行流浪。虽然很期待这次旅行，但要离开阿盖尔让他觉得很遗憾。他说这个矿区对他很好，让他觉得自己像

[①] 珀斯（Perth）：西澳大利亚州首府，为澳大利亚第四大城。

是探险活动的一分子。

"我们弄脏了戴比尔斯的鼻子后，毫发无伤地逃之夭夭。以前从来没有人那么做过。这是个了不起的故事，我很骄傲自己是其中一分子。"他告诉我。

从他在这儿工作开始，有关巴里木恩迪隘口的梦境时代之歌也有了些微更动。许多住在附近的原住民，都依照土地使用合约的条件在矿区工作，他们为戴伍儿穿过地底通道躲过妇女捕捉的故事加了续集。原住民认定，这些钻石全是鱼背落下的鱼鳞。

价值的假象正是价值所在

大家不止一次用"很有礼貌的黑道"来比喻戴比尔斯。举例来说，设在查特豪斯街的总部，恰巧与查尔斯·狄更斯《雾都孤儿》中费金[①]的贼窝位于伦敦同一个区域内。狄更斯在书中精确描述当时这个地方满街的煤气灯、扒手与围了围墙的市场情景，市场内犯罪行为的廉价战利品被倾销给愿意收买的客人。事实上，就在戴比尔斯大楼的转角处，史密斯菲尔德市场上有个古代的绞刑执行场。19世纪，无数扒手强盗都在这儿被处以极刑。霍尔本[②]区窃贼帮的历史，已经成为现代批评者暗指钻石王国时不可抗拒的隐喻。这些批评者认为，戴比尔斯的作为与披着羊皮的狼没什么差别。我自己就曾数次见识过这样的类比，有些诉诸文字，有些则是口述。"跟这些人打交道简直就像在跟黑道过招，只不过这些人说话带的是英

---

① 费金（Fagin）：狄更斯《雾都孤儿》(*Oliver Twist*) 中的反派人物，是一个盗窃与犯罪集团的首脑，成员都是他收容的孩子。
② 霍尔本（Holbom）：位于伦敦市中心的一个区域。

国腔。"有位饱受挫折的矿业官员这么告诉我。斯特凡·坎费尔撰著的那本相当受欢迎的戴比尔斯历史《末代帝国》，一开始就运用了这样的暗喻："在伦敦，它的主管全是穿着萨维尔巷①高级服饰软腔软调的牛津人。他们行为举止极为周全，然而在情况需要时，却展现出一种黑帮大佬所特有的冷酷态度。"

这样的类比对照非常有趣，但却没有捕捉到戴比尔斯真正的本质。其一，戴比尔斯已经许久未曾面临任何人拿着凭据指控他们真正使用暴力。戴比尔斯的历史上，交错着一回回偶发的大混乱——"大洞"的武装破坏罢工、罗德西亚不名誉的征服、20世纪50年代利比里亚"闪电弗雷德"的丛林突击——不过这些事件都发生在不同的时代。现在，钻石开采在各种凄惨与染血的环境下进行，非洲尤其如此，但戴比尔斯却不需要直接为这些大屠杀负责。或许有人会辩称，戴比尔斯操控价格过度高抬的市场，间接助燃了非洲冲突，然而这样的说法却与美国黑帮的比喻相去千里。戴比尔斯爱用的工具，向来都是各种不同的经济伎俩，而非枪杆上的瞄准器。

把戴比尔斯视为恶毒首脑组织的想法，从另一个层面来看也不成立。戴比尔斯的形象，让人联想到口风很紧的间谍，谨慎、有效率且艰苦地完成国际任务。但事实却与这样的形象大相径庭。钻石交易圈有个鲜少听人公开谈论的大秘密，即戴比尔斯是多么无能与容易失算。纵观戴比尔斯的历史，不乏亮眼的成功，然而奥本海默建立的巨兽近来却也累积了一连串值得注意的失误。

---

① 萨维尔巷（Savile Row）：位于伦敦市中心，以量身定做传统高级男性西装与礼服著称的一条商业街。英国查尔斯王子、前首相丘吉尔、影星裘德·洛（Jude Law），以及007作者伊恩·弗莱明等，都是萨维尔巷的常客。

"对于戴比尔斯,没有人意识到这个组织究竟陈旧到什么地步。他们的自大孵育出无能。这个集团虽然慢慢试着赶上来,但他们还没有适应商业现实。"澳大利亚力拓的营销主管布鲁斯·考克斯(Bruce Cox)如是说。20世纪80年代或更早之前,英联邦中绝大部分的大型公司,都已开始宣传自己对维护永续环境与担负社会责任的承诺,但戴比尔斯最近才开始这样做。尽管这些声明有时候令人觉得虚有其表,但真正令考克斯觉得惊讶的是戴比尔斯连试都不愿意试的态度,他觉得这种态度无疑是公共关系上的失态。戴比尔斯的人似乎除了看自家的年度报表外,其他人的年报连瞄都不瞄。"二十年来,这种做法一直是商业趋势,而他们现在才要开始跟着做?"考克斯这么问。

戴比尔斯未能对加拿大北极圈区的丰富矿脉先下手为强,让大家对这个集团不论在地质学或政治关系上的能力都产生了质疑。大型矿业公司发现新矿区的标准做法,是先让被称为"后辈"的小公司进行勘探这类吃力不讨好的工作,然后在发现了具有潜力或前瞻性的矿藏后,出价通吃。戴比尔斯不但未能吸纳埃拉·托马斯与查克·费克在肥湖附近新发现的矿藏,还派出两位公司内部的地质学家,带着适用于南非大草原而非寒带草原的分析模型到了加拿大。据称,那些分析模型并没有因一条条覆盖在地面上的大量冰河而调整,同时这两位地质学家也始终怀疑数百英里外的角砾云橄岩管指数确实可以通过冰河传送。戴比尔斯最后还是被迫砸钱,在2000年以2.59亿美元恶意购并了温斯皮尔公司(Winspear)与该公司在斯纳普湖[①]的计划。可惜问题并没有就此解决。取得主管机构对于矿

[①] 斯纳普湖(Snap Lake):位于加拿大耶洛奈夫镇(Yellowknife)东北220公里处,为戴比尔斯在加拿大的第一个完全地下化钻石矿区。

区的许可延宕,而这部分要归因于戴比尔斯无法快速与当地多格里布①部族达成协议。新矿区开挖的地权,属于多格里布族所有。根据加拿大的法律,尊重原住民权利是绝对必要的条件,然而戴比尔斯对这点了解却太过迟钝。"他们像流氓一样出现,以为可以为所欲为,"一位看到事情经过的见证人这么对我说,"想都不要想。"

远在北方的耶洛奈夫镇上,有位矿业官员告诉我一则发生在20世纪90年代初有关戴比尔斯的故事。当时加拿大人全都疯狂抢地淘钻,"他们在镇上设了一间办公室,没有任何标识,但却装了一大堆监视摄影机,所以每个人都知道这间办公室是干什么的。然后一堆操着南非口音的家伙来来去去。那真是有点滑稽。我去过那间办公室一次,咖啡桌上摆了一份他们公司的内部刊物。办公室里还有一张(戴比尔斯主管的)照片,照片里的人在一个鸡尾酒会中,和他们最近才买通的一个非洲独裁总统勾肩搭背,站在壁炉前。我对这些人说,'老兄,你们真的要把这样的形象带来加拿大吗?'"

这样的行为模式在其他地方也一再出现。《商业评论周刊》(*Business Review Weekly*)在仔细研究了阿盖尔问题的过程后,给出了这样的结论:戴比尔斯根本不习惯跟不受自己胁迫的对手谈判。文章里提道:"阿盖尔出现前,绝大多数的钻石都来自南非、纳米比亚、第三世界国家等戴比尔斯的后院,而这些国家也全都清一色掌握在很容易就被利用的独裁者手中。其他的钻石则出于像俄罗斯这类把赚取强势货币看得比获得真正利润更重要的国家。"

即使在非洲这块应该以至强尊者身份出现的大陆,戴比尔斯也

---

① 多格里布(Dogrib):即现在的特里丘族(Tli Cho),多格里布为以前的名字,属迪恩印第安人(Dene),为加拿大的原住民,主要住在加拿大的西北地区(Northwest Territories)。

证实了自己并非全能。数十年来，戴比尔斯一直拥有来自安哥拉的钻石，即使在血淋淋的内战期间，安哥拉两派人马也都是用钻石利润去交换AK-47步枪与地雷来武装自己。1996年，戴比尔斯在战区开设了一连串钻石采购办公室，但两年后，这些办公室因全球尽知的"血钻石"而被迫关闭。2000年，戴比尔斯又与爱德华多·多斯·桑托斯总统发生争执，双方合约戛然中止。没多久，更不利于戴比尔斯的事情出现，俄裔以色列大亨列夫·列维夫①插手钻石业，买下了一块矿藏丰富的矿区卡托卡②。列维夫的钻石事业目前排名世界第二。同一时期，戴比尔斯仍然试图在已失守的殖民地上恢复自己的地位。

我拜访过一位戴比尔斯在安哥拉的员工，名叫加斯帕尔·卡多萨（Gaspar Cardosa）。此人外表整洁、个性一丝不苟。他的办公室位于一栋价值3000万美元的摩天大楼中，大楼上除了用深蓝色的大字高高嵌着这家公司的名称外，入口处的一块玻璃上还雕刻着那句传奇之语"钻石恒久远"。这栋摩天大楼标榜拥有一台全安哥拉唯一可以运作的电梯。有一整层楼几乎只属于卡多萨一个人。他是极少数还留在这儿的员工之一。办公室可以俯瞰整座港口，但墙上没有任何艺术品。

卡多萨这么告诉我，列维夫与安哥拉政府的关系每况愈下，戴

---

① 列夫·列维夫（Lev Leviev）：全名Lev Avnerovich Leviev，1956年出生于乌兹别克苏维埃社会主义共和国（Uzbekistan）的犹太人，目前住在伦敦。15岁时，全家移民至以色列，曾在钻石打磨厂当学徒，后来进以色列国防军（Israel Defense Forces）服役。之后开设了自己的钻石打磨厂，事业扩张到东欧、苏联，现在是世界知名的亿万富翁。
② 卡托卡矿区（Catoca）：位于安哥拉，为世界上第四大钻石矿区，股东除了安哥拉的国营公司（Endiama）外，还包括俄罗斯、巴西等国的国际性矿业公司。一般而言，钻石矿区出土的钻石，具有宝石品质的产品只占20%，但这个矿区的宝石钻石却高达35%。

比尔斯随时准备切入取代。①该国只有2%的土地经过角砾云橄岩管的确认调查，大家普遍猜测戴比尔斯早已知道某些岩管的位置。"我们想要证明事情可以通过正确的方法达成。我们要用钻石业最好的运作方式。我们想帮忙。连政府都不知道他们拥有什么东西。"虽然戴比尔斯已经寻求国际仲裁来处理他们与安哥拉之间的纷争，但卡多萨仍将继续努力修补两者间的政治损害。

到了2004年年底，传说中由塞西尔·罗德斯设立的"单一渠道"已出现了许多破绽。戴比尔斯掌控的世界粗钻供应量，从几年前的80%，降至现在不到50%。相当讽刺的是，这种情况给了戴比尔斯更名正言顺的理由，大声抗议其实自己根本不是一个垄断企业。安迪·博恩反问我："把人赶出去？要真是这样，那我们真是失败透了！"把戴比尔斯近年来遭遇的挫折全部累积起来，大家开始质疑，长久以来这个集团真正的权势究竟从何而来？是来自查特豪斯街里的一群权谋天才？还是来自大家普遍深信戴比尔斯就是拥有那样的权势？

"戴比尔斯一直是个自我形象的塑造品。这个集团从未拥有过别人以为它拥有的控制力。这里的运作其实极无效率，其程度令人匪夷所思。我们以前总是雇用非常没有能力的家伙。真实的情况会让你吓一跳。在伦敦的戴比尔斯，员工士气始终低迷。"戴比尔斯有位前主管这么告诉我。

这才可能是最讽刺的地方：戴比尔斯跟自己推销的商品完全一样。两者最大的价值都不在于它们真正的本质，而是在于大家以为它们所拥有的无敌魅力。价值的假象正是价值所在。戴比尔斯掌握

---

① 安哥拉领导人有理由对戴比尔斯持怀疑态度，因为这家公司曾用强势货币赞助过叛军安盟颠覆政府。

的是说故事的能力，对钻石而言，会说故事代表了一切。戴比尔斯始于一个维多利亚时期帝国主义者的憧憬，之后幻化成一条企业八爪鱼。现在这条八爪鱼再次寻求改造，希望成为21世纪的一个品牌工具。这个过程和可口可乐类似——让咖啡色糖水变成世界史上最广为人知的品牌。或许我们可以说，整个人类历史其实都是广告，戴比尔斯也只不过是从空无之中编织出一个慈善的形象。就这点而言，戴比尔斯真的相当了不起。

进入了新世纪的戴比尔斯虽然伤痕累累，却依然完整。地下金库中仍存着5亿美元的粗钻，广告小组仍才华洋溢，而集团也仍握有看货商的生杀大权。印度与中国这两个发展中的大国，可供戴比尔斯开拓新的客户来源。更重要的是，一家拥有117年历史的老字号，在零售市场的可容身处竟然多得令人惊喜。在富裕顾客的眼中，戴比尔斯与路易·威登、普拉达一样好认。

在戴比尔斯位于约翰内斯堡的玻璃与混凝土办公区中，我花了一个小时与两位公关主管一面吃午餐，一面聊天。其中一位魁梧的南非人汤姆·特威迪（Tom Tweedy）对我说，美国即将出售"戴比尔斯品牌"的钻石，有多么令整个公司兴奋。"品牌名称与一个极细的激光雕刻标志，对美国顾客来说将是品质与威望的表征。"他这么说。

"可是不管好坏，很多人都认为这家公司的形象与一些有问题的事情有所牵扯，"我说，"所以，在钻石上刻上这家公司的名字，究竟是哪一点吸引人呢？"

"我告诉你是哪一点，"他回答，身子朝前倾，"神秘。"

第六章

血钻石：安哥拉

萨文比死后不到两个月，安哥拉政府就与他的残余部队签下了和平协议。安特卫普与纽约的钻石圈举办了低调的庆功宴，因为这代表沉重的公关问题终于解决。安哥拉事实上正是创造出"血钻石"的国家——头条新闻用这三个字形容那些用来资助非洲内战的钻石。

若纳斯·萨文比[①]应该相当欣慰自己离开人世的方式。17颗子弹才要了他的命。穿着迷彩服与越野靴的他，右手握着一把才刚射光子弹的手枪。

这次的行动代号为"奇松德"，是一种毒蚂蚁的名称。这是安哥拉内战最后一次军事行动，起因于有人匿名密报年迈的叛军将领藏身在莫希科[②]省，于是首都下令：不计代价斩除萨文比。树叶全

[①] 若纳斯·萨文比（Jonas Malheiro Savimbi，1934—2002）：安哥拉内战叛军领袖。
[②] 莫希科（Moxico）：安哥拉最大的省份，位于安哥拉东部，首都罗安达（Luanda）就位于这个省份。

被剥除，村庄全被烧毁，成千上万的难民全聚在一块儿接受审讯。萨文比来来回回跨越好几条河，希望能摆脱追兵。2002年2月22日下午，他停下脚步在树荫下小憩。突击队在这个地点向他偷袭。

　　萨文比或许还会对敌人处理自己尸体的方式感到高兴。他们像处理雕像般对待他，并没有把他当成战场中普通的死伤人员。政府军把萨文比放在卢武埃河①河岸上，然后召来了一队摄影人员拍下这个战利品，并拿到全国电视台上播放。萨文比头部有两个步枪弹孔，67岁高龄的他仍有一口黑胡子，整张脸似乎因为死亡而塌陷，却依然宽大圆胖。悬胆鼻与著名的朝天鼻孔，全证实他的确就是让安哥拉打了三十多年内战而无法止息的叛军将领。如此长久的内战，是任何理性的政治议题都无法想象的状况。这位曾在白宫受里根总统热烈欢迎的人物、曾选用"黑色小公鸡"当作笔名的新教徒、曾用数百万非法钻石犒赏自己军队的将领，以及创立、领导和唯一一位能统一争取安哥拉彻底独立全国联盟（简称"安盟"）并保持其统一的人物，结束了生命。政府军与叛军之间的战事，不久后也随之终结。

　　萨文比死后不到两个月，安哥拉政府就与他的残余部队签下了和平协议。安特卫普与纽约的钻石圈举办了低调的庆功宴，因为这代表沉重的公关问题终于获得了解决。安哥拉事实上正是创造出"血钻石"的国家——头条新闻用这三个字形容那些用来资助非洲内战的钻石。萨文比与他的阵线一年可以输出多达50万克拉的钻石，交换俄罗斯军火商手上的AK-47步枪与火箭筒。

　　萨文比的死，代表着安哥拉的美丽无色钻石的价格很快就会水涨船高。他的死同时也铺了路，让安哥拉进入所谓"金伯利流程"的宝石认证计划之中。2001年，戴比尔斯集团与业界其他企业在联合国

---

① 卢武埃河（Luvuei River）：位于莫希科省东部。

的压力下,被迫创造出金伯利流程计划。在那之前,人权团体与记者开始指控萨文比凶残的叛军在攻陷村庄后,用抢来的钻石换购步枪与手榴弹。美国最喜爱的珠宝,竟也是塞拉利昂战事的主要燃点。在那场战事中,军队为了阻止老百姓投票,砍掉了成千上万的手臂。对一种价值纯粹只建立于和爱情有关的商品而言,这些来自非洲的可怕画面,即使未导致整个市场瓦解,也会造成市场占有率下跌。

"我们并不想成为另外一种'毛皮',"有位钻石主管在回想起动物保护激进分子令人感到恐惧的运动时这么告诉我,"这是相当严重的问题。我们卖的是一个梦。我们可不想贩卖梦魇。"

金伯利流程是截断蒂芙妮与沃尔玛市场外示威抗议者的方法。整个概念很简单:任何出口钻石的国家,现在都必须将证明生产钻石的矿区不属战区的文件,和钻石一起封在防止打开的容器内。萨文比遇刺十一个月后,安哥拉也引进了这套系统,结果立即成为成功的范例。因透光度与光泽而被专家誉为上品的安哥拉钻石,现在正式被认定为"清澈"的钻石了。

然而安哥拉的血钻石时代并未终结。战争以一种更加诡异的新形态继续。钻石矿区附近的暴力事件与夜半杀戮依然无所不在。这次,混乱的场面除了"贪婪"二字外,其他政治议题全都缺了席。士兵掠夺、杀害矿工。许多报道都说,如果有人被怀疑拥有钻石,就会因捏造的控诉而被关入牢中。有些人被迫做奴工,如果有辞职的念头,立刻会面临被处决的威胁。安哥拉绝大部分的钻石都采自南隆达与北隆达①两个省份,而这两个地区也是持续不断的暴力事

---

① 南隆达与北隆达(Lunda Sul and Lunda Norte):安哥拉东北部南北连接的两个省份,北隆达面积较大,但两个省地下都富含钻石。北隆达的首府是敦多(Dundo),南隆达首府为绍里木(Saurimo)。

件中心。对许多人来说,这不可能纯属巧合。

"钻石是这一切的根源。钻石吸引着想要用最野蛮方式赚钱的人。"开放社会机构①的研究员拉斐尔·马克斯(Rafael Marques)这么说。他试图将损害人权的事件记录下来。"内战期间,至少还存在着系统性的规律,大家可以把责任归给首脑,但现在人民遭到杀害纯属随机,已经没有所谓的立场问题了。"

今日,来自安哥拉的钻石在某种程度上更令人起疑,尽管这些钻石表面纯净,却仍采自一个实际上仍属战地的矿区。萨文比助长建立的暴力商业依旧蓬勃发展着。就在我抵达安哥拉之前,宽果河②里捞出了四具膨胀到难以辨识的男性尸体。唯一可供辨认的标记,是其中一人手臂上看起来像是"唐尼"两个字的刺青。没有人知道这是不是受害人的名字。四具尸体封进了塑料垃圾袋中。四个人清一色遭长刀或开山刀从脖子开膛剖肚到胯下,内脏全被掏空。大家臆测受害者当中,有人想要藏匿一颗大钻石而将之吞下肚,杀手(也许是警察或士兵)因此在死人的消化肠道里搜寻这颗失踪的钻石。

世界上最悲惨的地方

在一块满是劫掠之梦的大陆上,虽然也有地方荒废了,然而鲜

---

① 开放社会机构(the Open Society Institute):简称OSI,是乔治·索罗斯(George Soros)1993年创立的私人基金会,目的在于推动民主治理、人权、经济、法治与社会改革,发展公共政策。该基金会也努力建立跨国甚至跨洲的合作,打击贪腐、捍卫人权。索罗斯当初之所以创立这个基金会,是为了给他之前在中欧、东欧以及俄罗斯成立的一些基金会提供协助,这些早期成立的基金会,都旨在帮助这些国家过渡到西方模式。后来开放社会西方的运作扩大至世界其他地区,协助各需要国家过渡至西方民主制度,成了其主要的事业。
② 宽果河(Cuango River):又作Kwango River,流经安哥拉与刚果民主共和国,长1100公里。发源于安哥拉中部后北流,形成安哥拉与刚果民主共和国之间的天然国界,在刚果境内汇入开塞河(Kasai River)。

少比安哥拉更令人觉得遗憾之地。安哥拉理应是非洲最富有的国家之一。首都罗安达兴建在南半球数一数二的最佳自然港口之上，葡萄牙人在此长期殖民时，建造了粉红色与黄绿色的摩天大楼。这些大楼沿着海岸排列成一条优美的都市半月，让人想起巴西的里约热内卢。长满了矮树丛的西海岸朝着内陆渐渐高升，直到变成一片中央高原，与河水交叉。高原上全是肥沃的耕地，几乎所有作物都可以在此生长。这儿有充足的阳光，夜晚柔风清抚，与肌肤相触的感觉让人以为置身夏威夷。北部海岸有石油，东部河流散藏着如银河系般的钻石。高地草原水源充足，曾充斥着珍禽异兽的身影。如果有和平与清廉的政府，这块地方可以成为新兴后殖民非洲的模范之国。

可惜自1975年独立以来，安哥拉就饱受内战、腐败政府与可怕的贫穷残害。一直到最近之前，除了首都罗安达，其他地方完全无法通行车辆，因为所有道路都埋了地雷。因地雷而失去手掌、手臂、腿脚的人民数不胜数，以致制作义肢成了这个国家唯一的当地工业。安哥拉数量庞大、种类繁多的野生动物（包括长颈鹿、大象、狮子与河马），许多也都成为濒临饥饿边缘的人民填饱肚子的来源。这个国家的社会统计数值表明其已进入世界上最悲惨的国家行列。在1300万人口中，八成以上都生活在绝对或相对贫穷的状态中，而其中又有13%的老百姓严重营养不良。平均而言，一般人民活不过41岁。1999年，联合国儿童基金会宣布安哥拉是世界上最不适宜孩子出生的国家。

其实，在萨文比与政府军交战期间，罗安达从未发生激烈的战事，尽管如此，这个首都依然是个惨遭掠劫、一无所有之处。寥寥可数的有钱人，住在像碉堡要塞的屋子里，装设了用滑轮控制的高高大门以及自动发电机，门外则坐着双膝间摆着卡拉什尼科夫冲锋枪的私人护卫。欧洲风格的散步场上，散落着垃圾、一摊摊看起来恐怖的灰水以及偶尔可见的焦黑车子底盘板。逃避战争的难民在市中心许多摩天大楼中落脚，四十年前的商品广告大字斑驳锈蚀，仍留在大楼屋顶之上：雷诺、三洋、胜家。大楼里的某些房间因牛油蜡烛而出现光亮；大楼墙板不是被剥扯下来，就是被烧掉了。在这些毫无生气的大楼中，水管通常都不存在，因此大家必须用桶扛着饮用水与洗澡水一阶阶爬上黑漆漆的楼梯，有时候一爬就是20层楼。电梯全都无法使用。全国几乎找不到几座可以运作的电梯。

这些电梯让我愈看愈着迷。电梯的通道通常都堆满了垃圾，底部的铁板与电线都已被人扯走，至于电梯轿厢，如果还存在，也是永远卡在楼层之间。有一栋公寓大楼的电梯，滑门被撬掉了，电梯通道成了公厕，恶臭令人无法容忍。另外一栋大楼的三楼，我发现有人钉了一块金属板在通道间，上面摆放了一排排经过细心照顾的室内植物，赤裸光秃的墙面顿时生机盎然。另外还有一个电梯通道，变成了某人存放脚踏车的密室。

罗安达城里还有些电梯散发着20世纪二三十年代装饰风格的数字、露天的框架，以及围绕着大厅电梯线路的流行太空时代楼梯等等，一座座看起来都曾经几乎是艺术作品。我愈深入观察这些废弃的电梯，便愈加欲罢不能。这些景象似乎代表着一个破碎的承诺。

官兵变强盗

"听我说，老兄，葡萄牙文中，你只需要知道一个词，"拉斐尔·马克斯开车带我穿越夜间的罗安达街上时这么对我说，"你会发现这个词非常好用——康夫萨纽（confusão），意思是'混乱'，也是安哥拉现状的具体呈现。"

马克斯是开放社会机构在当地的办公室主任。开放社会机构是个由亿万富翁乔治·索罗斯（George Soros）出资成立的组织，致力于政府透明化的游说。马克斯所进行的活动为他惹来了一堆麻烦。因为诽谤总统的言论，他入狱服刑六个月。安哥拉相信，国内的石油使用费有一大部分进了多斯·桑托斯总统的私囊以及亲近党羽所组成的小团体口袋之中，有些人还推估金额高达全部所得的33%。只不过马克斯是唯一敢公开说这件事的非外国人。

马克斯工作的另外一个焦点，是钻石矿区的流血事件。萨文比死后一年，马克斯分别到北隆达与南隆达进行发掘真相之旅，并提出结果报告，该报告详细描述由私人安保公司控制矿区的程度。这些私人安保公司的成员全都是以前参与内战的士兵，其实这些老兵除了这类的工作，也没有其他的工作机会，而安保公司通常与车队也没有什么不同，他们固定设立路障、骚扰矿工。马克斯最初的报告附上了一份南、北隆达钻石相关暴力死亡事件记录表。这份记录表应该非常接近其他地方登载的暴力事件永久记录。马克斯的消息来源出自受害者的亲属以及偷偷告诉他内情的匿名警察。

兹简译部分内容供读者参考：

- 2004年8月24日

  一队私人安保警卫从三名矿工手上夺走了一颗24克拉的钻石，并用枪胁迫他们整晚在矿区挖采，希望找到更多的钻石。

- 2004年12月，日期不详

  两名矿工遭人怀疑吞下大钻石后被关进牢中，并被喂食一种专门引起腹泻的不明液体。两人死于这种不明药品，尸体后来被发现浮在宽果河上。

- 2004年12月6日，穆森迪村

数十名矿工被困在一间没有任何通风设备的牢房中。牢房也许有个运作不良的发动机排除废气。一群示威民众第二天在牢房门口抗议,警察对着群众开枪,两死。

"这就是现在进行时的康夫萨纽。南、北隆达的罪行一直没有解决,甚至从来没有进行过任何调查。这些钻石当然是'血钻石'。如果有人因为肚子里有颗钻石,就被开肠剖肚,那这绝对是颗沾满血腥的钻石。从某些角度来看,这颗钻石甚至要比战时的钻石更血腥。过去大家攻击的对象是敌人。现在我们的私人安保公司以及政府士兵,却名正言顺地屠杀人民。"马克斯说。

而让这波暴力之浪破堤而出的力量,是一个称为"光彩行动"的战后武装运动。光彩行动的目的在于将之前受到鼓励而移入安哥拉矿区,替萨文比叛军挖矿的将近30万名刚果移民,全数驱逐出境。报道指出,在安哥拉士兵执行驱逐行动时,出现了诸如抢劫、强暴、谋杀等许许多多罔顾人权的事件。而受害人除了有刚果人,还有安哥拉人。有位外交人员告诉我,他相信光彩行动的真正动机,是要把没有受到契约桎梏的所有矿工驱离矿区,如此军方官员才能分到更多好处。这些曾参与内战而今仍拥有武器的士兵,平均每天只能拿到1.5美元与一顿免费的午餐,但是他们却可以不受制约地搜查老百姓,且在各区通行无阻。饥饿与枪支的组合及无所不在的钻石让许多士兵变成了强盗。

"那个区域的暴力事件泛滥,而症结全都在钻石。连警察都不管这些暴行。"伊克莱西亚广播电台的总编辑若昂·平托这么对我说。伊克莱西亚广播电台是家独立电台,报道听众通过电话提供的发生在罗安达的暴力事件。这家电台并没有获发罗安达以外区域的广播执照,所以依照惯例,设法回到首都的矿工亲友在听到了电台的信息后，会口耳相传至各地。

依照城市规划，罗安达至多只能容纳50万人，但是今天这座城市却挤进了400多万人民，且大部分都住在贫民窟中。这座贫民窟有如一条烂棉被上拼凑缝补的破布，以港口为中心往外四散。这些在都市落脚的人，许多都是当初为了逃避内战而逃到政府防线之后，希望求得一丝安全的难民。我遇到好几个住在这些破烂地方的人，他们都承认即使内战早已结束，但他们与钻石走私活动关系仍密切。

其中有位37岁在卖棒球帽的卡山加·科英布拉，他曾经是拥有一群儿童矿工的老板。采矿是种非常危险的职业，因为矿工经常面临谋杀与抢劫的威胁。他说，最佳的野外运钞方法，就是把钞票吞下肚。

"拿一个保险套，把钞票紧紧卷起放入保险套中，然后把封口绑死。这样子，我们可以把钞票塞进屁股里。可是士兵一定会搜查屁股，所以最好的方法就是吞到肚子里。在保险套上绑根线，然后把线套在最里面的牙齿上，"科英布拉张开嘴，给我看一颗后白齿，"然后试着把保险套吞下去。我喜欢在保险套外面涂上一些清凉膏，这样你的喉咙就会麻痹，吞咽会容易些。"

"像我，做了好几次才习惯，"他继续说，"我也吐过好几次。吞钞票前24小时不能进食，否则会吐。"最后他的技术变得非常好，可以吞下4000美元。

如果绑在牙齿上的线断了，他说，那么除了把保险套和钞票拉出来外，别无他法。这时候要喝水，加一点坏了的牛奶，这样才会拉肚子。在树丛中，一定是用100元的美钞进行钻石交易。矿工称百元美钞为"富兰克林"。许多在安哥拉东北部流通的美钞都非常破旧，而且因流通过程中曾进入不同人的肚子，沾染了血与屎尿，全呈现朱红的颜色。

钻石也一样，常常是吞藏在肚子里送到赞比亚或刚果民主共和国。萨文比已去世三年，但非法的钻石交易依然不断。理论上，如果以价格计算，安哥拉是世界上第四大钻石生产国，但实际上，这个国家可能排名第三。中间的差距就在于非法走私，经由邻近国家所出售的钻石数量。

罗安达的南角有处狂欢之地，人称"罗安达大众假期"，不过在过去两年，这个地方一直处于关闭状态。标牌上少了几个字母，垃圾乱七八糟地躺在路中间，三个摩天轮车厢歪斜欲坠吊在半空中，与主机唯一的联系是几根仅存的螺栓。对街有个卖肉与卖衣服的市场，我在那儿遇到一名剃了光头的钻石矿工若热·瓦伦廷，右手臂的二头肌上，用圆珠笔塑料笔芯的墨水刺着李维斯牛仔裤的标志。

内战期间，瓦伦廷曾在卡夫恩佛①镇附近工作，但他发现钻石矿区并不是个工作的好地方。军队随时都可能站在矿坑边缘开枪扫射坑里的矿工，这时唯一的避难所是一些在沙土里挖出的坑道，然而这些避难所也可能是死亡陷阱。瓦伦廷说，士兵常常会把手榴弹丢入坑道中。就算没有被手榴弹炸得粉身碎骨，也可能会遭到坍落的土石活埋。

萨文比在2002年春天的死讯并没有为钻石矿区带来和平。从某种角度来看，情况反而变得更糟。薪资微薄的政府军以及打了败仗的叛军老兵，突然之间少了对抗的敌人，加上首都没有明确指令该怎么做，这些仍持有武器的人成了法律的化身。士兵开始把自身的挫败发泄到20世纪90年代蜂拥进入这个区域的嘎林皮耶洛斯身上。这些矿工许多都是来自刚果的年轻移民，即使突然失踪，在这个区

---

① 卡夫恩佛（Cafunfo）：位于安哥拉东北部，属北隆达省。

域也没有任何亲人替他们抱不平。士兵通常把矿工当成领航鱼，用来寻找藏量最丰的矿地。根据瓦伦廷与其他人的说法，谣传产出最佳钻石的地方，士兵与警察掠劫的次数也最频繁。想要赚钱的唯一方式，只有稳定生产出可以卖给外国买主的小钻石，而且嘴巴要闭紧。闭紧嘴巴绝对必要。只要有人走漏消息，那么对矿工而言，一颗够大的钻石非但不是天上掉下来的礼物，反而是死刑判决书。

"你得小心自己的朋友。聪明的人把话全藏在心里。如果大家一起工作，所得由大家平分，就很难保守秘密。"瓦伦廷说。

我在罗安达遇到了一位矿工卡多佐，他在前一年很不幸地在这样一个矿区工作。一个星期五下午，正当矿工准备清洗一堆沙土石时，有队士兵听说那儿在挖矿，于是带着步枪出现在矿区。其中一位士兵将一根长绳子垂到矿坑正中央。"这是你们的，"士兵指着一半的矿坑这么说，又指着另一半的矿坑说，"这是我们的。"卡多佐不清楚是因为士兵从林中监视，或是因为其中有人醉话连篇，反正结果都一样。矿工被迫在枪杆之下清洗砂石，并交出所有筛滤出来的钻石。

"你完全无能为力。如果拿走了士兵宣称是他们的那部分，你不是挨揍就是送命。你还不能抱怨。军人全都属于某个单位。如果大家无法达成协议，唯一能做的事情就是逃。"卡多佐这么说。有次士兵拿走了他一颗15克拉的钻石，不过卡多佐告诉我，他一点都不觉得遗憾，因为他期待将来会找到更大的钻石。

在我们聊天期间，我开始感觉到卡多佐一直以为我是个想买些钻石偷运回美国的买主。有一刻，他还请朋友进入他身后的屋子里，取出一小塑料袋的石榴石给我看。那些石榴石全都是这几年他所收集的指标性矿石，并问我还想不想看其他的石头？

我说不想，我只想听他谈论钻石，不要买钻石。

"若真的想在安哥拉赚钱,那么不是要去挖钻石,而是要去抢矿工。挖矿时,每个人都来占你便宜,连身边的人也不例外。"卡多佐如是说。

他后来向我索取我的手机号码。卡多佐离开矿区后,在附近的店里贩售水果与汽水,不过这只是障眼法。他的老板是个中国人,有门道可以从南、北隆达取得钻石。他保证会给我很不错的价格。

若纳斯·萨文比

安哥拉的悲惨并不能全然怪罪钻石。只要对这个国家目前的困境有些了解的人,必定会认为若纳斯·萨文比需要背负很大的责任。萨文比是个危险的组合:对权势的垂涎、可以得到权势的魅力、抓住权力的正确历史时机,以及利用伟大的意识形态掩饰自己无政府主义真相的能力。

1934年8月6日,萨文比出生于奥温本杜族[①]一个宽裕阶级的家庭,父亲是本格拉铁路公司的站长。家人把年轻的萨文比送进由新教传教士兴办的学校接受教育,他在学校展现出伶牙俐齿与外语天分。他的老师本来安排他进入葡萄牙与瑞士的大学学习政治哲学与医学,不过他的生命却出现了关键时期—— 一段他将用尽毕生歌颂或试图开罪的时期,至于歌颂或开罪,则端看听众是谁。中国政府认为他有革命的潜力,于是招募他参加在亚洲山区进行的为期九个月游击队训练课程。萨文比不但学习战术,也接受中国共产党的经验:通过宣传引起农民对当前困境的认知,进而揭竿起义。

---

① 奥温本杜族(Ovimbundu tribe):安哥拉人数最多的民族,约占全国人口总数的37%。此族住在安哥拉中部比耶高原(Bié Plateau),从事的行业包括贸易、农耕与畜牧。

这样的信息在安哥拉得到了特别的共鸣。在20世纪60年代的葡属非洲殖民地，旧的政府制度仍拒绝退场。当时，大多数的欧洲政府都已降下自己的国旗从非洲退出，但位于里斯本的葡萄牙政府却决意继续撑下去。15世纪，在哥伦布首次航至非洲的一百年前，葡萄牙就已在安哥拉设立了一个大帆船的基地。葡萄牙人死守非洲不退的考量，当然不仅仅是感情用事：安哥拉是整个旧帝国所剩的最后几个可靠金牛之一。南、北隆达的钻石早在1912年即已发现，葡萄牙政府还因此设立了一家垄断公司迪亚曼格（Diamang），负责更改河道、经营打磨工厂、为矿工建立城镇等工作。现在，除了棉花与咖啡外，钻石也让葡萄牙濒临破产的萨拉查政权得以撑住。安东尼奥·德·奥利韦拉·萨拉查博士（Dr. Antonio de Oliveira Salazar）是欧洲老派的类法西斯派独裁者，他宣布安哥拉为葡萄牙"不可分割的部分"，不但用葡萄牙货币埃斯库多（Escudo）取代安哥拉的当地货币，还刻意为了阻碍外国人投资安哥拉而设立贸易障碍。

除此之外，葡萄牙的政策还有文化上的考量。多年来，葡萄牙一直鼓励国内的穷困白人移民安哥拉，其中不乏文盲与前科犯，政府告诉他们移民安哥拉就可以得到工作、拥有位于高层大楼中的公寓以及仆人；在安哥拉可以获得在葡萄牙家乡根本不可能拥有的机会。于是安哥拉成了派驻人员的天堂：无尽的艳阳天，户外咖啡厅的龙虾晚餐，还有在滨海道路上徐徐而行的摩托车，外加男女性行为。在葡萄牙殖民过程中，有一个很重要的层面，几乎与欧洲其他势力迥异——相对而言，葡萄牙人对殖民地人民较没有个人的歧视，学者称这种态度为"慈悲"。然而站在男人的立场来说，这种态度却有另一种诠释。"罪恶不存在于赤道以南"，这是葡萄牙一句很普遍的俗语。非洲妻妾是很普遍的事情，混血儿马斯提佐（mestiços）不但完全被葡萄牙家乡父老接纳，而且还成为一种类似精英的阶级。这种差异将带来影响至广的后果。

到了20世纪60年代末期，政治态势日趋明显，萨文比与葡萄牙掌握的派别势力持续衰退。革命组织成形、分裂而后彼此对立，几乎和当初与殖民国之间的对立一样激烈。萨文比脱离安哥拉民族解放阵线[①]，成立争取安哥拉彻底独立全国联盟（安盟），主要成员为高地上的奥温本杜族农民。与信奉马克思主义的安哥拉人民解放阵线（安解阵）完全不同，后者最大的支持来自国内姆本杜族[②]与首都内的马斯提佐精英分子，国外的支援势力则是古巴与苏联。

这些派系其实共有一个看起来根本不可能存在的盟友：那就是看到了越南式困境正在安哥拉境内成形的葡萄牙军队。1974年，葡萄牙国内有群将军发动政变，推翻了萨拉查，新政府宣布安哥拉将于次年成为独立国家。葡萄牙为此成立了一个委员会，负责在各独立作战团体之间进行调解，创造和平。然而这个委员会真正的退场计划，却只是将缰绳交给当时可以掌控罗安达街道的任何一方。

接下来发生的事情既恶劣又丑陋。在交接日接近之时，在安哥拉的葡萄牙白人"竖着中指"开车离开，一名安哥拉人这么对我说。五百年来，葡萄牙人从这块殖民地上取走了棉花、咖啡、奴隶与钻石，现在他们似乎决心把这个地方以最烂的状态留下——这是葡萄牙人最后的劫掠。不能运回欧洲的跑车，全在鲁莽的游戏中被砸，毁弃于街头。铜线从建筑物的圈线中扯了出来，还有报道指出

[①] 安哥拉民族解放阵线（the Frente Nacional para a Libertação de Angola, FNLA）：目前安哥拉国会中的第四大党，由1957年成立的北安哥拉人民联盟所发展出来的政党。支持者主要为巴刚果人，支持区主要在北部。1961年，第一波挑战当时殖民国家葡萄牙的主力团体就是FNLA。
[②] 姆本杜族（Mbundu）：安哥拉人数第二多的民族，约占安哥拉总人口的四分之一。主要分布在首都罗安达附近的区域，但本戈（Bengo）、南北宽扎（Cuanza Norte and Cuanza Sul）、马兰热（Malanje）等四省也有过半的人数。

有人将混凝土倒入电梯通道中,不让电梯正常运作。《洛杉矶时报》的特派员戴维·兰姆清晰描述着当时的景象:"电话从墙上被扯了下来、打字机收进了行李箱、种植场遭到废弃、豪宅关门。医生从医院出走、教授清空了学校里的办公桌。仅仅一个星期的时间,九成半的安哥拉银行职员离职,只剩下资历浅的员工和工友负责银行运作。"由此可看出,殖民国就是要让自己的前殖民地溺毙在混乱与暴力之中。

亲眼见证了这个历史时刻的若纳斯·萨文比,伸手抓住了机会。接下来出现的内战故事,可以分成好几个章回述说,只不过在两大势力你来我往的阴谋奸计之间,存在着难以想象的苦难与折磨:历史没有写下的暴行与徒然的痛苦,全深刻印记在所有挚爱着死难者的亲友记忆之中。

安盟在安哥拉南部设立了一座灌木丛林基地后,开始进行突击。成员埋设了上千万颗地雷,夺走了约30万条人命,另外数目不详的人民成了残疾人。叛军也攻击学校与医院。同时,萨文比开始把自己未来的方针告诉所有可以帮助他的人,但为了配合不同的听众,他未来的方向也时有变动:当听众是奥温本杜族人时,萨文比宣传是对首都的马斯提佐进行报复;当对象是南非总理博塔①时,萨文比承诺要扮演被占领的纳米比亚北部的友善的缓冲国角色;对扎伊尔的贪腐总统塞塞·塞科,他答应给钻石;对美国,他则誓言对抗马克思主义者。

安哥拉成了"冷战"时期的一个战场。美国中央情报局招募雇佣兵协助安盟进行更专业的战争。萨文比固定造访华盛顿特区募款,他个人的魅力让自己所传达的反共理念更为鲜明。里根不但称

---

① 路易斯·博塔(Louis Botha, 1862—1919):南非白人,南非前身南非联邦第一任总理。

他"为自由而战的战士",还把他和林肯相比。面对那些质疑他曾在中国受过训练以及曾拥抱毛泽东政策的美国保守人士时,萨文比祭出了罗斯福曾与斯大林结盟打击希特勒的历史例证。当对象换成了非洲听众时,萨文比用同样的类推法,捍卫自己与实施种族隔离的南非政权之间的友谊。为了获得最后的正义,他说,与魔鬼打交道是可以接受的手段。除此之外,他更是完全相信枪杆可以让自己达到最后的目的。

"我相信你们都知道我们需要什么。"1986年,萨文比在华盛顿特区参加设于首都希尔顿饭店的晚宴时,对着出席者这么说,当时在场的宾客还包括奥林·哈奇①参议员。"如果你给我们阿司匹林,我们会吞下去,但那无法解决我们的问题。如果你给我们书,我们会收下,但那也无法解决我们的问题。如果你给我们反坦克与防空武器——那就不同了,而且那会是令安解阵与苏联清楚了解到的不同。"

美国人想推翻安解阵的兴致,在萨文比模糊根本问题上帮了大忙。至少,没有人知道萨文比究竟相信什么。他自称是个自由市场的支持者,但观察家却发现安盟的势力范围内没有任何运作正常的企业,所有金钱全由领导者掌控。尽管萨文比不断对安哥拉人兜售他对教育以及医疗健康的承诺,却依然下令轰炸学校与医院。大多数人都质疑支持他的保守势力,在树丛之中,他仍旧戴着毛泽东时代的中国军帽,也让他的属下随身携带一本名为《中心干部实用手册》的对话式唯物论格言。葡萄牙人撤出安哥拉多年之后,机密文件透露萨文比曾经是萨拉查秘密警察的间谍。所以,萨文比究竟

---

① 奥林·哈奇(Orrin Grant Hatch):美国犹他州共和党参议员,1934年出生,为美国参议院财政委员会委员。

是什么？间谍？自由市场的支持者？独裁者？共产党？新殖民主义者？还是跟这一切全都沾上一点边的综合体？

这些矛盾提供了燃料，让大家觉得萨文比其实除了想得到权势之外，什么都不相信。然而他超凡的个人魅力，却在倾向于质疑他的人身上施展了魔法。从这个角度看，他同自我形象皆是创造而生的钻石有些相像，但他的一无所有却力量非凡。一位前安盟将军阿明多·保罗·鲁康巴说道："不论走进哪个房间，他都能够主导全场。我们就好像全都瘫倒在地。"

叛军行动缺乏中心思想的事实，竟然获得了如此高姿态的恭维，这让整个安哥拉的扭曲程度更加严重。1975年葡萄牙撤出安哥拉时，海湾石油公司①拒绝放弃该公司位于卡宾达区②的海外据点，于是与安解阵政府签订合约。海湾以石油使用费（一笔高达每天500万美元的金额）交换在当地继续钻探石油的权利，以及受到政府军保护免于萨文比叛军轰炸的攻击。多斯·桑托斯总统派出好几队古巴士兵，保障海湾公司以及其他西方石油大公司在罗安达总部的安全，其中包括雪佛龙的新办公大楼③。就这样，安哥拉成为世界上唯一一个聘请本来应该誓死摧毁资本主义的古巴大军，去保护美国国际性石油公司不受美国支持的游击军炮火攻击的地方。

苏联解体，所有真正明确的意识形态也随之消失，安哥拉的内战更没有理由继续下去。对立的双方在葡萄牙比塞斯（Bicesse）签订和平协定，国家举行选举，萨文比发誓放下武器并接受与遵守选

---

① 海湾石油公司（Gulf Oil Co.）：美国的石油公司，20世纪80年代至90年代全球主要的石油公司之一。
② 卡宾达区（Cabinda）：又作Kabinda，为安哥拉一个海外省份，位于刚果民主共和国境内，近刚果河，除首府卡宾达外，还有伯利兹（Belize）、布科藻（Buco Zau）、卡刚果（Cacongo）三个主要城市。
③ 位于列宁大道（Avenida Lenin）。

举结果。1992年参与选举的选民人数出乎意料的高，有91%的合格选民投下了选票。结果由多斯·桑托斯获得了决定性的多数，赢了萨文比。尽管观察家宣布这次的选举（还算）干净，但萨文比仍然指控选举委员会机构造假。他很快重新组织起自己的军队，对好几个城市与钻石矿区进行攻击，内战进入最血腥的阶段。措手不及的安解阵，匆匆忙忙把手枪与步枪发放给一般老百姓。这次的暴力举动几乎让萨文比的国际友人全离他而去，特别是美国。当多斯·桑托斯与古巴保持距离并开始表示支持自由市场后，美国与其愈走愈近。1993年克林顿继任总统后，美国之前源源不绝供应给萨文比的支援，全部切断。

萨文比得寻找其他方法购置武器。

安哥拉诅咒之石

让钻石充满诗情的特质，也同样让钻石危险万分。小小的体积、物理密度、便于运送难以追踪、在稳定市场可以卖出的膨胀价格，这些特性加起来，让钻石成了世界上最棒的东西——一只嵌环要用一池子财富换取。庞大的财富可以夹带在腋窝、含在舌下，或藏在结肠里。不论是走私、洗钱、黑市交易、军火走私，或其他必须秘密进行而且避免文件证明的交易，钻石都是非常理想的工具。安哥拉东北部河床刚巧就散落着上百万颗钻石。因此，萨文比与他的军队只需要把目标盯在手上最好的现金供应场之一，问题就解决了。一如塞拉利昂与刚果的叛军，全都是利用钻石与被迫劳动的人民提供步枪、地雷与反坦克武器。钻石之所以一直被称为"非洲诅咒之石"，这仅是原因之一。

20世纪90年代末期血钻石交易最盛之时，美国市场上有4%—

14%的钻石来自交换炸弹与枪支的战区走私品。今天这个比率虽然已经大幅下降，但污染了历史的石头依然在珠宝店里流通。我自己的那颗钻石——那颗我曾在2000年的生日当天当作求婚戒指送给安妮的钻石——很可能要为埋设在非洲某条路上的数百颗廉价地雷负责。保守估计，这个概率是4%，如果大胆估计，可能达16.67%。

婚约中的钻石需要一个私人神话来赋予力量。对外界而言，这颗钻石是她属于我，而我也属于她的一种徽章。这是我们一起拥有的第一件物品。这颗石头将我们努力深爱彼此不变的承诺具象化。我们绕着这颗石头诉说了一个故事，但却不知道、也不想知道这颗石头的过去。

"你不可以对我说是钻石引起了这场战争。钻石是美丽的东西。它带来了生命，不是战争。"阿明多·保罗·鲁康巴说。

我们坐在鲁康巴客厅中衬了垫子的椅子上。塞在电视机下的音响正播放着美国流行的抒情歌曲，墙上是一幅男女交欢的立体画，外面的阳台上有武装士兵站岗。

大家都称鲁康巴为"加托将军"。他是在萨文比死后接管安盟的游击队战士，就是他最后和多斯·桑托斯签下和平协议，终结了内战。那之后，安盟从叛军角色拙劣地转变成了在野的反对政党，加托被迫离开领导人地位。他穿着一件酒红色的衬衫，上头印着海浪与鱼的抽象图案。衣服料子看起来僵硬而粗糙。

加托在伦敦的朋友给了我他的手机号码，联络后他同意见我，甚至完全不清楚我想要跟他谈什么。当我提起钻石的话题，他沉默了好一会儿。我以为他想在话题开始前结束我们的对谈，不过当他打开话匣子后，却流露出对这个议题的热情。

"我不相信那些说这场战争之所以继续是因为钻石的人。两者之间没有关联，也没有因果关系，这种说法需要从大家的臆测中去除。早在还没有钻石的时候，我们就开始跟葡萄牙人作战。那时我们还在用弓箭。"他这么告诉我。

然而当加托继续述说他的想法时，立场却开始改变。他最后告诉我，没错，钻石的贩售的确助长冲突，特别是在美国抽手不再提供援助之后。但他仍视钻石交易为继续努力达成安盟最后目标的必要手段。这个目标是：为安哥拉建立"一个多党系统与市场经济"。

"我们之所以需要钻石，只因为我们需要提升自己的能力。你要知道，我们跟其他国家没有正常的外交关系。我们无法通过传统的渠道购买军备。一切过程都比别人麻烦。买辆坦克，我们必须支付比别人多三倍的价格。"他如此告诉我。

索取这些高价的人是国际军火走私贩子。安盟在1992年质疑总统大选结果后，为国际社会所摒弃，自此必须倚赖军火黑市。联合国安全理事委员会最后判定，终结萨文比战争的最佳途径是阻止非法的钻石交易，因此1993年安盟成为贸易制裁的对象，任何试图收购安哥拉非法钻石的人都将面对刑罚。可惜，道高一尺，魔高一丈。

安理会采取第一次行动的七年后，联合国调查发现，保加利亚的钻石供货商利用一家在直布罗陀登记注册的"工程公司"，拿武器交换安哥拉的钻石。非洲国家多哥[①]也经常被不实冠上"出产国"三个字。很可能由保加利亚经手送上非洲战场上的军事武器，清单内容惊人：2万枚迫击炮弹、1200万发步枪弹药、6300支反坦克火箭炮、20支地对空大炮。这些交易全都在短短两年内完成。

贸易期刊《拉帕波特钻石报告》（*Rapaport Diamond Report*）的前编辑马修·哈特曾描述过20世纪90年代末期典型的钻石与军火交

---

① 多哥（Togo）：非洲西部的共和国，首都洛美（Lome）。

易状况。一组机员用飞机从保加利亚将坦克车送进战场的情况如下：

> 飞行计划上标明的最终目的地是赞比亚的卢萨卡（Lusaka）。飞机飞到乌干达加油之后，重新返回航道往赞比亚前进。夜幕降临，飞机抵达赞比亚机场。在黑夜的掩护下，飞机突然改航道朝西前进，飞往安哥拉。在夜间，美国雷达看不到飞机，否则雷达只要一盯上飞机，就会向安哥拉军方回报。飞机一进入安哥拉，俄罗斯飞行员就朝着安盟专用的小型机场临时跑道飞行。飞机或许会朝另一条新的临时跑道前进——一条用推土机推平的直路，上面洒了水……安盟从不将这些临时跑道加宽，因为天上的卫星能够捕捉住宽广的道路影像，而输进电脑的扫描卫星图像可因此侦测到路况的变化。这些临时跑道都很窄，两旁树丛会扯下飞机的机翼，因此路旁的植物全被安盟成员砍成两英尺高……

钻石独一无二的特质——体积小、容易运送、无法追踪，对这些交易有莫大的帮助。钻石是洗钱的终极工具，这也说明了为什么矿区会成为如此重要的军事目标，以及大家为什么会提出"如果没有这些现成的财富来源，战争是否仍然继续"的质疑。萨文比1996年曾亲口说："安盟为了自身的生存，要继续掌控安哥拉东北的钻石产区。"不仅如此，钻石还被当成地下外交的有用工具。根据比利时情报人员的资料，萨文比与布基纳法索这个极为贫穷的国家的总统之间，之所以能维系长久的坚固友谊，就在于1995年送的钻石礼物。那之后没多久，安盟开始利用布基纳法索作为走私平台。

萨文比和非洲其他区域性独裁者不同，他显然不会通过海外的银行账户或投资累积自己荷包中的私财。但众所周知的是，他会在身上或战地营帐中摆放大笔的现金与一些最值钱的钻石。他死的那天，身上理应有总价值300万美元的现金与钻石，然而却没有任何人找到这笔个人储备金，也因为如此，安盟内部有人受贿透露领导者行踪的传言四起。

存在于叛军与政府之间的财务纠结早已是公开的秘密。政府看到了战争与钻石之间有利可图的因果关系，于是安解阵组织中许多据说在矿区拥有股份的高级官员（一群称为"钻石将军"的家伙），也从事钻石与武器的交易，将活血注入他们本应镇压与摧毁的军队身上。有人看到属于国营石油公司索纳格（Sonagol）的飞机在安盟控制区域的小机场多次降落。显然某些安解阵的将军在掌握钻石矿区的生意上也插了一手，他们把钻石卖给安盟，用来交换石油或现金。2001年比利时政府情报安全局的机密报告指出，这些"钻石将军"利用国营营销公司恩迪阿玛（Endiama）作为行动的幌子。对领导阶层而言，战争是桩很不错的生意，反正自己手下的军队也不是为了政治原因而作战，他们全是抢钻石的好手。

"冲突不要结束得太快，他们才有利可图。冲突结束会打断他们赚钱的生意，包括与敌人安盟之间的交易。他们利用军事设备与政府士兵来执行交易。"报告这么说。这种诈欺行径犹如尤利西斯·格兰特[①]派出自己的部队侵占密西西比的棉花库后，再卖给罗伯特·李[②]，让他转售海外。这是一桩安哥拉的交易运作哈哈镜。

由水泥砖与辙痕累累的街道所组成的小镇卡夫恩佛，是当时走私钻石的重镇（现在依旧是）。这个临近宽果河矿区的小镇，几乎

[①] 尤利西斯·格兰特（Ulysses S. Grant, 1822—1885）：美国南北战争期间著名的北军将领，美国第十八任总统（1869—1877）。
[②] 罗伯特·李（Robert E. Lee, 1807—1870）：美国南北战争期间最著名的南军将领，战略技巧高超，英勇过人。

可说是在战争期间一夜崛起。1990—1992年，这儿的人口膨胀八倍。大多新移民都是来自刚果的年轻人，他们受到了萨文比的鼓励，来此开采令人惊艳的无色冲积钻石。这些石头可以在安特卫普贩售到极高价格。刚果矿工带来了各式各样的东西：枪支、收音机、火柴、威士忌、艾滋病，以及用来私运100美元而非用在安全性行为上的安全套。比利时来的采购商也进驻卡夫恩佛，除了随身携带的卫星电话与路虎越野车外，采购商还设法安排小飞机，在不被那些肩上火箭筒弹击毁的前提下，利用卡夫恩佛附近的沙土跑道进进出出。这些飞行员全都学会了如何螺旋飞行，因为这样的飞行方式，让地面士兵很难瞄准机身。

1992年，萨文比为了掌控更多的钻石，下令攻击卡夫恩佛。军队屠杀在矿区里工作的矿工，并占领卡夫恩佛数月之久，直到安解阵发动地面与炮弹攻击。安解阵出钱寻求一家名为"执行结果"的私人安保公司协助。这家公司有部分成员是退休了的南非白人士兵，他们当初在镇压约翰内斯堡附近城镇的种族隔离暴动时，学会了打反游击战[①]。

如果安盟与安解阵都把这些矿区视为利润中心，你怎么还能说这场战争无关钻石？我这么问加托。

钻石只是抵达终点的一个手段，他又说了一遍。而终点是要创造出更有效率的战斗力。

"钻石影响了战争的进行方式。有了钻石，这就是一场更先进的战争。在巴勒斯坦，战争是以石块开始。如果他们也有钻石可用呢？安解阵用他们的石油达到了同样的目的——买武器。我不懂你

[①] 任何一个有自尊心的国家，如果雇用这种人，无疑是对这场战争的真正本质立下了遗嘱。——作者注

为什么一定要在钻石和石油之间画出一条界线？"他问。

"有人会说走私一颗钻石要比走私一艘超级大油轮的汽油容易多了。"我回答，试着让声音保持轻松而若无其事。

"我完全不同意这个看法。钻石会改变战争的品质，但钻石不是战争的原因。萨文比博士从来不把钻石当成展示的夸饰品，他把钻石看成战斗的工具。他常常说，'钱为我们带来自由'。"他说。

加托说这些话时，他的眼光闪向挂在我身后墙上的一幅画。我进门时并没注意到这幅画。这是一幅萨文比摆出英雄模样的大型肖像。画中的萨文比穿着高领的蓝色西装外套，胸前有条螺旋状花纹的口袋方巾，安盟的旗帜在他左后方飘扬。

加托的妻子为我们送上了用卡辛达叶冲出的辣茶，我们的谈话也换了一个方向。不过在他请人送我出门前，我问加托对"这个国家惊人的钻石财富其实是一种诅咒"这句话有什么想法。这是我从进了安哥拉就多次听到的一句感叹之语。

"我完全反对！"他很气愤地回答，"钻石是很美丽的东西，很不容易生产。你必须要移山挪岳才能找到钻石。付出了那么多的劳力，就是为了要找到这些挂在一些美国女士脖子上的小石头。如果大家都有钻石，我们就不用打仗了。和平不在鸽子到处飞来飞去的地方。"

接着加托从裤子口袋中掏出一只长皮夹扣在桌上。"和平就是金钱。"他这么说。

世界钻石之都：安特卫普

如果你是一名走私者，试图要将安哥拉战争的战利品脱手，过程如下：首先，你得把钻石藏在身上，不是装进信封后贴在胸前，就是放进保温杯中后摆入皮箱。接着穿上日常的服装，开扣的衬衫与宽松的长裤，看起来轻松但不富有。订一张从金沙萨或约翰内斯堡飞到苏黎世的机票。到了苏黎世，你要申报自己带着钻石，这样就会收到一张证件证实这些是进口到瑞士的钻石。从这儿开始，钻石真正的产地，实质上就完完全全隐匿在瑞士文件身后了。接下来，搭一小段飞机飞到布鲁塞尔国际机场，跳上前往安特卫普的火车。不到一个小时就进入安特卫普，这儿有整洁的木架农舍、骑脚踏车的孩子以及一片片长满了甜菜与大麦的田地。在安特卫普的中央车站下车，月台上罩着玻璃与钢铁制成的圆顶，车站本身是座由20种大理石砌成的灰色大教堂。沿着华丽的梯子走下月台，从北门出站，走三分钟后会看到贺芬尼耶街（Hovenierstraat），这条街就是钻石区的心脏。一百多家钻石采购商的办公室都设在这条街上的中型办公大楼内，其中不乏在窗口贴上了安盟标记（一只黑色公鸡）的中间商。这个标记所要传递的信息是：这家采购商非常拥护安哥拉的钻石，换言之，也就是你塞在衬衫中或藏在手提箱里的那种钻石。

先向玻璃室内的警卫出示护照，然后搭电梯上楼去见和你联络的人。这个人会用一只专用放大镜仔细打量你的钻石。握手成交之前，你得和好几名板着扑克脸的人交涉价格。成交后，你会收到美元纸钞，然后就得立即离开，没有任何书面契约，没有任何白纸黑字的东西。这桩买卖唯一留下的证据只有钻石，然而就算是这些钻石也会很快经过打磨、出售、转售，最后现身在札雷斯、梅西、沃尔玛，或一百多家美国或其他国家珠宝零售店里玻璃板下的婚戒座上。

安特卫普的窗口现在已不再出现"黑色公鸡"。2001年联合国调查报告的结论重挫了安特卫普这条街。调查报告认定西欧这个长久以来就存在的钻石市场，之前始终扮演着非洲战争商品的公开市集一角。突然之间，整个世界都知道了安特卫普肮脏的秘密。加拿大驻联合国大使罗伯特·福勒（Robert Fowler）甚至称钻石为"人类已知的最具腐蚀性物质之一"。

其实早在金伯利流程定案之前，钻石圈也曾尝试清理门户。有个极具权势的工业集团高等钻石委员会提出了一张"观察名单"，详列了出口钻石中可能掺杂了塞拉利昂或安哥拉钻石一些敏感的非洲国家。海关在检查这些国家进口的货品包裹时，会特别仔细。然而有心人仍有能耐轻松避开这些障碍。其中一个方式就只是把假标签贴在包裹上，海关人员鲜少检验标签的真伪。另外一个方法是在半路上将安盟的钻石"混入"商品包裹之中，包裹中有一半的石头是来自纳米比亚这类没有问题的国家，所以整个包裹就标记为纳米比亚产。纳米比亚与安哥拉钻石之间不论成色或品质，在任何受过训练的收购代理商眼中，差别都很明显。但在安特卫普钻石区的旧世界文化中，并不存在着对送达货品的出处多加询问的机制。

安特卫普这座临斯凯尔特河的港口城，从16世纪首次自印度进口钻石开始，就一直在接收钻石商品。安特卫普拥有直通大西洋的管道、丰衣足食的中产阶级、对不同宗教信仰少数人民的宽容态度，以及不管从哪个方向，都可在几英里之外看到的罗马天主教教堂尖塔，这座城市早已是欧洲最著名的交易中心之一。城里的显贵雇用了满屋满室的工匠，请他们费尽心思将来自印度和巴西的钻石，切割成贵族颈项上闪亮夺目的珠宝。

当好几个立陶宛的犹太家族因逃避俄国沙皇的政策，在19世纪80年代末期移居此城后，安特卫普身为世界钻石之都的角色就正式得以确认。新移民将钻石定位成普通人民的财富来源，是可以在政治不稳或宗教迫害时期轻易带走的家产。这些家族成员同时也将一种奠基于信赖以及秘密的企业伦理带进安特卫普。买卖双方没有书面契约，任何争议都请没有偏颇立场的第三者组成委员会裁定。依照惯例，交易完成时，双方握手并用希伯来语互道一声"祝好运与幸福"。这句话以及其所代表的好心情，直到今天仍流行于从纽约到孟买的钻石圈。

安特卫普钻石区的设计，也会让人联想起钻石是种可携带型财富的力量。城里所有宝石交易商，几乎全都在中央车站北边几条非常拥挤的路上设有办公室，而且从贺芬尼耶街呈放射状向外扩散。以往，大多数钻石交易都在火车站附近光线明亮的咖啡馆中进行，这样四处旅行的交易商与国外客户才可以很快完成买卖离开，无须在安特卫普过夜。现在交易的地理位置虽然维持不变，但销售桌却已转移到旋转门或警卫室之后。

2004年圣诞节前，某个下着绵绵细雨的寒凉之日，我到安特卫普贺芬尼耶街上去见马克·范·博克斯特勒，他是高等钻石委员会的国际事务主任。脸庞宽大的范·博克斯特勒穿着一件运动外套，里面是件蓝色的高领衫。在我们谈话的过程中，他不时在面前一张打字纸上画着复杂的涂鸦，而且有时会夹杂着"我亲爱的朋友"这句话，譬如，"嗯，我亲爱的朋友，那真的是个非常重要的问题……"这样夸饰的说法如果出于其他人的口中，可能会让人觉得怀有敌意，但范·博克斯特勒优雅有礼的自由主义气质，却正是让安特卫普之所以有今日地位的助力。

每当金伯利流程需要有人出面时，这个人通常都是范·博克斯特勒。他是金伯利流程的主要企划者之一，同时也是该组织辖下负责技术层面相关议题的一个小组委员会主任。珠宝界几乎找不到没登过他照片的贸易杂志。

我们就非洲政治的议题谈了一会儿后，他提醒我金伯利流程最近一次的胜利：2004年7月决定把刚果共和国踢出这个组织，因为他们公然违反钻石出口程序。刚果共和国一直宣称自己的年产量高达520万克拉，但范·博克斯特勒与一队地质学家在对该国的冲积矿区做过空中调查后，判断那片土地一年只能出产约5.5万克拉。借着走私行为而补足的其他数量，主要来自名称相同（但政治情况却更动荡不安）的国家：刚果民主共和国。这中间的差距已经大到可笑的程度。但令人惊讶的是，拥有如此草率记录的国家竟然会获准参与这个组织。只不过支持金伯利流程的啦啦队员，却把这件事情当作一个证据，证明金伯利流程并非如某些人所称的，是只纸老虎。

当我问范·博克斯特勒有关这个系统可能的漏洞时，他不讳言承认目前的状态并不完美。其中一个结构上的瑕疵是：大家都假设一个平静的国家会一直维持和平状态。没错，20世纪90年代发生在塞拉利昂、安哥拉与刚果民主共和国这三个世界上最激烈的钻石战争，最近都宣告结束。然而任何一个研读非洲政治的学生都知道，大笔债务缠身的政权通常都建立于极不稳定的基础上，特别是当这些政权可以随手筹募现金去买枪炮，而人民又饱经折磨以至听信善于煽动群众的政客时，不稳定的基础更加摇摇欲坠。在世界上钻石藏量最丰的大陆，什么事情都可能发生。

"我们坦白一点，一个看起来完全稳定的地方也可能变臭。科特迪瓦曾经是西非的模范，现在你再看看！这个国家危及了整个区域的稳定性。"范·博克斯特勒说。

他指的是一个之前虽然穷困，但却运作正常的法语港口地区，这儿同时也是世界上最大的可可生产区，但一个月前①突然无预警瓦解。总统劳伦特·巴博②违背2004年11月4日签订的和平协定，对北边的叛军基地进行小规模轰炸攻击，结果误杀了九名法国维护和平部队队员以及一名美国农业研究员。法国军方的回应是摧毁了科特迪瓦所有的空军：两架飞机与四架直升机。气愤的民众焚烧车辆、闯入商店，并在街头示威反对他们的前殖民国，九万多名外国人被迫撤离。除此之外，科特迪瓦每年约20万克拉的钻石产量虽然只占全球总产量微不足道的少数，但却是塞拉利昂的钻石在残暴内战期间的"自助洗衣店"（将血钻石漂白）。科特迪瓦与法国差点开战的情势只是个例证，告诉大家一纸国际协定有时如何可以成为国内安全灾难真相的掩饰与止痛剂。

要说明这种国际协定与实际状况天差地别的现象，任何地方都比不上安哥拉的例子来得鲜明——一个根据钻石工业狭隘的定义公认没有问题的国家，其实仍是一个让矿工在大家想象得到的最凄惨环境下挖采钻石的地方。美国明尼苏达州某乡村俱乐部舞池中翩翩起舞的新娘，左手上那颗闪耀的钻石，很可能是出自一名遭到屠杀的刚果矿工下肠道，一如扒开贝壳取出的珍珠。

范·博克斯特勒和我对谈了好一会儿后承认道："如果要说钻

---

① 1960年独立的科特迪瓦，在博瓦尼（Felix Houphouët-Boigny）33年的执政期间，一直以经济稳定、种族和平相处著称，台面下的文化差异问题，也因博瓦尼强势的领导作风而受到压制。博瓦尼1993年去世，科特迪瓦1995年第一次举行真正具有竞争性的总统大选，政治系统、种族差异、衰退的经济等问题相继浮现，需要解决。科特迪瓦北部信奉伊斯兰教的人民不满南部以基督教为主的政府与人民长久以来对他们在政治权利、经济，甚至国籍议题上的歧视，出现了抗议之声，最后演变成内战。法国与非洲其他国家居中协调，签订和平协定，但南部的人民认为法国偏袒北部，于是再掀战端。其实大体而言，科特迪瓦的对立武装冲突从2004年开始就大多停火，但国家仍处于分裂状态。总统巴博2000年上台后，原只有五年的任期，但由于内战问题，2006年根据联合国的计划，任期延长。
② 劳伦特·巴博（Laurent Gbagbo）：1945年出生，2000年上任的科特迪瓦总统。

石产地的社会氛围这一点，金伯利流程的确一点都不关心。金伯利流程只关心战争在形式上的定义。"

我离开安特卫普两周后，遇到了一位研究员贾斯廷·皮尔斯，他曾经代表一家颇受敬重的南非智库机构安全研究协会出差到南、北隆达区。他发现那儿的诊所都变成了警察局，而学校提供的教育也只有到小学四年级。许多隆达-乔克维①村民告诉他，现在的情况已经糟糕到他们完全感受不到自己属于安哥拉的一部分。与首都之间的隔阂、萨文比死后仍继续的走私活动，处处制造出特别暴力的康夫萨纽。这些混乱全归因于世界上一些品质最好的钻石。然而唯一会把这些当一回事的报纸，却说一切正常。这就够了，报纸呈现出的天下太平景况，足以让安哥拉钻石纯净得有如新生的雪花。

"金伯利流程粉饰了安哥拉的一切。政府成功赢得了战争，但他们却没有丝毫想要改变整个系统的意图。"皮尔斯这么对我说。

他总结道："也许我们应该重新思考构成'血钻石'的要素究竟是什么。"

我在安哥拉遇到的钻石矿工，从本质上判断，其实跟他们在全世界的同侪一样，既顽强又机警，而且都带着一丝暗沉的幽默感。这些矿工用极糟的工具，工作极长的时间，亲眼看着朋友因岩壁坍塌而辞世。他们凭借着信仰做着拿不到工资的工作，因为只有在找到钻石时，才能有些收入。许多人成为钻石矿工是因为别无选择：不是让父亲带着上工而本身无其他一技之长，就是自己成了父亲，需要养活孩子。这些人穷其一生追求可以带来新车与荡妇的大钻石，但其中只有极少数人真正挖到宝。从天而降的财富很快便挥霍

---

① 隆达-乔克维（Lunda-Chokwe）：约占安哥拉8%的人口数，主要由隆达族（自称鲁恩德族）与乔克维族两个分支组成。

殆尽，好日子从未长久。

我和一位名叫若热的嘎林皮耶洛斯，在他亲戚位于罗安达贫民区的房子外，靠着一面土墙并肩坐着。若热42岁，但看起来要比实际年龄老多了。他正在服用走私来的止痛药，想要减轻背部如烧灼般的疼痛。

"这实在不是份好工作。你可能什么都找不到。你可能会死翘翘。"若热翻开缝在他裤子里的夹层给我看，他以前走私过一颗大钻石到罗安达。他用贩售赃物的钱买了一部红色的雅马哈摩托车。摩托车呢？我问若热，但他没有回答。他不想承认车子已经不在的事实。

矿工特别喜欢一种独特的安哥拉风格音乐基宗巴（kizomba），听起来像是没什么精神的桑巴音乐。这种音乐可以在所挑起的感官与情感之间游移，不过常常都是感官与情感兼具。看人在海滩酒吧的灯光下跳基宗巴舞，有如看水银流动。雷伊·韦伯（Rei Webber）是最受欢迎的基宗巴歌手之一，他在录制了一首名为"卡曼加"，也就是"钻石"的歌曲后，成为全国矿工最喜爱的歌手。如果歌词不是葡萄牙文，那么世界上任何一个产钻国家的任何一个把自己追逐之梦建筑在小小的白石头上，而且有时候会红运当头的人，也都会对这首歌产生深深的共鸣。

这首歌诉说一个无名矿工的故事。矿工在内陆挖矿，结果挖到一颗闪亮亮的石头，立刻变得富有无比。他用这些钱买了一辆豪华轿车、昂贵的名牌衣服，晚上还跟女孩子彻夜狂舞。转眼间，他花光了所有财产。回过神时，发现自己又变得跟原来一样穷。"钻石"最后以这样的歌词结尾：

我的钱飞了

我的朋友跑了
我得去建筑大楼工作
我的生活好苦啊

　　这当然是一首描述"矿工病"的歌。染上这种通病，会使得好运的人几乎立即花光所有钱财。安哥拉矿工这种倾向与世界其他地方的矿工一样强烈，然而这首歌曲没有提到的是，矿工病在安哥拉常常是一种致命的疾病。这才是让安哥拉与其他产钻国家不同的地方。如果一个人找到大钻石却不慎让军队发现，那么也代表他的死期已至。尽管如此，逃离贫困的梦想，依旧驱使着更多人投入矿区，试试自己的运气。

　　卡山加·科英布拉，那个告诉我怎么吞下百元美钞的人，不属于这群人。他说他已经永远脱离挖采钻石的工作了。战争的结束让这个工作变得太危险，不宜继续。奇怪吧！

　　"死翘翘的机会比找到钻石的机会大多了。"他这么说。

第七章
钻石打磨厂：印度

　　印度因为国内吃不饱的劳工难以计数，所以好整以暇掌握了产业运作可以转换的另一端：廉价的技术支援、廉价的客户服务中心以及廉价的电影动画。廉价的钻石早已上路。印度人正在为美国的品位谱作新曲，要给美国人一种价格合意的商品。

　　粗钻没有任何特别吸引人之处，表面几乎总是雾蒙蒙，总是层层裹在岩土之中。刚出土的钻石，可能很轻易就会被误认为一小块石英屑或一小滴树汁。不会有人想到把这个东西扣在耳朵上或挂在脖子上。不管钻石有多么美丽，一如地方神祇的力量，全都来自大家的奉献。

　　印度奉上的是汗水。

　　正午，位于印度北部苏拉特市的山哈维钻石公司（Sanghavi Diamond Co.），室温至少32摄氏度，好几百人在转动的金属轮上打磨钻石。一台转轮配四个人，每个人都面朝转轮弓着腰，有如四个在玩扑克牌的人，围着一只茶壶。我看着一名年轻人马内许·阿姆瓦林将一颗很小的钻石磨出许多刻面。他的双手全都是汗。那天他已经打磨了25颗钻石，每颗钻石可以得到相当0.1美元的工资。阿姆瓦林告诉我："如果耐性够，这其实是很简单的工作。一天下来，有时眼睛很痛，不过那是我唯一的抱怨。"

这间工厂雇用4000多名工人，是苏拉特最大的打磨工厂，也号称世上最大的钻石打磨厂。工厂有三层楼，靠一台门上有格子图案的电梯哐啷哐啷上下连通。这个工厂的形状和大小与机棚类似。两名穿着橄榄色制服的保安，百无聊赖地手持手动栓式步枪站在大门口，不过他们只是形式上的维持安全。因为任何意欲窃取钻石的人，一定从内部下手。

工厂老板钱德拉坎特·山哈维，一头咖啡色的浓发像鸟窝般自耳尖开始朝上往各个方向伸展。一米八的身高配上一副破锣嗓子的他，在办公室内欢迎我的参访。依照惯例请我喝水与百事可乐后，山哈维告诉我，他的工厂每年送出去的钻石超过1000万颗。

钻石正是印度所需要的变革。钻石为之前一无所有的人民带来了工作与房舍。在短短十年失控的成长之后，这些钻石在古吉拉特邦（the State of Gujarat）影响1000万人的家庭经济，换言之，每户人家都有家人或亲戚以打磨钻石为生，一天工作12个小时，每颗钻石0.1美元。

"我们这里正在做大生意。会改变印度的大生意。"山哈维说。

离这间工厂不远处，有条曼查普拉路，一袋袋打磨完的钻石成品在这儿贩售。店门前搭出一个个像洞穴的露天间，墙壁铺上花竹柏般的白色瓷砖。贩售商盘腿坐在席垫上，用小钳子挑拣钻石。我走向其中一位年纪稍长的老板，他穿着高尔夫球衫，为我递上了一杯茶后，就从口袋里掏出一个如名片盒的小皮匣，盒里摆着满满的纸袋。老板打开一个纸袋，让我看里面的东西：一袋子都是钻石，色泽很差，但却有成千上万颗，每颗都不及盐粒大。

"这些钻石从哪儿来的？"我问。老板耸耸肩，递过来一只放大镜。我更仔细地盯着这些小到不像话的钻石。

这就是印度天生的优势。一切都发生在钻石世界的垃圾品上，印度人把这颗垃圾磨出58个刻面①，镶在黄金上，送至各地。这些小之又小的钻石粒，现在已是一百多年没有开采出任何钻石的印度第五大最有价值的外销商品。印度工厂目前处理的钻石，高达全球总量92%，抢走了美国、以色列与比利时老工匠师绝大部分的生意。

这座曼查普拉路上的露天市场，是今日许多钻石的交易所。在这里交易的钻石辗转成为美国折扣店展示柜商品。钻石身上不会留下任何痕迹，说明自己是出于一个十多岁男孩子的雕磨之手，更不会解释这孩子日薪不到1美元，从事的是既肮脏又危险，可能导致肺部永远受损的工作。

这就是印度打磨厂为后人所打磨出来的资产——一个一夜之间就成形的工业，永远改变了钻石买卖，也同时为钻石出产国带来了希望与悲痛。

钻石是神明的住所

马克·吐温曾写道："印度是人类的摇篮，人类语言的出生之地、历史之母、传奇之祖，更是传统的曾祖。"印度同时也是世上

---

① 拥有58个刻面的切形称为完整明亮切割（Full Brilliant Cut）或圆形明亮切割（Round Brilliant Cut）；冠部有33个刻面，底部有25个刻面。如果底部是尖形，那么底部的刻面只有24个，总刻面数也只有57个。

第一个判定钻石不但值钱，而且还值得大家拼死拼活的地方。

两千四百年前，戈尔孔达地区克里希纳河（the Krishna River）附近的浅土坑里挖出了钻石。一开始，当地的君主与王公酋长把钻石当成王权的象征加以收集，后来印度人深信每颗钻石都和天上的某颗星有关，会影响佩戴者的运势。撰于公元9世纪的社会风俗史《嘎鲁达−蒲拉南》（*Garuda-Puranam*），有段文字解释当时非常严苛的社会风俗特质标准："不论在何处找到一颗钻石，里面有应已有神明入住。钻石就是因为这个原因才拥有清澈与闪耀的色调、每每受称赞的特质、每一面都平滑而均匀的形态。也是因为这个原因，钻石才不怕任何擦刮痕迹、点状印记与细纹，内部也不怕出现晦暗杂质。"

这些神明的住所让人类发展出一种很热络的生意。没多久，富含钻石的戈尔孔达矿区成了军事行动的目标。山顶竖起一座雄伟的石头碉堡，以保护钻石交易市集。但岁月轻流的过程中，碉堡与市集依然数度易主。当欧洲正笼罩在一片黑暗时代中，奋力与黑死病缠斗时，印度的毗奢耶那伽罗王朝[①]与巴哈曼利王朝[②]则是为了钻石矿区的控制权逞勇斗狠。1292年，欲前往中国的马可·波罗途经戈尔孔达后，发表了令人称奇且极尽加油添醋之能事的报告。他叙述了许多故事，包括皇宫内侍派老鹰到山区村子里取回这些珍贵的石头。只不过事实要比这个说法阴暗多了——挖地道以及在土里筛拣亮晶晶石头的人不但全是孩子，而且有些孩子连12岁都不到。当时没有

[①] 毗奢耶那伽罗王朝（Vijayanagara）："毗奢耶那伽罗"的意思是"胜利之城"，为1336—1565年存在于今天印度南部的王朝，建于德干高原之上，以首都毗奢耶那伽罗为名。这座胜利之城现在已成废墟。

[②] 巴哈曼利王朝（Bahamani）：1347—1518年建立于印度南部德干高原的一个穆斯林苏丹国，也是中古时代印度最强盛的王朝之一。1518年后分裂成统称德干苏丹国的五个国家。

人具备任何角砾云橄岩管或古代火山的相关知识，逻辑性较强的思想家判定，钻石一定是以前的石英经过自然"熟化"而变成的宝石。

印度钻石最早由法国商人让-巴蒂斯特·塔韦尼耶带进欧洲。1631—1688年，塔韦尼耶六度航行至印度，赢得了当地王公的信赖。他把买来的钻石带回欧洲，立刻在贵族间引起风潮。刚开始萌芽的钻石贸易恰巧碰上了欧洲建筑史上的一个重要发展——光线的使用愈来愈重要。那时鲸鱼油的价格开始下跌，愈来愈多的渔船深入北极。炉火不再是房里唯一的光源，鲸鱼油也拿来用作照明。除此之外，随着石匠技艺更加成熟，皇宫设计得以纳入较大的窗户，允许更多的光线透进内部。最后，利用镜子装饰墙面，让光线在屋内反射，成了上流社会寓所的一种流行设计。就这样，欧洲离黑暗之地愈来愈远。在鲸鱼油烛那犹如伦勃朗画作的光影下，钻石看起来更显精巧雅致。

点燃西方世界想象力的知名钻石，几乎全出土于克里希纳河岸，而且全都大如杏果。英国某位船长从一名奴隶手上偷走的摄政王钻石[①]，先后成为法王国国路易十五的肩饰与拿破仑仪式用剑的剑柄装饰。塔韦尼耶亲自购买的"希望钻石"，在呈交法国皇廷后，又辗转经过多位倒霉的主人，最后落入纽约知名珠宝商哈里·温斯顿的手上。温斯顿把钻石捐给史密森学会之前，曾在媒体上大肆宣扬这颗钻石受到诅咒的传闻历史（以及他自己的声誉）。至于另一颗大钻石"光之山"[②]的价值，据说在16世纪时，是全球人民半日的

[①] 摄政王钻石：140.64克拉的浅蓝色多面琢型钻石，出土时的粗钻重达410克拉。1701年由英国商人托马斯·皮特购得，所以也有人称之为皮特钻石（Pitt Diamond），目前存于卢浮宫博物馆中。
[②] 光之山：105克拉的钻石，又作Kohinoor, Koh-e Noor或Koh-I-Nur，曾经是世界上最著名的钻石。印度与波斯国王曾多次因争夺这颗钻石而大动干戈，最后"光之山"落入英国人手中，成为英国王室的加冕御宝。

薪资总和。1849年，英国人与旁遮普一位未成年的小王子就一纸盟约进行磋商时，将"光之山"骗到手，镶在维多利亚女王的王冠上。

随着有头衔的贵族以及一些较富有的商贾纷纷开始仿效皇族穿着，欧洲对这种极具异国风味的石头也开始求之若渴。激增的需求量让戈尔孔达矿区大规模扩展，却也因此过度开采。19世纪30年代，戈尔孔达的钻石已完全被开罄采竭。探矿者在巴西与南非找到新的矿源。戈尔孔达的石碉堡遭到劫掠与拆除。印度人选择黄金作为护身符，把透明的神明住所抛之脑后，从此钻石只不过是遭殖民国运走的国家财宝之一而已。

故事并未就此结束。钻石以一种没有人猜得到的方式，重回印度。

靠廉价劳工重回钻石产业

一开始，像典型的经济革命：人民从农村流入城市。在这个故事里，巴伦布尔[①]寒酸的村落里，有几户信奉耆那教的人家在1909年迁居孟买港。在满是古老宗教的印度国度，耆那教是其中历史最悠久的宗教之一。耆那教教徒并不崇信特别的神祇，他们拥抱印度教的核心信仰，相信宇宙既无始也无终，而是由出生、男女结合、死亡与重生永不止息的轮回所构成。耆那教尊崇生命胜过任何事物，所以信徒拒绝食肉，因为屠杀带给动物很大的痛苦，他们对杀戮所表达出来的深恶痛绝程度，几乎与犹太教教徒不相上下：虔诚的耆那教教徒甚至拒食马铃薯、小萝卜或其他根类蔬果，因为从土里把这些蔬果拔出来时，存活在根部附近的昆虫很可能因此灭绝。在

---

① 巴伦布尔（Palanpur）：位于印度西部古吉拉特邦的巴纳区，为该区行政中心。

耆那教教徒面前打死一只小虫的行为，是极严重的社交失态。耆那教教徒对印度文化的影响，远远超过他们只占印度总人口0.5%的人数。他们坚持不伤害任何生命的立场，对甘地非暴力思想的发展有至为深远的影响。甘地与其他无数印度人全都信奉耆那教茹素与禁酒的想法。然而，尽管耆那教教义强调脱离世俗与所有感官吸引，但印度之所以成为世界这种奢华表征物的中间人，却完全是因为耆那教教徒的关系。20世纪初从巴伦布尔迁居孟买的耆那教教徒家庭，正在寻找他们可以从事的新工作。结果，他们找到了钻石。

戴比尔斯集团当时也正想为大量来自南非的钻石发展新市场。世上再也找不到比印度更合适的市场了。这个国家除了拥有长久佩戴个人装饰物的历史、莫卧儿皇帝留下垂垂挂挂的珠饰文化记忆之外，还有以廉直著称，天生就适合从事这行的耆那教教徒。耆那教教徒的祖先本就是巴伦布尔皇室显贵的官方珠宝商，即使他们本身不佩戴任何珠饰，却很清楚应该如何处理珍宝。没多久，往来于南亚各地运送茶叶与黄麻的船舶，也开始运送一袋袋耆那教教徒的钻石，只不过这些货品是存放在高级船员的舱房内。接着，仰光、曼谷、上海与新加坡的富豪晚宴圈中，纷纷出现受到钻石吸引的新客户。

钻石业在第一次世界大战的混乱中，本来有可能就此销声匿迹，但一波令人诧异的文化碰撞却帮助了耆那教教徒——一份来自海外的友谊，经过长时间后，协助印度重建钻石发电厂。

20世纪10年代，世界的钻石之都是阿姆斯特丹，中间商则多是东欧信奉正统犹太教的移民。耆那教教徒也经常进出阿姆斯特丹采购商品。随着生意上合作机会愈来愈多，荷兰的犹太人仔细端详印度的耆那教教徒，结果发现了可以托付大买卖的人。谁能有效率地把钻石出口到世界各个晦暗角落？谁穿着保守、珍惜家庭、相信九鼎之言胜于一纸合约？谁又始终对自己的圈子不离不弃、恪遵谨守上天所规定的饮食习惯？

一言以蔽之，犹太教教徒认定耆那教徒和自己极为相似。

"这是一种能够维系百年的关系。"马亨德拉·梅赫塔在孟买一家饭店和我喝茶时这么对我说。梅赫塔出身于一个显赫的耆那教教徒家族，在钻石界已工作55年，现在是某慈善基金会的负责人。"犹太人发现我们非常值得信赖。我们处在同一个文化波长上，彼此信赖的程度非常高。"

1947年印度脱离英联邦独立后，耆那教教徒突发奇想：为什么不买下比利时拍卖的最廉价粗钻（也就是钻石界的垃圾），然后把这些钻石带回家，但不是送到工匠那儿，而是送去打磨？就这样，一种小小的家庭工业开始成长。第一家全面性的印度打磨厂是在孟买的柯拉巴区（Colaba）开张。打磨厂雇了一位切磨师傅教授切磨钻石刻面的技术，但当时的印度政府倾向于社会主义，因此借着发放数量有限的许可执照打压钻石打磨业。最后，梅赫塔与他的同僚还是找到了规避法律的方式，靠走私将粗钻运回国，再把打磨过的商品送出去。这个过程中，通常都由印度航空与其他航空公司的内鬼相助。"不如说，我们在航空业交了很多好朋友。航运是一种跟我们非常相似的工业——一扇让许多人快速致富的窗子。"梅赫塔带着一抹不易察觉的微笑这么告诉我。

印度很可能一直就维持原样：比利时与以色列艺术工匠之外另一种稍稍不体面的低廉选择。在这儿，大部分的打磨工作都在热得令人发昏的阴暗破落屋中进行，打磨者全是让宝宝稳稳坐在一双膝盖上的年轻妈妈。然而澳大利亚后来发现阿盖尔矿区，永远改变了钻石世界——也永远改变了部分的印度历史。呈棕褐色的钻石对印度市场而言简直完美极了：在折扣珠宝制造商的眼中，这种钻石价格低廉、数量庞大，而且品质不错。阿盖尔和戴比尔斯之间的龃龉，只让事情发展得更顺利。1996年，戴比尔斯在印度市场倾销了大量品质较差的钻石，试图把价格砍得更低，但这个举动只让市场的胃口更大。印度人发现自己有能力大规模设厂并雇用10多岁的青少年，吃下所有犹如雪崩般从澳大利亚突然大量涌入的钻石。

有位澳大利亚矿业公司的高级主管对一家业界的通讯文刊表示："那次运气实在太好。我们非常感谢印度人，他们买下我们大量的产品。如果没有他们，挖钻根本没有任何意义。"

世界还有另一波强大的趋势正在成形。沃尔玛和美国其他折扣商店市场在20世纪80年代的扩张，代表海外有稳定的买方，而且他们对这种晦暗小钻石的胃口，似乎永无止境。钻石愈来愈平民化——不再是电影明星或中产阶级新娘的特权，每一个有活期账户或工作的人，都可以拥有钻石。短短三十年间，印度外销的钻石产值从1300万美元暴增到120亿美元，其中绝大部分的商品都是直接进入美国市场。

钻石界经历的过程，其实是后来20世纪90年代末期美国科技业一种高科技外包作业的前身。印度因为国内吃不饱的劳工难以计数，所以好整以暇掌握了产业运作可以转换的另一端：廉价的技术支援、廉价的客户服务中心以及廉价的电影动画。廉价的钻石早已上路。印度人正在为美国的品位谱作新曲，要给美国人一种价格合意的商品。

"如果不是你们，我们根本就不会存在。"孟买的印度宝石与珠宝外销促进会的发言人托马斯·安东尼如是说。安东尼求学时代的主修科目本是为了将来在化学工业界发展之用，但他的眼睛一到精炼厂就流泪不止。现在他有间自己的办公室，室内有窗，闲暇时读读美国历史当作消遣。他在会议室里告诉我，他对福特汽车"分工生产"的概念大为着迷。

"那正是我们印度钻石的特色：装配系统。这个房间切割，下一个房间刻面，再下一个房间打磨。大量生产让奢侈品成为人人都负担得起的东西。但这又与制造汽车不同，因为我们发展出来的市场，是为了一种人们根本就不需要的商品。"托马斯·安东尼说。

对印度而言，最大的挑战不在于需求下滑，而是其他拥有大量廉价劳工的国家，可能会抢走他们的合约，譬如中国。中国政府最近刚降低粗钻的进口关税，印度现在已有20多家公司去中国设厂，希望从那个市场上牟利。与中国比较起来，印度的钻石工薪金无疑是高所得了。

促进会友善的执行董事拉姆斯瓦米说："全球化会把人带往可以提供成本竞争优势的地方。如果札雷斯珠宝连锁店或沃尔玛想用更具竞争优势的价格在其他地方采购，他们就会那样做。"拉姆斯瓦米继续告诉我来自坦桑尼亚和斯里兰卡那些令人感到挫败的报道：这两个国家的暴发户富商，已邀请专家训练国内贫穷的同胞掌握如何在微小的钻石上磨出刻面的技术。

苏拉特钻石打磨厂

西方奢侈享乐的大梦，原来竟立足于南亚最悲惨的地区之一。苏拉特曾是广为人知的印度脏城之首。在一个贫穷的国家中，这个头衔所代表的意义无须赘言。丝绸过去是这儿最大宗的生产商品，如今丝绸制造业依然重要。白天，电动织布机轰隆隆的声响，时时刻刻穿梭回荡在街道上，纺织厂的高烟囱也不断嘎嘎嘎地排出一条条灰黄色的烟柱。1994年，苏拉特爆发了一次严重致命的淋巴腺鼠疫，造成莫大的恐慌。如今，某些黑暗的贫民窟已装设了自来水，垃圾也不再堆放在街头。然而将近300万人穷追猛求产业工作的沉重压力盖顶，苏拉特依然不胜负荷、哀哀呻吟。

抵达苏拉特后不久，我就爬上火车站附近一座12层楼的建筑物楼顶，隔着一片白色的村落与烟雾向外眺望。苏拉特满是贫民窟与毫无生气的公寓楼房。一百年前的芝加哥或匹兹堡大概就是这个样子——一个嗡嗡作响的巨大生产有机体。唯一的差别在于苏拉特所生产的商品，既不是风车马达或铁犁，也不是五花肉，而是小小的碳块。

我步行穿过印度火车铁轨东边一座名为安巴瓦迪·比蒂焦尔的贫民窟。正在将洗衣粉倒入塑料瓶中的男子告诉我，在淋巴腺鼠疫爆发后没多久，有关单位就装设了许多社区水龙头。少数几条经过迷宫般佝偻陋室的小道，也都铺上了石板，不过大多数的窄径仍泛着尿臊味，中间夹着一条水色恐怖的小沟。陋室的蓝色防水布门后，我可以看到地上一排排摆放整齐的锅子与毯子。寥寥几户人家的电视画面正在晃动。大肚子的狗儿在斜坡广场上晃荡、觅食。附近光着屁股的孩子用石头玩着令人摸不着头脑的游戏。一块满是碎玻璃的空地上，有些年纪稍大的孩子正在玩威浮球①。

苏拉特城里的道路复杂有如意大利面，多是土道。在这样的系统中，夹杂了300多座类似上述的贫民窟。钻石热只是让情况变得更糟，工厂在20世纪90年代以奔驰的速度扩张，愈来愈多劳工来这儿找工作。大家全认定苏拉特是钻石生意的理想地点，因为尽管接近孟买金融中心，但却没有城里的工会组织、高额税赋或索取保护费的组织。这儿的薪资标准低多了，不过最好的条件莫过于此城位

---

① 威浮球（Wiffle ball）：美国人从棒球运动所变化出来的一种游戏，不限地点，室内、户外均可进行，后来又发展出其他球类的变化游戏。

于古吉拉特邦。古吉拉特邦是全印度对企业最和善的一个邦，邦政府不但对大型企业相关议题非常敏感，对危险的工作环境也经常睁只眼闭只眼。

只不过再怎么宽善，苏拉特都容纳不下所有前来找工作的劳工。垃圾高高堆起，没有任何遮掩的汗水在炙阳烧烤下变干。1994年爆发的淋巴腺鼠疫造成近100万人取道高速公路匆忙逃离苏拉特。那条高速公路因此有了"通往地狱之路"的称号。那段时期，火车车厢里挤满了担惊受怕的民众，在惊惶的最高点，卡车一天的租金飙至近1000美元。自鼠疫之后，苏拉特情况有了极为显著的改进，这全要感谢拥有旺盛事业心的市府首长拉奥组织较有效率的垃圾车队以及健康检查。拉奥同时还授权提出一份报告，将苏拉特的惨况部分归因于钻石打磨厂的肮脏环境，以及素来鼓励单身男性劳工把工资全都"汇回"家乡的文化。

抵达苏拉特的第一天，我就遇到一位办事员苏尼尔·德赛，他同意帮忙，担任我的古吉拉特家乡话翻译。他让我坐上他的本田英雄摩托车后座，两人朝着钻石厂出发。我们飞快穿过丝绸厂与混乱的车阵，融入一条名为"瓦拉贾"的四车道高架快速道路。这条路像根毛线棒针般切穿了五层楼工厂的长廊。透过窗子，我们可以看到数百名穿着蓝色工作衬衫的男子弯腰围聚在磨轮上。这时已是晚上8点。

我们站在路边时，德赛这么说道："这里的工作文化非常棒。这些人全来自寸草不生的干旱村庄。"

钻石把这些人留在这儿，因为鲜有其他地方可以让他们赚到薪资。大多数的劳工都是十多岁就开始工作，中间从未停辍。这份工作唯一的要求就是年轻、灵活的双手以及工厂内有个朋友可以为你的诚信背书。德赛和我停下来与其中几位打磨工攀谈。

故意在牙齿上留下烟草渍的吉丹卓·盖田，在谈到自己切钻石的熟练度时，神情像个战斗机飞行员。他18岁开始在打磨厂工作，最后老板让他切割1克拉的钻石。这份向前迈了一大步的薪资，让他有能力娶第二个老婆。

"这儿有自己的一套系统——只要获得信赖，他们就会让你开始打磨大钻石。"盖田这么告诉我。我们三个人站在纳格尔钻石厂（Diamond Nagar）外的香烟摊上，距苏拉特约10英里。盖田戴着一只很厚重的手表，表上指示小时的刻度全是亮闪闪的小石头。他说这些是六面体的锆石。

"你满意自己的工作吗？"我想要知道答案。他用力点点头。

"不需要学历、没有进入门槛、无须投资、赚钱也很简单。而且工作的时候，除了钱，什么都不用想。"他回答。

另一种较普遍的想法则认为除非绝对必要，否则没有人应该从事这个行业，特别是有孩子的劳工会这么想。当然，"绝对必要"这四个字，在印度许多地方都是现实的最佳描述。对很多人而言，钻石或行乞是仅有的选择。

圆圆的脸上满是愁容的拉金·拉德赫告诉我，他曾想当警察。他打磨钻石已二十多年，现在没有其他的退路。"我的板球打得很好，其他运动也很强。可是我找不到工作，所以只好去磨钻石。我不会建议其他人进入这行。下一代不该走入钻石圈。这是既辛苦又不稳定的工作。我们之所以领得到薪水，是因为老板愿意付钱。"

我们站在瓦拉贾路上的一个杧果摊后，旁边小枯树上拴着一头牛。这时已是夜晚，大多数钻石厂都关门的时候。街上的计程车排成了极长的队伍，自动人力车、踏板车与本田摩托车从路旁蹿出来，钻入辙痕累累的高速公路。我询问拉德赫的家庭状况，身边的引擎声震耳欲聋，我必须贴近拉德赫才听得到他的回答。他说他有四个儿子,其中两个现在是全职的钻石打磨工,而另外两个也已是打磨学徒了。

"他们不够用功,所以找不到更好的工作。在苏拉特,要进入钻石业赚些还算体面的薪水实在太容易。这是他们唯一可以走的路。不过我并不乐见这种情况。"他这么说,神情哀戚。

他又加上一句:"我也不乐见自己今日的现状。"

学习打磨钻石简单得出乎意料,仅有的要求就是一双视力上佳的眼睛与无穷无尽的耐性。每名工人都有支小金属棒,大家称之为"多普"。钻石以精准的角度被卡在多普上,打磨工接着有如播放嘻哈音乐的主持人用唱针在黑胶唱片上刮拉般,把多普在金属转轮上拖拉。因为只有钻石能切磨钻石,所以转轮上覆满了能确实噬掉粗钻表面隆起与多余部分的尖锐钻石削片。在转轮上移动多普并没有什么特殊的技巧可言,那就像搅动一锅汤或漆一面墙。真正的经验值在于如何把钻石以完全正确的角度夹入多普,而且确定钻石的每个刻面都在正确的位置上。想做到这两点,需要高度集中的注意力与稳定的视力,因为绝大多数要打磨的钻石比蚊子还要小。根据估计,印度约有100万人靠打磨钻石过日子。

童工始终是钻石业的一大特质,直到约六年之前,苏拉特城内最大的钻石厂老板钱德拉坎特·山哈维如此承认。但他强调业界已经通过努力成功摆脱了这种陋习。

"日复一日、年复一年,雇用童工的事情已经慢慢减少了。在打磨钻石还是家庭工业的小村子里,这种事情还是可能发生。"山哈维说。

就像是要证明自己的清白一样,山哈维请他那位安静却热情的总经理苏雷什·帕特尔带我参观整座工厂。我们参观了好几层楼,从利用电脑设计与塑形各种奇形怪状钻石的设计室,到蹲踞在水泥地上一盆盆水前的工人房,我全都看过了。确如山哈维所言,所有员工年龄都在20多岁与30岁出头。

当天恰巧是每月一次的卓越打磨奖公布日。"这让我们的员工觉得受到重视。"帕特尔这么告诉我。他拿起旁边桌上一大堆电动搅拌器最前面的那个,递了过来。

"这是做什么用的?"我问。

"你是我们今日的国外贵宾。如果你可以颁奖给我们的员工,大家会感到非常荣幸。"

15个人从转轮上被叫了起来在我面前排队。这时,我身边突然出现一位照相者。

"这会登上我们的期刊。在这座工厂里,这是个很激烈的竞争。"帕特尔说。

我踌躇了一下。这件事或许存在着什么道德问题,然而如果我拒绝,那就摆明了侮辱他们。看起来,当个高尚的客人比较安全。就这样,印度某家公司某期的期刊上有一张我和5月份最佳钻石打磨工握手的照片。我的脸上带着有如大学校长般庄重的表情,将电动搅拌器以及中餐用的塑料提桶颁发给优胜者。

离开工厂前,帕特尔带我进入分类室。这是整个作业流程的最后一个步骤,大小与刻工类似的成品被倾入纸封中,准备送去给珠宝制造商、街头商贩或任何想要采购这些成品的买主。印度钻石一般来说都不会大于1克拉,所以这儿的钻石都由较小的钻石单位"分"来过称。每克拉有100分。山哈维工厂每年生产的1000万颗钻石,绝大部分都小于10分。

帕特尔取出两包和餐厅咖啡糖包差不多大小的纸封,然后把里面的东西倒在一张丝绒吸墨布上给我看。这儿的钻石,每颗都只有

3分重，全堆在一起的感觉，像是好几撮盐积成的小丘。这里有多少钻石，我想要知道。帕特尔询问了一下分类员，接着告诉我答案：6000多颗。

我用手指在这堆钻石中推了推，其中有几颗钻石像海滩上的沙子一样粘在我的手指上。这些钻石全都拥有"完美的刻工"，换言之，也就是传统的单钻形态：一个宽而圆的底，由八个面逐渐变尖变细成一个顶。

帕特尔递来一只放大镜要我仔细看。"这就是印度人的手艺。"他说。

我实在无法描述自己注视这堆6000多颗钻石时惊讶的心情。就像是处于一堆巨大的雪花之中，又像是亲眼看着水分子在一朵云中翻滚。这堆钻石形成了一大片明亮光线以及层叠阴影，也造就出完美而透明的巨石山岳和峡谷。这些钻石的细致程度令人匪夷所思，每一颗都是一个光与色的小世界，每一颗都是安妮那只婚戒上的钻石缩小版。工厂里当头罩下的酷热与耐性，全都化成这些带着强烈明暗对比的小点。我感受到一股想要拥有这些钻石的混乱冲动——想把它们偷偷放进口袋带回家——尽管这些东西一无是处。

相关人员带我走出前门，途经两名保安身旁，他们配备着毫无用武之地的步枪。我突然确实了解到刚才的感受是什么了，那是一种快乐。

戴比尔斯故技重施

钻石作为个人装饰品的想法，源于两千四百多年前的德干高原，但是今天10亿的印度人民却不热衷于重新拥抱这些钻石或据为己有。印度国内的钻石销售量确实正在成长，但离"热潮"这两个字还很遥远。

我去拜会了戴比尔斯在孟买的广告代表。那是一位出身于智威汤逊广告公司的男士，聪明又条理分明，名字叫普拉萨德·卡普雷。枯等一个小时后，卡普雷亲自到公司外部大厅迎接我，并用他那短促而清晰的牛津腔英文要我原谅他不守时，并解释这是因为一场与伦敦的视频会议让他脱不了身。为了向印度贩售戴比尔斯的钻石，卡普雷目前仍忙于大规模的宣传活动。这场销售攻击战始于1995年某份结果并不是太激动人心的市场调查。截至目前，印度最重要的贵重物品仍是黄金。妇女把金子垂在脖子上、农民把金子埋在地底、家家户户把金子储藏在锅子后，大家都视黄金为艰苦时候的保命财。早在数百年前，钻石就已从这幅画面中出局。卡普雷告诉我："我们发现消费者其实对钻石一无所知。之前我们推测，销售钻石的困难点在于价格，结果事实并非如此。除此之外，在大家的认知中，有钱、有名的人才会买钻石。"

戴比尔斯立刻聘请了同样有钱、有名的人来兜售他们的钻石。一如20世纪50年代的好莱坞，戴比尔斯故技重施将手伸进宝莱坞争取支持——宝莱坞是以孟买为基地的印度电影工业的别称，每年粗制滥造出数千部类型完全相同的电影。戴比尔斯鼓励收入丰厚的女演员在媒体访问与即兴对谈时提及钻石。另外，有关单位也慷慨捐赠钻石给各种不同的粗陋电影，作为演员在戏中佩戴、窃取与争夺的道具。银幕下，报道名人的媒体津津乐道着电影《我一定会去》中的美丽女星，同时也是前环球小姐的苏丝米塔·森手上那只21克拉钻戒。她对钻石的看法与戴比尔斯鼓励女人为自己购买钻石的目标完全一致。"这位带着谜样笑容的女演员说，自己不需要任何男人送她钻石。"一份宝莱坞的影迷出版物这么说。有个把目标顾客锁定职业女性的品牌，取了"阿斯米"（Asmi）这个品牌名称。

"阿斯米"是梵文，意思是"我就是我"。"她有时髦的外表，对自己的现况感到满意。"卡普雷如此描述他的原型客户种类。宝莱坞要让这个想法成真。借着奢华人群驱走大家觉得钻石太过奢华的恐惧，实在是违反直觉行为的高明手法。采用这种手法的立基点，是戴比尔斯假设名人就像是奢华概念的代理人，也理应是大家嫉妒与仿效的对象。所以如果人数正在增加的中产阶级想摆脱心中某种模糊的不快，就必须立即行动。当然，也就是去买钻石。

戴比尔斯在印度媒体上通过几则铺陈极为完备的故事，助长中产阶级心中不快的感觉。印度最受尊崇的报纸《印度时报》在情人节前夕访问了卡普雷。他的论点，即使历史性令人质疑，却时效性十足。

"所以你要知道，没有任何礼物可以像钻石那样带来极大的振奋与喜悦，"当《印度时报》问及理想的情人节礼物时，卡普雷这么回答，"从另一个角度来看，买颗钻石送给她，就让你跻身于显赫人群……数千年来，钻石始终都是男人为了融化一颗心而送礼的第一选择。还在历史初现之时，钻石就已是君主王子争斗与抢夺的珍宝。"

有则杂志广告利用印度人始终抛不开的种姓制度和出身地位的系念大做文章。广告的主角是广受印度人民喜爱的嘉亚特里·德维公主①，她是英国人入主印度之前，一度治理印度但现已式微的皇族成员。在印度人的集体想象中，德维或许可以和西方的戴安娜王妃或杰奎琳·肯尼迪相提并论。生于1919年的德维是社交名媛与孟加拉王公的女儿。《时尚》(*Vogue*)杂志曾称她为"世上最美丽的女

---

① 嘉亚特里·德维（Gayatri Devi）公主：1919年生，父亲是库奇·比哈尔区（Cooch Behar）的王子，母亲是巴罗达（Baroda）公主，也是一位出名的美人。

人之一"。戴比尔斯发现德维很有用。有人拍到一张她的照片,照片中德维公主轻盈地走进一间房内,全身只有一条简单的纱丽和一副大钻石耳环。一位属于目标顾客群的女士在看到这则广告的初版时,惊讶道:"这简直是低语的叫喊。"

德维广告是个聪明的操作,扯出了数百万印度人都觉得敏感的议题。现在,种姓制度与物质生活的舒适度虽然不见得有绝对关联,却始终活在印度人的心中。近年来,收入造成种姓制度严重断裂。举例来说,住在肮脏环境中的婆罗门,已不是什么罕见的情况,一如达里特(dalit,是较有礼貌的新词,用来称呼那些祖先捡垃圾的"贱民"阶层)以企业家身份赚了很多钱,也不再是天方夜谭。然而尽管如此,大家心中的种姓制度标签从未消失,至少每个人这辈子的种姓标签依然存在。脱离种姓桎梏的唯一方式,是过着谨守品德的生活,祈望来生能出生在阶层较高的人家中。德维广告展现出另一种脱逃,一种物质化的莫可塔(moktar),也就是轮回的解脱。"钻石是你晋级的门票",广告如此低语。或者就像卡普雷对我所说的话:"这是给那些除了血统之外,什么都已不缺的精英分子。"

即使媒体轻推,许多印度人依然因迷信而迟迟不愿购买钻石。根据古代的印度传说,每一颗宝石都和天上的某颗星星有无形的牵连。若佩戴了错误的宝石,当事人不是会患癌,就是可能遭卡车撞。据说有位全国敬重的心脏外科医生,要他的病人在心脏搭桥手术后,于胸前佩戴红宝石,因为他相信复原的力量是通过红色的石头连接。这也是为什么印度大部分的珠宝店都实施独一无二的退货政策。顾客购买宝石后的试用期,可以长达30天。如果顾客突然遭逢厄运,或甚至因佩戴宝石而有恶心想吐的感觉,都可以把宝石拿回店里全额退费。不过印度大众对钻石在宇宙论中究竟代表了什么意义，却没有共识。我在孟买的一个星期里听过各式各样的理论，从欲望、权势、无瑕的品德，到代表行星中的金星，应有尽有。一位工厂的领班坚持认为钻石与太阳有关，他还说自己因为属于僧侣阶层的婆罗门，所以理应清楚这层关系。

另一位在珠宝柜台后的仁兄，采取的是比较稳健的角度。"钻石和占星术没有任何关系，"他这么告诉我，脸上带着一个灿烂的微笑，"它对你没有任何影响。"

这是孟买市极少数贩售真正钻石的珠宝店之一。孟买城内大多数的珠宝店不是没有进钻石商品，就是只卖被他们狡猾地称为"美国钻石"的六面体锆石。即使在印度的金融中心，似乎也只有打磨厂要买钻石。这儿的钻石注定要销往外国市场。

现实的状况似乎再次证实了1995年戴比尔斯的市场调查结果。钻石也许是印度第五大外销商品，但住在印度的人，对钻石究竟能拿来干什么，却没有任何概念。

钻石视觉炼金术

"这只是我可以展示给你看的其中一种虚幻手法。"拉金德拉·乔斯说。

他高高举起一个中间有颗大钻石的坠饰。钻石投射出一根根的光柱，但近看时却发现光线出现折射。直视这颗钻石，只感到光芒刺眼，我眯着眼看了好一会儿，才发现坠饰中心原来并不是一颗钻石，而是许多小钻石的组合——中心点的小钻石通过辐射状银轴，与周遭环绕的六颗钻石相连。

在一个月内，这家印度工厂制作的这款坠饰将出现在美国最大的两家零售店之一：不是彭尼百货，就是凯马特。售价至少是批发价的四倍。

"在这儿,所有没有喷上天然漆的东西都特别覆上了一层铑。"乔斯这么说。这个头发渐秃但心情很好的家伙,有对大大的耳垂,左手腕上缠着一束粉红色的棉线。他是宝加公司(Gemplus)的高级主管。宝加位于孟买城边缘,苏拉特打磨厂出来的钻石,每年约有5亿多颗会在此经过高雅的设计,镶在金、银或白金上,成为珠宝成品。宝加工厂与迈阿密某些位于荒凉郊外破落工业区里的工厂很相似。这儿是印度钻石前往美洲、欧洲或日本之前的最后一站。

"那七颗钻石必须准确无误置放在同一个几何平面上,否则就无法展现出正确的光芒。即使是1毫米的差距,也会出现不同的效果。现在不论任何人从任何距离看这只坠饰,都会以为是一颗单钻。它真的就像一颗单钻在闪烁,对不对?"

我完全同意。

"这就是艺术。让这个坠饰看起来如此美丽的人是我。"乔斯如此总结。

视觉炼金术正是宝加从事的行业别名,他们把来自苏拉特的小钻石用成千上万种不同的方式排列,目的就是要让钻石看起来比实际体积大。乔斯本着物理学所能提供的排列方式,在努力挤压出小小钻石最大光芒的时候,带着一种非常开心的骄傲感。他拿出一条闪耀着惊人光芒的手链给我看,这条手链看起来像是比佛利山庄某位雍容华贵的老妇人所传留下来的首饰。这件背面经过了铑处理的首饰镶有500多颗钻石,但每颗钻石都没有草莓籽大。他又拿出另一件首饰给我看,这次是一条非常丑怪的项链,看起来有如一个凯尔特十字架,但十字架上又有曲线与凸起的线条,活像海底怪兽的触须。这条项链上也同样布满了小钻石。我问他什么样的顾客会购买这样的首饰。

他笑着说："这也是要送到美国去的。而且我可以告诉你，这款样式卖得非常好。"

乔斯的手机响了，他向我道了声"抱歉"，这通电话敲定了海地某人的几张订单。他特别设定的手机来电铃声，是一首20世纪70年代的迪斯科歌曲，相当耳熟。他接电话时，我一直试图回想这首歌的歌名。最后终于想起来了。随着他参观工厂时，这首歌不断敲击着我的大脑：像是雷声，又像闪电。你爱我的方式令人惊惧。你最好在木头上敲敲敲。你最好在木头上敲敲敲……①

我们到了顶楼，这儿是整座工厂光线最好的地方，设计师拥有自己的办公桌。窗外是座池塘，池水呈现不透明的灰色，池边有堆垃圾。有个正在办公桌工作的女子，年龄绝对不满19岁，她踢开自己的高跟鞋，面前摊着一张钻石项链的蓝图。她手上的设计需用到总数345颗大小不一的钻石，但总重量却只有7克拉。

这儿的设计师大量仰赖美国的杂志与电视。观看奥斯卡颁奖典礼实况转播是义务。阅读时尚期刊也是工作的一部分。制造工厂或许位于印度，但工厂设计师的思考模式，绝对会令托皮卡②或萨拉索塔③的顾客满意。

乔斯说："我们必须以美国为中心。我们必须尊重自己的市场。我手下员工的思想，都已调整到和他们努力服务的文化相似。"宝加和日本也有一点生意往来，但90%的合约仍来自美国。

"年轻"在这儿是极受重视的资源，一如苏拉特的打磨厂。举例而言，设计部门里的人似乎都不满25岁。在印度这个人民多到

---

① 歌名为《老天继续保佑》(*Knock on Wood*)，美国歌手埃迪·弗洛伊德（Éddie Floyd）1966年的热门歌曲，1974年由英国歌手戴维·鲍伊（David Bowie）翻唱。
② 托皮卡（Topeka）：美国堪萨斯州首府。
③ 萨拉索塔（Sarasota）：位于美国佛罗里达州西部。

数不清而劳工法又积弱不振的国家里，年龄歧视是普遍而明目张胆的行为。报纸征人广告厚颜无耻地标明求职员工最高年龄上限，门槛通常都设在二十出头。在俯瞰脏水池塘的阳台上，我问乔斯，为什么不雇用比大学生的年纪再稍长一些的员工来构思戒指与手链式样。

"创意是年轻的产物，"他这么解释，"年纪大了，人就变得僵化。"

他接着带我参观工厂的其他部分，一个个房间安排得有如工业流程图。设计师的图样在类似牙医使用的钻头协助下，变成了金属模型。模型压在好几层热橡胶上，制出模子，之后注入蓝色的蜡，形成金属模型的软性拟壳（"这简直是艺术。"乔斯每走一步就不断地如此提醒我）。打磨过的微小钻石被仔细压入蜡中，再覆上塑胶，送进下一间屋内。黄金在这间屋里以1076摄氏度的高温熔化，倒入拟壳当中，接着一气呵成完成打磨、喷漆与镀铑的程序。每道程序的作用都在确保小小钻块的小小光芒能够在注重大小的美国顾客眼前，放大好几倍。这座工厂位于一个"特别出口区"，也就是说，这里可以避开印度层层的地区官僚体系与贪腐。通关只需要四个小时。一批珠宝若在星期一生产，当天晚上就可送达机场，并于10点抵达苏黎世或伦敦，星期二下午约1点钟降落于美国新泽西，最快星期四下午就可以挂在凯马特顾客的脖子上。售出的商品大半都是心形坠饰。乔斯告诉我，他的目录上已有多达35000多种不同的款式，设计群平均每天交出20款新样式，然而零售商依然渴求更多更新款式的珠宝。

宝加进一步令人咋舌的做法是确保没有浪费任何钻石或黄金。满是钻石尘的桌子附有强力的吸尘器，可以将所有粉末吸入，等待稍后回收。值班员工在每班工作结束时，都必须将外套送到现场固定的洗衣处。烘干机里取出的棉绒被送去燃烧后，有关人员会检验灰烬中是否夹杂任何发光物质。地面的清理也有相同的程序。除此之外，员工都必须在特制的水槽中洗手，用过的水经过管线送入四个蓄水槽中。每个月月底，厂里也一样有人会对沉淀物进行仔细过滤，不放过任何黄金与钻石。如此锱铢必较的态度，甚至连空气都不放过。这里是印度唯一一座雇主非常在乎员工把什么东西吸入肺里的工厂。

"这儿有人类所能呼吸到最昂贵的空气。"乔斯如是说的同时，也骄傲地向我介绍中央空调装置上的过滤器。他解释，这些过滤器一如洗衣房的棉绒，会固定拿去燃烧，以便回收悬浮在工厂空气中的黄金与钻石微粒。

这些回收的财富都用来冲抵乔斯每个月在"破损钻石报告"上的损失，乔斯借着这份破损钻石报告，向老板解释为什么约有1%的钻石并不是以珠宝的形式离开工厂。这1%的数量，换算成金额，约等于一年14万美元——或者用印度的措辞来解释，相当于112名打磨工一年的薪资总和。"破损钻石"是个心机很重的婉转修辞。乔斯说："我们不喜欢'损失'这两个字。这是一种心理的感受作用。员工会以为我们能够承受这样的损失。"

提醒大家工厂无法承受损失似乎是件不必要的事情，因为安全摄像头随时监控在此处工作的每一个人，而且员工在每班工作结束时，都必须排队接受电子检测棒的搜身。检测棒可以测出贵金属，但测不到钻石，因此有些员工必须无条件接受突击抽查（不过和其他钻石业单位不同的是，宝加相对来说还算自由，他们允许员工穿着有口袋的衣服来上班）。不管怎么样，偷窃行为似乎非常罕见。每次每颗小钻石从这个部门转到另一个部门时都随附严谨的清点单，任何数量的遗失都会当场立刻进行检验。"每个月我们有数百万颗钻石在这儿流动，你会非常惊讶——几乎不会遗失任何钻石。我们的利润小到根本承担不起任何失窃损失。"乔斯这么说。

我们又回到了角落的办公室内，用人送来了茶与瓶装水。工厂的名字用金线绣在用人胸前的口袋上。我问乔斯他为什么不戴钻石。他全身上下仅有的装饰品，似乎就只是一只简单的婚戒与绕在手腕上的粉红色棉线。

不知什么原因，他的回答一点都不令我惊讶。

"我真不知道大家为什么对一颗石头那么着迷。我的意思是，钻石有什么了不起？如果没有人说那是一颗钻石，你根本不会看第二眼。满足这样一种可有可无的需求，就可以收钱，我觉得，这真是个非常不错的游戏。"乔斯说。

钻石童工悲歌

钻石世界中最精准的权势登记簿，莫过于戴比尔斯的看货商日记，也就是钻石商名册，名列簿上的全是钻石界的主宰人物。这些人每年十次受邀至伦敦后，都会收到一个装满粗钻的盒子。根据上次的统计，这份名单上的精英有将近四分之三来自印度。

印度钻石圈正在进行很严肃的讨论，希望能在国内设立一个交换中心，谋篡比利时历来在世界宝石交易中心的地位。宝石与珠宝外销促进会曾提及想说服戴比尔斯与其他钻石制造商，摆脱欧洲中间商那一层，直接把钻石运至孟买。"安特卫普最好小心一点。"印度的《今日商业》杂志在报道这则新闻时如此强调。

随着以色列工匠慢慢都丢了工作，犹太人与耆那教教徒之间广为人知的关系也开始产生骚动。为数不少的以色列工匠现在受雇于自己以前的学徒。"以色列与比利时都已经被淘汰了，"有位印度交易商一面笑一面这么告诉我，"他们现在都在这儿为我们工作，负责品质管理。他们还有什么可为呢？"

耆那教教徒目前控制了九成半以上的印度钻石公司，他们低调的行事作风也弥漫整个业界。所有宝石与珠宝外销促进会的员工都不得拿餐厅账单报公账，不论账单内容是餐点还是酒品。殷勤款待是原则，但待客的点心永远只有茶与咖啡。在这儿，书面契约完全没有立足之地，也几乎没有人会违背口头约定或甚至试图缺斤短两，因为一旦被认定没有诚信，就绝不可能再在这个圈子找到任何工作。

印度钻石交易的中心点是一栋名为普拉萨德办公室的黄色破旧摩天大楼，坐落在一条充斥轻型摩托车的窄巷里。孟买歌剧院就在附近，但现在已不再上演歌剧。交易商成堆聚在大楼外的土院子里，脖子上挂着放大镜，彼此就交易量争论不休。普拉萨德办公室内走廊又热又脏，除非访客愿意在拥挤不堪的电梯前等半个小时，否则爬楼梯会是比较有效率的选择。世上最大的钻石批发公司罗西·布卢（Rosy Blue）的办公室位于16楼，这家公司在九个国家都有营业点。营连长拉塞尔·梅赫塔一面检选办公桌上一堆打磨过的小钻石，一面和我聊天。

"信赖是这行的优点。我们的保障很少。如果我认识而且相信某位中介商，他可以把价值100万美元的钻石放在口袋里立刻进行交易。我不需要提出任何书面文件。这就是印度人的天性。我们非常好客。"

梅赫塔告诉我，现在印度公司的目标客层是奢侈品买主，以前这种高端时尚市场全是以色列切磨大师的天下。最早，苏拉特的工厂被设计成处理微粒与微尘的地方。"老实说，就是所有的垃圾。"梅赫塔说。然而现在同样的这些工厂却在处理愈来愈大的钻石，1克拉、2克拉的钻石，但处理程序和钻石垃圾完全相同。

"我们喜欢以量取胜，这样子就算发生失误，也不会是太了不起的事情。我们让钻石成为美国中产阶级负担得起的商品。"他这么告诉我。

我问他钻石相关产业是否具有任何危险，他露出了微笑。

"这个生意是耆那教教徒的势力范围。我们不能从事建筑业，因为挖地会杀害太多昆虫。我们真的非常留意自己的工厂。状况很好。劳工一般来说也都很开心。"

和我谈过的钻石业相关人士，几乎全都呼应这种说法：薪水不错、工作安全得有如软件产业、没有童工。

普遍来说，童工在印度是个非常敏感的议题，尤其在钻石业，更是个特别容易受到煽动的话题。印度的传统经济奠基在工匠身上，许多地区都认为孩子尽早进入家庭工业工作是很正常的事情。家务杂事与辛劳产业劳役之间的界限，不是模糊不清，就是根本不存在。这样的环境，对想求得印度廉价劳工的大企业来说，百利而无一害。至于钻石打磨这种需要小手与年轻锐利眼睛的产业来说，雇用童工的诱惑更大。1997年，国际自由工会联合会预估印度的打磨工中至少有一成是童工。打磨厂负责人的回应是公开实施自清政策，并强调如果国家检验官员在自己的厂内发现任何童工，他们绝对甘心接受高达500美元罚金的惩处。

"雇用童工的事情现在已成了历史。"大家一再这么对我说。

"童工？为什么要雇用童工？没有理由嘛。"夏尔马一面吃着咖喱鸡中餐，一面这么对我说。他是印度国内最大的职业学校印度钻石学院的执行主管，这所学院收16岁的入学新生，提供各种印度最新、最受欢迎的外销产业相关技艺课程与证书。夏尔马身材非常结实，穿着高尔夫球衫，笑声吱吱嘎嘎，有如长廊秋千发出的声音。

"现在童工比例还不到0.5%。业界不需要童工，钻石圈不缺工人。印度有多少人？我们的人民实在太多，以致许多人都在四处晃荡无所事事。孩子只会弄坏钻石。"他说。

某个星期天的晚上，我在苏拉特街上遇到一个男孩，他叫哈雷许·巴苏巴海·克拉迪亚，穿着一双紫色凉鞋，手上提个购物袋，袋子里有条新长裤。克拉迪亚站在一家打磨厂前，他从12岁开始就在这儿工作。

克拉迪亚不幸生为家中长子，上有三个姐姐，家住西南部古吉拉特邦阿姆雷利一个枯竭的村子中。他家没有任何地产，父亲也无法找到一份真正的工作，然而一家人仍坚守印度教的文化传统，认定替女儿提供婚礼经费与嫁妆是义务。有天，家人告诉克拉迪亚要送他去一位苏拉特的叔叔那儿"度假"，接着就让他坐上巴士。没多久，克拉迪亚的表兄帮他找到了一份打磨小钻石的工作。一天12个小时，一个星期6天，时薪0.1美元，所有薪水都准时寄回家。

"我怕那些机器，也怕弄坏钻石，不过他们找了一位师傅教我。"克拉迪亚这么说。他很清楚犯错的代价是严苛的惩罚。他从没犯过错，但他亲眼见过大人、小孩因损失小小的钻石而挨揍，而那些小钻石的重量轻到连不正确的呼吸都能把它们吹走。这种时候，打磨工唯一的希望，是在外的朋友可以到曼查普拉路上买一小颗钻石来替补，而且还要祈祷监工没有注意到两者间的差别。每次碰到这样的情况，打磨工之间的义气就坚不可摧。

"如果损失一颗钻石，孩子们全会一起凑钱，"克拉迪亚告诉我，"但这种事情很危险，一旦被逮到，不但挨揍受罚，这行也不会再有人雇用你了。"

在钻石界工作两年后，克拉迪亚的教育错过了非常重要的环节。他愈来愈清楚，如果不采取行动，接下来的人生，势必只有打磨刻面。儿童打磨工一年通常只能在10月底的屠妖节①见自己父母一次。屠妖节是印度全国性的节日，信奉印度教的家庭用彩色的装饰品让家里看起来喜气洋洋，大家一同庆祝知识战胜无知。钻石厂在这段时间会连着两周减缓工人的工作进度，数百辆巴士沿着苏拉特狭窄的巷弄排列，准备载运打磨工回到自己的村子过节。克拉迪亚回到阿姆雷利后，找了个时间与父亲独处。

"为什么要这样对待我？"他问父亲。

克拉迪亚得到的答案是："我并没有对你做任何事。对你做这件事的也许是你堂哥，也或许是你叔叔。不是我们做的。但是现在我们需要倚赖你的收入。"

克拉迪亚在14岁的那个屠妖节假日，做出了改变自己一生的决定。这是个成熟到令人讶异的行为，只不过他必须付出极高的代价。

"我对自己说，'好。我不上学。我要继续这份工作。我要赚钱。'"就这样，他继续留在工厂。

克拉迪亚当然不是唯一一个为了钻石而被迫放弃未来的孩子。比起高高在上的钻石界大人物愿意公开承认的情况，克拉迪亚的经历更具代表性。根据不同的计算者，苏拉特的儿童打磨工预估数字从2500人到10万人都有。许多乡村都把到城里工作当成英雄之旅，出外工作的男孩子更常被当成楷模。在古吉拉特以外许多年轻男孩眼里，值得欣羡的对象不是美国职业篮球NBA前锋或摇滚乐歌星，而是把家庭重担扛在背上，小小年纪就已被揠苗助长成男人的青少年打磨工。和那些想在运动界或音乐圈闯出名号的孩子迥异的是，

---

① 屠妖节（Diwali）：又作Deeppavali，也有人称为万灯节或印度灯节，每年10月21日庆祝，是印度教教徒"用光明赶走黑暗，用良善战胜邪恶"的节日，为印度与尼泊尔的重要节日之一。

这些印度孩子的梦想，可以轻而易举在苏拉特实现——只不过这样的选择相当于另一种形式的与人为奴。

我遇到的另外一个人，毕鲁·卡拉席拉，大拇指上有个脏脏的肿块，双眼无神，手上抱着襁褓中的儿子。宝宝穿的背心装上有彩色的气球图案与这样一段文字："选择你的颜色！"卡拉席拉告诉我，他从13岁开始就在钻石工厂工作，当时的时薪是1美分。

"我不知道厂里在干什么，他们要我做什么，我就做什么。工作很辛苦，让我的眼睛模糊不清。不过老板从来没有惩罚过我。每天下工时，我都领得到钱。"卡拉席拉说他读完小学六年级后，就被选进钻石打磨业。他和他的兄弟在旱灾期间迁居到苏拉特赚钱养家。"我绝不要自己的儿子从事这行，我也不要任何钻石。钻石非常昂贵。我只负责打磨，把钻石交给下一个人，然后忘记这一切。只有老板才戴钻石。我们连想都不敢想。"他说。

苏拉特某家钻石厂的主管告诉我工厂老板如何规避有关单位查缉童工。这位经理的名字是马努拜·帕特尔，脸上挂着一副金边眼镜以及一副因苦恼而嫌恶的表情。

"现在仍有一大批年约14岁的男孩子进厂工作。每次当局进行检查时，老板就把孩子藏起来。这样的做法会一直持续下去，除非孩子们在乡下的家人不再把自己的儿子往城里送。但是只要家里缺钱，大家就会把儿子送去跟亲戚住，让他们去工厂做工，寄钱回家。家里过活靠的就是这笔钱。这就是古吉拉特运作的方式。大家都这么做。"他说。

帕特尔承认他工作的地方也有童工。他说他为了这件事曾与老板多次争执，但每次都被斥回。他说他想辞职却负担不起辞职的后果。帕特尔估计，苏拉特约有两成的劳动人口属于未成年儿童，这个数字与国际自由工会联合会在1997年预估的数值差不多。换言之，有一整座城市的孩子（十万人）都眯着眼在打磨轮上工作。

"这是令人非常难过的景况。有时候，一家人在这儿定居后，父母试着送孩子上学，可是老师一点都不在乎孩子究竟有没有念书。还有许多父母有一大家子的人要养，他们甚至没有能力让孩子读书。于是大家期望14岁的孩子成为家中经济支柱。"帕特尔对我说。

大型工厂并不是钻石童工的唯一去处。古吉拉特各处有千百家较小型的打磨厂坐落于小巷子或贫民窟中——任何一个有足够电力供应金属轮转动的地方都能够找到钻石厂的踪影。这些家庭厂房的工作环境参差不齐，从勉强及格到悲惨不堪，全都找得到。而且，这儿几乎完全看不出政府监督的迹象。曼查普拉路上的交易商买下这些打磨好的钻石，转手销给孟买的大型钻石公司，用在运往美国市场的珠宝之上。

克拉迪亚的打磨技术目前已纯熟到一天最多能够处理80颗钻石。深得老板欢心的他，今年18岁，刚刚长出第一撮胡子。夜深人静时，他阅读过期的商业杂志，希望从中学到一些东西。

"我真的很想念书，即使在今天，我依然这么想。我知道我的家人骗了我，可是我也很清楚为什么会发生这件事情。爸爸非常为难，父母没有办法照顾全家人。进入打磨厂时，我就知道自己已经没有机会走其他的路，所以我尽量利用资源。我自己做了决定——待在工厂、努力工作、寄钱回家，让大家的生活过得去。可是我还是会做梦。我的心有条伤痕。我拿自己的生活与电影上看到的比较，觉得很不满。可是我必须这样过下去，担起自己的责任。"克拉迪亚这么对我说。

这时，我的翻译苏尼尔转头用英文对我说："我觉得他现在就是在拿自己的生活和我的生活做比较。你看，你可以看到他眼中的比较。他的眼睛像子弹一样穿透了我。"

克拉迪亚抬眼注视着我，眼睛连眨都没眨，双手紧紧抓着从店里买来的新长裤。他的体重一定不足45千克。我想起自己跟他同样年纪的时候，在亚利桑那图森市的一家速食餐厅"小卡尔"打工。我讨厌管东管西的老板，也讨厌丑陋的制服，可是我爱死了那份薪水。那个年纪的我，除了觉得自己很有钱外，也因为能负起一份责任而欣喜，虽然成绩一落千丈，而且为了想赚更多钱退出了田径队。那时的我完全没想到从长远来看，这样的抉择会对自己造成什么影响。然而我随时可以辞职不干，也没有人打我，当时看起来辛苦的工作，比起一天12个小时在仓库里磨钻石，简直像在度假。克拉迪亚看重自己受教育的程度，比我高出无限倍，尽管他受教育的机会被剥夺。他想自修通过中学同等学力测验，相当于印度版的美国中学入学考试，但无法确定自己能腾出足够时间好好用功。苏拉特有所职业学校教授肥皂制作，也提供一门他想要上的企业管理课程，然而这同样也需要时间，他根本负担不起。在一个教育能够决定生活优渥或悲惨的国家中，在一个大家一致评定"年轻"是高价商品的国家中，克拉迪亚几乎已经没有任何选择。18岁的他，有着我从来都不知道的勇气，然而，他已是一个疲惫的老人。

克拉迪亚不知道该何去何从，他只知道自己对钻石厌烦透了。他一点都不相信钻石里住着神，也不相信钻石和天上的星星有关。

"我一点都不想戴钻石。大家说钻石会改变命运，我一点都不相信。宝石对生命起不了任何作用。"他说。

政府无力阻绝童工

钻石打磨工像矿工一样，离开工厂时通常都带着一张黑漆漆的脸，因为磨轮会甩出钻石尘屑、极为细小的钻片以及其他重金属灰末的混合悬浮微粒。打磨工应该戴口罩，不过几乎没人这么做。再说，许多工厂甚至不提供口罩。"我知道大家应该戴口罩，不过我们都没戴。"有位打磨工这么告诉我。咳嗽与头痛是大家常常抱怨的事情。

"很多人都受到粉末的侵袭，"一位和我谈过的打磨工穆克许·皮帕拉巴这么说，"他们都有头痛和呼吸道的问题。"

长期吸入含有钻石尘屑与重金属灰末混合的空气，结果究竟是什么，没有人可以预测。不过确有大量证据显示，这个情况会导致气喘与肺部纤维化。第二次世界大战结束后，大家全都知道了"钻肺"的危险性。如同这些在印度没有采取适当面部防护而工作的钻石打磨工，就是特别容易受到职业伤害的一群人。1992年，有一群医生发表研究报告，报告中记录了一群十多岁的印度打磨工肺部"严重受损"的情况。离现在更近一点的报告出现在医学期刊《环境与健康展望》（*Environmental Health Perspectives*）上，这份期刊特别提到一位美国打磨工出现严重心律不齐的案例。这个症状，正是他一直在曼哈顿工厂里吸入尘末的结果。很多人都知道，在某些案例中，这种症状导致当事人送命。

美国的健康专家告诉我，印度的工厂与家庭工房许多通风设备都非常差，是研究报告中提到肺部疾病的理想温床。打磨工作很可能会严重影响工人日后的健康，特别是年纪很小就开始从事这行的打磨工。

"他们会吸入大量的分子，这些人绝对是患气喘或肺部纤维化的较高危险人群。"约瑟夫·加西亚（Joseph Garcia）医生——巴尔的摩约翰·霍普金斯大学医学院的医学教授，也是研究肺部与重症医学的负责人——这么说。

钻石打磨工肺部的损害在印度一直是个被忽视的议题，在苏拉特这个钻石打磨业的重镇更是完全被官员置之脑后。

"我们并没有收集任何相关的资料。根据我们的监控，没有问题。那些人唯一的危险是当他们挤在一起工作时，可能会传染肺结核。"这是我在拜访苏拉特卫生署帕特尔副署长办公室时得到的回答。

古吉拉特邦又称为"印度芝加哥"——有支应全世界商品所需的丝绸织工、鱼罐头工、化学品精炼工、制盐工、废船解体工，还有钻石打磨工。邦政府亲商的态度，不但没有给予任何上述行业太多可供监督的空间，甚至连较具意义的数据采集都没有。《印度时代》艾哈迈达巴德①分部的编辑巴拉特·德赛早就警告过我这种状况。他对当地的实况观察敏锐。

"这种情况在古吉拉特有段说来话长的历史。政府官员不想介入钻石业。这是个'不许碰'的行业。如果他们真的给了你想要的资料，我才会觉得吃惊。"德赛说。

不论如何，我都想试试，所以搭了巴士前往古吉拉特邦的首府。一群怪异的办公大楼站在一个被太阳晒干的平原之上，前不着村后不着店。这个大家称为甘德西纳嘎复和区的地方，看起来像个废弃的20世纪60年代社区大学遗迹，就算是最近的城镇，也要半个小时车程。建筑物周围全是硬土层沙漠，沙漠间夹着一片片大块干草区。工业部占据着一栋十层黄色大楼，所有钻石公司都必须在此正式注册。楼侧挂着大型招牌，其中一个看起来像是某家地毯外销商的广告。

相关人员带我进入一间办公室，里面堆着高高的打满了字的文

---

① 艾哈迈达巴德（Ahmadabad）：古吉拉特邦首府，位于该邦东部。

件与已经泛黄的会计账本。等待副工业长官夏先生接见期间，九架固定在天花板上的电风扇推动着沉滞的空气。最后，夏先生终于现身，但却立刻切断了我的问题。

"安全方面没有任何疑虑，"他大吼，"钻石业是非常好的行业，非常安全，全部自动化。"

自动化？这绝对不是我在工厂所见到的情况。我向夏先生提到这点，请他多加说明。

"就是完全没有危险，"他又说了一遍，"他们没有吸入尘屑。"

呃，没有吸入尘屑？

夏先生不清不楚地接着说："也许我们偶尔会有几个没什么了不起的案例。"

这当下，我决定不再继续这个话题，所以改问他有关童工标准规范的执行问题。夏先生的办公室是负责确认某些小型工厂确实安装了必要设备的官方机构，只为使强制执行能够落实——至少理论上如此。

他一面回答一面按下办公桌后的按钮。

"没有儿童在工厂里工作。只有18岁和18岁以上的人。"他强调。

一名穿着制服的仆人出现在夏先生办公室门口。夏先生朝我比了比。我被请了出去。探访结束。在我从事新闻记者的生涯中，大概曾与一千多名代表各个不同政府部门的对象谈过话。从某个角度来说，他们几乎全都在跟我打太极拳，不过有些人的太极拳功力比较高。有相当多的人曾直视着我的眼睛告诉我，我所知道的情况是个无耻的谎言。有些人根本不知道他们自己在说什么。然而，所有我曾接触过的技术官僚与政治人物当中，像夏先生这样与现实严重脱节者几乎找不出来。

我从新上任的古吉拉特劳工与就业部部长维诺德·巴巴尔那儿

得到了较公正的回应。他坦率承认确实有雇用童工的问题，而且在非正式的钻石业区块——也就是理应在夏先生部门登记注册，但从来没有人依法行事的小规模钻石企业这个领域——雇用童工的行径相当猖獗。他也毫不讳言地告诉我，钻石厂的童工问题在有待他解决的问题清单上，绝对是垫底的项目。

要知道原因为何，一点都不难。在世界上工业化最高的地区之一贯彻安全工作环境的相关法令，巴巴尔的工作一点都不令人羡慕。这个地区——一个由钢铁与石棉堆起来、脏乱吵嚷的群居地，里面有纺织厂、橡胶厂、化学精炼厂、食物处理厂与各种工房——拥有美国密歇根州五倍的人口、低到谷底的薪资、大家竞相争取的工作，以及正在坍塌的墙壁。2001年发生在普杰①附近的地震造成19,727人丧生，更彰显古吉拉特许多建筑物都脆弱不堪、危及楼内大众的事实。巴巴尔的部门同时在某种程度上掌控位于阿拉伯海岸上的亚兰港②废船解体场。解体场上来自世界各地的巨大货船，全靠打着赤脚、熟练拿着长柄大锤与小型喷灯的工人，井然有序地肢解。至于化学厂，每个礼拜至少有三个人在起因不同的事故中丧生。工作的内容如此庞杂，巴巴尔几乎没有任何时间彻底清查钻石厂，至少钻石厂里不会有人突然丧命。恶劣的贪腐让生效的法律执行起来更加困难，因为钻石厂的老板总是有办法买通相关官员，早一步得到次数并不多的"临检"消息。

"消息传得很快，当我们准备检查这些工厂时，消息早就传开了，孩子也都失踪了。就算真的找到孩子，他们也拒绝回答问题。再说，即使我们收集到足够的证据对工厂进行处罚，法院也需要

---

① 普杰（Bhuj）：位于古吉拉特邦西边卡奇区（Kachchh District）。
② 亚兰（Alang）：位于古吉拉特邦南部巴夫纳迦区（Bhavnagar District）。

三四年的审理过程。"巴巴尔这么说。

巴巴尔早已放弃大多数必须使用到警力的策略，试图采用软性方式。他在苏拉特的办公室有六位检查员，他们和一个妇女支持团体合作，鼓励那些被抓到的厂商把打磨钻石的孩子送回学校求学。违背法令的厂商可以选择接受这样的条件或缴付500美元的罚款。不过巴巴尔并不清楚手下的检查员究竟接触到多少孩子，也不知道去年他的部门一共开出多少张罚单。我猜总数应该不多。尽管如此，至少还有人知道这个问题的严重性。然而，这个现实同时也是一种认可，认可只要印度仍需要工作，而美国依旧需要珠宝，当前的状况就可能一直维持下去。

印度在执法与现实之间，存在着进退维谷的难处，而这个难处与约五百年前欧洲殖民者搭船初来此地并快速登上阿拉伯海岸的那天一样古老。

"我们必须改变自己的想法。以前大家一点都不在乎这种事情。他们觉得，'噢，家里很穷，所以孩子得赚钱养家。'与此同时，他们也剥夺了孩子生命中最好的岁月。"巴巴尔说。

印度有10亿人口，大多数都非常穷苦。这个简单的事实让打磨革命得以成功，这个简单的事实也回答了今天印度钻石业相关的所有问题。当年纪较长的打磨工累了，或因气喘而病了的时候，打磨厂里仍将永远不乏十多岁的小打磨工。

我发现自己身在印度时，一直想到性，但不是那种淫荡的念头。我想到的性是一种无所不在的事实，支撑了世上几乎所有的事物。安妮和我曾计划在婚后立刻生儿育女。我以前很想当爸爸，却始终不清楚这样的想法从何而来。直到有一天，安妮聪慧地引导出我的想法。那天，我们拜访完她的父母后，开车回圣迭戈。她说：

"我觉得这是一个人活在世上最重要的事情。"

我必须承认，从生物学的观点来说，她的论点无懈可击。毕竟谈情说爱的基本核心，无非就是为了传宗接代、创造宇宙继起的生命。尽管想到自己和安妮降级为一对专司生育的哺乳动物，感觉非常奇怪；想到我们的爱情也只不过是巩固创造下一代行为的原理，更让我感到怪异。但传宗接代确实是彼此吸引的一种神秘驱动力。我们那时已经订婚，她手上也还戴着封存了两人伴侣关系的钻石。我从来没想过这颗钻石可能是别人家小孩打磨出来的商品。

据估计，印度每天有七万名婴儿诞生。交合与生子是这个国家的信仰中心。寺庙中的神祇湿婆，常被刻画成在一个置于圆圈中的巨大阳具，意喻神性存在于性交的核心。湿婆在死亡与重生的无尽道路上转动着生命之轮。印度教教徒与穆斯林非常节制公开的爱恋行为，在宝莱坞电影中绝对看不到亲吻的镜头，然而事实上，这儿却无处不性：廉价的公寓中、贫民窟的陋室里、铁轨旁车厢停放场的蓝色防水布下；欢乐的小小爆炸，像是活塞爆发室里汽油擦出的火星（"一种像金条般扎实的幸福"是约翰·厄普代克①用来描述性高潮的词句），让人类这个物种得以存续、地球得以转动。为了纪念并将性行为神圣化，西方的情人需要钻石———种可以将彼此激发的欢乐爆裂冻结住的东西。钻石是繁殖的护身符，是性交的标

---

① 约翰·厄普代克（John Updike）：全名John Hoyer Updike，1932年出生的美国小说家、诗人、评论家与短篇故事作家。多产的厄普代克最著名的作品，大概非"兔子"系列莫属，其中《兔子富了》（*Rabbit is Rich*）与《兔子歇了》（*Rabbit at Rest*）两本更为厄普代克赢得了1982年与1991年的普利策奖。一般认为厄普代克的主题大多围绕着美国小镇、中产阶级的新教教徒，写作技巧纯熟而严谨，作品中常探讨性、信仰、死亡与彼此之间的互动关系。除了小说、短篇故事、诗作以及评论文章外，厄普代克也写童书。2003年出版的《早年短篇小说集》（*The Early Stories*）使他荣获美国国际笔会福克纳小说奖。

记，这些透白的小小石头，盛满了各种刹那的意义。至于现成人力数也数不清的印度，则是要确保我们这些西方人可以得到钻石。

有位和我见面的珠宝商办公桌上摆放着一个像象神加内什的木雕像。他在和我谈话的过程中，不时接起电话。有一次，他竟然两个耳朵各压着一只话筒，活像20世纪50年代卡通中某位纽约大企业家的样子。他对我说，就算美国的钻石生意进入停止成长的稳定期，他也不担心钻石销售量会下降。理由非常简单。随着世界各国愈来愈有钱，而广告继续散布着传说，那么永远都不会缺乏需要征服的市场。在钻石界有远见的人眼里，一个正在蹿升的第三世界——那些愉悦的性行为，那些出现在各地的新生活形态——全都代表着新的钻石客户。

这位珠宝商说："这个生意会非常大。老天保佑，如果一切顺利，我已经可以看到我们不需要美国的那一天了。"

第八章
午夜之阳：加拿大

加拿大开始生产钻石之时，大概就是欧洲人权团体开始谴责塞拉利昂与安哥拉的钻石买卖都用来资助血腥内战的时候。非洲悲惨的景况竟然成了无价的公关礼物，幸好加拿大的零售商选择用上流社会的优雅来强调这点。

每年一到夏天，剑桥湾①镇某个小委员会就会在侧边裹着锡铁的镇公所大楼里召开会议。这场会议从未做过宣传，也从未对大众公开过。会议的目的在于计算镇里有多少老弱者，以及预估当年即将辞世的人数。

这种预估工作之所以必要，是因为剑桥湾镇所处的位置是地球朝北极倾斜时加拿大逐渐崩塌成岛屿的部分。小镇建在极圈内280英里的永冻土上。这儿的夏天，只有两个月时间土地会松软到可以开挖。每当官员秘密决议了某个数字后，公共工程部就出动至小

---

① 剑桥湾（Cambridge Bay）：又称为Ikaluktutiak，位于维多利亚岛东南部，临维多利亚海峡。

镇北边的墓园挖好那个数目的墓穴，即使在这时，仅仅4英尺深的土地就已经硬如大理石了。整个冬天只要有人去世，浅浅的墓穴就会被填满。每场丧礼上，大家看到的是那些暂时空着的穴坑。

"老人家不喜欢我们这么做，"小镇资深行政官员马克·卡里欧这么说，"但这是必要的做法。如果我们估算错误，尸体就必须在冰库待上整个冬天。"这才是无礼的行为，幸好这种事还不致危及大众健康。在加拿大北极圈内，没有人需要担心腐坏的问题，因为那儿的冬天均温大概是零下20摄氏度。

在剑桥湾镇，人去世还会造成其他问题。下葬的尸体不会一直待在地下。永冻土一旦暴露在空气中，就容易向上隆起。因此大家都知道，当土地像个发面团般膨胀时，尸体会在下葬后升至地表，将石灰石与贫瘠的极地土推挤到旁边。一家人去扫墓，结果发现去世亲人的棺材角从石块中戳出来，木制十字架倾斜，更是时有所闻。公共工程部这时就需重新挖坟，并在上面堆放更多石块，让棺木待在地下。

剑桥湾镇鲜少有打地基的建筑物。那些有地基的房舍（譬如新建成的圆顶形高中）必须配备通气结构，通过人为方式冷却地下土，否则建筑物的热气会将永冻土融成脏兮兮的胶土，那时整栋建筑物就会从地基滑开，倾倒在地。大地真是善变：死人往上升，建筑物却向下沉。

铺设具有通气结构的地基都所费不赀，一如剑桥湾镇的所有事物。这座拥有1200位居民的迎风小镇，位于北冰洋维多利亚岛南角，隔着科罗内申湾（the Coronation Gulf）与北美洲大陆的北部海岸对望。即使是最近的柏油路，离这儿也有1000多英里，和本区首府伊卡卢伊特市①差了两个时区。镇里两家超市的商品，全都必

---

① 伊卡卢伊特市（Iqaluit）：加拿大努纳武特地区（Nunavut Territory）的首府，该地区为加拿大纬度最高、气候最寒冷之地。

须空运。一把干瘪的芦笋卖12美元，1加仑的柳橙汁要9美元。威士忌不公开贩售——因为法律不允许——但是私酿威士忌的行情却是0.2加仑索价300美元。

8月的某天，我搭飞机飞进剑桥湾镇唯一的泥土跑道上。落地之后，与一位名叫维尔夫·麦克唐纳的男人碰面。他身材短小，顶上已秃，一口含混的加拿大英语，听在耳里几乎像是苏格兰人在说话。爬上他的客货两用车后，我们朝着小镇前进，这里有许多位于这片寒带草原边缘的木头隔板屋子与铁皮库房。那儿还有一个灰扑扑的船坞、一座小型发电站、一些圆柱槽，里面储存了够一年用的暖气用油，以及一根已经不再传送任何信号的巨型红色军用天线。好几只死海豹在渔船边的海滩上腐烂。麦克唐纳带我走进他家，那是一间由加拿大联邦邮局改建的屋舍，房子下面都是桩。他把伏特加倒进姜汁汽水的罐子里。当时一天白昼长达20小时，我们两人一直喝到为时极长的灰色日落之时，那是凌晨1点。麦克唐纳告诉我，他以前是蒙特利尔的水管工，同时兼差"半夜搬家工"的副业，换句话说，他协助那些逃避缴房租的人在黑夜搬家。他可以在两个小时内清空一间房子。当然，不给房东租金的家伙，同样也可能会赖搬家工的运费，所以麦克唐纳必须非常谨慎。他告诉我，最保险的办法就是把电视或音响放在水管工货车的前座。如果他收不到现金，大可以带着这些家电扬长而去。麦克唐纳最初搬到剑桥湾镇时也是当水管工，后来却辗转成了镇里的验尸官。

"以前吸食丙烷是镇里男孩的大事情，你知道吗？有次，五个小家伙在船坞边的储藏棚里用瓶子吸丙烷，其中一人转身去点烟。结果死了两个，能埋的部分也没剩多少。我搜集证物，发现大概200码外有只戴着手套的手，你知道吗？手里仍握着打火机。粉红色的比克打火机。"他告诉我。

麦克唐纳现在的生意是为这座岛的内陆营区提供食物与其他必需品,生意正蒸蒸日上。第二天早上,他匆匆催我出门。来到飞机的临时跑道上后,他要我登上一架德·哈维兰双水獭机①,目的地是岛中央。和我同行的乘客是一整柜的冷冻牛排、佳得乐运动饮料、早餐谷片和马铃薯。窗外一片灰。白雪覆地的时节还未到,飞机下绵延至地平线的多石贫地与云雾混为一片。还有一连串浅湖以及一块块暗绿色团块,那是苔藓与低矮灌木丛。这两种植物确确实实是这片碱性冰河丘上唯一可以生存下来的植物。维多利亚岛是生物学家所称的"极地沙漠"。尽管离北极很近,然而年均16英寸的降水量让这儿更像贫瘠的旱地。更往北去的北极群岛,降水量甚至低于撒哈拉沙漠。维多利亚岛约和美国内布拉斯加州一样大,但却没有任何高于棒球的树或野生植物。

雄霸此地的动物称为麝牛,这种拥有巨蹄的动物看起来像是外星野牛。它们的祖先可以追溯到最后一次的冰河时期。维多利亚岛是现在世界上麝牛可以自由游荡的最后地区之一。沿岸的因纽特人以前猎捕麝牛作为海鲜主食外的补充食品,不过现在已鲜少有因纽特人会冒险远离海岸来找麝牛了。对因纽特人以及外面的世界而言,这座岛屿的内陆是块非常不友善的未知之地。内陆地区的详细地图一直到要20世纪50年代才出现。维多利亚岛先前不为人知的地区,如今已有人用仔细到令人肃然起敬的态度勘查。维多利亚岛的内部像个癌症患者一样,正遭人进行活体解剖。

飞机驾驶员威利开始下降,我也第一次看到了人类的痕迹——一堆木箱与几个蓝色油桶。倾斜的机身急转半圈,接着碰地颠簸一

---

① 双水獭机(Twin Otter):又译为"双奥特机",是加拿大德·哈维兰公司1965年开始制造的飞机,属短程运输机。

下又嘎的响了一声后，降落在一小块不毛之地上。双水獭机用的是胖胖的寒带草原轮胎——威利向来不需要跑道。

一走出飞机，就踏进寒冷之中，我深深吸了几口凛冽的空气。感觉上，肺里的空气几乎和金属没两样。这里已跨出了安稳世界最边缘的前哨站。最近的屋子在南边，若靠双腿要走上九天，其间除了沙与极地湖外，什么都没有。我心想，如果孤零零被留在这儿，会怎么样？能撑上一天吗？威利在地上摊开一张黑网，我们开始从飞机上卸下一箱箱食物，整齐堆放到网上。

就在我们快卸完货时，北边传来的直升机声响愈来愈大。螺旋桨轰隆震响，伴随着阵阵卷起的涡流与尘土，慢慢降落在威利的飞机旁。一位身材不高的红发女子带着满脸的笑容，张开双臂朝我急奔而来。这时的我，依然揉着眼睛。

她对着我大吼："我是维姬·叶尔，专案地质学家。欢迎来到钻石营。"

揭开北极区钻石序幕

过去，大家总说北美洲是个卖钻石的好地方，但却是个找钻石的烂地方。现在这个说法再也不成立了。十五年前，加拿大西北地区[①]的偏远地区首次发现钻石，引发了一波热潮，热潮逐年向北推进。加拿大很快就成为世界第三大钻石生产国，仅次于纳比米亚与博茨瓦纳。这儿的两大主要钻石矿区营地，都大如炼钢厂，每年从

---

① 西北地区（Northwest Territories）：简称NWT，为加拿大一级行政区的三个地区（Territory）之一，首府耶洛奈夫市（Yellowknife）。另外两个地区为育空地区和努纳武特地区（Nunavut）。

这片寒带草原上可以取出价值约12亿美元的原钻。这儿的钻石拥有宝石般的品质，以及如伏特加般地清澈与冰冷。除此之外，加拿大是个制定了某些世界上最严苛环境保护法的国家，而这一点也增添了钻石的价值。

加拿大开始生产钻石之时，大概就是欧洲人权团体开始谴责塞拉利昂与安哥拉的钻石买卖都用来资助血腥内战的时候。非洲悲惨的景况竟然成了无价的公关礼物，幸好加拿大的零售商选择用上流社会的优雅来强调这点。加拿大的公司很早就做出了一个重大决定：因为钻石完全是人们塑造出的形象，完全仰赖吸引人的概念，而非任何固有的实用价值；所以若将钻石与那些残肢断体或儿童兵的照片结合，无疑是经济上的自杀行为。由于北极的钻产和战地走私的钻石无法分割，若要彰显两者差异，只能通过人为信息传达。这种信息必须细致到未刻意寻找的人根本看不到。"十多亿年前在北极光照耀下诞生的加拿大钻石，是'纯净'二字的化身。"一则刊登在高级杂志的广告如此散发着魅力，广告中又说："世上还有其他钻石，但是让其他人去佩戴那些钻石吧！"为了进一步确保自己的崇高地位，加拿大零售商开始在自家钻石腰际刻上纤细的加拿大代表图像——枫叶、北极熊、因纽特人的圆顶住屋、因纽特人的石头人像，以及如一位钻石业观察家所说的："除了曲棍球杆外的所有东西。"这些雕刻不仅仅传递了一种煞有其事的权威，带给消费者某种保证；也同时画下了一道免责标记，将自己与其他那些让钻石流入市场的邪恶事业彻底隔开。钻石事业攸关的巨额金钱，让探寻钻石的行动朝着愈来愈接近北极的地方（如维多利亚岛）深入。二十年前，若你说要在这些地方猎取驯鹿以外的其他东西，会让人笑掉大牙。

在北极冰冻湖床中首次发现钻石的过程，是用科技一步步解开了古老地质谜团的过程。除了科技，还外加一份打死不退的纯然执拗。

北美洲拥有角砾云橄岩的运气似乎并不太好，这种特别的岩管在一亿年前把受到压力挤迫的碳块带出到地表。美国宾夕法尼亚州与纽约州北部的某些地方曾偶然发现过偏离了主径的岩管，但管中都没有钻石。目前在美国，只有一根位于阿肯色州默夫里斯伯勒（Murfreesboro）某座乳牛牧场下的已知岩管含有钻石，可惜赞助人从未把这个发现拓展成全面的事业。除此之外，北美洲不论任何地方，似乎都没有其他不错的角砾云橄岩，只不过其中一直存在一个令人气闷的谜团。当美国中西部在19世纪开始有人定居并开垦时，散落的钻石不断在奇怪的地方出现：威斯康星州农场的水井、密歇根州的砂石坑，还有印第安纳州的小溪。

1893年，威斯康星大学的一位地质学教授威廉·亨利·霍布斯（William Henry Hobbs），从报上的某篇报道得知一个5岁男孩在玉米田里玩耍时，发现了一颗3.83克拉的钻石。霍布斯自此开始收集五大湖区所发现的钻石相关新闻，并将发现的位置标记在地图上。这些标记点横过整个区域，形成了一个松散的弧形，这个弧形对霍布斯传递出一个重大的信息。1899年，他在《地质学期刊》上发表了一篇文章，推测那些出现在砂石坑与农场田地路边的钻石，其实并不是当地地质的产物；而是大概一万年前最后一次冰河期的尾声，从中西部北边开始消退的冰河夹带南下的东西。也就是说，真正的钻石场，应该在北边的某个地方。

只不过，在哪儿呢？加拿大从未发现过任何具体的角砾云橄岩管。就算出现在威斯康星州的钻石全来自北极，探矿者又怎么能奢望自己可以在地球那些环境数一数二严酷的地方，发现真正的钻石矿源呢？北美洲大陆北部有四分之一全在一片花岗岩和片麻岩层上，只覆盖着薄薄一层土。这是一片广袤的寒带草原平原与湖泊，被称为大奴相对稳定地壳区①。这块地域同时也是大陆地壳的核心。所谓大陆地壳，以地质学术语来说，是深达100英里的花岗岩层，也就是一块和人行道一样平、一样硬的地方。任何东西几乎都无法在纬度60度以上的相对稳定地壳区成长。纬度60度的位置，相当于格陵兰岛的南角。一整片针叶常绿树和短叶松覆盖着杳无人烟的土地，但一过了大奴湖②的纬度，树木就完全消失，取而代之的是花岗岩与冰冷清澈的湖泊所组成的月球景况。在这里唯一的绿色是地衣以及灌木。这些坚忍不拔的灌木只在为期两个月的北极夏季绽开有如爱尔兰石南的花朵。如果出现了一场突如其来的暴风雪，这儿没有可供燃烧之物。冬天气温照例会降至零下40摄氏度，冷到连钢都会裂开。南边的甸尼印第安人③只有在季节性的狩鹿期才会冒险来此，对他们而言，这是块饥饿与死亡之地。甸尼印第安人称这儿为小刺之地（dechinule）；早期的法国毛皮交易商称这儿为不毛之地（Les Terres Steriles）；耶洛奈夫市的居民则称这儿为"明日乡"，因为电视气象预报时的加拿大地图，这个区域永远都标着"明日"两个字。没有人在乎这儿的天气怎么样。

1985年夏天，一名来自英属哥伦比亚的地质学家查克·费克（Chuck Fipke）开始雇用一些耶洛奈夫湾的水上飞机，载着他飞去

---

① 相对稳定地壳区（Craton）：Craton是个地质学名词，指大陆地壳相对稳定部分，为地盾的同义词。但地盾只指前寒武纪地层分布区，所以并不是Craton正确的翻译。
② 大奴湖（Great Slave Lake）：位于加拿大西北地区的第二大湖，位于西北地区的南部，是北美洲最深的湖（深2015英尺），也是世界第九大湖。
③ 甸尼印第安人（the Dene）：又作Dené，主要居住于加拿大北极圈区的原住民。"甸尼"两字各有意义，"甸"是"流动"，而"尼"意为"大地之母"，所以甸尼人的家乡Denendeh，含义就是"造物者之灵流动在这块大地之上"。甸尼人是第一个在西北地区定居的种族，以前甸尼人与因纽特人之间冲突不断，但20世纪之后，彼此努力和平共处。甸尼人共有五大分支：Chipewyan、Tli Cho、Yellowknives、Slavery与Sahtu。

不毛之区。飞机费用每日700美元,费克总是以现金支付,而且一定等到飞机起飞后才让驾驶员知道确实的目的地方位。只有在被问及时,费克才会口里含含糊糊,说些有关寻找黄金的事情。飞机在湖面降落后,他会穿着及腰的防水裤把湖水泼到岸边,用铲子把土和沙铲进粗麻布袋里,仔细标上记号,送回位于基洛纳①的实验室进行分析。飞机驾驶员都觉得费克神经兮兮,于是给他取了个"睡仙"②的外号。费克这家伙的确不只怪异而已,他还有个秘密,这个秘密后来揭开了加拿大的钻石谜团。

地幔中锻造出钻石的热度与压力,同样也创造出了大量的红色石榴石。如果一个人在他过筛后的收获中发现血色小石块,那么他就找对了地方——每个从巴西来到南非的沙地工人都知道这个道理。然而在20世纪70年代中叶,有位名叫约翰·格尼(John Gurney)的史密森学会研究生,却对石榴石有了意外的发现。他从南非矿坑中取了一些矿石样品,放在一台用来分析宝石化学成分的昂贵显微镜下观察。结果他注意到南非的石榴石与取自其他矿坑那些嵌在钻石里的微小石榴石之间,有关键的相同点。两组石榴石都呈深紫色。在显微镜下,两种石头都含有高量的铬、低量的钙,这是一个极不寻常又独特的组合。即使只从学术的角度看,这个发现就已经很有趣了,然而格尼的发现,却还有潜力让某些人变得极其富有。G10的石榴石是唯一确定的钻石陪侍,这是分辨一无是处的岩管与潜力无限的岩管之间的关键所在。如果在取样中发现一大堆

---

① 基洛纳(Kelowna):位于加拿大西部英属哥伦比亚省奥卡诺根谷(Okanagan Valley)中,邻奥卡诺根湖(Okanagan Lake)。"基洛纳"源于当地语"雌灰熊",是加拿大第22大城。
② 睡仙(sandman):西方民间传说中知名人物,只要把魔沙撒在孩子的眼睛上,就会进入安稳的睡眠与梦境。

石榴石，但其中没有任何G10的组合，那么就不需要在这个矿区上继续浪费时间，因为这儿没有钻石岩管。

戴比尔斯试图买下格尼的研究结果遭拒，格尼后来把这份报告交给一家名为"鹰桥"的多伦多矿业公司。由费克领军，在加拿大西北地区从事搜寻钻石的一小群人，和鹰桥也有合资关系，不过1982年，鹰桥以成本考量为由，从这个计划中抽手。怒火中烧的费克与一位直升机飞行员，以及一位名为斯图尔特·布鲁森的地质学家，决定自组探险公司，取名迪亚梅特（Dia Met）。这家公司在1985年夏天快速进行了耶洛奈夫之外诡秘的取样任务。

费克众多粗麻袋的采样土中，有一袋采自一座名为肥湖（Lac de Gras或Fat Lake）的湖泊北边。肥湖是因纽特人取的名字，他们觉得这座湖岸一圈圈的石英，看起来很像驯鹿的脂肪。当费克把样土放在显微镜底下观察时，他简直无法相信自己眼睛——有将近上千颗G10石榴石正直视着他。这绝对是个了不起的发现，而且只是冰山一角。为了甩开可能的商业间谍，他开始以一家名为"诺姆制造公司"（Norm's Manufacturing）的空壳公司名义，监视肥湖周围的地区（"诺姆"是费克在英属哥伦比亚实验室的一名年迈清洁工）。

费克雇用了一群朋友进一步采集这个区域的样土，到了1990年4月，他们在一个名为苦难角（Misery Point）附近的小湖湖岸，发现了一块巨大的绿色含铬透辉石——这是鉴定钻矿的另一种可靠指标。直到此时，费克才了解角砾云橄岩管并不是藏在地表的花岗岩下，而是埋在湖下。有条冰河约在一千七百万年前扯断了岩管顶部，而一湖融雪揭露了当初岩管的伤疤。

这种顿悟可能会在钻石传说中流传后世，一如约翰·马歇尔在加利福尼亚州某条耀眼的河里瞥见黄金的故事。累积的证据已足以说服澳大利亚矿业巨人布罗肯·希尔公司（Broken Hill Proprietary）

买下大量查克·费克奄奄一息的公司股票。他们在苦难角的冰上悬吊了一个凿岩机，然后进行开凿。

一切从此开始。

图克图营区

维姬·叶尔是那种很容易就陷入爱恋的地质学家，她爱上了这次的岩管。

开凿标的官方代号为BI-04-01，但地质学家昵称其为"雪旗"。地磁图显示地表下90英尺处，是个蓝色石笋密集处。而这个指标强烈暗示了一件事：角砾云橄岩管。

叶尔一面低头看着地图，一面说道："看起来很不错。这是整个产权区石笋比率最高的地方。不过我们并不知道有多深，也不知道形状怎么样。"

我坐在图克图营区"办公帐篷"里的油炉前。图克图营区有12个帆布屋，挤在一个离维多利亚岛地理中心很近的缓坡上。从远处看，这个营区很像西部电影中一个边境小镇，有一个伙房帐篷、澡房帐篷，以及一个帐篷置放钻孔机取出的样土。除此之外，还有好几个睡帐面对面竖立，犹如一个个店面，外加一个孤零零的独立厕所帐篷，像个枪手般站在整条帐篷街的最北端。

这是图克图营区存在的第三个夏天。最早营区是由温哥华一家名为钻石北资源（Diamonds North Resources, Ltd.）的小型矿业公司资助，这家公司在费克有所发现之后，买下原是戴比尔斯集团宣称拥有的地产。戴比尔斯的地质学家曾于1997年在维多利亚岛发现含钻的角砾云橄岩管，但最后决定不值得投资。经营一座矿场的费用高得惊人，而剑桥湾镇，姑且不论岛的中央区，实在太远，环境也实在太恶劣，任何人都不可能把所有必要的设备都搬过来后，还获利而返。钻石北资源却认为这个地方值得再评估。他们与多金的钻业集团泰克康明科（Teck Cominco）合伙勘探，想要了解雪旗的岩管形态可能会出现什么样的回馈。他们打电话给剑桥湾镇的维尔夫·麦克唐纳，雇用了一名厨师、一名直升机驾驶员，然后派叶尔与一个17人小组到图克图地区去寻找钻石，或者至少去找一些还不错的矿产指标，让自己的股票价格有机会飙升。

　　成功的概率不大，叶尔对此心知肚明。大多数钻石地质学家在职业生涯中连一个获利的岩管形态都找不到。如果福星当头，地质学家可能发现一根。没有人找到过两根。叶尔总是喜欢说，这是一份根植于失败的工作。即使是现在，叶尔也只看过珠宝店里的钻石。不过尽管如此，她仍然热爱着这个岩管。

　　正确的征兆全都出现了。雪旗显然是由部分沟渠所构造，也就是说，这个岩管曾一度是熔岩在地下的扁平状通道。火山沟渠很薄，其中许多都有向上喷出的尖钉形角砾云橄岩管，就像被冰冻住的间歇泉。要知道岩管里面是什么，只有一个方法。叶尔已要求直升机把长电缆的钻凿机载去那个岩管的正上方地面。明天就要开凿。

　　叶尔已经花了四年找钻石。她的专长是找锌元素，但泰克康明科发现某年夏天她曾在圭亚那（Guyana）的一个钻石挖凿场待过，因此让她负责这次的北极计划。叶尔小时候极内向，极讨厌与不认识的人见面。她只能通过填字游戏、看图或看音猜字、拼图这些猜谜的游戏来理解世界。同学都觉得她是个讨厌的怪胎，没人理她。情况持续到她进入多伦多大学的大三那年，21岁的叶尔开始抛开矜持，认识男孩子。有次租录像带时，她认识了后来的丈夫，那是她抵达温哥华的第一个晚上，刚被泰克康明科聘用，担任初级地质学家。叶尔因为觉得有点寂寞，所以到转角的录像带店去租片，同时买瓶2升的可口可乐。她和店员聊了一会儿天，谈话内容连她自己都觉得快变成打情骂俏了。之后她成了那家录像带店的常客。有天叶尔鼓起勇气问那名店员："如果我邀你一起去看电影，你会觉得我老土吗？"他一点也不觉得她老土。

这个店员名叫赫布，结果显示他对她所热爱的地质学一点兴趣也没有。赫布的父亲是位伐木工人，从不在家。他用了几句话总结自己对加拿大荒野的观感："伐木、开矿、铺路，然后在上面放台电脑。"1999年，叶尔趁着蜜月旅行，带着新婚夫婿去参观一些夏威夷火山，并让他知道什么是喷涌出来的岩浆残留。当她带他去看火山口、火山隧道以及已无活动的绳状熔岩层岩沟时，赫布一直把照相机挂在脖子上。整个夏威夷群岛都是硬化的岩浆巨堆，大多数的岩浆堆都躺在海里，叶尔这么告诉她的新婚夫婿。这对夫妻在温哥华买了一栋房子，大约同时，叶尔的公司认定戴比尔斯在北极所错过的机会或许有利可图。赫布此刻已经从店经理晋升成那家录像带连锁店的资讯工程技术人员，他尝试习惯叶尔整个夏天都不在身边的生活，但却一直想起自己的父亲总是不在身边。叶尔最终和赫布离婚，飞到图克图营区后，吃了一堆多力多滋，也胖了很多。那些增加的体重现在大多都已消失，34岁的她急着想从这场婚姻中走出来，继续自己一辈子的工作——探索与发现。

言归正传：岩管。钻凿人员夜以继日不停工作，12个小时一班，直到钻到角砾云橄岩管为止。叶尔并没有期待会在核心收集到的取样中看到钻石——因为那等于玩扑克牌时拿到一手好牌。钻油人员总是被酸性原油[①]喷溅得全身都是，而挖金矿工也通常会看到黄金，

[①] 酸性原油（sour crude）：又称高硫石油，油中含硫量高于1%。另有含硫量低于0.5%，俗称甜原油（sweet crude）的低硫石油。

欲望之石

但钻石地质学家除了蛛丝马迹外,从未见过猎物。就算是蕴藏量最丰的矿区,平均也必须压碎1吨重的角砾云橄岩管矿石,才能找到1克拉钻石。然而一个不错的岩芯样在实验室中,就可能出现G10的石榴石以及几乎是肉眼看不到的微钻,而这些结果都足以让矿业公司高级主管开心、股价狂飙。钻石地质学家离乡背井,一切为的就是这个结果。

"你知道,有时候我会思考这种情况:在这儿做的是这些事,而不是去治疗癌症或什么的。从某个层面来看,实在让人非常沮丧。但看着这些矿物却让我兴奋莫名。这是一种知识的追寻。这是一种追求。这是我的爱。"叶尔在和我一起坐在油炉前时这么告诉我。

叶尔走进伙房帐篷中和钻凿人员说话,我则把自己裹得紧紧地出发去散步。那时已是晚上9点,可是太阳到半夜才会下山。我把手插进口袋中,朝着自己认定的北方前进。我拖着沉重的脚一步步向前走,直至回头,营区已成了紧紧依附在寒带草原上坡路段的一颗颗小白点。我身边只有无边无际的空旷。

我穿越一块浅沼区的顶端,来到一个向西可以远眺大概40英里以外景象之处——一弯广袤的寒带杂草与一座座平缓的山丘朝着世界尽头而降。我想起了东蒙大拿州,只不过这儿少了带着倒钩的铁丝,也没有高速公路。北美大草原在第一批拓荒者眼中,或许也是这个样子吧!同样壮丽,也同样令人恐惧。这空白的一页,如果可以,或许将是他们试着努力活出新生命的地方。

我觉得自己的心轻轻转向一个许久没有如此感受的方向。那是孩童时期长途旅行到堪萨斯州乡间祖母的家,我看着车窗外的世界与那极浪漫的神秘广阔延展。在我的眼中,这一切必定都藏在掌握中,但总有一天,这一切也终将拱手让出。多年后,我在阅读《纳尼亚传奇》的作者英国伟大神学家克莱夫·斯特普尔斯·刘易斯的自传时，曾看到一句话。他描绘自己十岁的某个时刻，在阅读美国诗人朗费罗的一首诗时，对冷酷又无边无际的北国的感受："我立刻被提拉到北方天际的广阔之地，我几乎是带着病态的热切渴望着某种从未有人描述过的东西（唯一出现过的形容只有寒冷、空旷、艰辛、惨白以及遥远），然后……就在这同一刻，我却发现自己已跌出了这个冀望之外，我希望再回到那个渴望之中。"

当下，我立刻就了解他所谓的"北国"是什么意思，即使我无法描述那两个字的真正意思，也无法解释它为什么存在。

我连滚带翻来到一座坡度陡峭的河岸之下，注视着毫无生气的图克图河。图克图河是数条将维多利亚岛心脏区分切为二的其中一条河。整条河看起来像是一片黑色大理石。河道扁平多沙，水中缀着石块。沙道上有偶蹄动物的足迹，是驯鹿喝水时留下的。

万物皆止，连河水都不例外。全然寂静。我直直站了许久，天色愈来愈暗，盈耳是有生以来最无垠的沉静之音。

西北航道探险史

维多利亚岛的发现归因于一个远久的执拗。

在16世纪重商时代肇始之际，欧洲势力开始试着寻找一条通往太平洋以及亚洲香料市场的捷径。经波斯的陆路路线既远又危险，不足以撑起大规模的货运企业。16世纪的制图家思忖，应该还有一条绕过世界顶端的路线可行。之前约翰·卡伯特[①]和克里斯托弗·

[①] 约翰·卡伯特（John Cabot, 1450？—1499？）：意大利航海家与探险家，意大利名为Giovanni Caboto。

哥伦布①的探险之旅，似乎证明了东方世界的前面存在着一大块陆地，但几乎没有人知道任何关于那块地区的信息，也不知道那块大陆究竟有多大。航海者试图想象西北海外的地区是什么样子，因此出现了依据荒谬臆测而生的陆地。许多故事绕着这些陆地转：有些是关于一种侏儒族挖采的金矿；有些是关于把整个船队拖扯到黄泉路上的海上漩涡；也有些是叙述强大的磁性气流，威力足以让指南针不停转圈或把钉子从接近船只的木头船体上吸拔出来。最后，制图师傅判定两大洋之间是一片广大的咸水域，任何掌控这片水域的人也会操纵世界经济。这种看法很快获得了皇家奖励，于是寻找通往中国与印度的"西北航道"②，成了各国一个外交政策上的重点。

最早认真尝试绕过北美洲的探险者中包括了1535年的雅克·卡蒂埃③。他一路航行到圣劳伦斯河航道④，途中和一队休伦族印第安人有过接触，交谈间卡蒂埃得知这些休伦族来自附近名为卡拿塔（cannatta）的地方。在休伦族语中，"卡拿塔"的意思是"村子"。卡蒂埃把这个词翻译成"加拿大"，接着用来形容整个地区。探险队那年冬天全都在今天的魁北克城附近度过，四分之一的人员因坏血病而亡。六年后，卡蒂埃不但重回圣罗伦斯河⑤，还航行到了更上游的红帽河（Cap Rouge River），可惜他的注意力在这儿开始严重

---

① 克里斯托弗·哥伦布（Christopher Columbus，1451—1506）：意大利热那亚出生的探险家。
② 西北航道（the Northwest Passage）：穿越北极海的海道。经由加拿大北极群岛，沿着北美洲北海岸，连接大西洋与太平洋。
③ 雅克·卡蒂埃（Jacques Cartier，1491—1557）：法国航海家与探险家，是第一位描述加拿大圣劳伦斯湾与圣劳伦斯河并绘制地图的人。
④ 圣劳伦斯河航道（the St. Lawrence Seaway）：这是大型远洋船只从大西洋通往五大湖的水道系统统称。
⑤ 圣劳伦斯河（the St. Lawrence）：源于安大略湖，位于北美洲的中间纬度区，从西南往东北流，总长度（从安大略湖出水口开始算起）1197公里。

转移。河床上有一堆闪亮的石头,船员判断这些全是钻石——印度的传奇宝石。前不久葡萄牙人才买了些传奇宝石装饰国王的皇冠。"太阳一照耀,这些石头就像着火般闪闪发亮。"兴奋不已的卡蒂埃在日记中这么写道。他运了满满两桶的宝石回到法国送给国王。船队的抵达在巴黎造成轰动,直到国王的珠宝师做出判断:卡蒂埃受到了石英石的愚弄,错把一种非常罕见的发光类石英当成了裹着钻石的岩块。这起事件让他成了大家讪笑的对象,但也因此衍生了一个一直沿用至今的法文惯用词:"加拿大钻石",意思是说"骗子想愚弄容易上当的人",一如美国俚语"骗呆子买大桥"一样。

北美洲地图的进一步成形,是因为一个名为马丁·弗罗比歇[①]的脾气暴烈男子。当过海盗的弗罗比歇曾于1578年意外航入哈得孙湾,当时受雇于一群自称国泰公司(the Company of Cathay)的伦敦贸易商。这群贸易商愿意支付大笔现金给既合格适任又自认可以找到通往东方秘密通道的水手。弗罗比歇明言自己接下这份工作的目的,并不是要让任何人发财,对他来说,找到通道是通往个人荣耀的路。"这是唯一可因前人未竟之业而使名声流芳后世的方法。"他这么说。弗罗比歇在二度航行至加拿大内陆的旅程中,犯下了和卡蒂埃相似的致命错误——因矿石而分心。在一个海峡中间的小岛上,某位船上干部发现了一种夹杂着黄金微粒的黑石矿床。当他带着一块采样回到英国后,弗罗比歇的焦点从航路通道移开。他为了挖矿三访加拿大,这次运了200吨神秘黑色矿石回到英国进行分析。后来这种亮闪闪的金属证实是黄铁矿(也就是愚人金)。弗罗比歇声誉崩盘,重蹈卡蒂埃"钻石"覆辙。

---

① 马丁·弗罗比歇(Martin Frobisher, 1535?—1594):英国水手,曾三度航行至新大陆寻找西北航道。

接下来的三百年间，法国失去了新世界的掌控权、美国殖民地也愈来愈深入西部荒野，然而航路通道始终无从捉摸。找到航路通道的希望，最后深植在梅里韦瑟·刘易斯[①]与威廉·克拉克[②]1803年至1806年的探险之旅上。时任美国总统杰斐逊在写给刘易斯的信中说道："你们的任务目标是商业目的，去探测密苏里河及其主要溪流、河道，以及该河与流往太平洋水道之间的联系通路。不论在哥伦比亚、俄勒冈、科罗拉多或其他河流，找出能够提供整个大陆最直接、最实际的沟通水道。"

探险队并没有发现这样的水道，但也没有放弃希望。1820年，英国政府派遣了一名脑筋不太灵活但颇具野心的海军上尉约翰·富兰克林（John Franklin）进行陆路探险，横越加拿大的西北部。富兰克林与27名随行人员在8月从普罗维登斯堡[③]的殖民地出发，只带了两箱面粉、两百个干驯鹿舌，以及一些麋鹿肉。富兰克林信心满满地认定，自己在那个夏天还有很多时间可以前进，而探险队里的印第安猎人则可以让他们饱尝野味。关于这两点，他全大错特错。那年的雪季早至，不到两个星期探险队就被迫扎营，但这只不过是诸多失策的其中之一。第二年夏天，探险队抵达科珀曼河（the Coppermine River）注入北极海区的河口，食物严重短缺，探险队情况危急。队员被迫食用青苔、烹煮自己的鞋子充饥。富兰克林把队员分成三组，个别回头寻找横跨空旷寒带草原之途，生病的、饿肚子的都被留在极地沙漠等死。其中一组存活下来的队员里，包含了约翰·理查森医生和他的挚友罗伯特·胡德，以及一位说法语的

---

① 梅里韦瑟·刘易斯（Captain Meriwether Lewis，1774—1809）：美国探险家、军官。
② 威廉·克拉克（William Clark，1770—1831）：美国探险家。
③ 普罗维登斯堡（Fort Providence）：加拿大西北地区德丘区（Dehcho Region）的一个村落，位于大奴湖西边。

易洛魁族印第安人米歇尔·泰罗哈特。有天晚上，泰罗哈特带了一些肉回到营区，他说那是从一匹遭到鹿角刺穿的狼身上所弄下来的肉，然而当理查森嚼着肉时，却愈来愈确信其实那是被留下来等死的同伴身上的肉。十天之后，理查森在外搜寻青苔后回到营区，却发现挚友胡德已经身亡，子弹穿入前额。泰罗哈特坚称胡德是因为把玩自己的配枪，意外射杀了自己。理查森没有说话，但他一有机会，就在小径的转道上偷袭泰罗哈特，朝他的后脑开枪。这趟探险只有九个奄奄一息的人活着回到普罗维登斯堡，然而跌破大家眼镜的是，无能的富兰克林竟然成了英国人人欢迎的大英雄。报纸称他"吃自己靴子的人"。六年后，富兰克林获得指挥第二次寻找航路通道的探险任务，这次理查森依然再度签约同行。

探险队在这趟艰辛的旅程中，首次看到位于北美洲北海岸的维多利亚岛。肯德尔上尉爬上了一座山丘，隔着海洋看到一条狭长的灰色土地。理查森医生在1826年8月4日的日记上写道："晚餐一结束，我也出发去享受这令人愉快的景象。我们扎营的海角尽头以贝克斯利爵士阁下①命名，从那儿北眺陆地，然后往西北偏北扫望过去，直到这片陆地在北纬73度东方向的地平线上消失……在这片隔开两个海岸的海峡上，我把我们最优秀的两艘小船名字送给这两个海岸——'海豚'与'联合'。"

理查森并不知道那天晚上他正注视着西北航道。那传说中通往亚洲的富贵和君王百年古圣杯的航道，也是那制图师傅笔下的水道，结果只不过是一条有如迷宫般歪扭于北极岛屿间的航道。更糟

---

① 贝克斯利爵士阁下（Right Honourable Lord Bexley）：指的是第一任的贝克斯利爵士尼古拉斯·范西塔特（Nicholas Vansittart, 1766—1851），为英国政治人物，也是英国历史上任期最长的财政大臣。

的是，这些北极岛屿一年中有绝大部分的时间都被冻得硬邦邦，完全无法当成航道使用。不过这个道理，大家一直要到很多年后才知道，而且还是因为一场灾祸，真相才得以大白。

1845年，为了寻找西北航道，富兰克林奉命进行第三次探险。他与129名船员从伦敦出发，当地人人皆知。舞会与招待会为了表扬他而举办，而他的两艘船——"黑暗"号与"恐怖"号，更是名列当时英国海军设备最奢华的船只。船上令人宽心的装备中，包括916桶莱姆酒、914箱巧克力、4573磅腌渍黄瓜、7088磅烟草、18,000盒饼干，以及一整套镌花字样的银质汤匙。两个月后，一艘捕鲸船看到富兰克林正朝着兰开斯特海峡①入口以及前方一片未知的白茫中前进。他本应在第二年夏天把起于俄罗斯西伯利亚、穿过北极的安全航路通道信息传回国内，但两年过去了，富兰克林没有捎回只言片语。英国海军部的担忧与日俱增，最后悬赏2万英镑给任何一个可以平安救回探险队的人，至于提供探险队下落与命运的人，可获一半的赏金。

几乎就在一夜之间，搜寻西北航道的狂热转成了另一种新的激情——找到富兰克林。富兰克林的妻子简，年轻又迷人，当下成了媒体的超级明星。她的脸孔充斥在伦敦各大报纸上。大家把她塑造成一位虽然即将成为寡妇，但从未放弃希望的女子：或许自己的丈夫仍存活在某个因纽特村子里，又或许他正在某艘已毁的船内挨饿残喘。为了纪念这位失踪者，大家创作了许多歌谣与诗作，他的命运也成了各界在聊天室里激烈臆测的主题。接下来的十三年里，有关单位一共派出了40多队次的探险队，希望救回富兰克林的探险

---

① 兰开斯特海峡（Lancaster Sound）：加拿大努纳武特地区德文岛（Devon Island）与巴芬岛（Baffin Island）之间的水域。

队。尽管找不到任何铁证证明富兰克林究竟遭遇了什么，但这些探险队却带回了有关北极区地理与人类学方面丰富的新信息。富兰克林的老友理查森医生自组救援探险队出发，结果带回了有关因纽特四个不同部落的详细记录。北极地图上的空白区域慢慢都出现了内容，而西北航道也被认定是条冻塞之道，这个结果无疑令人大失所望。

真正有关富兰克林命运的第一个线索出现于1854年。一群因纽特人告诉探险家约翰·雷①，他们发现有好几十个白人饿死在威廉王岛（King William Island）的南边。这些因纽特人还把找到的钱币与汤匙拿给雷看，这些东西除了"黑暗"号与"恐怖"号上有，别处不可能出现。五年之后，最后一批救援队伍当中，有人有了新的发现——搁浅冰岸的一艘大型小艇上有两具骸骨。小艇附近有个石冢，石冢中央是个饼干铁盒，盒里藏着一段手写的信息："任何发现这张纸的人，请代为转交伦敦海军部大臣。"小条子上这么写着，接着书写者在信息中报告船只在1847年的春天遭到冰块围困，但人员都平安。然而出现在同一张纸边缘的第二段信息，却是由颤抖的手写下的报告：20多人已罹难，其中包括富兰克林。"明天开始，26人，将设法回到巴克斯菲什河（Back's Fish River）——"就这样，信息戛然而止。这段话表示存活者将朝内陆出发，进行一段几乎不可能完成的900英里跋涉，试图抵达普罗维登斯堡的南部边境站。散落在这条路线之上的人骨残骸后来陆续被人发现。其中许多骨头边缘都出现了割锯的痕迹，显然最后的存活者为了努力自保，迫食人肉。

然而狂想继续延续，大家认定失踪的富兰克林探险队当中，仍有些船员得到了当地因纽特人的救援，于是纷纷到维多利亚岛南岸

---

① 约翰·雷（John Rae, 1813—1893）：进行加拿大北极圈地区探险的苏格兰探险家。

继续搜寻这些人的下落。这套理论造就了维尔希奥米尔·斯特凡松①这位同时是北极区探险家，又是自我吹捧高手的恶名。1909年，斯特凡松整个冬天都待在维多利亚岛上。他之后回报发现一个"金发因纽特"族，这个部族的人不但头发颜色淡得令人诧异，而且还长着欧洲人的五官。难道这些人就是那时挨饿的英国水手与当地人民结合后的子孙？尽管斯特凡松这个解释受到大家广泛讪笑，但他未因此却步。他对维多利亚岛有自己的看法——在他眼里，这儿勾勒着一幅北方贸易王国的伟大乌托邦景象，王国里交叉密布着电线与空中航线。

斯特凡松的父亲是移迁至马尼托巴（Manitoba）的冰岛移民。斯特凡松因"不堪管教"而被北达科他大学开除，不过后来却从哈佛大学的人类学系毕业。他认为富兰克林的失败部分归因于没有采纳当地因纽特人的旅行方法。1908年，他说服了纽约美国自然历史博物馆赞助他成立一支北极全面考察队。斯特凡松连续四年与因纽特人生活在一起，并学习他们的文化。他造访的13支部族中有些似乎根本不晓得自己居住的维多利亚岛其实是个岛屿。斯特凡松在1909年2月25日的日记中，记下了他在当地观察到的一个相当普遍的情形。"女性人口明显稀少。这儿没有单身的女人，却有好几个单身男人；没有任何男人娶两个老婆，但好几个女人拥有两个丈夫。这儿的人会交换妻子，但鲜少或根本没有嫉妒的问题。"

回国后，他有了一个几乎和西北航道一样远大的想法。他宣称，北极并不是大家所想象的那种严峻的白人地府，而是一个让文

---

① 维尔希奥米尔·斯特凡松（Vilhjalmur Stefansson，1879—1962）：加拿大北极圈区的探险家与文化人类学家，加拿大人，在美国接受大学教育，曾在哈佛人类学研究所就读与任教。

化延伸的理想场所、是一大片的富裕土地，和美国大草原在前一个世纪的遭遇一样，注定要受到征服、圈地自用以及垦殖。他在1913年出版了一本名为《亲善北极》（*The Friendly Arctic*）的书阐述这个理论。他说，北极的冰寒并不至于比达科他冬天平均的寒凉更难挨，而且良好的人为组织可以轻易克服这个问题。接着斯特凡松虚构了一套繁杂的历史图表，目的在于证明文化是如何从美索不达米亚的赤道型炎热气候中产生，然后数百年间是如何朝着北方稳健进展，从耶路撒冷到罗马、伦敦，最后又是如何抵达北极这个人类注定要在此统治全世界的位置。斯特凡松无法容忍任何人对他心爱的宇宙论有所批评。只不过，他在巴芬岛①投资建立的庞大驯鹿与麝牛养殖场的下场却惨不忍睹。他不但是个充满活力的演说者，还是个攻击性很强的辩论者，很容易就陷入叫嚣，还斥称批评他的人全是"文盲"——这个词是他最钟爱的侮辱字眼。然而又被称为"水手"或"爱叫鬼"的维尔希奥米尔·斯特凡松，在许多蓄意恶评他的人眼里，只是个说大话的家伙、傻子，另一个叫卖加拿大钻石的家伙。斯特凡松于1962年去世，他当初对北极发展的远景，如极地的空中航线与破冰潜水艇，现在都已成真，可惜他筹划的北极伟大商业王国却从未出现。

美国军方对北极有其他的想法。1952年，一组科学家从麻省理工学院发表了一份令人惊恐的报告：苏联在北极偷偷部署导弹，让美国陷入危机。如果有一圈横跨北极的雷达站，那么第三次世界大战一旦爆发，西方世界就能在报复性的核武器攻击中，足足抢下15

---

① 巴芬岛（Baffin Island）：位于加拿大努纳武特地区，加拿大与北极群岛中的最大岛，世界第五大岛。以英国探险家威廉·巴芬（William Baffin）的姓氏命名，总面积507,000多平方公里。

分钟的先机。中标的贝尔系统公司与加拿大政府签约，四年后远程预警系统（Distant Early Warning System，简称DEWS）上线。这套系统是一连串63个横跨极地荒漠的雷达哨站，每站都有一队美国空军军人派驻，进行一项无聊至极的任务：在这个鸟不生蛋的地方，等着永远不会飞过的导弹。

这是种与寻找西北航道不一样的紧念，然而，这也是另一种永远改变维多利亚岛的企图心。这些大家称为远程预警系统的雷达站成了工作与烈酒的吸铁石，因纽特女孩开始与军人和承包工程人员珠胎暗结。剑桥湾镇从一个小贸易站发展成一个永久性的简陋小镇。码头上建了油槽，因此新房子在整个冬天都能很暖和。渥太华政府最后决定，管理岛上约1300名游牧猎人的最佳方式，就是引进工资制度与乡镇生活；而任何希望获得福利津贴的人，都必须有个固定地址与姓氏——对大多数的因纽特人来说，这些全是外来概念。相关单位对最早期的某些居民，还发放了金属军籍牌，让他们挂在脖子上。20世纪50年代，有位天主教教士用砂岩和防水纸盖了一座小教堂，不过没多久就遭到弃用。几年前，有人喝醉撞上了一辆市政府的装水卡车，当我经过事故现场时，看到满地垃圾，其中一面墙上还用喷漆写着"干"。

除非大家把镇外数英里处的那座雉堞方山佩利山（Mt. Pelly）也算在内，否则镇上最可能符合古迹定义的地方，就是那座弃用的教堂。"佩利山"的因纽特名字是"乌瓦杰格"（Uvajug），是岛这边最高的山峰。世界各地的文化都自然而然倾向把当地山脉神圣化，因纽特人也不例外。他们有关乌瓦杰格的传说，是人类出现之前在地球上四处闲荡的不死巨人故事。有群巨人四处觅食，却找不到任何可以果腹的东西。驯鹿太小，吃不饱。另一群与这群巨人对立的巨人，碰到了一只小鸟。这只小鸟看起来根本不够塞牙缝，然而巨人将小鸟平分，大家竟然都吃饱了。第一群巨人没有这么聪明。一个有爸爸、妈妈、孩子的三口巨人之家，因为太骄傲，所以不愿意觅食残肉，只肯吃大型食物，最后一个个活活饿死。名为乌瓦杰格的巨人爸爸最后倒在寒带草原上，他的孩子则全身盖上了用石头制成的寿衣。斜坡上尖锐的山脊就是巨人爸爸的肋骨。

危险总是虎视眈眈

一场灰雨在星期二清晨倾盆而下，图克图营区温度骤降到零摄氏度以下。直升机飞行员是一位高个子的奥地利退役军人米夏埃多·波多拉克，他认为在这样的风雨之中，载运钻矿人员来来回回非常危险。

"中国人的规矩，老兄——不飞，就不会死人。"他对我说。

波多拉克穿着一件高领套头衫以及奥克利全罩式外衣，站在那儿活像有根莲蓬头塞在他的脊椎里。我后来才知道，四年前，波多拉克曾在艾伯塔省北部摔毁过一架贝尔206型直升机。当时直升机螺旋桨收叠了起来，切穿机舱薄弱的墙面，直接插进他的脚。尽管右脚骨头几乎全被绞碎，但波多拉克还是必须拖着已经全毁的脚，步行2英里走出沼泽区。他已经很幸运了：因为收叠起来的螺旋桨，通常都是直接切下飞行员的双腿。

叶尔别无选择，只能因气候状况宣布停工一天。这个决定造成的时间延宕，将让钻石北与泰克康明科公司损失2万美元，不过这也是没有办法的事。大多数钻探人员都回到了自己的睡袋中，只有少数几人坐在伙食帐篷里，玩着一局又一局的尤克牌。厨师塔拉·佛希正在煮一大锅泰式鸡汤作为午饭。

佛希是位金发的平面模特儿，男朋友在温哥华，她还有一纸从未用过的平面艺术学位证书。她在矿工圈子中长大，父亲是位寻探金矿的人，每年夏天，他都让女儿跟着自己住在英属哥伦比亚的山里寻金。18岁那年，佛希叮咛父亲她不在身边时应该如何照顾自己，接着就去上大学，欠下了如山的债务。她听一位钻凿人员说需要厨房主管，于是一路骗到了这份工作，事实上她对烹煮根本一无所知。佛希曾误把烤猪肉当成牛肉，还因为烤箱温度调得太低，让肉的血水在大家的盘子里流成了河，可是大家却公开赞扬那是他们吃过最棒的烤肉。这已是佛希在矿场营区第十二个夏天了，她总发誓自己下次绝不再回来。

佛希在我们玩纸牌的时候说道："你以为已经把那种生活完全排出了自己的系统之外，但那套生活方式却又悄悄爬了回来。我想这就像女人谈生孩子的事，总是忘了痛苦的部分。在这儿，每件事都纯洁而美丽。任何眼睛望及的最远处，都是未经碰触的大地。我想我渴望那些未经碰触的大地。"

佛希个人神话的中心，有部分在北极。1958年，当她父亲还是个年轻人时，签约接下了一份工作，要用推土机在冰上推出一条临时道路，连接耶洛奈夫与远程预警系统。不过那家工程公司准备严重不足，而且引导前往的方向也严重错误。带头的开拓重工推土机穿过了冰上一块松软的地方沉了下去，推土机司机差点就无法逃脱在冰冷河水中溺毙的命运。那时，天气寒冷到连备用燃料都结成了果冻状。工作人员被迫在暴风雪当中见招拆招。他们把柴油桶拖进推土机驾驶室中让温度回升一点点，接着从引擎里吸出温热的汽油倒在果冻状燃料上。户外只要有任何一点火花，就会导致死亡。事实上，任何一丝错误，也意味着死亡。工程结束后，佛希父亲带着1万美元回家，买了一栋房子。佛希要父亲一再重复讲述这个故事。

危险总是在北极矿场营区边缘虎视眈眈。这实在是意料中事,因为大家不但全都远离救援之力,也全都在看多变天气的脸色。直升机是非常有效的交通工具,但在暴风雪中却脆弱不堪。海岸附近的钻凿地点需要一位组员带着步枪站岗,目的在于防范北极熊——这是目前世界上最凶狠、最具破坏性的熊种。大多数钻凿人员都至少有过一次独自在恶劣天气下被留在寒带草原上,没有食物也没有庇护之所的经验。营区经理迈克·梅兰特告诉我,有次他和其他三个人被送到萨默塞特岛收集采样,结果直升机没有在指定时间出现。组员情绪从烦躁转为气愤,及至夜晚来临、白雪开始自天降下时,大家已濒临惊恐。四个人可以做的,只能用岩块堆起一个小小的挡风墙,继续等待。一开始,梅兰特还试图自创游戏,用雪球丢掷一个寒带草原上的假想目标,但随着气温下降,大家都失了兴致。他们挤在红色的塑料直升机指示旗里,轮流讲着记得的笑话,特别是黄色笑话。梅兰特身上只有一袋干果,但他舍不得吃得太快。

黎明已至,仍不见直升机踪影。大家的笑话都讲完了,也都太过不知所措,所以无心玩丢雪球的游戏。除了算时间,没有其他事情可做。薄暮时分,直升机终于噼噼啪啪来到,接回了他们。后来大家才知道,飞行员误读了卫星定位系统的坐标,而且直到回去营区有人指出来,他才发现。

"当一个人在那样的状况下身处户外,一个小时就像是一整天那么长。"梅兰特告诉我。

恶劣的天气也拉低了图克图的气压。雨在下午3点左右停了下来,但情况仍然不佳。根据位于维多利亚岛西北端的霍尔曼气象站报告,有片冻雨与强风正往东方移动。

"那叫作简混天气,老兄——简直混蛋的天气!不飞,就不会死人。"梅兰特说。他干笑了两声后,继续把注意力转回手提电脑上,他正在看一部《二十八天毁灭倒数》的僵尸电影。整个晚上强风肆虐营区,不过并没有雨。

第二天,天气的稳定度足以让梅兰特安心把组员送到钻凿地点。不过还是有其他问题。钻石北资源公司在西北边离此约250英里处的河岸岛上,有另外一个规模较小的营区。地质学家与他的队员显然决定乘坐双水獭机出发,让直升机驾驶员自己打道回府。这并不是什么大不了的事情,只不过在过去24小时内,没有收到任何驾驶员的消息。他理应在当天早晨出现在图克图营区。无线电也悄然无声。

叶尔通过卫星电话告诉她在温哥华的直属主管。"事情有点糟糕。我只希望他能安全到这儿。我们不希望发生任何讨厌的事情。"

叶尔是个很酷的扑克牌好手,不过我看到了她皱起的眉头。那位直升机驾驶员史蒂夫·佛丹从高中时期开始就是她的同学。他的直升机并没有配备气垫装置,那是装在起落架上的一种可充气式设备,万一直升机必须迫降水面,这个装置可以让整个机身漂在水上。如果佛丹的直升机撞落在地面,他还可以设法使用求生工具,等待搜救人员抵达。然而河岸岛与维多利亚岛之间隔着约10英里的开阔水域,如果佛丹真的跌落水里,那么他存活的时间,大概只有10分钟。

迈克从钻凿地点发送无线电。他的声音非常沉稳,但那口奥地利腔却相当尖锐。

"叶尔,我要看到搜寻佛丹的实际动作。他有五个小孩。如果他真的在水里,事情就糟透了。所以,我现在就要看到你们采取实际的行动。"

"我知道。我们正在努力。我不知道你还要我说什么。"叶尔说完就挂上话筒。

她不需要任何人告诉她直升机坠毁代表着什么。2001年夏天，她的公司在巴芬岛上勘探锌矿，结果有一组人员未在预定时间出现。某位带着磁力计走动的人员注意到寒带草原上升起了一条烟柱，于是跑过去探个究竟，结果他看到了一堆正在燃烧的机体残骸。机骸里面的尸体已经焦黑得无法辨识。两人当场丧生。第三人在烧烫伤病房多活了两个礼拜。其中一名死者是叶尔21岁的助手。

叶尔又打了一通电话到温哥华，希望能联络上佛丹的直升机公司。她再次发出直升机的呼叫信号："是，我正是这个意思。海湾X光祖鲁制服。"

十分钟后，直升机公司回电。他们终于联络上了飞行员，他告诉他们自己已平安飞过海峡。叶尔终于能够放松一点，她喝了一杯茶，打了几份备忘录。

佛丹的直升机终于在接近晚餐时间，降落在图克图营区，叶尔走出帐篷去接他。

"你他妈的究竟发生了什么事？"她压过螺旋桨转动声吼叫道。

佛丹一进帐篷，就开始诉说自己的经历。

"地质学家昨天借走了我的卫星定位系统，那家伙把我里面的停靠站坐标全删除了，可是没告诉我。我之前把所有资料都用手抄了下来，可是得看着笔记本前进。如果他们再叫我去班克斯岛，我会告诉他们，门儿都没有！那个地方简直就是个泥洞。"他说。

埃卡地钻石矿场

万一叶尔找到了她的梦中岩管，那么维多利亚岛中央会出现的景象大概是这个样子：一个足足有四个一流运动球场大的巨洞、一栋像芝加哥会议中心饭店那么大的复合式住宅、一个足以供应五万人城市的大型水处理厂，还要有一条跑道，每天至少足以容纳五架满载乘客的喷气式包机降落。

这就是埃卡地钻石矿场（the Ekati Diamond Mine）的容貌，1997年建立的这座矿场，距离查克·费克找到的角砾云橄岩管很近。这也是西半球最大的钻石矿场，每年可以出土约350万克拉的钻石，大约占全世界总产量的4%。从空中俯瞰，这个地方像个猛然砸落在某外星球表面上的太空殖民地。埃卡地坐落在一个与外界有着戏剧性隔阂的孤立地点正中央，最近的柏油路或人烟离这儿有200英里，任何波音747飞机无法载运的设备，都必须在冬天一片死寂中的短短五周开窗期间，由卡车拖运进来。这段开窗期间，承包商会在冰面上犁出一条临时的道路。有次一位来自南非的保安顾问飞到矿区察看，对矿场没有围墙的状况大惊失色。"为什么要围围墙？"埃卡地的主管反问，"从这儿出发，不论你朝哪个方向走，都是必死之路。"

来往于耶洛奈夫镇的飞机被称为"巴士"。8月的某个星期二，我受邀飞去埃卡地参观。矿区经理是头已秃但其实还算年轻的托德·哈基斯。他带我到大家称为狐坑的巨洞边朝里看。这是一个锥形的大洞，钻凿的地点以前是座寒带草原湖。朝下嵌进地里的每阶台阶间隔20英尺。从土里露出一长条一长条的深绿色角砾云橄岩管，全覆盖着大理石纹路。一整列轮子高达11英尺的巨型矿砂装运机在大洞正中央一堆碎岩块旁运作。"接下来的四年，我们赚不到一毛钱。"哈基斯说。钻石还在更下面的地层中，他这么对我解释。这个大洞是这块地区的八个岩管之一，在角砾云橄岩管中的所有钻石被采尽前，机器还要下探至比现在深四倍的地底。那天来临之前，这个矿区将持续一年365天、每天24小时运作无休，连均温在零下

37摄氏度的极夜冬天也不例外。那样的温度足以冻掉挖土机铲斗上的锯齿刃片，而暴露在空气中的皮肤也会在60秒钟后冻到坏死。然而大洞里的工作绝不间歇。

在这儿工作的人，几乎没有看过他们所钻探寻找的东西。最后一道分离手续受到的谨慎管控，已经到了着魔的地步。整个工厂唯一没有受到安全摄像头监视的角落，是通往厂外的通道。那儿装了个有如教堂捐款箱的小宝盒，牢牢钉在墙上，被称"最后机会"站。在那里，偷窃者还可以回头而不必面对任何惩罚。小盒旁有个警示牌："出厂检查时若发现任何非个人物品，均将视为'蓄意移取'。"其实就算是在钻石藏量最丰的角砾云橄岩中，没有任何工具、两手空空几乎根本不可能发现任何钻石，但参访者仍面对严正警告，不要在矿厂内碰触或拿起任何散落的石块。平均要压碎250吨石头才能找到1克拉的钻石。只有锤子与小铲子的人，很可能花上数星期筛滤石块，却找不到任何值得放进口袋的东西。

当然，这个事实并无法阻止经理利用可以媲美摩门教礼拜仪式的神秘面纱，遮蔽石块的分离过程。进入埃卡地厂内这个有如碉堡区域的人，需要进行超级严苛的"四级"安全背景清查手续。这个区域进行的工作，是将钻石进行清洗、称重、登记与包装入容器内，然后以飞机运送到耶洛奈夫。这个空间并不开放参观，不过据说，每天准备运出的钻石可以装满超级市场贩售的一个小型咖啡粉罐。

与我在非洲采购办公室内看到钻石随随便便就经过许多人处理的情况相比，这里的安保——埃卡地宣传品上高声的赞扬以及整个北极营区无所不在的安保措施——似乎都偏执到愚蠢的程度。就好像这层层叠叠的安保系统，全都具备了某家巨人公司公关计划中的第二项功能——一套精心设计的构思，目的并不在于保护钻石，而在于宣传钻石、在于膨胀钻石那种神圣的神秘氛围。我曾就这个问题请教过一位埃卡地的安保主管，他说："你要知道我们在这儿处理的是什么东西。一小撮钻石就价值连城。"他还说，有时候飞到耶洛奈夫小小咖啡罐里，装着价值1800万美元的东西。一位现场经理换了另一种说法来形容。公司要制止的并不是一次微不足道的偷窃行为，而是一个持续不断的犯罪事业。举例来说，一个手指灵活的分拣员，很可能因禁不起诱惑而把价值不菲的钻石换成较便宜的宝石，然后到蒙特利尔的销赃处将真品脱手。

"其实这是在保护整个社区。如此微小却值钱的钻石，比毒品还糟糕。"这位经理这么对我说。

腐败的工具，也是建设的利器。毕竟，钻石是让这整个原本不一定会出现的体系，在寒带草原上变成事实的种子。很久以前，约翰·富兰克林的手下步行离开西北航道浅滩上的"黑暗"号残骸后撑到最后的人，就是在这个地点啃食同伴的腿肉。在这个矿区工作的人似乎都不会受到这些钻石的吸引。"我为女人感谢老天爷。"是托德·哈基斯唯一会说的话。一位名叫迈克·阿克斯特尔的生产技师曾告诉过我一个故事：某位经理在厂区刚开始运作时，将员工召集在一起，对他们宣布另一间房间内可以看到一些钻石。"我才不管那些钻石究竟值多少钱，我不要去。"阿克斯特尔说。这话让经理暴跳如雷，大吼道："如果不是这些钻石，你连工作都没有！"

一点都没错。钻石在一片贫瘠之地建立了这座空间舱。钻石将大笔资金吸引到加拿大这个嶙峋的边角上，并在萧条的经济中创造了高所得的产业工作。钻石为六支因纽特部族组织与甸尼印第安人带来了繁荣，他们设法提出了令人信服的说辞，说明费克发现岩管的那片贫瘠之地是祖先留给他们的财产，为此必和必拓公司定下协议雇用固定数量的当地原住民，同时也毫不犹豫连续支付了许多现金给部族团体（实际数字始终是个秘密），用来交换在这片寒带草原上开矿的特权。

肥湖巨坝水利工程

地壳有一次令人真正敬畏的变动也归功于钻石。地点是加拿大的另一个钻石矿区，位于离埃卡地不到10英里的一座岛的边角。就在费克的发现在国内媒体披露之后，有家正苟延残喘的亚柏资源公司（Aber Resources, Inc.）在这个地点发现了含有钻石的角砾云橄岩。一位刚出道的地质学家埃拉·托玛斯（Eira Thomas，恰巧是维姬·叶尔的大学同学）在4月底前地表呈现雪泥状态时，下令在肥湖冰上进行钻凿。可惜就在托玛斯在拉起最后几根缆绳之时，融化的湖水渗进钻凿屋中，大家只好整个夏天都关闭钻凿屋。不过钻凿人员取得的圆柱形采样中，刚好含有G10的石榴石，而且这根石榴石中还夹着一个极为罕见的东西——一颗2克拉钻石。这颗钻石是矿区第一个收获，后来证明这个矿区列名有史以来钻石藏量最丰的名单之中。

问题在于湖。岩管之上并不是像当初费克发现的矿区那样是座小池塘。这次，矿区上方是这片贫瘠土地上最大的湖泊之一，而且这座湖还大到有个属于自己的名字——肥湖。

钻石不像石油，不能在水面上盖座金属平台，然后把钻凿机戳进去就可以吸出矿产。要挖钻石，你必须用卡车、锤子与炸药这种传统的倒锥开矿方式，把土地一层层剥开。因此想进入这根岩管，有个办法——只需把130亿公升的湖水挪开。

亚柏与合伙公司英国矿业集团力拓着手进行北极历来最浩大的私人水利工程计划。相关人员把钻石岩管用屏堤围起后，抽出所有的水，这个做法让好几亩的开矿重点区自前次冰河期之后，首次暴露在空气之中。然而筑堤坝的工程人员面临与剑桥湾镇挖墓者同样的问题：要怎么预防永冻土融化后往上推挤？如果往上推挤的土地无法支撑棺木或一间屋舍的地基，大家当然不能期待同样的土地能撑得住北美洲极圈内最大的水坝工程。跨立在岛上的这座水坝，必须要设立人工冷却系统。

这个问题又因矿区在海岸线上而更为复杂。永冻土是自然界最完善的密封剂之一，缝隙与裂口全被封住，任何东西都无法渗透。不过湖床并没有冰冻。湖床是由千万年前冰河带来的冰积物、蚀剩大石、岩块与沙土冲积块所形成。这些冰积物深15英尺，坚硬度虽足以支撑一座水坝，但小孔过多，无法防止湖水渗过。除非先将这些小孔封住，否则钻石矿坑一定会持续渗进湖水。

力拓的工程师后来决定将一道不透水墙打入冰河沉积层中，直直没入湖床的岩层。这道墙的材质是"塑料混凝土"，比传统的各种建筑建材更具弹性，水泥成分低，混入了一种称为膨润土的细质土。另外，前后各用600万吨碎花岗岩把这堵墙牢牢夹在中间，然后大家再把困住的水抽出。抽水马达开始运转，经过了两年的建筑工程——大多数时间都在凛冽的寒冷与北极冬天长达十个月的极夜当中进行——岩管已经准备好让人开挖了。

如果不是位于寒带草原的正中央，这儿的屏堤与密西西比河的防洪堤简直没两样。我和斯科特·维崔乔斯基走到屏堤之上，他是整个计划的环境负责主管，同时也是负责保持肥湖水质符合加拿大严苛净水标准的人。维崔乔斯基很开朗，圆圆的脸配着修剪整齐的山羊胡。他通过看起来非常精密的小镜片朝上凝视，镜片两边还有侧套保护，像副焊接匠的面罩。不久前，他还是西北地区的第五大地主，但这并不表示他有钱到难以想象的地步。之前费克于苦难角发现了钻石岩管后的那段时期，维崔乔斯基和一些朋友曾经营一家提供直升机服务的公司。那时候，加拿大每个年轻人都匆忙买下这块贫瘠处任何可以得手的土地——所有不会动的东西——维崔乔斯基也不例外，代价是直接抛售手上持有的一条特别为直升机设计的景观航线股份。矿业公司在台面上常常需要保密，所以申请表上的名字全是维崔乔斯基。

水是令维崔乔斯基一辈子都着迷之物。他用一种神秘，甚至几近神圣的角度看待水，就和其他人思及巨匠大师的壁画或贝多芬奏鸣曲时的感觉相同。水是地球上最常用的溶剂，维崔乔斯基这么告诉我，而且水的温度愈低，质量就愈轻。4摄氏度时，水分子密度最高——从4摄氏度往下走，水分子就开始再度彼此推离。地球表面积的2/3覆盖的都是水，人也一样。国家之间为了水而战。未来文明不会是钻探石油或钻石，而是要钻探干净的水。维崔乔斯基到拉斯维加斯度假时，参观重点是胡佛大坝，他一点都不把赌博或音乐剧看在眼里。

他也看不上钻石，他这么告诉我。

"那是大众要的东西，对我而言，矿坑里有什么一点都不重要。我的工作是减轻冲击，目标是要尽可能让湖水维持得如我们进来时那么清澈干净。这座湖里的水是我们拥有数量最大的资源之一，不论是质量或数量都是如此，而且这里的水没有添加物。超市里的瓶装水，离子数较高。"

维崔乔斯基对自己在此的所作所为以及在这项计划中扮演的角色感到非常自豪。在他眼里，自己的不懈努力具有不朽的意义——他关心的是整项计划都是以这座湖的名字完成。屏堤挪开的水量比一条罗马沟渠还多。2002年完工时，工程获得加拿大全国最高的建筑殊荣：加拿大专业工程师委员会所颁发的加拿大功绩证书。这个工程计划为未来世代那些希望能够塑造北极景色的建筑师上了一堂课，也提供了一个前无古人的范例。

这儿所发生的一切，动机竟然是一种代表虚华的石头，那又有什么关系呢？在古代，埃及法老下令进行最浩大的建筑计划，也是出于相同的理由。法老为了自己的生命而让成千上万的奴隶工作，石块沿着尼罗河漂送，经过打磨、塑形，然后用力扭送到精准的位置上。奴工使出全身的力气、汗水与智慧，只为了让他们国人之中的其中一人有机会进入庄严石块所包封的下辈子。这是项撼天震地的工程，同时也是项攸关社会的工程，规模何其浩大。有系统的组织力量使得埃及成为当时世界上最先进的文明，但这一切工程却很可能只是出于荒谬的目的。当时也可能出现其他的选择，譬如建造一部通往月亮的梯子，或把尼罗河道改成圆形。全是追逐荒谬后的灿烂结果。金字塔的心脏是骇人的道德真空，然而这样的蠢行，几乎可说是绝对的偶发事件，却也让一种受尽折磨的天才出现在世间。

如果人类哪天真的完全灭绝，来自另一个星球的考古学家也许会对北极这座巨坝的建造动机感到好奇。不过那时可能很难找到任何遗迹，因为等到2024年左右，整个地区的矿藏都被开尽采罄，没有任何钻石存在，力拓承诺要打掉整个处理厂与所有养护库棚、切出一条通往花岗岩屏堤的水道，让130亿公升的水回流至墙后，预估届时肥湖水位会比之前低1英寸，而巨大的梯形矿坑则会完全淹没在水底。

钻凿岩管岩芯样

"所有东西都他妈的往上挤，真是他妈的。"钻凿员说。他名叫拉斯蒂，是克里族印第安人，他说这话时声音沉稳、毫无变化，就像在买起司汉堡。

雪旗矿区的这个班，工作时间很辛苦。轮班人员半夜得工作，北极夏季冗长的落日时段也得工作。工作时，周遭一片漆黑，工作人员只看到一个又一个的小问题。坑里的套管杆因为一些融化的永冻土而结了冰，杆子中心的管桶也因此卡住。大家只能把卡在那儿的整套昂贵器具原地弃用，另外钻洞。让情况雪上加霜的是，即使这时还只是8月，但短短四个小时的夜晚却已寒冻得令人无法适应。接管子的空当，工作人员靠着热咖啡与丙烷暖炉取暖。

钻凿屋是间没有屋顶的木屋，建造材料全是靠直升机用钢缆一块一块吊到这里。此处距一条河岸支离破碎的小河约有1英里。这个地方完全不起眼，荒凉、贫瘠得一如岛上其他地方，唯一的不同是这个地方位于叶尔深爱的角砾云橄岩管之上。

与得克萨斯州油田铁架塔的那个时代比较，钻凿技术并没有太大改变。一开始的工作都是用锐利到足以割穿岩块的钻头执行。钻头尾端锁上一根又长又重的金属杆管，杆子另一端接着一条钢缆，工作人员把杆管垂直吊至铁架塔竖立的地面，之后就把管子打入地底，以螺旋转的方式开始一路朝下钻探，穿过岩床直到10英尺深的位置。这时再接上另一根杆管继续下钻，万石莫敌。钻探的过程中会带出许多形状与大小都像小黄瓜的长管状平滑石块，这些石块就是"岩芯样"，即躺在地底下的小小地质块。

尽管杆管破了，坑洞也得放弃，但夜班钻凿人员还是有些小小的进展。他们一直在岩管内钻凿，工作人员每下凿1英尺，就有1美元的奖金，他们的薪资并不完全取决于是否可以钻探出值钱的东西。如果接到了指令，工作人员会把铁管一直下插入地幔层。黎明时分，新矿洞的深度已经开始与之前损失的那根杆管相交。夜班的工头杰伊·克拉克之所以知道，是因为旧管子被钻凿机咬啮的碎粒开始随着钻洞附近的水一起浮出来。正中屎心，是他的说法。黑铁正中屎心。他压住钻头的转换器，机器像平台锯木机切割木板一样发出哀怨之声。工作人员拉起杆管，扭接上另一根50磅的管子。其中一人按摩着双手，显露出畏惧之情。如果你是一名钻凿工，那么肌腱炎并不仅仅是个传说，而是绝对会出现的病状。只不过这个人在艾伯塔省还有一个孩子要养，那是在高中时就结婚生下来的孩子。再说，这里的薪水比所谓的高薪还要高。

"我用尽力气工作两个月，才能像国王般生活一个礼拜。"他说。

大概在早上7点，直升机准时抵达。叶尔来了。在螺旋桨掀起的强风中，她压住头上那顶硬壳帽。

"好了，今天晚上没有角砾云橄岩了。"克拉克告诉她。

叶尔注视着躺在钻凿屋某侧的一排岩管。在他们脚下，是一幅生硬的直线图案。那儿还有一条弄碎了的黑土纹路。接着在更深的地方，是平滑的大理石纹路，呈现出爱尔兰春天肥皂的色调。她从唇边吐了一小口口水，然后把口水揉进石块中，继续审视。

"噢，有，这儿有角砾云橄岩。"她说。

耶洛奈夫

如果叶尔的运气真的够好，那么谁会来这个岛上挖钻石？毫无疑问，剑桥湾镇没有这样的人力，因此矿工全都将来自西北地区的首府耶洛奈夫。目前，这块贫瘠土地上两处现有的钻石矿场矿工，差不多也全来自耶洛奈夫。印第安人称这座镇为松巴克（Somba'K），意思是"钱地"。除了耶洛奈夫，几乎没有其他城镇够资格拥有这个称号。

耶洛奈夫以前是个毫无朝气的边境哨站，然而自从查克·费克在湖底发现钻石后，整个地方就现金泛滥。这儿是加拿大最高起薪的区域之一，连卑微的工作也不例外。个人实际收入在十年内几乎翻了两倍。市公车系统的代表标志是一颗闪闪发亮的钻石图样。现在你可以在这儿订到加长型轿车往返机场。加拿大皇家警骑队在此派驻了一支特遣队注意黑道分子横行的蛛丝马迹。今天，耶洛奈夫最粗制滥造的破木屋，似乎也都会有辆崭新的高档雪上摩托车停在后院。这里目前约有18,000名居民，有座现代化的饭店、一家大卖场、四间汽车买卖公司、好几家咖啡吧、一堆挤在市中心的办公大楼，以及两家小型室内购物中心。

然而即使钻石财罩顶，耶洛奈夫仍濒临危险关头，可说是名副其实的穷途末路。如果有人从这儿往北走得搭飞机——事实上，南边除外，如果有人要从这儿往任何一个方向走都得搭飞机。在无云的晴朗夜晚，北极光像闪烁着光芒的脚踏车轮胎，弯弯折折挂在远方夜空。男盥洗室里的逞勇斗狠以及酒醉后的斗殴，在金山酒吧是司空见惯的事情，整个加拿大西北地区都把恶名昭彰的耶洛奈夫视为险地，而这也是个大家交谈的起点。来到镇上的最初几天，我住在一家由两辆比一般尺寸宽两倍的拖车焊接在一起的旅馆中。旅馆位于雪橇犬整晚在狗舍里狂叫不止的路上，狗儿听起来就像是挤在海岸上的海豹。在耶洛奈夫，有块历史纪念牌固定在一间锡屋侧边，这可不是闹着玩的。这间锡屋在1936年由哈得孙湾贸易公司搭建而成，是方圆500英里内最古老的建筑物之一。

20世纪30年代初期，在无人地带飞行的飞行员因为发现了沙金的踪影，一座小镇就此仓促设立了起来。一股并没有太受重视的疯狂淘金潮横扫加拿大媒体，耶洛奈夫附近的树林成了听起来有如新克朗代克地区①的地方。一本名为《海狸》(*The Beaver*)的杂志刊载了一篇文章,文章最后以有如新闻影片那种意气风发的语调结尾:"无数例子证明开矿是许多新殖民地的先兆,而矿工又带领了先驱者在遥远的土地上开启殖民村与文化,为男男女女带来新工作、房舍与财富。谁知道呢?今天的西北地区也许正站在命运的十字路口!"

满怀希望的年轻人当中,许多人才刚从"二战"军队中退役,他们听到了这些夸大的宣传,头脑一热北去寻找属于他们的矿脉。这些人里,有个在北达科他州土生土长的人,名叫路易斯·加尔斯基。他在西北地区的树林中东飘西荡了十多年,结果在斯普劳尔湖(Sproule Lake)岸发现了金矿。加尔斯基从某位蔬果商那儿得到了一些财务资助后开始挖金。他在一块大石板上亲自碾磨矿石,用厚重的石陀螺捣碎挖出的土石,活像是捣玉米粉的阿兹特克主妇,不过这个做法却产出了满满四个啤酒瓶的粗金。加尔斯基进城时,在酒吧四处卖弄这个成果。他的研磨石现在立于耶洛奈夫国际机场出境大厅门前的砂石堆中,是该镇的历史展览品。研磨石纪念碑上写着:"加尔斯基自营自立,住在远离尘嚣的土地上,过着完全独立的生活。"

然而这些话没有一句是事实。加尔斯基的独立性和镇中心办公大楼里的领薪阶层没有任何差别。他所作所为都是因为黄金,而黄金又是社会对某种闪亮物质的集体价值,所以加尔斯基的财富,全都仰赖众人对购买这种其实一无是处的产品之意愿。黄金热在南部造成的纷纷扰扰,吸引了加尔斯基往丛林里去,同样的,也让和他一样同为移居者与梦想家的人,涌向那些产不出任何食物、太阳从

---

① 克朗代克地区(Klondike):加拿大育空(Yukon)的金矿区。

不在冬天露脸,以及短短30分钟酷寒就可夺人性命的地方。

在加拿大北极圈的历史上,加尔斯基与所有和他一样的探矿者都具有相当重要的地位。他们是一支受到极庞大的资本化缠念驱使的先锋部队,是一长串汹涌而起的波浪中,最近的一批浪头之一。要把外面世界拉到这儿来,向来都需要某种痴癫,一种不断重复的模式——对西北航道的贪念、对富兰克林的搜寻、对因纽特人的圈围、对核战争的恐惧,或是对黄金的趋之若鹜。现在换成了钻石。

每当天气够暖和的时候,我都会离开自己的拖车旅馆,步行到镇外3英里一座位于大奴湖入水口的石山之下。我在一棵短叶松树下摊开睡袋,枕着卷起的牛仔裤,从松树针叶间仰望夜空。高挂在天上的云盾罩住了所有可能是北极光的光辉。我之前从酒品专卖店里买了一瓶葡萄酒帮助睡眠,这时我一边聆听着四下的寂静,一边喝下了整瓶酒。

我的思绪,一如独处时的经常惯性,朝着前未婚妻安妮飘去。她把手指上的钻戒摘下还给我,距今已匆匆三年多。那之后,我的生命中也出现过其他女人,然而却没有任何一人足以让我再次兴起求婚之念。或许我荒废了自己唯一的机会。也或许我以前所认知的与她之间的爱情,随着年岁增长、随着离年轻活力愈来愈远,也愈来愈难寻。无论如何,我只能怪自己。就是这么一回事。我把剩下的酒全喝下肚后,又仰头凝望天上的云。不知过了多久,我沉沉睡去。

机会擦身而过

叶尔已经看过从雪旗拉出来的角砾云橄岩,她开始怀疑。首先,她这时应该已经看到一条长达30—40英尺的角砾云橄岩,然而夜班的钻凿却在发现三四英尺的长度后，又碰到了石灰石岩层。当然，这也可能是因为钻凿只咬住了岩管的一角，整个钻凿行动与岩管中心其实还没有交会。但问题是她在完全放弃前，只剩下有限数量的钻凿杆管可以试——最多一两根。

"我一点都不了解这个岩体的形状。"她喃喃自语，眼睛紧紧盯着地磁图。

与其他科学相比，地质学几乎更需要戏剧化的心思。如果你和我穿过一个河谷，看到的大概不外乎就是树与令人愉悦的小溪。然而一位优秀的地质学家却会看到滚落的峭壁、碾轧的岩板，以及岩浆惊人的爆发。地表——我们放眼所见到的一切——全是暴力事件的历史。平静时刻消失得无影无迹，但灾难却留了下来。地球不断自我塑形：建盖、毁损，而这一切经历全记录在岩石表面。三亿年前，高耸如落基山的山脊，今天成了插入脚下平地中的一片红色薄带区、昔日的汪洋大海今天成了一层沙漠底下闪亮亮的石盐、某次大陆的撞击成就了玄武岩脊、一条消失的冰河转化成了一座沙丘。地质学根本就是解剖学。

勾勒维多利亚岛下的钻石，需要把眼光横望过空旷的北极寒带草原，想象四处小型火山爆发时的噼噼啪啪如同青少年脸上猛冒的痘子。地表之下的岩浆开始夹带着二氧化碳向前狂冲，而且还升高到地表下约2英里的高度。岩浆在这儿流入伞状岩块下像溪流般的沟渠之间。当岩浆流遭遇地底裂隙时，熔岩会突然向上暴冲，这也就是地质学家所称的"吹出"，迫使最上层的岩块像窗帘一样打开，熔岩则朝天吐出炎热的土以及橄榄石的混合物。这就是角砾云橄岩，钻石的宿主岩。

最近五千年，没有任何熔岩暴冲的记录。今天，世界各地的火山在不同的地热区嘶嘶酝酿。角砾云橄岩是古代的艺术品。以火山作用的巨大标准来看，在史前时代出现的角砾云橄岩，稀有而虚弱无力。1980年圣海伦斯火山（Mt. St. Helens）在美国华盛顿州爆发，能量相当于500颗氢弹。角砾云橄岩的平均爆发度，比较之下，只像一次黄色炸药的轰击。

知道这些事后，就不难知道为什么钻石矿藏如此难寻。一般火山都是名副其实的山岳，当今许多死火山也都是巨峰。相形之下，角砾云橄岩管占据的空间，至多也不过是几个足球场加起来的面积。若想看看大地板块上层这些藏着珍宝的匕首状岩石，需要运用想象力；但是想要近距离细瞧，却只需要四名工作人员与一台钻凿机。

对于地质学家而言，凿寻角砾云橄岩在本质上是件令人备感挫败的事业。钻凿提供了一个窥视孔，让地质学家可以通过这个不过扫帚柄大小的小洞看到地里的东西，并从钻凿过程中，试图猜测角砾云橄岩体的形状。这种过程或许可以和以下情况相比：站在离大型看板20英尺外的地方，然后试着通过一根狭长纸管看清楚看板上写的是什么。当然，如果任意移动纸管，我们最终一定能够清楚看板上的信息。然而每一次更换纸管的角度，矿业公司老板至少得多砸下5万美元。

直到目前为止，这都还不是问题。远在温哥华的老板对叶尔信心满满——深厚的信心足以让他们拿出200万美元，冒险进行这次夏季勘探。尽管叶尔习惯很快就爱上岩管，但她同时也是位能力很强的地质学家与天生的经理人。没有任何人对她是图克图营区的负责人存疑。没错，她曾经像个孩子般避开人群，但这一路走来，她学会了与男人谈话时，掌握住恰如其分的亲切与随性。在矿场营区那种有如挥鞭般一触即发的气氛下，叶尔走了很长的路。她工作的第一年，曾请一位地质学系大学生把碱液倒在户外的厕所里，减少臭气。大学生误会了她的意思，结果把碱液洒在马桶盖上。下一个使用户外厕所的人是个名叫皮尔利的彪壮钻凿人员，接下来的一个星期，皮尔利走路时都歪向一边。叶尔每天晚上让皮尔利弯身趴在岩芯样帐篷中的样土上，亲自为他的臀部换药包扎。

　　大家都很敬重她，然而她还是必须控制成本，只不过成本根本就不太能控制。戴比尔斯已经在同样的岩层勘探了三年，最后仍决定结束。钻石的确在此——这点几乎无须质疑，就算营区里没有人真正看到任何钻石。然而在全球现在7000根已知的角砾云橄岩管中，只有0.001%的钻石藏量存在着足够开矿的理由。像维多利亚岛这种位于世界尽头的地方，概率更低，因为即使是距离它最近的适任人力，也在3小时的喷气式飞机航程之外。

　　当天晚上，风势又加强了，不过没有夹带着雨。一群人聚在迈克·梅兰特的帐篷里进行一场"经理级会议"——在大家的认知中，这五个字代表有人会变出一瓶走私的威士忌。我们把酒倒进姜汁啤酒罐里，倾听着木材与帐篷在夜风中嘎嘎作响。大家闲聊的话题，从曲棍球转到了钓鱼，之后又变成了明年春天再回到此地继续钻凿的机会有多大。

　　"我的第六感告诉我，这儿会成为矿区。"梅兰特这么说。他留着胡子，扎了个马尾，坐在一张那种播放运动节目的酒吧会放在户外餐区的白色塑料椅上。

　　"我有信心，我们一定能挖到宝。"他继续说。油炉让他的脸呈现出橘红的色调。"那些岩芯太棒了。我们正走在一个矿藏上。"

　　后来，大家喝光了威士忌后，聚集的人员也慢慢散去。梅兰特一面摇头一面大笑。今年37岁的他，从一开始就在加拿大矿场营区工作，但参与过的钻石勘探工程却从未变成可供开采的矿区。

　　"全他妈的只为了一枚戒指。"他说。

到了早上,叶尔已经确定与这根岩管的恋情告吹了。新凿的洞在167英尺深的地方,露出了角砾云橄岩,而这样的深度几乎连浅层都还称不上。叶尔仍不太清楚整个岩管在地下的形状究竟长成什么样子,只能确定这根岩管既不太直,也不太宽。她的地质学家头脑将这根岩管想象成一根正在颤动的红萝卜,或如一阵为了闪避钻凿人员朝下钻探的路线而被冻结的龙卷风。其实根本无所谓——所有经济学上有效的推理都判定雪旗的上方并不像是拥有丰富到足以大量采样的矿藏,或甚至具备任何进一步钻凿的条件。

"一个人不能对这些东西放进太多的感情。如果我们对每个洞都用情过深,结果就只好抱着一堆破碎的心。如果洞里没有东西,心思就得放到下一个洞。"这就是爱,然而其中却也掺杂了冷酷的方程式。叶尔打算要求春天继续冰上钻探,她已经在心中预演简报了。她从直升机上注意到了好几座圆湖,看起来都像是角砾云橄岩的顶部。

叶尔利用卫星电话与温哥华商议,接着下令把全部配备吊至距离雪旗约14英里外的一根名为"半人马星座"的岩管上。磁力计显示的数据相当振奋人心——那儿有一圈明亮的蓝色,预示了许多密集的角砾云橄岩。这是有潜力的形状。一位钻石北资源公司的员工曾参与此地钻凿工程,却损失了300英尺的杆管,最后不得不放弃。这儿值得再试试运气。9月暴风雪报到之前,叶尔还会在这儿钻出好几个洞。

第九章
炼金术：俄罗斯

俄罗斯发明的虽不是合成钻石的方法，但它向世界释出的技术，却有潜力摧毁钻石最具价值的一面，也就是一直以来小心呵护的神话：钻石是人间罕见的宝物。

1995年12月初，美国陆军退休将领卡特·克拉克（Carter Clarke）这辈子第一次飞抵莫斯科。他要去那儿买隐形墨水。

克拉克是佛罗里达州安全标签系统公司（Security Tag System）总裁，这家公司曾协助发明了扣在商场服饰上的塑料厚片装置。"电子商品防盗系统"（Electronic article surveillance，简称EAS）是这个系列商品的正式名称，但对外行人来说，这只是另一种防窃侦测器。65岁的克拉克正在享受一生中最开心的时刻。他喜欢当个企业家，从某种角度来看，他喜欢当个企业家甚至胜过当个将军。做生意要有创意与承担算计后的风险，而这两项，他都表现卓越。

要在创意与冒险这两项特质中如鱼得水，他必须先解决一个问题。有些零售店，特别是那些高价女性服饰店，这些店经理都向克拉克反映，顾客认为塑料装置会损坏丝绸与较精致的布料，拉扯标签会让布料变形。店经理的反映确实有理：这种电子装置相当重。纸标签不能解决问题，因为标签上超强的黏性也一样会损及布料。克拉克认为，最理想的解决办法是一种涂写于服饰上的化学物质，既可以启动电子警报系统，又不见于一般肉眼。可惜整个美国都没有人知道怎么制作这种东西。

克拉克与一位来自雅典的希腊朋友谈到这个想法时，对方建议了一个或许可行的解决方法。为什么不到俄罗斯去找这种墨水呢？当时距离苏联解体已四年多，各式各样秘密科技都在外泄，合法、非法渠道都有。拿不到薪水而满腹牢骚的科学家，将"冷战"时期的机密宝藏通过以物易物的方式与西方商界进行交换。这种传说中的墨水如果真的存在，听起来也像是间谍活动使用的工具，所以绝对不会申请专利权。

克拉克想：何不试试？再说，以他个人的经历而言，这会是个相当令人满意的平衡之举。从朝鲜战争一开始加入军队后，他的戎马生涯全都在与共产党为敌。克拉克曾三次身负使命进入越南，后来又在西德某个军事基地服务，此基地的战略目的是阻碍苏联坦克师进入欧洲。现阶段，俄罗斯各种发明的大拍卖，如果能帮他制止小人窃取塔伯特①店里的服饰，他随时出发。

克拉克在雅典的朋友帮他打了通电话给一名俄罗斯人尤里·谢马诺夫，这个人在名为高科技局的半官方机构中工作。负责为苏联时期的科技寻找西方买主的谢马诺夫，恰巧知道莫斯科某大学曾制造过克拉克想找的化学制品，也很乐意为克拉克引介相关的科学

---

① 塔伯特（Talbot）：The Talbots. Inc.是美国服饰零售商，提供商店与网络销售，旗下除了Talbot品牌外，还有J. Jill品牌。

家。于是克拉克飞到莫斯科,在1995年12月4日听取简报。看起来这的确是他想找的墨水,而负责的科学家似乎也愿意进行交易。当克拉克在冰冻的停车场与科学家道别时,谢马诺夫显然因为这笔成交的生意而涨得满脸通红,他靠过来问了一个问题。

"你也对钻石有兴趣吗?"他问。

"什么?"克拉克说。

"你想不想养钻石?"

钻石不再人间罕见

第二天,克拉克被请上一辆汽车,车子朝莫斯科城外前进。离市中心愈远,建筑物与人们身上的衣服愈破旧。"我的老天,这里的人怎么这么穷。"他心里这么想的同时,记起了以前看过书报上登载有关苏联政权的报道:强硬的外表之下,隐匿着贫困的现实。车子继续前行,克拉克注意到莫斯科北边这个农业区少了牲畜的踪迹。"牛呢?"他问。随行的俄罗斯同伴大笑后说:"吃光了。"

行驶了一个半小时后,车子转入一个周边围着倒刺铁网的复合区围场,还有配备机关枪的士兵守卫。谢马诺夫解释他们即将进入一座制造火箭筒推进剂和其他爆裂物的工厂。鱼贯进入其中一栋建筑物后,有位科学家迎过来和他们握手。之后,这位科学家摊开好几张蓝图,图上的装置约和美泰克洗碗机一样大,但看起来极为怪异。这是一个高压机,由西伯利亚一组矿物学家设计。这群矿物学家最初的制造动机,只是想模拟地球内部高达1482摄氏度的地幔环境,以及一小块碳慢慢变成钻石的过程。在理论上,这台俄罗斯机器能以非常低廉的成本制造出化学结构完美的钻石。美国人有兴趣买一台这样的机器吗?一台机器索价57,000美元。

回大都会饭店的路上，克拉克左思右想，最后确定自己对这个机器不感兴趣。他的事业在于防止商店内的盗窃行为，而且他并不打算把钱撒在过程未经测试的装置上。再说，到目前为止，他唯一想过的钻石正戴在妻子手上。克拉克知道，世界上的钻石供给，照理说应该完全掌握在戴比尔斯手上。谁会想与戴比尔斯为敌？

坐在返家的飞机上，他试着小睡片刻，但怎么样都睡不着。这整个过程也许是刻意设计的骗局，但万一不是骗局呢？如果那台机器真的可以制造钻石，那么结果绝对足以撼动戴比尔斯。"我挣扎许久，这样的想法让我的意志愈来愈薄弱。"他后来这么想。飞机终于在纽约降落。克拉克决定拿57,000美元赌一赌，心中暗自祈祷自己不是一头被玩弄在掌心中的待宰蠢猪。

克拉克筹足了订金，将大部分的款项汇入俄罗斯在塞浦路斯开设的一个海外账户。次年4月，他提着装有尾款2万美元现金的手提箱飞往莫斯科。这次，他被带到一个仓库中，那儿有一位科学家隶属当初发明钻石机的西伯利亚团队，名叫尼古拉·波卢申。他从高压机取出产品给克拉克看，那是一颗色泽晦暗的黄色钻石。克拉克对这台机器印象极佳，因此又加订两台，请对方将机器从圣彼得堡海运到美国。克拉克想，如果真的准备生产钻石，最好在家乡佛罗里达州进行，因为在那儿，他不需要担心黑手党的勒索。

十年后的现在，克拉克的盖迈希公司（Gemesis Corporation）每个月可以从位于佛罗里达州萨拉索塔仓库里，产出约500颗橘色的钻石。若以肉眼观之，这些钻石与天然钻石完全相同，甚至可以骗过经验丰富但没有使用紫外线灯检验的地质学家。盖迈希的钻石零售价约1克拉5000美元，是博茨瓦纳或巴西出土的相同钻石四分之一的价格。血钻石是近年来钻石界甩都甩不掉的话题，但盖迈希不但保证自己的黄钻没有受到任何战争的玷污，而且毫不讳言公开指出这一点。"唯一清澈的就是你的良心。"《时尚芭莎》杂志上最近一则广告如此说。

盖迈希并不是唯一一家用黑色碳粉制造钻石的公司。其他使用俄罗斯制钻方法的工厂——有些保持机密不欲为外人知——在东欧，甚至中国等地如法炮制。位于马萨诸塞州的公司阿波罗（Apollo）利用一种化学气相沉积①的方法，让碳分子黏着在过热的氧之上，然后在一个真空的机器内，让这些结合物沉积成微小的钻石粒。除此之外，世界上还有数十家工厂使用俄罗斯高压机改善天然钻石的色彩。有家位于伊利诺伊州埃尔克格罗夫村的生命宝石公司，甚至利用人类火葬后的遗体残骸调制出钻石（毕竟，大家的臭皮囊也只不过是碳罢了）。要制作或重做世上最坚硬的物质，原来并不是那么困难。

西伯利亚的技术突破代表戴比尔斯在世上绝大部分的钻石供应堡垒，正面临极为严苛的挑战。戴比尔斯应对此事的方法，是提供紫外线器具给地质学家，让他们能分辨出哪些是人造产物。然而规模更大的战争却是形象之战。蒸馏的过程中如果没有故事支撑，钻石其实一文不值。钻石界深知故事的力量，而且了解之透彻，世界上鲜有其他行业可以匹敌。

目前有人在全球好几处贸易法庭因新钻石的名称进行攻防战，战场包括美国联邦贸易委员会。盖迈希这类公司希望能用"人造钻"或"养钻"这样的名称，但老势力却争辩那是"合成钻石"——当然，这些争执的前提假设是，大家全都承认这种东西的确是钻石。以原子换原子，西伯利亚的钻石在化学结构上与地底受到压挤的小

---

① 化学气相沉积（Chemical Vapor Deposition，简称CVD）：利用化学反应，在反应器内将反应物（通常为气体）变成固态的生成物，并沉积在晶片表面的一种薄膜沉积技术。

碳块完全相同。然而戴比尔斯与购买该公司钻石的顾客却声称，西伯利亚钻石少了一些神妙，一如生物伦理学家辩称克隆人少了灵魂一样。

"钻石是大自然经过数百万年火山活动创造出来的东西，"戴比尔斯董事长尼基·奥本海默在2004年这么对伦敦《泰晤士报》说，"钻石来自地球深处——不是实验室。"

克拉克与他的同事说过，他们对钻石业的稳定性其实并没有任何威胁，因为通过开矿开采出的钻石数量依然庞大，而且很容易就从市场上取得。再说，在一架非常昂贵的高压机中调理出一颗3克拉的钻石，需要整整三天的时间。尽管这种钻石现在终于可能在史上第一遭让生产的公司获利，但产出的速度却无法让天然钻石淡出市场。

"告诉我这个制法与开矿的差别。"盖迈希总经理戴维·赫利尔问我，我们正坐在盖迈希佛罗里达州总部的会议室中。"钻石界的人，90%都不了解我们在做什么，所以很怕。但我们并不会危及市场，因为买得起的人还是会去买天然钻石。"英国矿业巨人力拓公司的丹尼·戈曼也同意这样的说法。"仿冒手提包并没有摧毁LV。"他这么说。

然而这样的论点却立足于科技只会停滞不前的根本错误假设上。1968年最先进的电脑名为UNIVAC1107，要两个大房间才装得下。但那部电脑的"脑容量"，连今天市场上速度最慢的手提电脑处理器千分之一都不及。1955年第一批制造钻石的机器和两层楼的建筑物一样大，但只生产得出灰色的工业小钻块。今天的钻石孵育器全都和厨房的烤箱差不多大小，而且可以在三天内生产出完美程度令人吃惊的黄钻。成本与简易度进一步降低，是迟早的问题。

俄罗斯发明的虽然不是合成钻石的方法，但它向世界释出的技术,却有潜力摧毁钻石最具价值的一面,也就是一直以来小心呵护的神话:钻石是人间罕见的宝物。

钻石机的问世

任何一张精准描绘的俄罗斯地图,都必定会出现地球曲度。这个国家的轮廓像条史前时代的鱼,弯曲的脊骨被冰冻的峡湾切成一道一道的,围着北极光线微弱的巨大弧线,犹如陷在拖网渔网里的一条鱼。西伯利亚占全球陆地总面积的七分之一,但对大多数俄罗斯人而言,却只是块存在于传说中的未知之地:这一大片从乌拉尔山脉到太平洋岸的空旷大草原与冰冻森林国度——"一块无垠的桌布"是古拉格劳改营中的陀思妥耶夫斯基曾用来描述此地的词句——构成了亚洲大陆的整个北半部。这里一共跨越十个时区,几乎同时涵盖了半天的时间。世界上水量最丰沛的河、最长的铁路线都在这儿。这块土地其实看起来和明尼苏达州空无一物的大草原相似,灰灰白白的平原,在微弱的冬阳下,单调而无聊。

西伯利亚这一大片令人晕眩的全然空旷几乎让所有意欲描绘此地的人都显得词穷。1908年,有块陨石飞砸进通古斯卡河①附近的森林中,爆炸威力相当于1000颗落在广岛的原子弹,造成一块和大伦敦区面积相当的区域内的植物全无幸免。汇报的总死伤人数:一人。接下来的十八年,没有人到陨石坠落地点进行调查。

1月中旬某个昏暗的早晨,我抵达了诺佛西比尔斯克镇(Novosibirsk)。镇名的意思是"新西伯利亚"。当时温度是零下30

---

① 通古斯卡河:位于西伯利亚中部偏西,俄罗斯人称这条河为石泉通古斯卡河(Podkamennaya Tunguska River),叶尼塞河支流,总长1865公里。因1908年的陨石坠落事件而声名大噪。

摄氏度，冷到吸入第二口气就足以把鼻毛冻成尖刺。在机场的行李房中，我遇到一位很热心的资本家谢尔盖，数年前，他在此开设了第一家快餐店（名为"纽约比萨"）。"别理会这些计程车司机，我带你进城。"刚结束法国滑雪假期的谢尔盖对我这么说。他满脸笑容，满肚子计划。"这是个做生意的好地方，一切都欣欣向荣，可惜钱并不多。"当他问及是什么风把一个美国人吹到诺佛西比尔斯克时，我开始说起地质学研究所生产的人造钻石。谢尔盖在他的丰田越野休闲车驾驶座上热切地点头："我听过这种事。很不错的东西。跟真的一样。"他放我下车时，还邀请我过几天到他家吃鱼子酱，喝伏特加。

第二天，我叫了一辆计程车去地质学研究所。车子经过镇中心，那儿坐落着许多都市住宅、宽广的苏联时期修建的大道与公共建筑，除此之外，我还发现一条与鄂毕河①平行的双线高速公路。河的另一边是一排高高的烟囱、电线以及污秽的天空。河岸边有一小撮一小撮挤聚的小木屋，我可以看到缕缕细烟从烟囱中冒出。世界上只有亚马孙河、尼罗河与长江等几条大河比鄂毕河长。据称河中满是废油与其他弃物，所以理应结冻的河水竟无法结冻。

南行了20英里，经过更多木屋小聚落、好几座桦树林后，车子转进一条岔路，朝着俄罗斯科学研究所前进。当行经一排排砖造研究所建筑物时，司机眯着眼研究我递给他的地址。这里的景象看起来犹如某人把加利福尼亚州一堆专科学校空运到此后，直接朝下面的森林砸放一般。

这儿就是阿卡杰姆戈罗多克（Akademgorodok），亦即"科学城"。整个复合区可说是一个失败的乌托邦、一个变了质的纯理性

---

① 鄂毕河（Ob River）：又作Obi，西伯利亚西部的主要河流，总长3650公里。

主义。1957年，苏联领导人赫鲁晓夫宣布要在西伯利亚建造一座大型研究机构，协助进行分离原子、预防谷物歉收、寻找石油、制造计算机、逆转河水流向以及将航天员送进太空等计划，当然，这一切全都是为了劳动人民的荣耀。于是，将近四万名最优秀的苏联科学家被吸引至这座科学城定居，城旁还设立了一所幅员广阔的大学。阿卡杰姆戈罗多克有市场、戏院、俱乐部，以及一片用鄂毕河河水灌出来的人造"海洋"，让科学家在短暂的夏季可以躺在海滩上。实验室下方有热气管网，为的是不会有人因御寒而裹得像粽子，以免浪费宝贵的研究时间。这个地方渐渐广为人知，大家都知道会思考的人在这里不再那么需要留意自己的嘴巴，因为这里偷听与告密的人，远远不及莫斯科那么密密麻麻。这种较自由的氛围当然是刻意造成的。然而由于当地官员的微观管理愈来愈多，以及克里姆林宫对这座城市的兴趣愈来愈淡薄，阿卡杰姆戈罗多克随着年月慢慢坍垮，设备锈蚀了、教科书过期了、一些最好的科学家也离开了。等到苏联解体时，某些仍留在阿卡杰姆戈罗多克的博士，已经沦落到靠贩售马铃薯或在实验室中制作禁药过日子。

就是在阿卡杰姆戈罗多克衰退的那段时期，一小群地质学研究所的科学家不但发明了较省钱的钻石制造方式，而且还改进得更加完美。生产出来的钻石，天下无敌。

这个研究小组的负责人尤里·帕里阿诺夫在他的办公室门口欢迎我，握手时脸上挂着紧张的笑容。他是个具长辈气质的人，年仅中年，皱纹却相当多，蓝星香烟一根接着一根抽，身上的灰色毛衣沾着灰烬粉末。他把自己研究所生产出的钻石，放在一个看起来像巧克力试吃盒的瓦楞纸盒中。

"我们的本意并不是创造钻石，"大家坐定后，帕里阿诺夫用带着浓重腔调的英文这样告诉我，"我们主要目的是研究压力对不同矿物质的影响。我们想重造地球中央的环境。纯粹为了研究。"

当然，小组成员都想把碳当成压力影响试验的一个主要标的物，但莫斯科当局在认定没有基本用途后，对这个计划兴趣大失，所以只给予研究小组极少的支持。在苏联，钻石绝对不是紧急要务。苏联政府从西伯利亚东北部的雅库特①已经获得了稳定的工业钻石来源，具宝石品质的钻石也已通过戴比尔斯集团出售。

再说，用机器制造钻石早已不是新闻。从19世纪中叶开始，科学家、有远见的人，以及为数不少的骗子，都曾试图制造钻石，只不过结果通常都惨不忍睹。这些人用过的工具包括电流、铁熔炉与硕大的虎钳压缩机。苏格兰化学家詹姆斯·巴兰坦·汉内②为了想让碳在高压下结晶，引发了一连串爆炸，差点送命。另一位通用电气公司的研究员特雷西·霍尔（Tracy Hall）在1954年终于用一个名为"带压"的巨大机器解开了谜题。带压以活塞为动力，将碳夹在一套铁砧之间加压、加热。通用电气公司于是开始生产数以百万计的钻石，提供工具磨刀、钻头与研磨轮之用，而且从戴比尔斯提起的冗长专利官司中存活了下来。1970年，通用电气公司甚至宣布已在俄亥俄州沃辛顿厂房中制造出具宝石品质的钻石，只不过制程需要一个多礼拜，而且以商业投资报酬的角度看，始终没有证实具备经济效益。天然钻石的数量实在太多。

帕里阿诺夫并没有兴趣成为钻石大亨，但非常想知道矿物质受热与受到挤压时会发生什么事情。这些俄罗斯人建造了一台高压机，和当初哈佛物理学家珀西·布里奇曼（Percy Bridgman）开创

---

① 雅库特（Yakutiya）：为一共和国，现名萨哈（雅库特）共和国（Sakha Republic），为俄罗斯远东联邦区（Far Eastern Federal District）一个自治共和国。
② 詹姆斯·巴兰坦·汉内（James Ballantyne Hannay, 1855—1931）：苏格兰化学家与发明家。

的水力机类似。布里奇曼为了模拟地底环境，在机器上设置了逐渐变尖的铁砧。俄罗斯机器与布里奇曼机器最主要的差异在于"多重砧装置"。俄罗斯机器的受压中心，压力出于六个点，而不是布里奇曼的两个点。帕里阿诺夫在一张纸上画图，解释平贴的尖砧，如何瞄准置放于受压处的碳。这些尖砧就是"铁砧板"，实际功用更像是老虎钳的齿床。

这种实验本应用碳化钨进行，因为碳化钨的硬度能承受必要的热度与压力，但问题却横亘在前。尽管帕里阿诺夫需要的金属砧板比生啤酒杯还小，但当时的冶金术并没有先进到可以将碳化钨拉大而不裂损的地步。这群俄罗斯科学家的解决办法是建造一台高压球体机，内部隔成同心套层。"就像套娃。"帕里阿诺夫笑着对我说。他指的是著名的俄罗斯木制套娃。虽然不同套层在转动摩擦时会造成某些压力泄离，但大家别无他法。

从最烂的机器开始

研究员伊戈尔·库普里亚诺夫（Igor Kupryanov）说："这是一种妥协。如果可以制造出高品质的钨片，就可以采用另一种方式。"这个"分离球体机"的设计，结果成为俄罗斯制造钻石方式之所以如此成功的关键突破之一。

科学家在球体机外覆上一层薄薄的油，然后裹入另一具由塑料与钢铁构成、形状有点像蛤蜊壳的机器中，接着再在一整套的机器外，隔上一层厚达4英寸的传统钢铁，以防机器运转中爆炸。每个人都记得珀西·布里奇曼将机器加压至突破极限时不断出现的麻烦。布里奇曼位于剑桥市的实验室墙上有许多洞，全是那些年间爆炸碎片所致。1922年，哈佛大学两名研究员因一起高压意外事故送命，所幸肇事原因不是布里奇曼的压力机。

其实早在1980年，苏联的工程团队就已造出了一台重达55吨的机器，体积大到需要一整个房间才放得下。帕里阿诺夫的机器已准备好进行测试。

"开机时，没有人想跟这台机器待在同一间房内。我们全都站在窗外看。"帕里阿诺夫回忆道。后来证实这是个非常正确的决定。当机器内压力高达1000倍大气压时——相当于将三辆卡车的重量浓缩到薄如一张扑克牌的片面——机器炸了开来，铁块四处飞散，墙壁全浸在高温的热油中。找出问题症结并不难。套机裂开了。

计划负责人尤里·马利诺夫斯基打一通电话到莫斯科，拼了命用最高分贝叫嚣。"你们提供这种烂钢材，要怎么期待我们做出有用的研究？"他如此质问。苏联当局完全无动于衷。能承受压力的强化金属数量有限，当局这么告诉他。他要求供应的钢材属于军事等级，只供应给炮管铸造使用。再说，他申请的计划不具国家级优先权。简单地说，莫斯科没有人能了解他从事的这个研究计划对国家未来有什么益处。

这正是科学家求之不得的门径。马利诺夫斯基说，高压研究小组最后解决了经费问题，因为他们暗示莫斯科这个技术将来或许可以应用在军事用途上：拥有如此高传导性与抗熔解力的钻石，将来可以当作半导体的材料。这当然不是研究的重点，但这个说法却帮助科学家多拿到了一些计划所迫切需要的卢布，当局也送来了较好的钢材。只不过，尽管如此，研究小组成员仍需利用组里一些现成的道具艰难拼凑：一个看起来像高中篮球比赛计时器的东西，权充压力计替代品；卡车的内燃机引擎铸模，变成机组的部分外壳；而从直升机上拆下的一具活塞，则被夹放进机器中。同时，帕里阿诺夫决定把高压机的外形从八面体改成筒状。

试验结果愈来愈理想。1985年，在时任美国总统里根称苏联为"邪恶帝国"的时候，研究小组已经有能力培养出直径300微米的小小的灰色钻石了，这个体积相当于肉眼可见的尘埃。到了1988年，苏联从阿富汗撤军时，杂质过滤程度提高到可以形成小小的黄钻了。到了1989年，华沙公约组织瓦解，帕里阿诺夫的成果是半克拉重的黄钻。1991年，苏维埃社会主义共和国联盟解体，独立国家联合体取而代之，帕里阿诺夫的梦想终于实现：钻石机生产出了完整的1克拉钻石。到了1997年，叶利钦许下空洞的誓言，宣告打击政府贪腐时，帕里阿诺夫的团队已经可以在阿卡杰姆戈罗多克仓库中的机器里，培养出鹰嘴豆一样大小的4克拉钻石。

我与帕里阿诺夫一起共用午餐，吃了白鲑、喝下伏特加后，他提议去参观机器。他派研究员伊戈尔·库普里亚诺夫带我去他们存放机器的地方。我们在冰点以下的温度循着某条路步行到一栋正面全白的建筑物前。建筑物内则排放了五台像棺材的设备。每台机器上都装有连着铰轴的金属盖，盖子打开后，出现一个如篮球大小的空间。这就是"压缩间"，库普里亚诺夫如此解释。一小块石墨就是注定在这儿接受与地幔中心相同的热度与压力。

机器运作的过程如下：一小块钻石裹上了石墨与金属催化剂后，用钳子封入名为高压巢的小立方体内。只要电源一开，油会在这个压缩间内循环。而压缩间内的钨砧板——帕里阿诺夫辛苦努力修正出来的砧板——以逐渐增加的力量朝内压挤，同时注入热度。石墨中的碳原子先是开始松脱，接着黏着在可再利用的最邻近碳"亲戚"上，也就是位于高压巢最底层的钻石微粒。这时，碳原子也以钻石所独有的特殊基质结构进行结晶过程。碳原子一层层成形，直到整个石墨都用罄。从理论上来说，任何大小的钻石都可以用这种方式培养出来。帕里阿诺夫称这个处理过程为"无压分离球体过程"（Pressless Split-Sphere Apparatus），俄文缩写为BARS。

戴比尔斯早已掌握西伯利亚仓库内发生的事情。1994年，一群戴比尔斯英国中央销售办公室的经理人请帕里阿诺夫到莫斯科见面。戴比尔斯在俄罗斯科学研究院的期刊上看过他的相关研究报告，感到相当有兴趣。这群人问他是否知道戴比尔斯已在英国梅登黑德[①]自家工厂培养重达25克拉的钻石。

这群人接着切入这次见面的主题。西伯利亚计划万一商业化，钻石价格将蒙受极大损害。利用俄罗斯新技术生产出来具宝石品质的钻石，远比其他铸造厂以通用电气的方式制造出来的产品优秀。"他们担心自己的生意。我们告诉他们，我们的目的从来不是创造出一个钻石工厂。我们不想做珠宝。从一开始，我们就只是想改进高压技术。"帕里阿诺夫回忆道。两方人马同意继续交换信息。

可惜戴比尔斯需要担心的对象并不是帕里阿诺夫。游戏已然开始。后来在戈尔巴乔夫辞职、苏联政治局[②]解体的混乱时期，大批俄罗斯学院人士拿不到薪水，也没有人能十分肯定大权最后会落入谁手。不过几乎可以确定的是，之前发展出来的BARS钻石机秘密设计书遭人窃取，被拿去与外人作为以物易物的筹码。

"那是段非常困顿的时期，大家或许都在不正当地滥用自己的职权。"当我问到这个问题时，索博列夫这么说。他是矿物学与岩类学研究所的负责人，长得像身材较矮小的好莱坞影星卡里·格兰特，两鬓的头发已灰白，方正的下颚显得有些松软。

[①] 梅登黑德（Maidenhead）：位于伦敦西边，属伯克郡（Berkshire），临泰晤士河（Thames）。
[②] 政治局（Politburo）：某些政党党中央的执行机构。

我问他所谓的不正当是什么意思。他小咳了一下，摇摇头。

"也许有些设计图从这栋建筑物中流出去了。我不知道他们是把图卖了、拿给别人看，还是有什么其他的安排。"

正当我想要继续请他多解释一些细节时，他毅然切断了这个话题。

"这都是以前的历史了。我们并不想强调那段时间发生的事情。"他说。

盖迈希钻石制造厂

戴比尔斯制止俄罗斯科技流入世间的努力失败后，转而试图说服克拉克放弃创业。他们邀请克拉克到戴比尔斯伦敦之外某钻石制造厂参观，而且在一顿以鸡肉佐白酒的午餐席间，以礼貌周到但近乎苛刻的言辞告诉克拉克：他的公司注定失败，而他们，戴比尔斯，一点都不在乎。

"他们滔滔不绝地对我训话，说一般大众绝不会接受我的产品。他们一直说大家想要的是天然的东西。"克拉克回忆道。

席间，戴比尔斯一位主管随声附和："这种产品很不错，但女人绝不会接受。"克拉克回答："你要不要回家问问你老婆？"

戴比尔斯筑起的高姿态一直到会议接近尾声时才现出裂缝。克拉克那时正在向梅登黑德工厂的负责人马修·库珀告辞。克拉克提到自己前不久已雇用佛罗里达大学材料科学系的系主任雷扎·阿巴斯强（Reza Abbaschian）博士帮他架设机器，确认运作平顺。据说，库珀当场脸色发白，口齿不清。

克拉克回忆道："我猜在那个时候，他们才发现我们不是随便说说。我真的觉得，他们以为我们会乖乖走开。"

盖迈希公司全球总部现在位于佛罗里达州萨拉索塔北边，一条名为专业园路的新街道上。附近空地有一片片南方湿地松与迷你型大叶棕榈。然而许多树即将被铲平，建盖新的轻型工业区。被大家随兴称为"湖林牧场"的邻近地区，开发还不及五年，却已是萨拉索塔商业区房地产业者眼中的热门之地。专业园路的尽头是一座名为镇民中心的细长形商场，里面有一家墨西哥菜餐厅、沃尔格林百货店、瓦霍维亚银行、大众超级市场、美国家庭牙医诊所、贺曼产品专卖店，还有一家在早上提供迷你百吉饼与什锦果冻的费尔菲尔德饭店。这儿的景色虽然轻松却充满自信。此地是新的阳光带、重新规划的商业区，大家在早上8点穿着轻便的高尔夫T恤与休闲长裤到公司工作。

我在一个艳阳高照的冬天来到这儿，看到大如仓库的工厂。约莫30多岁、为人亲切的研究主任罗布·丘德卡带我四处参观。"这一行的人恨死我们了，不过顾客却很爱我们。我赶不上市场需求的速度。"

盖迈希那时已处于即将获利的第一年，而且准备在纽约增设一间销售办公室。对盖迈希而言，黄钻——这种相对而言稀有而昂贵的钻石种类——是个化学上的开心意外，因为机器的生产过程最简单。钻石的黄色源于高压机中极少量的氮气。制造纯白的钻石确实可行，但要除去氮气需要花费更多的时间，也因此更加昂贵。

丘德卡带我进入一个两房的实验室，研究员查德·卡西迪正在切开一个刚从某台钻石制造机中取出的小立方体。当中是个金属圆筒，看起来像是一发被切开的弹药，圆筒里坐着一颗色泽暗沉的棕色八面石。三天前，这块石头还只是一小匙连0.1美元都不到的石墨。卡西迪将取出的石头交给同事莉迪娅·帕特里亚，后者把石头置入一个装着酸液的烧杯中轻轻搅动，除去裹在石头表面的石墨粉。帕特里亚接着将石头放进水中烧滚、取出擦干、用显微镜检视，察看是否有瑕疵。

"就像兰花——你永远也种不出一朵完美的兰花。不论来自野林还是花房，每一朵兰花都必定带着一点点的不完美。就算在实验室里，大自然仍留下了它的痕迹。"丘德卡对我说。

帕特里亚已经晒出了一身古铜色的肌肤，但仍然带着浓重的俄罗斯口音。她是当初受克拉克怂恿，从新西伯利亚搬来美国为新公司工作的研究员之一。"刚到这儿时，每栋建筑物都太冷，但走出建筑物外，却又觉得身在桑拿室。我们的孩子一天到晚生病。"她说。不过，她和她的先生现在不但都已习惯佛罗里达的高温，而且大多数周末都泡在里多海滩①上。

她把钻石拿给我看。看起来，这颗钻石和我在巴西或非洲看过的粗钻一样，仅有的差别是形状比较矮胖，好像曾被某张巨掌压过，钻石周边也带着高压巢面留下的痕迹，有如一片电脑芯片上的硅胶路径粗线条。"这些都会磨掉。"丘德卡如此向我保证。

我们回到工厂的后方，也就是置放BARS钻石机的地方。那儿整齐排放着32台机器，每台都只比传统电烤箱大一点点。除了较新以及配置了液晶电子显示器外，这些机器看起来和新西伯利亚的机器相同。"我们可以用小于吹风机的电力让这些机器运转，"丘德卡说，"你可以摸摸机器。"

我把手放在一台机器上，只感觉到冷冷的金属。然而在这个装置紧紧包裹中，高压巢中心点的温度热到足以熔钢化铁，压力更是比315台轿车全堆在一枚银币上还高。机器完全静音。

---

① 里多海滩（Lido Beach）位于佛罗里达西南部的萨拉索塔县（Sarasota County）。

真假难分

使用俄罗斯BARS方式制造钻石的工厂，全世界已知的至少有五家。第一家是盖迈希，其他四家分别位于莫斯科、乌克兰、明斯克与圣彼得堡。在莫斯科的工厂取了个了无新意的名字叫"先进光学科技"（Advanced Optic Technology），位于苏联时期的老牌报纸《真理报》报社附近，门口有警卫站岗。和街头的先进光学科技同在一条街上的，还有黄金宫殿赌场，是苏联解体后快速蹿起的数百家赌场之一，其标志物是一对立于门外柱基上的烫金大象。

位于明斯克的公司名为"阿达玛斯"（Adamas），这个词是希腊文的"钻石"。阿达玛斯拥有的BARS钻石机数量几乎是盖迈希的四倍。据说中国还有一家。另外，在那些对国内工业监督较不严谨的国家，或许也设有同样的这种公司，但这种国家不会要求制造公司揭露自己的钻石产品其实出于机器的事实。

不管怎么说，百分之百肯定的事情是，内含令人起疑的物质图案的钻石，正以愈来愈频繁的速度出现在美国的宝石实验室中。因为有人想把这些机器生产的钻石，鱼目混珠当成天然钻销售。世界上最大的实验室美国宝石学院每两周至少会看到一颗这样的钻石，至于其他没有证据的事情，他们也不方便多说什么。假冒天然钻的实验室钻，很可能是经过走私而混入进货来源较为宽松的传统销售据点，安特卫普是个非常可能的转运点。举例来说，俄罗斯工厂的人造钻石并没有混入镍，所以俄罗斯产品在紫外线灯的照射下，会出现暗蕴的荧光。这波通过新的地下渠道流入市面的机器制钻石特别让钻石业担忧，因为众所周知的情况是，即使是最好的宝石实验所也会出现检阅疏失的情况。一颗合成钻石若取得证书，价值将立刻飙升。

"现在，大多数珠宝商或甚至许多宝石学家都无法判别合成钻石与天然钻石之间的差别。"贸易期刊《珠宝商的循环要旨》（*Jewelers' Circular Keystone*）在一篇报道中如此警告。"任何一名拿这个消息大做文章的电视记者都会引起很大的骚动。"雪上加霜的是，2005年美国宝石学院开除了四名员工，理由是这四个人被控受贿，不实宣称某些钻石比实际价值更昂贵，这之后，实验室偶发的不可靠行为变成了大众的焦点。

我亲自做了一个实验。盖迈希的公关主管同意让我借用一颗1克拉的黄钻一周，我带着这颗钻石到纽约47街长达一整条街的珠宝市场上。这儿是世界上最忙碌的二手钻石市场之一，同时也是世界上最具传奇性的讹诈天堂。我把这颗黄钻拿给六位经验丰富的采购商看，没有给他们任何说明。一半的买者宣布这是颗真钻。"没错。是颗钻石，真的钻石。"其中一人眯着眼睛透过一只高倍数的专用放大镜仔细看过，又经过热度测试后，对我说道："你打算卖多少钱？"

提高天然钻石的价值

这并不是钻石王国面临的唯一技术威胁。在三天内制作出钻石的BARS设备，另外还广泛运用在为色泽不佳的钻石提高价值。高压与高温被用来改善廉价的棕色钻石分子结构，进而让这些石头呈现纯白色或其他各式各样奇特的色调。目前业界有好几家海外工厂从事的正是这样的工作，而这些工厂几乎全都未公开。

我有幸能够进入一家位于俄罗斯的公司参观。这家公司主要的处理厂房位于靠近阿卡杰姆戈罗多克中心的一栋大楼地下室，大楼外表毫不起眼。有位俄罗斯联邦警察站在厚重的铁门边。门旁有个警告标示："禁止进入！高压！"工厂里有个小实验室，三名年轻人坐在一张长椅上工作。其中一人正在用钢丝钳矫正一只陶制小盒的位置，这时，我已经认出那就是里面装了钻石种子的高压巢。三名年轻人身后，是两个约莫洗衣机大小的方正金属厚块。那是和尤里·帕里阿诺夫小组发明出来的机器相似的高压机。机器里面，来自西伯利亚矿区等级较差的棕色粗钻正慢慢被重塑成灿烂的红色钻石。1克拉的天然红钻要价约100万美元。

红钻是自然界最稀有的一种钻石，经过美国宝石学院认证的红钻不到20颗。这间位于西伯利亚的地下室中，工作人员大概只需不到两个月的时间，就可以变出红钻。

"戴比尔斯必须了解，他们无法阻止科技。"这家名为新西伯利亚钻石（New Siberian Diamonds）公司的研发经理维克托·文斯这么说。他的公司用过石墨制造黄钻，后来文斯与合作伙伴判定，利用帕里阿诺夫的机器来改善天然钻的色泽与清晰度，这样的利润更高。

"处理"一颗钻石的过程要比制造一颗钻石快，不过大多数的矿物学家对这种过程所牵涉的机械力学了解并不多。尽管如此，基本理论似乎很清楚：那就是对一颗既存的钻石，再次投注强烈的热度与压力，让原本呈立方体状的分子结构暂时解构、更动、再连接。石头重新呈现的格状结构，将会变得较清澈，也较紧密。

将一颗钻石的化学结构想象成一叠打字纸会简单些。碳原子是一种侧边结合的极紧密构造，但却是层层相叠，与厚厚的一叠纸极为相似。纸张之间的连接力可能相当脆弱。[1]如果有些叠层没有完全对齐，那么不平的部位就无法吸收某些光谱上的可见光，也因此钻

---

[1] 这也是为什么只要角度精准，一只锤子也可以击碎传说中这种"世上最坚硬的石头"——因为断裂处出现在纸张之间，而非穿透了整叠的纸。

石就会呈现棕色或黄色的色泽。叠层间不平处愈明显，钻石色泽也愈深沉。把这样的钻石放进BARS钻石机器中，可以达到矫正分子线条、引导钻石呈现更鲜亮光泽的作用。

钻石处理过程的第二个步骤，包括让含纳了过多氮气而呈现棕色色泽的廉价钻石（化学家称这种钻石为I类钻石）接受"放射线照射"的程序。一束电子将瞄准目标钻石。这些比原子小的粒子企图从大约每一万个碳原子中打掉一个，以便在格状分子结构中腾出空间。如果一切顺利正确，那么这么小的粒子空间就可以捕捉并留住明亮光谱那端的光（包括红色），让钻石像红宝石一样闪烁。

文斯个子不高，亮红色的粗线毛衣裹住了相当圆满的肚子。他位于一楼的办公室里有面俄罗斯联邦国旗与一张从办公桌变身而成的会议桌。他拿出一把钳子，让我看一颗具有"理想切工"的钻石。这颗紫红色的石头，颜色艳得像石榴汁。"帝王红"是文斯选择的词汇。如果来自地底，这样的一颗钻石或许能卖到25万美元。至于他手上的这颗，他打算通过科罗拉多博尔德市（Boulder）一个合伙人，在美国以1万美元的零售价卖出。

难道你不担心这会让市场上充斥着这类红钻石，降低了稀有性吗？这样一来，难道不会打压到你的售价吗？我这么问他。

"没什么好担心的，要做出这些石头非常不容易。中间要经过好多道程序，整个过程大概费时两个月。而且我们要制作出100颗，才能收成5颗不错的红钻。"他回答。

"如果有位顾客试图把处理过的钻石冒充真品贩售，怎么办？"

"那不是我们的责任。至少这些东西进入市场之前，我们绝不会拿着枪保护这些钻石。"他告诉我。

人工钻石名位之争

问任何一个传统钻石界的人对合成钻石的看法，你大概都会得到充满诗意的答案。大家把天然钻石精致的神秘与纯净捧上了天，你会听到如"地球深处""大自然的鬼斧神工"或"千万年"的词句。听过数十遍这类论调，而且经常都是用来指控实验室钻石的虚伪之后，我开始把这些话当成一首"钻石之歌"。若拿戴比尔斯和钻石圈内的其他业者这一百多年来绕着自己产品所创造的神话相比，这首钻石之歌充其量只不过是同一神话的版本，只不过多了点焦虑。毕竟，钻石不是普通的石头，否则就一文不值了。

我从伦敦戴比尔斯的外部关系主管安迪·博恩那儿听到了一首很棒的钻石之歌。当我请他谈谈盖迈希以及中国或俄罗斯其他不知名公司的潜在威胁时，他给了我这样的回答："我们并不真的认为合成品与钻石是相同的产品。摆在眼前的是这一整条神秘的创造之路——大自然创造了钻石。除了打磨外，人类没有介入任何钻石的创造过程。我们也没有熔冶这些宝石。人类唯一做的事情，就只是让它们重见天日。钻石与时间一样古老。钻石的成分与人类完全相同——都是碳。当你把一颗钻石送给一个女人时，象征着交换承诺。记住，钻石要比肉体的行为更丰富。男女之间的肉体交欢不需要言语，而这也正是钻石所要传达的信息——一种不需要言语的东西。现在，你把大自然经过神秘程序所创造出来的钻石，放在一颗六个月前从佛罗里达州某实验室制造出来的产品旁边。你要选择哪一颗来传达你的信息？实验室制造出来的钻石完全失去了神秘性。"

他继续对我说，戴比尔斯曾讨论过要推出一则"有真感情的真男人，选用真钻石"广告标语，这则广告的重点是要说明任何一种经由实验室钻石所表达的爱，都同等贫瘠。换言之，钻石需要地幔的狂野与粗暴之火淬炼，因为那代表人类潜意识的狂野与粗暴冲动。当然，千万别去在意地球表面上几乎每种具有象征性的宝石，其实也都是受数千万年前大自然在地球深处锻锤之击等。也千万别去在意所谓创造天然钻石的"神秘过程"，或许还包括了大家提都不提的内战、谋杀、令人无法温饱的薪资、童工，以及经过操纵设定的价格。当戴比尔斯集团与钻石圈其他业者面临源源不断的供应威胁时，他们选择做出象征性的反抗：站在矿坑上。

2003年，实验室制造出来的钻石在合法性上获得空前的胜利，那年欧洲宝石学协会同意为非矿采钻石进行认证。"漠视并不能让这些钻石消失，"有位欧洲宝石学协会的员工这么告诉我，"我们可以通过认证与编列入册，确定这些宝石的真实来源，将之完全坦白于顾客面前。"世界其他的大实验室——美国宝石研究所、比利时高等钻石委员会，以及美国宝石学院——却听从业界其他人的怒吼，拒绝为合成钻石进行检验。欧洲宝石学协会根据颜色、纯度、克拉数与切割标准，为一颗从机器制造出来的钻石进行分级，一如其他钻石。在某些特定团体眼中，这无疑是亵渎的行为。

"替合成钻石认证是个根本上的错误，"高等钻石委员会的彼得·梅乌斯这么对贸易杂志《IDEX》说，"钻石是独特的东西，有一种属于本质的价值。一间实验室不可能让一个只花20分钟就从桶子里跑出来的东西拥有4C的特质。"

另外一个激烈的战场是正名之争。戴比尔斯与其他守旧派比较中意"合成钻石"这个名词，因为这个词汇召唤出某种暧昧的塑料与刺鼻化学品联想。2001年4月，美国联邦贸易委员会做出令人无法信服的判决，该机构决议：若仅用"钻石"两字称呼任何一颗实验室制造出来的产品，将视同"欺诈"。但判决中却没有就名称一事提出任何意见，让大家无法在各自坚持的词汇当中选出一个法定名词。无论是"合成钻石""人造钻石"，或是"手工钻"——这是盖迈希目前最中意的词汇，带有一股温暖皮革与雪利酒的愉悦气息。

　　克拉克喜欢举例的类比对象，是曾饱受辱骂的日本御木本（Mikimoto）公司。这家公司曾创造出"养珠"，也就是让珍珠在牡蛎身体中生长，但这样的珍珠却是人为刺激的结果，而非一粒沙的意外。这个现代化程序在1893年由御木本幸吉①发明，他是一位东京的面条销售员，找出了将小块贝壳或其他刺激物注入软壳动物之中的方法。经过多年不断的反复实验，御木本幸吉后来拥有一整片养殖牡蛎区，生产半球形的珍珠，美丽得足以穿成项链。20世纪初，他的"养珠"在日本销售成绩极佳，但在引进欧洲时引起骚动。1921年5月4日的《伦敦星报》报道："这种假珠宝的出现，让珍珠市场完全陷入恐慌，伦敦珠宝商也害怕会出现大混乱。"在珠宝商的压力下，当地商务部门通过一项决议，凡日本进口的珍珠都被标上"假货"字样。御木本幸吉在法国碰到的问题更棘手，那儿的珠宝交易商采取了特别手段，要求关税法庭不要对御木本幸吉的东西课征进口关税。他们的理由是国家如果对这些东西课征进口关税，就等于在法律上承认了这些小白球是真的珍珠。御木本幸吉为了争取支付法国进口关税，不惜上法庭打官司。三年后，法庭判他胜诉。这场官司与环绕在周遭的纷纷扰扰，给了新珍珠无数的宣传机会，也因此许多巴黎珠宝商别无选择必须在店里提供这种商品。老旧派上法庭控告御木本幸吉之举，是一个致命的公关错误。"养珠"后来终于成为珠宝交易业的一个获利区块，"养珠"受人质疑

---

① 御木本幸吉（Kokichi Mikimoto，1858—1954）：被称为"珍珠之王"。

的出身也终为大众接受。今天，任何一家珠宝店内几乎都看得到"养珠"。

不过，讲到钻石，"养"这个字可能还有一段路要走。2004年，德国某法庭对"养钻"这个争论不休的名词——对某些戴比尔斯的主管而言，这些钻石的名称只不过是"那个C开头的词"——做出了判决：这个词汇不能用来宣传人造钻石。除此之外，判决中还威胁要对任何违规的进口商罚款40万美元。瑟西莉雅·加德纳是珠宝商警戒委员会的首席律师，她为德国这份判决欢呼之余，也将这次判决看成天然钻石依然掌权的一次胜利。"珠宝商警戒委员会的立场，是认为用在钻石上的那个'养'字，不足以揭露一颗合成或实验室制造钻石的真正本质。"她这么对杂志《专业珠宝人》(*Professional Jeweler*) 说。

这个词所引起的纷争让众人注意到了一个基本问题，一个从印度地区的王侯判定这种来自河中的神秘石头珍贵并值得收藏的那刻起，就一直存在于钻石界核心的问题。问题不在于钻石从何而来（这个问题一直是钻石界第三个关心的议题），而在于出了熔炉的钻石，将由谁来控制它的故事。没有神话，钻石就空空如也；没有神话，钻石就变成一颗清澈的碳块，虽然被磨出了高度的光泽，但绝不会比某次夏日野餐时从河床上捡回来的一片普通石墨值钱。人类渴望得到钻石，是因为我们相信钻石不但罕见，而且相信这些石头在其他人眼中具有某种力量——某种来自财富、爱情、情投意合的性爱，以及所有与上述成分相关的力量。我们深信钻石拥有这些力量的想法本身就是力量。这其实才是钻石真正力量所在，如果没有这层力量，出了工厂或离开了打磨机的钻石，充其量就只是一个工具的尖头罢了，再无其他用处。

如果世界上大多数的消费者可以被说服，相信一颗出自机器但没有瑕疵的钻石，与一颗矿工从非洲矿坑里挖出来的钻石一样受人热爱，简言之，如果钻石之歌可以改写，那么价值60亿美元的矿产钻石业不但将直坠谷底，而且随着技术愈来愈纯熟，这行很可能从此褪色成无关紧要的行业。一如现在世界上的发展中国家，根本就不再给自己找麻烦铺设地下电话线，因为手机的效率非常令人满意。

最终，一切还是回归到钻石之歌的掌握，以及新的化学之王要如何绕着他们的钻石，编织出一套令人信服的神秘传说。

"我有一个矿——只不过这座矿刚好是在地面之上。"卡特·克拉克这么对我说。

第十章

大而无物：美国

因为这只钻戒威胁到我们自己所诉说的故事，也危及我们让自己之所以有别于他人的那个神话。爱情核心的附近，是一大片言语几乎无法形容的恐惧：当蜡烛烧成灰烬，当甜言蜜语流于俗套时，我们也会和物品一样被取代。

自12岁开始，我把口袋里不用的零钱全丢进衣橱里的大口瓶中。零钱一把一把掷入，直到我高中毕业。一个瓶子装不下，又换了另外一个瓶子，最后零钱全被倒进一只塑料巨桶中，总重将近32公斤。

"你为什么不处理掉那些钱？"父亲老是这么问我。

"我要用来做特别的事情。"我总是如此回答父亲，但脑海里对特别的事情究竟是什么，完全没有概念。

与安妮订婚时，我回到亚利桑那的家，把桶子里所有1美分、5美分、10美分与25美分的硬币，全用银行提供的纸卷卷起来。累积了20年的零钱，尽管总计只有338美元，但依然全数都用在买婚戒上。这么做，至少赋予了那些多年未曾流通的硬币一个特殊意义。

当初的男孩与后来的男人在这颗钻石上有了联结；这颗钻石成了一个永恒的象征。

现在该是放手的时候了。

那只戒指躺在亚利桑那州一个银行保险箱中，夹杂在其他家族的银器和照片之间。每次回家探望父母时，待办事项单上总是列着要处理掉这只戒指一事，但我实在无法真正准备好将这枚戒指从它的藏身之所拿出来，遑论要向它说再见。

安妮已永远走出了我的生命。我们共同的朋友告诉我，她和一位客机飞行员结了婚，过得非常幸福。多年来我们未曾交谈。我写过几封信给她，却从未接到回信。我真的一点都不怪她。也该是两人各自走上人生旅途的时候了。每每想到她，心里总是空洞洞的，除了那早已麻痹的悲伤以及那颗钻石。

2005年4月，我终于请父亲带我去存放钻戒的那家银行分行。在独立的小房间内，我取出了蓝色小珠宝盒，打开。

我想我还是没有准备好面对这只戒指带来的感受。自以为消逝的记忆又重回心头。我清楚记得戒指戴在安妮无名指上的样子、她把金色长发拨弄到耳后的样子、她通过电话传过来的笑声、闪烁的绿色眼眸，甚至她发际的香味。看着那只戒环，我再次了解到这个东西是如何紧紧与她相连，而那样的感觉又是多么丰富、奇妙与令人激动。

第二天，我把戒指拿到一家位于条状购物商场的珠宝店鉴价。珠宝商是位上了年纪的男士，有点重听。他把戒指拿在手上转动。

"我大概可以给你批发价的八折。不过因为你没有保证书，所以我必须测一下克拉数。"他对我说。

当他带着戒指走到店后，我突然感到一阵短短的抽痛。我要我的戒指。

钻石惊人的利润

世界上钻石的总产量有一半在美国落脚，这其中又有90%是用在婚戒之上。买钻石确认求婚的举动，在美国是高达45亿美元的生意，相当于中非共和国的国内生产总额。婚戒是钻石王国的内缝线、是销售量最高的商品类别，也是一再将这块石头赖以存活的爱情神话不断注入钻石里的东西。

美国贩售的婚戒以及其他钻石珠宝的销售毛利高得惊人，然而这个钻石界普遍接受的事实，却鲜少被公开讨论。珠宝商非常讨厌讨论自家的利润，因此数年前有人为此发明了一个新名词："基石"。业内人士用这个词来暗指保守的基本价，但这个词同时也代表50%的毛利率。"一块钱买的钻石，两块钱卖出，"钻石界的咨询顾问肯·加斯曼说，"那就是基石——批发商进货价的两倍。"

鲜少其他消费商品可以存有这样的价差。在市郊营业的独立珠宝商，毛利率甚至可以高达60%。商场珠宝商有权用最高的定价剥削顾客，这全要感谢珠宝商庞大的进货量。美国最大的珠宝专门零售商是位于得克萨斯州欧文市[①]的札雷公司（Zale Corporation），它们在全国各商场共设立了两千多个贩售点。这家公司呈报给美国证券管理委员会的资料显示，其珠宝商品的毛利率为51.3%。罕见的黄钻、粉红钻与蓝钻的一般售价更是批发价的3—4倍。与其他大型零售业的平均毛利率相比——譬如电子产品的31%、杂货约26%——你大概就可以了解零售钻石市场机制，保障了多么大的利润。

何以如此？每当珠宝商因这个问题遭到质疑时，他们就把问题

[①] 欧文市（Irving）：位于得克萨斯州东北部，属达拉斯县（Dallas County）。

转到店里商品的低流动率。一般超市有许多会腐坏的冷藏商品，所以一年约可完全出清十八次的存货，至于百货公司的库存循环率，大约是一年四次。反观珠宝店，一年若卖光一次存货就算是非常幸运的。因此珠宝商宣称，商品的高单价是用来补偿缓慢的销售速度。除此之外，还有经常性的费用要支出：高品质的防盗器、安全运输以及比应付普通店面的训练更为精良的销售员。

　　高单价的另外一个原因，是中间商将钻石送入市场所抽取的佣金。在丛林与珠宝店的丝绒衬垫之间，钻石平均换手七次，每次都要被剥层皮。钻石必定是由矿场转到掮客手上，再转到打磨工厂、批发商、制造商那儿，接着又换到另一个掮客手上，最后才会落到零售商手上。这趟旅程所耗费的时间，从六个月到两年不等。在非洲，我看过刚从河沙中被挖出来的美丽钻石，而费尽千辛万苦找到钻石的人，1克拉只能拿到200美元。同样一颗钻石，在札雷的玻璃柜中，售价2万美元。

　　"这简直荒谬至极。从矿场到市场之间，经手钻石的人实在太多。"加斯曼说。

　　价格只会愈来愈高。戴比尔斯的精选供货商企业策略，似乎就是在为1克拉以上的钻石创造专断的管道。另一方面，戴比尔斯引诱美国未婚女性为自己购置钻戒的促销计划也成绩斐然。"右手戒"的概念成功说服大多数高档珠宝商增加库存量，以满足单身女性仿效《欲望都市》追寻某些魅力时所需。现代的社交趋势已经成形：女人第一次进入婚姻的平均年龄，20世纪90年代是25岁，比以前晚了两年；将近四成的大学毕业女性，到了28岁依然未婚。右手戒暗示的意义，除了女人并不一定需要男人买钻戒外，还透露女性参与决策权只有一步之遥——跨出购买的那一步就到了。《名利场》杂志上有则引起轰动的广告："你的左手庆祝结婚纪念日，你的右手庆祝自己生日。"另一个广告换成比较简单的表示方法："你的左手说'我们'，你的右手说'自己'。"

戴比尔斯发言人萨莉·莫里森提到，右手戒的最终目标是要创造出"文化上的义务性"。这几个字是钻石界的神奇词语——亦即创造出以前未曾存在过的渴望。这种非要不可的神话创作，正是造就出20世纪60年代日本钻石市场以脱缰暴蹿之态成长的动力。换言之，如果戴比尔斯此次的神话创作又再度得逞，那么右手没戴戒指就离家的女人，将会感受到自己与外界格格不入，好像身上缺了什么极重要的东西一样，当然，这个空缺唯有钻石才能填补。右手戒的市场值预估有52亿美元。

在钻石上标出奢侈品零售商的"品牌"——蒂芙尼、哈利·温斯顿、戴比尔斯、奎亚特①——只会让原来就往上涨的价格更高。全球粗钻产量缓慢减少，加上中国与东南亚其他地区钻石需求增加，代表着供应链上的所有人都可以把获利率继续朝上推。只不过，对消费者来说，这可不是个好消息。

幸好世界上还是有制衡的力量，那就是网络珠宝商的兴起。1998年夏天，斯坦福商学院一名年轻研究生马克·瓦顿（Mark Vadon）想买一只婚戒，却在旧金山的蒂芙尼店里受到销售员无礼对待。店员的势利行为后来成了改变钻石业的助力。为了未婚妻的戒指，瓦顿经历一段时间漫长而沮丧的搜寻之旅，最后他发现有个名为"网络钻石"（Internet Diamonds）的过时网站，网站营运办公室是西雅图-塔科马国际机场附近的一家珠宝店。瓦顿筹措了一笔创业资金买下这个网站后，不但重新命名"蓝色尼罗河"（Blue Nile），还改版成很炫的新设计，并大打广告。蓝色尼罗河搭上了

---

① 奎亚特（Kwiat）：著名的美国钻石饰品设计公司，成立于1907年。

20世纪90年代末期的电子商务顺风车，这波电子商务潮让亚马逊、生鲜直达以及其他网络零售公司一飞冲天，也在大众以及美国颇受敬重的公司高级主管心中扎了根。顾客可以从多家匿名批发商提供的五万颗钻石中做选择，商品第二天就会通过联邦快递送到。蓝色尼罗河的毛利率相当可观，大概有23%，但比起大多数独立珠宝商的"基石"收获，这样的毛利率还不算离谱。现在买方每天都可以从网络上把价格印出来，作为与当地珠宝店杀价的筹码。但是这种价格透明化的做法，一直是钻石界的致命毒素。

瓦顿目前仍是蓝色尼罗河的首席执行官。他的婚姻触礁，但公司仍健在。根据贝尔斯登[1]分析师的判断，不论整体经济的表现如何，网络上的钻石销售至少还有五年强势成长的光景。蓝色尼罗河发言人约翰·贝尔德（John Baird）给了我一个简单的理由。

"仔细想想，这是唯一一个人人都必须要买的奢侈品。"他说。

钻石是每个人的必需品

当他们走进珠宝店时，不论从哪个角度看，都像是一般美国情侣。他们也的确是情侣。23岁的斯泰西·巴比亚克在一家广告与公关公司担任会计助理主管。她有一头浓密的深色秀发、古铜色的肌肤，身着牛仔裤、高跟靴和一件上面印着"01"的仿足球球衣大运动衫。埃里克·帕比斯，24岁，大学毕业后的第一份全职工作待遇很不错。他在一家房地产贷款经纪公司担任贷款专员，截至目

---

[1] 贝尔斯登（Bear Stearns）：贝尔斯登是美国最大的投资银行与证券公司之一，总部在纽约。2007年年初，受到美国全国性的次级房贷风暴影响，濒临倒闭，纽约联邦准备银行提供了一笔紧急周转款，但依然无法解决问题，2008年由摩根大通银行收购。

前,每一季都轻松达到指定业绩目标。已经在一起三年的两人,工作地点离得很近,办公室都位于匹兹堡市中心的玻璃幕墙大楼内。这对情侣有一口著名的宾夕法尼亚州西部懒人音腔调,"on"发成"oan","walk"发成"wulk"。他们之间弥漫着温柔浓厚的男女之情,说话时,她频繁地与他进行肢体接触:拨拨他的头发、捏捏他颊下凸起的部分,或揉着他宽阔的肩膀。他们只不过是这一年170万对历经购买婚戒仪式的其中一对。

两人在店里随意浏览时,埃里克这么对斯泰西说:"我不要那个怪胎再来这儿。他是个混蛋。"埃里克觉得那个销售员把第一次到这家店里的他们,当成只看不买的人。这对小情侣虽然年轻,心态却非常严肃。斯泰西的父母已经许可埃里克迎娶他们的女儿。他选定的求婚日将带给她许多惊喜,现在除了正式求婚外,其他准备都已就绪。斯泰西相当清楚自己要的是什么:一只白金指环,上面有一颗公主方形的钻石,旁边有两颗小一点的钻石及几颗碎钻。她曾在《匹兹堡新闻邮报》的周日广告夹页上,看到一家百货公司的广告照片。为了要让店员知道自己心中的钻戒款式,她把图片随身带在皮包中。不过一谈到要戴在手上的钻石色泽与纯度时,她却必须花费好大力气才控制得住头昏脑涨的感觉。埃里克则不时像个专家般丢出如瑕疵、钻石底部等这些词汇。在他们的身上,我看到了一点点自己以前为安妮买婚戒的影子。

斯泰西与埃里克坐在展示柜前加了衬垫的椅子上,等着销售员来服务。幸好,出现的并不是先前惹恼他们的那名店员,这让两人松了一口气。前来服务的销售员是身材娇小的金发女郎梅格,她很快就弄清楚了斯泰西想要的戒指款式,然后在店的后方消失了一下。再现身时,手上有好几颗2克拉的钻石——比斯泰西和埃里克心里想的钻石大一些。

埃里克看起来不太自在，他努力嚼着斯泰西给他的一片粉红色"自在"无糖口香糖。他的上限是7000美元，但珠宝店不会知道这个信息。这笔相当于两个月薪水的金额，是虚构出来的一个维多利亚时代求婚习俗。埃里克已经很清楚地发现1.25克拉以上的钻石价格是如何戏剧性地增长。他现在的收入相当不错，足够买颗2克拉的钻石，但第一富兰克林大刀砍掉未达业绩目标的员工向来不留情面，他从不指望自己会是特例。他只希望这次的采购是非常特别的经历，而斯泰西也会非常珍爱这个戒指。

"我希望这只戒指象征着自己生命的此刻，也代表我为她做的事情，"埃里克之前曾这么对我说，"就算是只烂戒指，我也得看一辈子。所以我希望在能力范围内，买只最好的戒指。再说，这真的是她非常非常想要的东西。"

斯泰西与埃里克在大学就认识了，她一开始有点怕埃里克。埃里克个头很高：美式足球校队的前锋，两条手臂活像桥梁。除此之外，埃里克还是西格马努的成员，西格马努是个以狂饮和夜间草地打斗出名的兄弟会。斯泰西的朋友认为埃里克一直发短信给她实在很烦，她们都称他"吓人的家伙"。有天晚上，斯泰西在电脑室赶份试算表，结果埃里克美国在线的网络账号名称"threat91"突然出现在她显示器的屏幕方块中。两人就这样开始和善但没什么内容的网上对谈。后来他嘲笑她的耳机造型，她不得不问对方怎么知道自己戴着耳机。回头看看是threat91的答复。原来埃里克正坐在离她只有几台电脑的地方，对着她微笑。

数周后，斯泰西又在西格马努的一个啤酒嘻哈整人聚会上遇到埃里克。半夜时分，他走路送她回宿舍，却没有试图吻她，这让斯泰西对埃里克另眼相看。不过真正让她对埃里克完全改观的事情，是在当他知道斯泰西不会开手动挡的车子后，让她坐上他1999

年的水星美洲豹上，对她解释如何摸索离合器与油门之间最顺畅的操作。整个下午，斯泰西都在路上磕磕碰碰前进，不过最后还是找到了窍门。埃里克把家人与自己那条大丹犬奇奇的事情说给斯泰西听，让她开始觉得这家伙也许除了是足球前锋外，还有别的。一个星期后，他们在埃里克的美洲豹上第一次接吻，两人羞涩承认对彼此的好感。斯泰西问埃里克那天自己在西格马努的聚会上喝醉后，他为什么没有趁机占她便宜。

"我应该占你便宜吗？"他问。

"埃里克那时好紧张。他刚结束一段从高中开始的六年感情。"斯泰西这么对我说。

按照威斯敏斯特学院男女交往的标准来看，他们的感情发展算是老牛拖车派，不过到了那年的圣诞节，两人已成了彼此的唯一。埃里克在房贷经纪公司找到了工作，斯泰西为了省钱搬回家与父母同住。在斯泰西的要求下，埃里克戒了烟。对他而言，这可是非常大的牺牲。又过了一阵子，两人一起买戒指似乎成了再自然也不过的事情。在埃里克眼里，买戒指的举动不仅仅表示自己一辈子都要和斯泰西在一起的承诺，也包含了想向母亲证明"她养了个好儿子"，他对我这么说。埃里克在单亲家庭中长大，从15岁开始就一直做着相当卑微的工作。这只戒指将是他到目前为止人生最大的一笔支出。通过这笔支出，他证明自己将是个好丈夫与好父亲。

等待店员把钻石从店后拿来的期间，埃里克与斯泰西小声交谈。

"我们可以不要旁边的小钻石，"斯泰西一面摸着埃里克的膝盖一面笑着说，"我们只要那颗单钻跟周围一圈碎钻就可以了。"

他深深吸了一口气，用"自在"口香糖吹了一个自在的泡泡，然后说："先看看款式好不好。如果我们可以去其他的店定做指环，也许他们只需要把钻石卖给我们。"

那一整天，我看着他们来回试探着彼此可以妥协的底线。我突然想到，如果一切顺遂，这次购买钻戒或许会是两人的一次"试吃"，一次为日后所有需要共同商量的事情——房子、工作、房事、孩子、钱财、双方的家人、假期，以及一切的一切——揭开序幕的经验。

我问斯泰西与埃里克是否想过钻石从何而来？毕竟，没有人知道他们的钻石是否经过了童工打磨，也没有人知道非洲是否有人因这颗钻石而丧命。两个人都对我说从来没有听过这样的事情。斯泰西告诉我，她很惊讶自己竟然没听过类似的事情，因为她一直尽量做个有社会良心的消费者。她拒绝在大型折扣商店买东西，她说，因为她怀疑那些商场里的衣服，是国外压榨劳工的结果。

"也许我的话听起来很糟糕，不过那种事情并不会真的困扰我。对我而言，那种事情完全没有意义。"埃里克对我说。

"而且如果戴一颗红宝石，没有人会以为你要结婚。"斯泰西自动补充。

"所以我们不会把这种事看得太严重。"埃里克接着说。

"这是我们本来就应该要做的事情。我从来没听过谁没有钻石就结婚的。"斯泰西说。

梅格再出现时，手捧着一个盘子，上面全都是公主方形切割的钻石。她把第一颗钻石——重达2克拉——放在一只爪座张开的指环上，然后把戒指套进斯泰西的无名指上。斯泰西伸直了手臂，脸上带着羞涩的微笑看着这只戒指。

"好典雅，而且好亮，"她说，"在这样的灯光下看，真是这样。好漂亮。"

"美极了。"梅格低声地说。

你要不要一只二手钻戒？

一个人要如何摆脱这种东西？有个朋友建议我把钻戒放到eBay上去拍卖。可是我觉得不妥。这只戒指应该用更好的处理方法对待。

我大可以来次夸张的举动，把戒指丢到大西洋里。不过这个方法似乎浪费得离谱。

我可以把戒指送给祖母、妈妈或妹妹。但这种做法好像太怪异，太像乱伦。

我也可以把这只戒指再卖回给珠宝商。然而这样的行径无疑是对钻石业的一种贡献，虽然微不足道，但再怎么说，钻石业确实让世界上数百万人都过得非常悲惨。不过反过来说，我让世界多了一颗钻石的同时，矿场可以少开采一颗钻石。

我可以把钻石重新镶在领带夹、做成尾戒或某种我永远都不会戴的东西。

我可以把戒指裱框挂在墙上，永久展示自己的愚蠢行径。

我还可以什么都不做。把戒指藏在保险箱的盒子里，直到感情褪色。

当然，有一件事情我是绝对不会去做的。

我曾询问过好几位女性友人一个假设性的问题："如果你遇到了一个男人，爱他爱得要死。这个人不论在任何方面，都是与你心灵极为契合的密友，而你也不相信还能找到比他更适合的男人。他向你求婚，但想要把前次订婚或结婚用的钻戒送给你。他说他对那个女人的感情已经消失，希望你能接受这枚钻戒并当成自己的东西。你会怎么回答？"

异口同声的答案：不要。

"那颗钻石已经被污染了。"有个朋友这么说。"这颗钻石告诉我，这个人根本不太在乎我。"另一位朋友如是说。"这个人的表现是在对我说，他低级到只能给我二手货。"第三个人这样告诉我。"我不要婚姻中存有另一个人的记忆，这是个不好的轮回。"还有位朋友这么说。以及："这简直就是泯灭人性嘛！"

但是为什么？我一直都很想深入探讨这个答案的原因。当你拿一个男人来做比较时，一颗钻石怎么会有什么污染或诅咒？这个男人受到另一个女人的影响绝对比这颗石头多得多。这个男人曾给过另一个女人他的承诺、他的心、他的人。他的心中不可磨灭刻印着另一个女人的记忆。这个男人才是真正的二手货。这颗钻石只不过是一块空白的石头。难道你不能重新把这颗钻石当作自己的东西吗？

"不行。感觉不对。"有位朋友下了这样的结论。我必须承认我完全同意她的看法，因为事实就是我们无法真正在一颗石头上写下新的历史。美国的浪漫观念以及看了一辈子的电视广告，都是我成长环境的一部分，时光不能倒转。时至今日，尽管自己是个怀疑论者，但我依然相信一只婚戒传递着某种神秘的义务，即使在逻辑上，这个理论根本说不通。婚戒刻存了一个无法磨灭的记忆，至少只要戒指的主人仍留着这只戒指，记忆就存在。钻石婚戒是个活生生的遗物盒。

传承祖宗留下来的宝物是一回事，但要把一只前一个女人戴过的戒指，带到下一段关系当中，却是另外一回事。我整理出了一套看法，可以解释为什么这样的行为会引起众人的嫌恶。因为这只钻戒威胁到我们自己所诉说的故事，也危及我们让自己之所以有别于他人的那个神话。爱情核心的附近，是一大片言语几乎无法形容的恐惧：当蜡烛烧成灰烬、当甜言蜜语流于俗套时，我们也会和物品一样被取代。

拉帕波特搅乱一池春水

马丁·拉帕波特（Martin Rapaport）站在一个满是显微镜的教室里，拉松了颈间的蝴蝶领结，用连珠炮的说话速度切入他最喜欢的话题：钻石价格。马丁·拉帕波特在这个议题里所扮演的角色，究竟是站在消费者这一国的圣战英雄，还是摧毁有钱人的开心鬼，得看谁在评论。然而在许多人眼中，马丁·拉帕波特其实是两者兼有。

他问："所以你们觉得只要知道4C——净度、色泽、切工与克拉数——就知道有关钻石的一切？不可能，这样你们只会把你们老爸的生意经营到倒店为止……所以，现在谁可以告诉我，钻石和香蕉的差别在哪儿？"他的棉衬衫非常薄，薄到即使站在教室的另一头，仍可以看到他半圆形的内衣领口透过衬衫对你微笑。

学生对着他眨眼。这时是早上9点刚过，大家似乎还没醒。学生都很年轻，二十出头，在美国宝石学院位于纽约市麦迪逊大道一栋毫不起眼的办公大楼中上珠宝制作的课程。我们坐在一间实验教室中，每张桌子上都装了一台显微镜。

"钻石和香蕉，"拉帕波特又问了一次，"有什么不同？"

前排的一名学生终于大胆臆测。"钻石很稀有，可是香蕉很普遍。"她说。

"可爱的答案。"拉帕波特说。教室里的每个人都紧张地笑了。

拉帕波特转身面向背后的白板，开始用白板笔画图表。钻石与香蕉之所以不同，他解释，在于大小的概念。一根比普通香蕉大一倍的香蕉，很可能比普通香蕉贵一倍。然而一颗2克拉的钻石绝对不只是1克拉钻石价格的两倍。2克拉钻石的价格不仅是以指数倍数增长，而且也找不到简单的指标基准去弄清楚价格级距。但这还只是钻石圈外人认为钻石估价艺术之所以像拜占庭帝国微积分的其中一个原因而已。

"如果你离开这间教室时还是一头雾水，那么我会非常开心。"他说。

拉帕波特很有名，至于是不是臭名，就要看你是从哪个角度来评断这个人。他出版了《拉帕波特钻石报告》，详列各种粗钻与已打磨钻石的"现金卖价高报价"基本表格。《拉帕波特钻石报告》又称为"拉帕表"，不但不科学，而且里面的价格经常刻意弄错、灌水。尽管如此，拉帕表却是钻石界自古至今唯一接近美国道琼斯股票指数的东西，也是拉帕波特之所以成为近一百年钻石交易界决定性人物之一的理由。任何购买钻石的消费者现在都可以自行了解批发市场上钻石的大概售价，也因此可以依照这些信息，在购买时讨价还价。钻石界以往明目张胆敲竹杠这种标志性行为，现在已经没有办法无往不利了。向钻石交易商询问他们对于拉帕波特的印象，得到的回应很可能都夹杂着大不敬。"这家伙搞砸了所有的事情。在他出现之前一切都很顺畅。"有位交易商这样告诉我。然而拉帕波特却也是在全球数一数二的黑箱行业中，注入了一剂必要的透明化成分的人。

故事始于1978年，拉帕波特初抵纽约。他是个喜欢摇滚乐的正统派犹太人，似乎有一种无法克制的冲动，渴望激怒他人。当时的他在商界已有过几次碰壁的经历。之前在特拉维夫当个糖商，结果生意做到破产。拉帕波特在以色列大学拿到计算机工程的学位，也有一点钻石的相关知识，因为他曾在安特卫普向一位老师傅学习钻石的切割技艺。他的大拇指上甚至还有个烫伤的疤痕，足以证明真的有过切割经验。到了纽约后，拉帕波特以每周25美元的租金，租下一张办公桌，这张办公桌位于47街上一间只有衣橱大小的办公室内。不论当时还是现在，纽约的47街一直都是纽约钻石区的心脏地带。

夹在第五大道与第六大道之间的这条柏油短道，特色就在于有如摩洛哥穆斯林露天市场的延伸，完全没有曼哈顿市中心的风味。橱窗上闪烁着"钻石收购""当场付现""订婚戒指"等霓虹灯字样。送货的装甲车上，有配备了真枪实弹的警卫队压阵。留着卷卷的额发、戴着宽宽的帽子、穿着黑色西装的哈西德教徒①，在一天终了时，排队赶搭通勤巴士。在美国贩售的钻石，80%以上都是通过这条街流入。这儿一天的总交易金额高达数千万美元，然而这些交易几乎完全不用书面契约。成交的买卖以握手与一句意思是"祝好运与幸福"的意第绪语②终结。一般来说，这里的生意都是父辈传给子侄，排他气氛强烈。如果没有长期累积的诚信声誉，或对这行某些伦理惯例具备一定程度的了解，那么任何人都无法在此立足，遑论知道钻石的内线交易价格。直到拉帕波特出现。

拉帕波特落脚在47街时，刚好碰上钻石价格的最后一次疯狂波动。卡特总统任内石油危机与经济衰退期间，忧心忡忡的投资者一直在寻找存放流动资金的安全标的。贵重金属曾经红极一时，后来投资大众发现了钻石。钻石价格在短短三年内翻涨了三倍，连戴比尔斯似乎都无力制止。拉帕波特注意到大家买钻石所支付的金额与

---

① 哈西德教派（Hasidism）是犹太教的一支，又作Chasidic，此字源于希伯来语Chassidus，意思为"虔诚"，是18世纪发生于东欧的犹太教改革运动。强调深刻的宗教情操以及与上帝直接的感情沟通，教徒通过狂热的虔诚信仰获致力量。

② 意第绪语（Yiddish）：居住东欧的犹太人将当地语言融合入希伯来语中，而成为特有的一种希伯来语方言。

纽约普遍认知的价格之间，经常存在极大的差距。买方对此完全不知情，老一派的钻石商却很中意这样的模式。于是，拉帕波特买了一台手动打字机，一个字一个字打出了一张表格，列出主要种类的钻石每克拉的价格，然后再油印出数百份，每份价目表以0.25美元出售。

第一期的《拉帕波特钻石报告》并未引起注意。年纪稍长、以意第绪语沟通的钻石交易商，认为28岁的拉帕波特只是个小痞子——亦即完全没有重要性的小伙子。连那位把擦得晶亮的办公桌租给拉帕波特的老师傅卡尔·迈尔斯，也摇着头认为这位年轻的承租人有点不正常。然而，20世纪70年代末期，全球钻石市场开始大幅衰退，随着获利空间受到压缩的程度愈来愈烈，怀疑钻石定价不正当的人数也愈来愈多。《拉帕波特钻石报告》突然成为不可或缺的信息。没有先查阅《拉帕波特钻石报告》就进行大笔钻石交易，几乎已成绝响。拉帕波特的价格有效成为钻石价格的上限，许多家族事业因而承受了数百万美元的损失。交易商总是辩称钻石无法适用固定价格，不但因为世上没有完全相同的两颗钻石，也因为每颗钻石都承载着无形的感情因子。只不过拉帕波特的商务期刊却主张完全不一样的论点。这份刊物把钻石看成一般商品，与猪腩、黄铜无异。这简直就是异端邪说。

有权有势的钻石交易商俱乐部曾试图把这个痞子踢出交易大堂。这个举动也代表拉帕波特的刊物末日已至，因为这样子，他就无法再取得钻石每日流动的交易信息。拉帕波特一状告上了法庭，控告钻石交易商俱乐部对他造成伤害，并要求恢复他原有的权利。正统派拉比协会通过了一项决议，禁止任何人出版钻石的价格。他们直接打电话给拉帕波特，命令他退出。世界钻石交易所联盟（World Federation of Diamond Bourses）也提出了同样的要求。

接着开始了一波波的威胁。"杀了你就是神的恩典。"有一名匿名者打电话对他这么说。警方追踪了好几通匿名电话，最后锁定一家布鲁克林的玛索①工厂。仅仅一个星期内，拉帕波特位于西中央公园的公寓接到了四起炸弹威胁的电话。他开始穿着防弹背心上班。进入钻石交易商俱乐部时，他面对的是轰炸般的无边谩骂。有次，一个体形笨重的家伙在称他"希特勒"之后，开始围着交易桌追着他跑，扬言要勒死他。

这些争论其实带着复杂的宗教意涵。"二战"后，居住在布鲁克林三大鲜明民族区之一的哈西德犹太人，影响美国批发钻石生意深远。他们穿着黑色长外套、黑袜子，男人走路时，双手常常背在后面，为的是避免因大意而触碰到女人。哈西德犹太人是美国最令人着迷，然而也是让人误会最深的少数宗教民族之一。

哈西德运动1736年出现在乌克兰与波兰边境沿线，创始人是一位深具个人魅力的导师伊斯拉埃尔·巴尔·谢姆·托夫②。他通过传道讲述信徒必须在持续喜悦的状况下礼拜上帝，撼动了当时严苛的犹太教文化。哈西德教派的犹太人衣着与阿米什教徒③相似，都是两百年前东欧大草原流行时尚的一种追忆。哈西德犹太人对《圣经》上的某些命令言听计从，其中最有名的例子，莫过于《利未记》第19章第27节说："不可剃掉头上周围的发，也不可修胡须。"

---

① 玛索（matzoh）：未发酵的面包，是犹太人逾越节（Passover）的宗教象征，纪念当年犹太人受难匆忙离开埃及，来不及等到面包发酵的那段历史。
② 伊斯拉埃尔·巴尔·谢姆·托夫（Israel Ba'al Shem Tov, 1698—1760）：又作Ba'al Shem Tov，被视为犹太教哈西德教派的创始人物。
③ 阿米什教派（Amish）是1693年由安曼（Jacob Amman）所领导的瑞士门诺派创立的。目前阿米什教徒分布在美国与加拿大，不过最早是来自德国南部与瑞士德语区的移民。传统的阿米什教教徒用马耕种与运输、穿着传统服饰，禁用电器或电话，不从军，崇尚俭朴、自然的生活，自给自足，过着早期欧洲移民的生活。

这就是大多数哈西德教派男子蓄留着称为裴攸（peyos）的卷卷额发之故。蓄留额发是强调他们愿意顺从《圣经》中即使是最枝微末节的训诫。只不过其独特的外形凸显宗教狂热形象，而不受外界影响的行径也被贴了标签。举例来说，他们的信仰有一层浓烈的神秘元素。外界会很惊讶地发现，哈西德教徒中许多人都虔诚地崇信新时代运动①的想法，而且这些人认定新时代概念其实是再生、天使与心灵治疗②的呈现。这些哈西德教徒的信仰内容具有一种流动的特质，但信奉者全都被训诫要不断去思索上帝所散发出来的各种信息，以及上帝在每个不同的瞬间所释出的现象可能蕴含着什么样的意义。

数百年来，欧洲多位独裁者下令主导的处决与谋害，造成了哈西德教教徒对自己生活圈外的人有着极深的不信赖感。举例而言，没有人确切知道美国究竟有多少哈西德教教徒，因为他们拒绝参与任何形式的普查计划。在欧洲，计算犹太人的数量通常是大举逮捕与屠杀的前兆。许多受人尊敬的犹太人在教诲自己同胞时说，大屠杀是上帝对犹太人融入欧洲主流生活的惩罚。许多犹太人决意不在自己的新家园重蹈覆辙。与社会疏离的事实，造成犹太人出现某种让人不可亲近的气质，这也是为什么伊斯拉埃尔·巴尔·谢姆·托夫所传布的高度精神喜悦会被许多犹太人接受，并成为关起门后家中主要的宗教仪式。

哈西德教徒在钻石交易界扮演的主轴角色，与拉帕波特之间有

---

① 新时代运动（the New Age Movement）：20世纪70年代一个思想潮流，颇受知识分子欢迎，并没有确实的发起人。该运动的几个核心概念包括：万物归一、万物皆具神性、人即是神、意识变化、万教归一、宇宙进化乐观论等。
② 心灵治疗（spiritual healing）：也是属于新时代运动中的一种现象，又称为信仰治疗（faith healing），指的是利用祈祷等宗教或精神的力量预防或治疗疾病，以及增进健康。

一种并不太自然的共存关系——拉帕波特一家在欧洲的经历，让这层关系更显复杂。他的父亲出生于匈牙利的萨图马雷，这儿刚好是一个最严谨与最内省的哈西德教派中心地。老拉帕波特并不是当地哈西德教徒的一分子，他只是个企图心很强的小麦经销商，恪遵着传统的正统犹太教生活。正统犹太教强调服从犹太法典律条，不像伊斯拉埃尔·巴尔·谢姆·托夫的追随者，注重饱含感情的礼拜仪式。然而在纳粹眼里，犹太人全一样。老拉帕波特被送进了奥斯威辛集中营，一起被送进去的还有他那些哈西德教派的邻居。老拉帕波特走出集中营时，体重只有28公斤，身无分文移民至美国，在迈阿密落脚。1952年，马丁·拉帕波特在迈阿密出生，成长过程中，遵守周六安息日的仪式，吃着纯正的犹太餐点、头戴犹太小帽。部分归因于纳粹那段大家共有的长期争斗与信仰，哈西德教徒以及其他钻石圈的绅士都觉得这个痞子看事情的角度应该与自己相同。可惜事实并非如此。

"业界普遍存在一种同业公会的心态，我们为了自由与公平交易挺身而出。论哈西德人之间的交易，这一直都是个道德水平非常高的行业。我正是要挑战他们把那种高道德标准延伸到他们圈子以外的钻石界。"拉帕波特这么对我说。

20世纪80年代初期，拉帕波特之所以承受了排山倒海的责骂，还有另外一个原因。他击中了钻石圈的敏感地带——也就是钻石业本身的稳定性。一直以来，这份稳定性不但支撑了包括哈西德教徒在内的犹太圈成千上万份工作，也巩固了许许多多犹太家族为了不时之需所储备的财富。大家常常问一个问题：钻石业为什么会有如此根深蒂固的犹太人影响？这个问题的答案牵涉很多层面，而且要回溯到两千多年前发生的事件。

在中世纪，贸易公会切断了犹太人涉足传统行业几乎所有的路——

宝石打磨是唯一例外。公元70年，希律王第二圣殿遭劫，逃离巴勒斯坦的以色列人民已经闯出了一个众所皆知的名声，那就是他们全都是黄金与其他贵重金属的专业冶金师与工匠。在其他领域都遭到排挤的犹太人工艺技术，却在精细的钻石切磨业与铸币业受到欢迎。中世纪的偏见延续到了其他王国：大多数的封建统治者都禁止犹太人拥有地产，因此钻石成了犹太家庭储存财富的一种便利方式。钻石不但是土地的替代品、是经由八面体所呈现出来的农场，也是在复杂的货币利率出现之前，跨越国界借款时的优异抵押品。

这样的情况和钻石本身的特质也有关系。除了钻石，世界上再也找不出能将一大笔财富包进一小袋行李中的更好方式了。一千年前，一波波的十字军东征与屠杀犹太人的举动横扫欧洲，犹太人吃尽了苦头才学到保持弹性与机动性的必要。钻石可以缝进外套的接缝内，也可以塞进脚趾的间隙中。迫害当前，钻石是手上绝对不可或缺的工具。16世纪宗教裁判盛行期间，葡萄牙国王的命令让一切情况变得令人忍无可忍，犹太人于是把他们的宝石切割事业从里斯本搬到了宗教气氛较为宽容的阿姆斯特丹。从那时开始，阿姆斯特丹就成了世界钻石之都，一直到后来安特卫普崛起并取而代之为止。在犹太人的意识里，钻石拥有一种高尚而且近乎神秘的地位，但现在，这个痞子竟然要挑战钻石市场的稳定性。

炸弹威胁并没有要了拉帕波特的命，他在钻石交易商俱乐部的会员资格也得以保留。为了对抗拉帕波特，钻石交易商俱乐部尝试出版自己的价格表，不过没多久这个计划就告结束，因为根本没有人相信俱乐部公布的价格。20世纪80年代初期，钻石价格开始从谷底攀升，随着利润重新回到原来的水准，大家对拉帕波特的严厉指责慢慢变成了低声的牢骚，甚至对这个痞子还起了一种不太情愿的尊敬之意。

《拉帕波特钻石报告》成了今日钻石界的权威资料，即使那些不喜欢拉帕波特的人也无一例外如此承认。美国任何一家珠宝店都会有好几本拉帕表，目的在于说服顾客自己不是漫天喊价的黑店。目前，拉帕波特除了已经开始发行网络版的详细价格表外，同时也增加《拉帕波特钻石报告》的内容，让这份报告看起来更像一本适合精英分子阅读的商业杂志，内含日本、比利时、印度、俄罗斯和其他钻石界重要城市的员工所即时收集到的资料。《拉帕波特钻石报告》一周的订阅价格为250美元。拉帕波特也是金伯利流程之所以成形的一个主要推手，他曾直言不讳指出在第三世界亲眼看到钻石交易所带来的某些社会弊害。《拉帕波特钻石报告》与自己钻石中介的副业，让拉帕波特成了大富翁。他每隔两个星期就从纽约飞去耶路撒冷的家，探望妻子和十个孩子。

要见到他本人并不容易。一个星期内我和他约定了三次会面时间，但全被取消。再次被通知取消最近一次的会面时间，是因为拉帕波特20分钟后要动身前往以色列。我并不清楚他是不想和我见面，或只是因为他必须四处跑。不过当我问通知者，是否可以和拉帕波特一起搭车去机场时，对方竟然说：好，不过现在就必须到他们公司。我搭上出租车，飞快赶到市中心，在47街附近的办公室外追上了他。拉帕波特正准备要进入一台租车公司提供的林肯大陆轿车内。

我们塞在范怀克快速道路上动弹不得。这时我问他，对于一般人对他的批评有什么看法。大家都说他经常膨胀钻石价格。几乎每个钻石界的人都因此调整自己的价格——举例来说，大家常常会听到"低于拉帕20%"这类的话，这表示钻石将以低于拉帕波特公布价格的20%售出。这种降价的行为，与一般大家对于拉帕表的抱怨紧紧相连。换言之，拉帕表上的数字并没有真实反映市场价格的变化。

"听着,我们每一步都非常谨慎,"他一面这么对我说,一面用拇指在皮包上滑动以示强调,"我们的目的不是针对市场上每个小小的摆动做出反应。我们的目的不是要走在市场之前。我们的目的是保持稳定。"

至于刻意持高的估价,拉帕波特也承认确有此事。"现金卖价"只是开始对话的一种方式,他这么对我说。就像一辆汽车的标价,鲜少是最后真正的售出价格。不过他对于交易信息的实际出处语带含糊。多年来,这一直是《拉帕波特钻石报告》慎重保护的秘密。某些认为事有蹊跷的钻石交易商,甚至指控他的那些价格全是空穴来风。拉帕波特唯一愿意透露给我的事情,就是他的信息来于"世界各地远远超过1000位的交易商",他把这些价格经过电脑订正后,变成最后出版的数字。

抵达纽约肯尼迪机场后,尽管午餐时间早过了,我们还是一起在以色列航空公司的出境贵宾室内享用鲔鱼和通心粉沙拉当作午餐。钻石一直待他不薄,拉帕波特告诉我,不过他真正的热情是想把更高的道德标准带进这个圈子里。在终结血钻石,以及利用钻石交易的利润持续投资帮助穷困产钻国家的努力上,拉帕波特是个非常热心的支持者。他曾利用《拉帕波特钻石报告》改革平台,希望改善塞拉利昂与非洲其他钻石产地的工作环境。

"发生在非洲的事情,问题真的很严重,并不是因为那些事情有损钻石需求量,而是因为以正确而公平的方式对待人民,是大家应该做的事情——这才是一种有价值的行为。"他这么说。接着他和我握了握手后,进入机场的安全检查门。拉帕波特想在象征爱情的石头上增加一套新的价值。毕竟,除了代表美国最高价值的家庭象征外,钻石什么也不是。象征的意义正是这行之所以存在的基础。拉帕波特用一种异于当初在麦迪逊大道教室里讲课的方式,表达了这个想法。

他曾对宝石学课堂上的学生这么说:"试想,有位坐办公室的女士,如果她的男朋友送她一件皮大衣,她穿上皮大衣给其他女性友人看,她们会说,'噢,很不错'。如果她的男朋友送她一辆奔驰,她们也会说,'噢,很不错'。不过,如果她的男朋友送她一颗钻石,她的女性友人会说,'哇,他来真的'。钻石不仅是爱的礼物,也是承诺的礼物。这位女士高兴地跳来跳去,不是因为她收到了一颗钻石,而是因为她得到了一个男人!有人说你根本就不需要钻石。我会说他们说得一点也没错,就像你其实根本不需要性。"

拉帕波特在显微镜前走来走去,慢慢构筑起他的论点。

"有人为国旗而死,对吧?那是因为国旗象征着某种更伟大的东西。象征在社会上有着令人无法置信的价值。一切都跟象征有关。我们之间连沟通都全靠符号!"

闪亮嘻哈钻石风

肖恩·"肖恩双子星"·科尔斯(Sean "Sean Gemini" Coles)的钻石收藏品超过50克拉。他有一个用闪闪发亮的钻石描出迈克尔·乔丹灌篮图案的坠饰、一只公主方形切割的大钻石戒指、一个茶碟大小的奖章,以及一个自由女神像的晶亮坠饰,女神的火炬是颗大钻石。

"这叫'露钻'。这一切的背后,都只有一种想法:我可以得到任何一个我想要的女人、我在俱乐部里吸引了所有人的焦点、我受到特别的待遇,我得到尊重。这个亮晶晶的东西就是身份表征。在企业化的美国,这就是风气。你走进某个地方,然后照亮那里的每个角落。"他对我说。

"肖恩双子星"是名全职的嘻哈音乐家，有他自己的唱片公司，名为帕瑟妮娱乐，取自他去世的母亲的名字。我们一起坐在他母亲的旧卧室中，这儿位于布鲁克林克朗海茨一栋出租公寓大楼七楼。为了纪念母亲，"肖恩双子星"在这儿录制他所有的音乐。他把母亲衣橱中的隔板拆除，改装成音效间；原来放床的地方，设置了一台MPC60的电子鼓；墙面全都贴上了2英寸宽的隔音泡棉。他说话时，隔音空气中的字句像是掉落在丝绒上的羽毛。

他正面临事业的转折点。第一张唱片《内在的我》在网络上的收费下载次数高达114,000次，也因此与华纳兄弟签下了配销的合作关系。那张唱片的主打歌曲《可卡因》，对令人愉悦的一夜情和让他疯狂的毒品，做了一次长篇累牍的比较。"肖恩双子星"成长环境中并没有充裕的金钱，但他现在却很富有。他估计自己花在各式各样钻石珠宝上的金额，至少有25万美元。他承认他对自己这样的采购习惯有两种不同的感觉。他说话时，习惯挥动前臂传达意思。他右前臂上的刺青，写着"非法珠宝"四个字。

"这个东西有正面，也有负面的意义，有好也有坏。这个东西可能让你被抢、可能带来伤害，也可能对你的朋友带来伤害。警察看到你戴这个东西，可能会用没有系安全带这类有的没的烂理由，叫你把车子停到路边。就算是暗色玻璃的车窗，他们还是看得到这个东西。钻石告诉全世界，你一定要有钻石才是一个真正有内容的男人，这是钻石邪恶的地方。这个东西创造出一个假的上帝。这个东西并不会让你真正成为你自己，只有投入到自己生命中的工作，才能让你变成真正的自己。不过这个东西的好处，就在于会让你看起来极具吸引力。连身边的空气都会亮起来。要女人？想在别人脸上掴一巴掌？打算抢下一把枪？你会觉得自己像是坐在王位上的国王，就像回到以前那种罗马椅的时代，上面镶满了皇冠跟宝石，然后大家会说：就是那个人，我必须要尊敬他。"

从20世纪90年代初期开始，钻石就一直是嘻哈界无往不利的时尚表征。销售给音乐家与歌迷的钻石总额，几乎达到整个美国钻石消费市场的5%，最高纪录是一年5000万美元。然而钻石在嘻哈界的文化力量却大到令人不安。从覆盖住整个领口线条的钻石、指关节下亮闪闪的钻石，到嵌入牙齿上的钻石，嘻哈界的钻石风协助定义出了一种美学新名词"贫民窟的华丽"，这种风格主宰了大多数录像带图像、数字唱片封套、宣传照片以及唱饶舌歌曲的知名人物，甚至其随行人员在夜间外出时的行头打扮。嘻哈歌曲内容所阐述的基本要素，总是与个人以及外在环境的搏斗有关。因此，钻石被视为个人战胜厄运的极致表征，也是帮派骑士精神与性能力高强的外在标志。这不禁让人想起禁酒时期①芝加哥白人罪犯头子的装扮———一种视觉上的突兀行为或装扮、显而易见的颓废以及一定程度的狡狯自我嘲弄。"肖恩双子星"有位多金的朋友，在自己的运动多功能车钢圈上嵌进了许多钻石。他的车现在只能停在安保措施极为严密的地点。

这波钻石风源自20世纪80年代末期凯恩大老爹、斯利克·里克、柯蒂斯·布洛等音乐家佩戴的颇具挑衅意味的黄金项链。一条由黄金打造出来极具特色的空心项链饰品，又称为"千绳"（G-rope），因为依常理推断，这种饰品至少价值1000美元。唱片公司"无界限"（No Limit）在1992年更加助长点燃了钻石的伦理。这家唱片公

---

① 美国在1919年12月通过法令，于1920年起，全国禁止制造、售卖与运输酒精含量超过0.5%以上的饮料。这道禁令一直到1933年才取消。这道禁令让酿制私酒变成美国庞大的非法事业，黑社会也因此茁壮，著名的黑手党卡彭（Alphonse Gabriel "Al" Capone）就是这个时期非常出名的人物，美国许多电影也因此把时空背景设在这个极具戏剧性的时期。

第十章 大而无物：美国 345

司发行的P大师（Percy "Master P" Miller）唱片，炫耀着唱片的标志：一辆黄金坦克，上面镶嵌着钻石。

P大师的个人故事也完全呼应钻石所代表的精神——他在新奥尔良一个充斥着罪行、卖淫与极度贫穷的环境中长大，声称自己曾经营过一家毒品店，不过那是在他进入音乐界之前的事情，他后来像"史努比狗""神秘"一样签下了稳赚不赔的合约，也开始经营利润滚滚而来的服饰、电话性爱专线、加油站、运动经纪人以及鞋子的副业投资。P大师不仅促销他最喜欢的恶棍型生意人形象，还推着大家进入"贫民窟的华丽"时代。在那段时间，饶舌歌曲主要的萦念，从对社会不公的愤怒（例如警察的粗暴行为），转成了对奢侈品的盲目崇拜（例如钻石）。"他们把20世纪80年代末期所有政治内容，以及人民公敌①那套放进歌中，接着再抹杀一切。他们用虚无主义以及夸张的行为与装饰取而代之。"有位音乐杂志作家这么告诉我。接着，饶舌界音乐家全都开始竞相模仿这种风格，钻石除了变成在夜店里招摇的独一无二不可或缺之物，也变成歌曲赞颂的对象。饶舌歌曲的焦点依然集中在权力的议题上，只不过与大家所欠缺的权力渐行渐远，而与我们可以戴在手指上的权力关系却愈来愈密切。

"每个嘻哈音乐界的人，都必须在某个时点唱出跟钻石相关的内容，这是绝对必要的事情。你要谈跟现在相关的事情。你不会想谈如何保护海豹。全部重点都在于'你们看看我，看看我的项链'。我不写小说。""肖恩双子星"这么告诉我。

"肖恩双子星"早期有首歌，歌名是《放弃》，指的是抢匪对受害人所下达的指令。

---

① 人民公敌（the Public Enemy）：最著名的歌曲为《对抗强权》。

> 如果你了解我
>
> 你就会了解我混的帮派
>
> 我要的是金钱、臭婊子跟车子
>
> 我是超级红星
>
> 看看我腕上的钻石
>
> 闪瞎你的眼睛
>
> 我随时会开枪

"这就是贫民窟的华丽,奔驰停在一栋烂楼房前面。"他告诉我。

这也是闪亮风格一种最早期的形态——奢华绚丽的事物,带着炫耀之意大大咧咧出现在都市朽坏之区。高级白兰地、私人飞机与劳力士手表这类昂贵的物品,总是与毒品商、劫车、颓倒的出租公寓大楼以及满是涂鸦的墙面并排,两者之间没有任何缝隙。这种状况是经济光谱上的两个极端,却被一种普遍的社会结构物紧紧相连。

根据音乐杂志《根源》前主编巴卡里·齐特瓦纳的说法,这种闪亮的风格之所以出现,部分要归因于20世纪末黑人中产阶级重新安定下来的模式。这些黑人家庭随着经济状况改善,也愈来愈容易在一个地方定居下来,不再整日东搬西移。"他们通常不会搬到郊区去,所以市区里(穷人与富人)的关系也愈来愈亲近。"结果这种实际生活上的亲近,在倒霉鬼与富裕者之间,引发了一连串的文化事件。白人家庭一般看不到这种冲击,因为"二战"后,白人搬离都市中心居住,已经成了一种相当明显的趋势。对许多成功的年轻黑人而言,贫民窟是唯一好极了的地方。因此破烂的巷子会出现奔驰、200美元一双的雪白球鞋,以及随时都有可能被人从脖子上扯下来的钻石。

1999年，一支新奥尔良合唱团体B.G.的畅销歌曲《闪亮》问世，闪亮风格至此臻至自我意识的巅峰——也许会有人说其实是臻至荒诞的顶点。这首歌的歌词满是大家习以为常的嘻哈自我吹捧，至于内容究竟是在讽刺钻石还是在享受钻石（或者两者皆是），有些听众根本搞不清楚。"我会是那个戴着钻石的黑鬼。如果低于两万，就配不上我。"是最常拿来引用的一段歌词。这首歌不断把"闪亮"这个词推挤进主流语当中，然而大家在使用这个词时，几乎不可能不带着某种程度的反讽。三年后，《牛津英语词典》的北美工作人员宣布，将会把这个词纳入新版的词典当中——一劳永逸地有效解决了这个词。

　　依据"肖恩双子星"的说法，这种流行现在应该已经在慢慢退烧了。我们在他克朗海茨的录音室见面时，他身上没有佩戴任何钻石。他说他现在很多搞音乐的朋友，不表演时，也宁愿把珠宝收起来。在这样的社会环境中卖弄钻石可能会带来危险。他许多唱饶舌歌的朋友都花过大笔金钱让自己露钻，不过后来全被迫降价卖掉钻石，以度过状况不好的时期。这是嘻哈世界一个大家都很熟悉的弧线趋势，令人想到发生在巴西高地、中非走私客市场、加拿大温哥华的股票交易市场以及其他地方的"矿工病"。在这些地方，拾荒与飨宴之间怪异的碰撞是一种常态，是一种因大家对某颗石头的渴望而刺激出来的经历。嘻哈界对钻石有自己独特的一套故事：男人在佩戴钻石方面，要比一般人大方得多，而佩戴钻石的风格也较倾向于招摇。然而想要拥有钻石的冲动却和世界上任何人一样，全源自心中那块相同的地方。那是人类无法抵挡魅力的共同弱点，是人类想要成为任何场合中焦点人物的共同渴望，也是人类想将较夸张的神话，转变成以自己为中心的神话的共同希冀。"钻石是一种可以让你抓住些什么的东西。你可以真正把钻石拿起来，触摸、握在手中，也可以用它来跟别人讨价还价。股票就做不到这些。""肖恩双子星"这么对我说。

1995年，饶舌歌者肯亚·韦斯特（Kanye West）用他的歌《（来自塞拉利昂的）钻石》为钻石添加了一种转折。这是第一首主要点出珠宝与非洲内战有关的发行曲。韦斯特特别强调在塞拉利昂血淋淋的冲突中，叛军用钻石交易利润所买来的开山刀，砍下人民的手臂。不过许多听歌的人，在看到歌词时，并不认为这首歌与谴责钻石有什么太大的牵连。相反，他们觉得这是一种令人费解的商品推荐——特别是歌手本人与纽约珠宝公司雅各布公司（Jacob & Co.）之间的关系，更容易让人朝这个方向思考。雅各布公司是迈克尔·乔丹、玛丽亚·凯莉、吹牛老爹肖恩·库姆斯、费丝·埃文斯、声名狼藉先生与碧昂丝的著名钻石供应商。与雅各布公司的合作，让韦斯特发展出属于自己品牌的俗丽坠饰。坠饰的造型是一个像耶稣头像，上有花彩状的钻石。这种坠饰的零售价大概是3万美元。

我问"肖恩双子星"对于这种显然同时具备了两种不同幻象的事情有何看法。他再次说他看到了这个问题的两面。他笑着对我说，这一定是他个性中的双子特质使然。钻石，存在着"好"，也存在着大恶，唯一重要的事情是，你是站在哪个角度看。没错，他的确知道国外有人因为钻石被杀。没错，他的确知道钻石对年轻的男孩与女孩呈现出一种扭曲的成功形象，而这些年轻的孩子理应有更好的楷模可以效法。然而知道这些事情并不能改变钻石在美国文化中受到的欢迎，也无法浇熄大家想要拥有钻石的欲望。

"你无法到非洲去遏止那些杀戮，所以你只好接受，然后试着让你在这儿的生活过得好一点。这种事情，很多人甚至连谈都不愿意谈。他们不想扯到那么政治性的东西。重要的是这里、现在、享受年轻、过得开心。很多人说，'关我屁事'。买个坠饰又不是我在做坏事。我又没杀人。这就是美国人的心态。"他告诉我。

为什么想要钻石？

大家都必须承认：钻石的化学结构的确独特。钻石传导热的效能远比其他已知的天然物质高。这是钻石摸起来总是冰凉的原因——也是钻石之所以俗称为"冰"的理由之一。

钻石的坚硬度几乎可以称为传奇。钻石在脑部手术中，被用作切开头盖骨的工具；钻油田时，替钻油机钻穿花岗岩岩床；还可以用来帮飞机切割钢板。一小撮的碳原子方块拥有大自然其他物质不及的顽强。众所皆知，用来区别矿石硬度的莫氏硬度表（Mohs' Scale），给予钻石的评分，是一级到十级的第"十级"，也就是说目前还未发现比钻石更坚不可摧的矿石。然而这样的解释其实无法给人完整的概念，因为莫氏硬度表从八级开始，就以指数倍数成长计算，因此钻石的硬度其实要比第九级的硬石高出四倍。

钻石的密度在阻挡光速前进的效果上，也让其他矿石望尘莫及。真空中光速为186,000英里/秒，但是如果让光线穿越钻石膨胀的内部，那么速度就会减缓到约77,000英里/秒。钻石的这份能耐，可以将彩虹光谱分解成不同色彩的耀眼光芒丝带，所以钻石也是一个非常优越的光室，光线在里面绕着不同的角度弹跳，发射出紫色、黄色与红色的碎光。如果打磨的角度完全正确，那么钻石散光的效果更加惊人。身为比利时切割师与数学家的马塞尔·托尔柯斯基①，在1914年对切割技艺提出了革命性的变革理念。他发表了一篇

---

① 马塞尔·托尔柯斯基（Marcel Tolkowsky, 1899—1991）：出身于比利时的一个钻石切磨师家族，拥有工程学位，被视为今日圆形明亮切割之父。

学术论文阐述自己的理论，他说对一颗钻石而言，使用光线的最经济方式，是把钻石打磨成一种圆筒形的角锥体，让钻石上的刻面准确瞄准彼此。这不但是现代"理想切工"（今天钻石的经典形状[①]）的由来，也是最受采购婚戒顾客欢迎的钻石形状。

钻石在光线之下闪烁着美丽的光芒，然而这并不能完全解释它们为什么在西方大众文化中如此突出。钻石的中心存在着一个难解之谜：我们为什么如此希望跟这种经过地球反刍的小碳块有所牵连？

达尔文主义者的传统解释是：那些人认为钻石是宣传一个人社会地位与自己所希冀的基因遗传的工具。劳伦斯·朗南（Lawrence Langnan）1996年发表了一篇论文《穿衣的重要性》，他在这篇像书一样厚，而内容又反复无常的论文里辩称，佩戴闪亮石头的行为不但在雌雄淘汰的过程中扮演着极重要的角色，在男人进化发展过程中也代表着一种关键的变化。人类在离开雨林后的某个时点，男人的心智能力与他在部族的重要性，变成了比蛮力更重要的特质。简言之，装饰成了一种自我宣传这些更高级力量的方法，犹如挥舞着孔雀羽毛以及吸引异性的手段。这些论点看似直接，不过朗南在这套理论中进一步暗示了一些较为黑暗的部分。

"意欲变得优越并赢得男女同胞的欣羡，向来是人类最深沉的精神需求之一。远古时代的男人装饰品也有相当于今天珠宝首饰的东西，然而与今日文明男人不同的是，远古时代的男人不会把他的装饰品送给女人，除非所有想佩戴在身上的东西都已戴上身。他们佩戴装饰品的原因跟我们今天佩戴珠宝首饰一样——展现自己优越

[①] 托尔柯斯基想法的主轴是：平顶与倾斜部分的角度应该维持58%与62%的比例。这个比例称为"深度"，是用来决定一颗打磨过的钻石究竟有多少价值的最重要数据。除非消费者开口询问，否则大多数的珠宝商都不会主动提供这样的信息。附带一提，平顶称为"桌面"，也就是钻石中央最大的刻面，而倾斜部分则称为"底部"。

的地位以及主导权……呈现美感的愉悦,以及补偿他自己与他的女人内心的自卑感。"他在论文中这么写。

换言之,一颗钻石的闪烁遮掩了我们的不足,也让我们和一件大自然的完美作品合而为一。想获得钻石源于一种超越自我的动机。这种想用美丽遮盖住粗陋自我的消沉欲望,是一种膜拜的冲动形式。

有些观光客总是不经意地要求其他人为他们在大峡谷、多佛峭壁、富士山或地球上其他奇景前照相,但他们却永远也不可能真正欣赏这些奇景的深度或圆满。对于这些观光客,我一直存在着高度的兴趣。他们只会逗留一下,时间绝不会久到足以了解这些地方。他们不会用手去轻抚这些地方的石头、不会睡在这些地方的岩穴之中,也不会看着太阳在这些地方的大石块上制造出阴影。然而他们仍然想拥有这些地方、想让自己的影像盖在这些奇景之上,哪怕只在这些地方停留一秒钟。从地质学的角度来看,人类肤浅的程度简直就像落在石块上的雨滴,来得快,去得也快。尽管如此,人类却仍渴望留下证据,证明自己曾在短暂的刹那与某种比自己更大的东西在一起。到此一游,有些度假照片上这么说。我和这儿有了联系。或许听起来荒谬,但我认为这个现象是人类在面对雄伟庄严事物时,完全自然的反应——想要与美好共存并合而为一的冲动,几乎可以说是性的冲动。我们想要让美罩住自己、想要融入美、想要让美成为自己的一部分、想要把美当成圣体吃下肚子。我们想要紧紧抓住,因为我们相信,美可以成就内在的圆满。

特立独行的经济学家托斯丹·凡勃伦(Thorstein Veblen)注意到"成功"两个字在现代的概念中,很容易就成为骗人的字眼。因为现代人眼中的成功往往是获得财富,而非做出对集体人类较有贡献的事情。社会的取向是朝着大众对肤浅物品的喜爱而定,凡勃伦这么说。肤浅的物品愈荒唐可笑愈受欢迎。这种倾向最鲜活的例子，莫过于西北部大西洋沿岸夸扣特尔印第安人①的冬季赠礼节。冬季赠礼节期间，当地的酋长为了展现自己的实力，会把值钱的物品丢进营火中。整件事的目的只在于令邻居汗颜。

从许多层面来看，钻石就是这种追寻的完美象征。大家都说钻石是爱情这种众人渴求的无价神秘情感的象征。只不过人类对钻石饥渴的真正驱动力并不是因为爱情本身，而是出于可能没有爱情的恐惧。英国哲学家阿兰·德·博顿②称这种阶段为"焦虑状态"，并说取得奢侈品的欲望，是一种闪避缺乏爱这个恐怖命运的潜意识行为。博顿这么写："如果未来的社会鼓励人们收集小塑胶唱片，并把爱当成奖赏，那些没什么价值的小塑胶唱片，很快就会在我们最热切的渴望与焦虑中占有中心位置。"换句话说，19世纪80年代的塞西尔·罗德斯，若当初在南非垄断的矿石是丹泉石、黑曜石或塑胶唱片，现代新娘无名指上戴着的，很可能是其他的纪念品。将爱情以外在虚华的方式展现是种迫不及待的需求，而这个道理，没有人比戴比尔斯更懂。

这就是戴比尔斯早期把广告重点怪异地放在死亡议题上的真正原因，这也是那句天才横溢又具穿透力的广告词"钻石恒久远"的真正动力。钻石成了逃脱抛弃与死亡的路径。钻石似乎被某种东西束缚住，某种我们推崇为救世主般的东西——一个伴侣——也是如此。如果把钻石塑造成畅销商品，绝对不会失败。

---

① 夸扣特尔印第安人（Kwakiutl Indians）：指住在温哥华岛北部与英属哥伦比亚的印第安原住民。"夸扣特尔"这个词已于20世纪80年代停用，现在大家称这些印第安原住民为"夸夸卡瓦卡乌"（Kwakwaka'wakw）。
② 阿兰·德·博顿（Alain de Botton）：1969年出生于瑞士的英国作家，以及瑞士犹太人血统相关电视节目的制作人。他的著作与节目都以哲学性的风格，讨论各种与现代生活有关的议题。

为了描述那种掩饰源于外貌、缺陷，甚至死亡等各种不安全感而尽已所能过着奢华生活的状态，凡勃伦创造了一个新名词："炫耀型消费"。钻石并不是掩饰内心不安的正确方式，但钻石确实能带来一时的满足。在无色的外表下，钻石藏着一个需要的深渊。"为了受人尊敬，浪费在所难免。"凡勃伦如此写道。

这就是钻石——一个空虚的完美包装，除了迟缓的光芒外，一无所有。

为什么我们要纪念品？

只不过，事情仍未获得完整的解释。

我记得第一次知道自己已经无可救药爱上安妮的那个周末。那是2000年的阵亡将士纪念日，我们一起去内华达山脉露营。开车上山途中，两人在一个名叫普莱瑟维尔的小镇稍事停留，买了一瓶葡萄酒，又给汽车加了油。那座加油站当时刚好有促销活动，送了我一块便宜的运动手表当礼物。我在发动引擎的同时，把手表递给安妮。

她把玩着，想要弄清楚怎么设定。

"这可以当我们的小闹钟。"她说。她的意思是我们可以把手表放在塑料帐篷里与其他的家当摆在一起。那天晚上我们打算在山边搭帐篷，那座帐篷将是我们共度一夜的家。

两人忘了带杯子，所以直接就口喝下瓶子里的葡萄酒，我们彼此紧拥着坐在营火前，承诺永不离开对方。之前，我从未对任何女人说过类似的话。其实那并不算真的求婚——求婚发生在后来——但那个晚上却让我朝求婚的方向跨了一大步。我记得亲吻她、抚摸她的脸颊，心中感到一种熊熊燃烧的狂野幸福。

第二天早上，手表并没有发挥说明书上的功能，而且拒绝接受设定，但我还是把它塞进仪表板的杂物置放凹槽中。这似乎是个值得珍藏的东西，因为路上安妮曾称这块表为"我们的小闹钟"，那几个字让我觉得很感动。这块表一点都不准，但每次整点时，却会发出一声微弱的电子"哔"声。没有开收音机的时候，我才听得到那声"哔"。

婚约解除后，我把表继续留在仪表板的置物凹槽中。渐渐地，在整点时出现的"哔"声愈飘愈远。它依然发出小小的短短高音，但我只会抬眼看看仪表板的灰色围板，然后把眼光收回来继续看着路面。安妮的表，我心里这样想，我们的闹钟。接着我的心思就会飘到其他地方。

2003年夏天，我正在菲尼克斯北部等红灯，突然想到已许久没听到那块表的"哔"声了。我把表拿出来，发现表盘上的数字都已消失。电池已没电。这块表寿终正寝之前，在我的仪表板置物槽里埋了两年。

心理学家知道人类有能力把自己的情感投射到毫无生命的物体上（例如那块表），已经是许多代以前的事了。1929年，瑞士儿童发展心理学家皮亚杰发现7岁以下的孩子，普遍存在着"泛灵论"，也就是说，孩子认为花、树、银器等，全都有属于自己的灵魂与个性。举例来说，有一个女孩，除非看到米老鼠的夜灯对她微笑，否则无法入睡。1951年，英国小儿科医师温尼科特[①]对这个现象有了解释。那年他发明了一个新词"过度客体"，专门用来形容绒毛玩具熊、软质玩具，甚至婴儿的拇指等这些母体的替代物。这样的替代物通常在脑部发育过程中扮演关键的角色，因为这种东西很容易

[①] 温尼科特（Donald Woods Winnicott，1896—1971）：英国小儿科医师与心理学家。

就变成婴儿认知的第一个与自己不同的东西——温尼科特称之"非我"。这种物品安慰了小儿与母亲身体分离的痛苦,有了这个东西,就有母亲不变的爱。尽管玩具熊和米老鼠夜灯并不能付出爱,但却是爱与非爱之间的必要桥梁。

一般来说,这座桥会在我们满6岁的时候消失。不过对某些人而言,桥的鬼魂仍徘徊不去,直到我们进入成年。举个并不是太受重视的例子,我们对物品(譬如绒毛玩具)偶尔会出现因怜悯而产生的心痛。联结人与物品之间的感觉,是一种更先进的泛灵论形态,荣格称之"神秘参与"。这种信仰常常出现在复杂的宗教系统中:譬如非洲班图族的自然膜拜或日本神道信仰。他们相信树木、岩石、溪流与其他风景中的景致,都是"神"这种在世上随处晃荡的神灵的游戏面具。除此之外,当然还有天主教会相信耶稣的身体与血以圣餐中的葡萄酒与饼干的形态呈现。

成年人将情感转化到物品上的取代行为——一如加油站那块表——只不过是人类特别习惯从身边事物上寻找意义的一种障眼法。这个和呼吸一样自然的习惯,是我们无法主动关掉的脑部运作。

20世纪心理学领域最主要的贡献有一部分来自维也纳医师维克托·弗兰克尔[1]这位曾被关进四所集中营的幸存者。他的妻子、父母、哥哥全都遇害,只有他和妹妹活了下来。他在代表作《活出意义来》中,描述自己在集中营里以119号与104号囚犯的身份度过的岁月。那段日子里,身边的人,不是饿死就是遭到德军随意杀害。但他发现同被关在集中营的囚犯身上一个非常值得注意的现象。那

---

[1] 维克托·埃米尔·弗兰克尔(Victor Emil Frankl,1905—1997):奥地利的神经内科医师与心理学家,纳粹大屠杀的生还者。他是心理学"第三维也纳学派"实证分析法的其中一种形式——意义治疗的先驱。

些不知道自己所遭受的折磨究竟有什么意义的人，很容易就死于饥饿与疲惫，然而那些试图为自己的苦难找出目的的人，却能够设法在极度悲惨的遭遇中继续存活。后者与其他更饥饿的人分享面包屑、学习享受夕阳在木墙上的光芒，甚至抬头挺胸走进毒气室内，在吸入齐克隆B①的同时，虔诚祈祷。某天，当弗兰克尔在刺骨的冰寒中，颤抖着双腿做工时，他开始想象自己与妻子的对话。他并不知道妻子是否依然活在世间，但他还是想告诉她自己有多么爱她；想告诉她在他们相处的短短时间内，她为他带来了多少欢乐。弗兰克尔突然有了顿悟。

他后来写道："我突然理解到人类的诗歌、人类的思想与信仰所必须告知众人的最大秘密：只有通过爱，只有沉浸在爱之中，人类才能得以救赎。"

弗兰克尔得出了结论：心灵的主要功能，并不是弗洛伊德所称与童年时代留下的性印记角力。心灵真正专注的事情，是要从世界不断抛给我们的刺激混沌当中，整理出某种目的。弗兰克尔在奥斯威辛集中营时就已确定，生命最重要的意义是去爱全部的人类。尽管其他人可能会赋予生命不同的故事版本，但朝着同一个结论前行的这趟实践之旅，正是力量所在。人类绕着各种飘进我们视线之内的事物，不断编织出意义之网。有如棉花一样的原料飘进我们的心中，经过编织，呈现出来的是一张绣帷。这样的能力，不但不是疾病，反而是一种心灵健康已臻至顶点的状态。我们不断把人、事、记忆，以及物依序放入符合内心故事的不同目录内，而即使终极意

---

① 齐克隆B（Zyklon B）：又作Cyclon B，是由氰化物调制成的化学药剂，最早当成杀虫剂，但"二战"时期，纳粹德国用来当作集中营大屠杀的工具。又称为"山埃"的氰化物，在标准状态下呈气体状，无色，有杏仁味，会抑制呼吸酶，造成细胞内窒息，若在短时间内吸入高浓度氰化物，会因呼吸立即停止而死亡。

第十章　大而无物：美国

义难解到自己都无法清楚理出任何头绪，也不以为意。

面对一个难解的宇宙，以及一个知道自己逃脱不了死亡的先见之明，心灵受到某种声称永恒却可以掌握在手中的东西吸引，不是很奇妙吗？当大家提到爱的宣言，人类基于对意义的追求，把焦点全集中在一颗石头上。戴比尔斯编织了一张话语的蛛网，牵引我们朝着那儿去。现在回想起来，把受到挤压的碳块收集起来，然后视为"永恒"出售，其实是件很简单的差事。说穿了，也不过是廉价把戏的光芒、虚构的爱情、空荡的屋子、昂贵的幻觉。然而，我们依然求之若渴。我们想要得到大家口中的那样东西，那是世界上可以找到的最坚硬之物，可以在闪烁间，将你我提升至比其他人类更高的位置——女人变成公主、男人变成王侯，尽管只能持续短暂的闪烁瞬间。钻石几乎从一开始就已经被专断地设定为掌握渴望深处的钥匙、一颗心外的心，清澈碳块里闪耀得无以复加的瞬间，应该会让我们忘了失败，也忘了自己是必死之身。从中非的河床矿场与战场、印度令人窒息的打磨厂、北极营区，到西伯利亚的实验室，男男女女冒着生命危险，赌上自己的生命时光，为的就是要追求那颗代表爱的星星。这些人全专注地为这个神话效命——这个我们将自己的饥渴之梦缠绕其上的神话。

那家珠宝店位于双车道高速公路的路边，对街有一家汽车销售公司与一家星巴克。长条的零售区之后，是一片美国梧桐树林和整齐的郊区房舍，由当地木材与灰色宾夕法尼亚片岩搭建而成。路的尽头有所贵格会①的学院，校园里有座湖，湖边散落着鸭毛。这时的我，离四年多前买给安妮钻戒的旧金山，大概隔了一整片大陆。

---

① 贵格会（Quaker）：又称为教友派（the Religious Society of Friends）或公谊会，17世纪创立于英国的一个基督教分支。历史学家一般认为主要的创办人为乔治·福克斯（George Fox）。

珠宝商是位爱交际的家伙，他一面忙着拉开固定钻石的黄金爪，一面跟我聊天。尽管屋里开着冷气，他的汗却在面颊上发光。

"你运气真好，前几天，有个家伙走进店里，身上带着一只破碎婚姻的戒指。雷蒂恩切割的钻石挺大颗的，不过中间的角度有点歪。我没有办法出价。不过你这颗钻石应该有销路。我可以处理掉。"他说。

"你打算怎么做？"我问。

"先放在一个新的戒座上，放到店里卖。也许要两个礼拜，也许要一年，不晓得。如果卖不出去，我再带到纽约去卖。"

这位珠宝商把钻石从戒座上取下，放在一张浅蓝色的面纸上。移开了黄金戒座的钻石，光线可以直接穿透钻石底部，托尔柯斯基的光线弹跳特性在此表露无遗。我想，从我沉浸在满溢的爱情之中买下这颗钻石的那天开始，这颗钻石一直没有闪耀出如此亮眼的光芒。

我看着这颗钻石，心里很清楚这将是最后一次注视。不久之后，这颗钻石将出现在陌生人的手指上，那个人对钻石的过去将一无所知。犹如我当初让它成为自己对安妮感情的化身时，也不知道这颗钻石有什么过去一样。在我走出珠宝店的刹那，封存在钻石上的记忆将不复存在。

珠宝商似乎知道我在想什么。在这座城里，他是这个区域少数几家收购二手钻戒的店家之一，他经常处理这样的买卖。

"这颗钻石哪儿也不会去。一百万年以后，也许你的家族绝迹了。人类都会绝迹的。钻石将依然在这里。一点都不会变。时间伤不了它。"他告诉我。

他又重复："你运气真好。这是颗卖得出去的钻石。它具备大家需要的特质。"

　　我看着他把那颗钻石封在一个塑料袋中,和其他几颗大小差不多的钻石摆在一起。他开了一张支票给我,彼此握手道别。离开时,我的口袋中只剩下一个空戒盒。

参考资料

本书为非虚构作品，书中的内容都来自现实生活，所涉及的人名也非杜撰。许多在海外的采访都是在翻译的帮助下完成的，尤其是在非洲的部分。少数情况下，为了叙述的方便，很多冗长对话的内容都被压缩成了一段。不计其数的政府文件、合作报告、书籍、杂志和报纸文章以及学术文章都为本书提供了重要背景和上下文。未被本书正文直接引用的材料，我将罗列于此。

第一章 垂死之星：中非共和国

关于砂矿开采技术的概览可在 *Diamonds in the Central African Republic* 中找到，这是Joseph N'gozo撰写的一份未出版的手册。在一份2002年10月24日从班吉美国大使馆发往美国国务院的解密外交电报中，我们大概了解到一些走私钻石的方式。在一份名为 *Hard Currency: The Criminalized Diamond Economy of the Democratic Republic of theCongo and Its Neighbours*（Ottawa: Partnership Africa Canada, 2002）的倡议书中也有描述。一位名为Christian Deitrich的相关领域研究者，在其发表于2003年1月10日的报告 *Diamonds in the Central African Republic: Trading, Valuing and Laundering* 中对此做了进一步研究。在一次电话交谈中，Deitrich还欣然与我分享了其他的深刻洞见。在Alex Shoumatoff的

一篇文章"The Emperor Who Ate His People"中，博卡萨一世的统治得到了验证，这篇文章收录于其再版著作*Africa Madness*（New York: Alfred A. Knopf, 1988）中。关于晚近的非洲殖民地的信息来自于John Gunther的*Inside Africa*（New York: Harper & Brothers, 1953）一书，这是其*Inside*丛书中的一本，六十年之后依然没有过时。关于非洲大陆的其他背景信息，以及博卡萨加冕礼的生动的第一手报道资料则来自David Lamb所著的 *The Africans: A Noted Foreign Correspondent's Encounters with Black Africa Today*（New York: Random House, 1982）。

第二章　希冀的结果：日本

关于"明亮生活"以及战后日本消费者想法的观察来自Simon Partner的*Assembled in Japan: Electrical Goods and the Making of the Japanese Consumer*（Berkeley: University of California Press, 1999）。Partner是杜克大学历史系的教授，他也慨然应允了我的电话采访。我还从史密森学会所存的档案中引用了艾耶父子广告公司的公司备忘录，包括"De Beers Diamond Engagement Ring"（未知作者，1991），"Consumer Ayerplan"（出处同上），以及一封1987年10月30日弗朗西丝·格雷蒂写给F. 布拉德利·林奇的信，信中讨论了后来闻名世界的广告语的细节。劳克最初写给戴比尔斯的报告（1945年3月23日）摘自戴比尔斯的副总裁Warner S. Shelly的宣誓书中，现存国家档案馆。另一篇艾耶的重要文档是在Edward Jay Epstein发表于1982年2月号的*The Atlantic*上的重要文章"Have You Ever Tried to Sell a Diamond?"中首次揭秘的。Epstein在其著作*The Rise and Fall of Diamonds: The Shattering of a Brilliant Illusion*（New York: Simon & Schuster, 1982）也简要描述了戴比尔斯在日本的首战。Stefan Kanfer的*The Last Empire*（New York: Farrar, Straus & Giroux, 1993）一书中述及了艾耶和奥本海默之间的早期交易，John Mcdonough编选的*The Encyclopedia of Advertising*（New York: Fitzroy Dearborn Publishers, 2002）中记述了这段关系的结束。

近年来日本钻石的销量数据来自东京Japan Jewellery Association若干未命名的文档。日本和美国杂志上的广告复印件、艾耶宣传人员在好莱坞的活动以及其他的艾耶在市场方面所做的努力，是从多份来自杜克大学John W. Hartman Center的有关智威汤逊公司的销售、广告和市场方面历史的文件和信件收藏。包括著名的"Has Anyone Seen Merle Oberon's Matching Bracelet?"（作者与日期未知），"Diamond News Spring Edition"（作者未知，1996年2月），以及"De Beers Activity in Japan"（未知作者，1996）。1945年2月21日美国司法部门的一份名为"Diamond Case"的备忘，作者为Raymond D. Hunter，也颇有启发性。黑泽明关于天皇广播的记述则是引自其自传*Something Like an Autobiography*（New York: Vintage, 1983）。我是从Patrick Tyler的*Japan: A Reinterpretation*（New York: Vintage, 1998）一书中了解到黑泽明这段话的，我从Tyler的书中获益良多，远不止这段引文。

第三章　强人：巴西

热基蒂尼奥尼亚地区让人不悦的钻石历史部分引自C. R. Boxer的*The Golden Age of Brazil: Growing Pains of a Colonial Society 1695–1750*,（Berkeley: University of California Press,1962）；Kathleen Higgins的"*Licentious Liberty" in a Brazilian Gold Mining Region*（University Park, PA: Pennsylvania State University Press, 1999）；

John Mawe所著的 *Travels in the Interior of Brazil, Particularly in Gold and Diamond Districts of That Country, by the Authority of the Prince Regent of Portugal, Including a Voyage to the Rio De La Plata and a Historical Sketch of the Revolution of Buenos Ayres*（London: Longman, Hurst, Rees, Orme & Brown, 1812）；Sir Richard Burton 著的*The Highlands of the Brazil*（London: Tinsley Brothers, 1869），以及Harry Franck发表于*Century*杂志（1921年9月号）的"In the Diamond Fields of Brazil"。矿产法和偷税漏税的问题在一份名为"The

Failure of Good Intentions"（Ottawa: Partnership Africa Canada, 2005）的宣传文件中被提及。本章中也引用了公司和政府文件，包括来自Ministry of Mines and Energy National Department of Mineral Production, Brasilia的*Mineral Summary 2004*，和来自Minas Gerais Mining Company, Belo Horizonte的*COMIG 10 Years: The Mining of the 21st Century*，以及来自Brazilian Diamonds, Ltd., Vancouver, B.C.的*2004 Annual Report*。在Joseph Page所著的*The Brazilians*（New York: Addison Wesley, 1996）和Marshall Eakin 所著的*Brazil: The Once and Future Country*（New York: Palgrave Macmillan, 1998）两本书中很好地描绘出了这个国家的概貌。

第四章　钻石集团：南非

关于法尔河冲突的细节与发生在不幸的戴比尔兄弟农场上的事件引自William H. Worger所著的 *South Africa's City of Diamonds: Mine Workers and Monopoly Capitalism in Kimberley, 1867–1895*（Craighall, South Africa: A. D. Donker, 1987），George Beet编的*Knights of the Shovel*（由Friends of the Library, Kimberley Africana Library出版的限量版，1996），以及J. T. McNish著的*Graves and Guineas*（Cape Town: C. Struik, 1969）。Antony Thomas在其著的*Rhodes*（New York: Thomas Dunne, 1996）一书中精致呈现了塞西尔·罗德斯的狂妄自大。关于钻石集团后来的历史引自Anthony Hocking所著的细节丰富的双人传记*Oppenheimer and Son*（Johannesburg: McGraw-Hill Book Co., 1973）。我认为关于戴比尔斯的最好的书是Stefan Kanfer著的*The Last Empire*（可参看第3章），对我写作本章前期很有帮助。Kanfer在电话中也与我分享了一些他时下的观察，并告诉我可以去耶鲁大学的Sterling图书馆去查找与戴比尔斯相关的资料。其他较好的概述还包括Peter W. Bernstein发表于1982年6月号*Fortune*杂志的"De Beers and the Diamond Debacle"以及Sally Angwin和Selhurst Trewier发表于1963年11月号的*Town*杂志的"Million-Carat Colossus"。

还有三本书为我描述戴比尔斯的看货商系统提供了帮助：Renee Rose Sheild著的 *Diamond Stories: Enduring Change on 47th Street* (Ithaca, NY: Cornell University Press, 2002)，Emily Hahn著的*Diamond: The Spectacular Story of Earth's Rarest Treasure and Man's Greatest Greed* (New York: Doubleday & Co., 1956)，以及Murray Schumach著的*The Diamond People* (New York: W.W. Norton & Co., 1981)。时下的看货人标准可以在 K. Goodram 发表于*Diamonds—Source to Use* (Johannesburg: South African Institute of Mining and Metallurgy, 2003) 的 "Sales and Marketing at the DTC" 一文中查到。

关于阿肯色岩管的传奇故事，John C. Henderson在博士论文*The Crater of Diamonds: A History of the Pike County, Arkansas Diamond Field* (Denton, TX: University of North Texas, 2002) 做了细致考察。Howard Millar的回忆录*It Was Finders Keepers at America's Only Diamond Mine* (New York: Carlton Press, 1976) 中记载了很多奇闻逸事，关于有争议的矿体形态检验的过程在 J. Michael Howard写作的 "Summary of the 1990s Exploration and Testing of the Prairie Creek Diamond-Bearing Lamproite Complex, Pike County, Arkansas, and a Field Guide" 可以查到，这篇文章发表于 *Contributions to the Geology of Arkansas* (Little Rock: Arkansas State Geology Commission, 1999)。本章中也引用了若干来自美国司法部门律师们的未解密的备忘录，其中最著名的是1944年1月6日Herbert Berman为Edward S. Stimston写的名为 "Legal Problems Involved in a Suit Against the Diamond Cartel" 的备忘。Janine Roberts是*Glitter & Greed* (New York: The Disinformation Company, 2003) 一书的作者，在国家档案馆找到了一些戴比尔斯相关的资料，是我所不曾注意的，书中还有一些Ernest Oppenheimer关于稀缺哲学的论述的引用。Kevin Krajick的*Barren Lands* （尤其是前两章）一书关于默夫里斯伯勒在20世纪早期的故事有着绝好的论述。一些国际钻石安全组织（IDSO）的活动在Ian Fleming唯一的非虚构作品*The Diamond Smugglers* (London: Jonathan Cape, 1957) 中有记载。关于James Bond 的引用出自小说*Diamonds Are Forever* (London: Jonathan Cape, 1956)，其主要情节与1971年联美公司出版的同名电影有显著不同。

第五章　新纪元：澳大利亚

关于澳大利亚原住民梦境时代的精致描摹可以在Bruce Chatwin的*The Songlines*（New York: Viking, 1987）一书中找到。关于阿盖尔矿区的地质状况背景可以在Jim Shigley, John Chapman和Robyn K. Ellison写作的"Discovery and Mining of the Argyle Diamond Deposit, Australia"（发表于*Gems & Gemology* 2001年春季号和Sustainability Report 2003, Argyle Diamonds Australia, West Perth, W.A.出版）一文中找到。关于价格之争的资料可以在Tim Treadgold写作的"Argyle's Bitter Diamond War"（发表于*Business Review Weekly*，1996年11月4日）一文中找到。在一份哈佛商学院2000年4月20日发布的案例分析"Forever: De Beers and U.S. Antitrust Law"中，有关于戴比尔斯决定的让人信服的分析。Rob Bates发表于2003年7月1日的*JCK Jewelers Circular Keystone*上的文章"De Beers New Direction"和Chaim Even-Zohar发表于*Diamond Intelligence Briefs* 2013年6月12日的时事通讯"Conjecturing About 'Incredibly Hidden' Strategies Behind the Dropping of So Many U.S. Sightholders"中分析了精选供货商的模型。

第六章　血钻石：安哥拉

萨文比被枪击而亡的细节引自BBC的原始报道以及James P. Lucier写作的"Chevron Oil and the Savimbi Problem"一文（发表于2002年4月29日的*Insight on the News*）。关于他性格的线索可以在Shana Wills发表于2002年2月27日的*Foreign Policy in Focus*上的"Jonas Savimbi: Washington's Freedom Fighter, Africa's Terrorist"一文中找到。

通过安特卫普的走私细节在联合国官员2000年12月21日在纽约发布的报告*Final Report of the Monitoring Mechanism on Sanctions Against UNITA（Angola）*，以及Belgium's Intelligence and Security Services 2001年未发布的一份调查报

告"The Illegal Trade in Diamonds from Angola: The Part Played by Belgium"中可以查到。更进一步的细节引自 *A Rough Trade: The Role of Companies and Governments in the Angolan Conflict* (London: Global Witness,1998)。关于武装空运的生动细节引自 *Diamond: A Journey to the Heart of an Obsession*, by Matthew Hart (New York: Walker& Co., 2001)。

关于东北部的不安局势在一份Open Society Initiative for Southern Africa的Rafael Marques所著的2003年11月未发表的文件"Report on Fact-Finding Trip to Lunda Norte and Lunda Sul"以及Justin Pearce所著的*War, Peace and Diamonds in Angola*,（the Institute for Security Studies, 南非约翰内斯堡, 2004年6月25日）。关于安哥拉钻石生意的背景和复杂的所有权关系，可以在Christine Gordon编的*Diamond Industry Annual Review—Republic of Angola*（Partnership Africa Canada, Ottawa, 2004年7月出版）一书中找到。关于Cafunfo新兴市镇文化的社会学分析在Filip De Boeck发表于2001年的 *Review of African Political Economy*的"Garimpeiro Worlds: Digging, Dying and Hunting for Diamonds in Angola"一文中可以找到。一般的背景分析引自 *Country Profile 2004, Angola*（The Economist Intelligence Unit, London）以及Jon Lee Anderson在"Oil and Blood"（发表于2000年8月14日的*The New Yorker*）一文中所做的令人难忘的描摹。关于科特迪瓦的报道引自*The Washington Post*上发表的优秀的海外报道。

第七章　钻石打磨厂：印度

尽管Neera Burra的*Born to Work* (New Delhi: Oxford University Press, 1995)一书中并没有包括钻石打磨的内容，但它从文化上对印度的童工现象及其在若干经济门类中的角色做了综述。William Langewiesche的文章"The Shipbreakers"（发表于*The Atlantic* 2000年3月号）关于古吉拉特邦的管控文化有所洞见。一些古代历史方面的引用出自 Monisha Bharadwaj 著的*Great Diamonds of India* (Bombay: India Book House Pvt, 2002)。钻石打磨带来的

健康问题参见E. Wilk-Rivard J. Szeinuk发表于医学期刊的文章"Occupational Asthma with Paroxysmal Atrial Fibrillation in a Diamond Polisher"(*Environmental Health Perspectives*,2001年12月号),以及M. Demedts等人发表的"Cobalt Lung in Diamond Polishers"(*American Review of Respiratory Diseases*,1984年7月号),还有N. M. Rao等人发表的"Pulmonary Function Studies in 15 to 18 Years Age Workers Exposed to Dust in Industry"(*Indian Journal of Physiology and Pharmacology*,1992年1月号)。钻石打磨业的兴起在Aravind Adiga的"Uncommon Brilliance"(*Time Asia*,2004年4月12号)上有简短的描述。

我还引用了The Times of India档案中的几个故事来叙述苏拉特晚近的历史,其中最著名的是Nitin Jugran Bahuguna 1997年10月29日写作的"Multinationals Urged to Stop Using Child Labor";Shabnam Minwalla 和 Rafat Nayeem Quadri 1996年11月9日写作的"Health and Hygiene Transform the City of Dirt and Diamonds";未知作者1995年9月26日写作的"Plague Offers Surat Chance for a Facelift";Shabnam Minwalla 1995年9月10日写作的"Back on the Road to Hell"。关于印度这一令人着迷的国家的背景材料引自Octavio Paz所著的*In Light of India*(New York: Harcourt, 1997),以及Ved Mehta所著的*Portrait of India*(New York: Farrar, Straus & Giroux, 1970)。

第八章　午夜之阳:加拿大

Vilhjalmur Stefansson的探险和创意在*Kenneth Coates*的Canada's Colonies(Toronto: James Lorimer & Co., 1985)和Richard J. Diubaldo的*Stefansson and the Canadian Arctic*(Ottawa: McGill-Queens University Press, 1999)中有详细叙述。关于加拿大的早期海上探险以及后续寻找约翰·富兰克林的努力的相关内容,我们可以从Ann Savours所著的 *The Search for the Northwest Passage*(New York: St. Martin's Press, 1999),以及Warren Brown 的*The Search for the Northwest Passage*(New York: Chelsea House Publishers, 1991)、Scott Cookman所著的

Ice Blink（New York: John Wiley & Sons, 2000）和Leslie H. Neatby的*Search for Franklin*（New York: Walker & Co., 1970）等书中可以找到。Richardson发现维多利亚岛的故事在R. Thorsteinsson和E.T. Tozer合著的*Banks, Victoria and Stefansson Islands, Arctic Archipelago*（Ottawa: Geological Survey of Canada, 1962）中有讲述。查克·费克的背景以及威斯康星州的谜团和源于雅克·卡蒂埃而沿用至今的法国惯用语乃是源自Kevin Krajick的杰出著作*Barren Lands: An Epic Search for Diamonds in the North American Arctic*（New York: Times Books, 2001）。这本书将以其对加拿大采矿史最为深入的调研而成为近几年这方面值得推荐的图书。

本章中还引用了发表于*The Globe and Mail, The Wall Street Journal*以及*The Yellowknifer*等报纸上的文章，以及发表于*Up Here, The Walrus*和*Canadian Diamonds*等杂志上的文章。

第九章　炼金术：俄罗斯

关于BARS过程的技术解释可以在一篇翻译文章"Growth Conditions and Real Structures of Synthetic Diamond Crystals"（*Russian Geology and Geophysics*, vol. 38, no. 5, 1997）中查到。关于综合探测的技艺在Sharrie Woodring和Branko Deljanin合著的入门读本*Laboratory Created Diamonds*（European Gemological Laboratory USA, 2004）中有精彩描述。目前发表的关于盖迈希（Gemesis）公司信息含量最丰富的杂志文章是Joshua Davis发表于*Wired*（2003年10月号）的"The New Diamond Age"。更多的背景信息来自行业杂志*Rapaport Diamond Report*（2003年10月3日）的文章"A Diamond Is a Diamond?"；Jim Shigley、Reza Abbaschian和Carter Clarke所著的"Gemesis Laboratory-Created Diamonds"（*Gems & Gemology*，2002年冬季号）；"Tuesday's Diamond in Wednesday's Ring"（*IDEX magazine*，2004年8月号）。自1880年起致力于人造钻石的努力的细节年表可以在Robert Hazen所著的*The Diamond Makers*（Cambridge:

Cambridge UniversityPress, 1999）找到。Paul Josephson所著的*New Atlantis Revisited*（Princeton: Princeton University Press）中有关于新西伯利亚的迷人描述。欧洲人不愿接受养殖珍珠的历史在Robert Eunson所著的*The Pearl King: The Story of the Fabulous Mikimoto*（New York: Greenberg，1955）中有简短讨论。

第十章：大而无物：美国

零售数据引自几份产业报告：*The Cost of Doing Business Survey*（the Jewelers of America，2004年5月出版）；Top 50（*National Jeweler*，2004年5月16日）；*Luxury Goods: The Global Jewelry and Watch Market*（Bear Stearns &Co. 2004年9月出版）。还有名为"Diamond Industry 2004"（发表于*Rapaport Diamond Report*，2004年11月5日）的一组文章也很有帮助，以及Victoria Murphy所著的"Romance Killer"（发表于*Forbes*，2004年11月29日）。戴比尔斯最新的广告闪电战在Rob Walker写作的"The Right-Hand Diamond Ring"（发表于*The New York Times Magazine*，2004年1月4日）一文中被论及。

马丁·拉帕波特与守旧者战斗的历史在Sandra Salmans的"A Diamond Maverick's War with the Club on 47th Street"（发表于*The New York Times*，1984年11月13日），Kathleen Day 的"Secretive Club Polishes Its Image Amid Fight Over Pricing Disclosure"（发表于*Los Angeles Times*，1985年8月18日），Joe Thompson的"Mike Rapaport: Prophet or Pariah?"（发表于*JCK—Jewelers' Circular Keystone*，1982年3月号），Margaret Hornblower的"Sparkle Street, USA"（发表于*The Washington Post*，1985年3月10日）可以查到。Murray Schumach所著的*The Diamond People*（前五章）一书中提及47街历史的余响。

George E. Harlow编的 *The Nature of Diamonds*（New York: Cambridge University Press, 1998）一书中对钻石的化学特性展开了论述。一些摇滚巨星的传记资料引自David Plotz写作的"Assessment: Master P"（发表于互联网杂志*Slate*，1998年7月4日）。钻石欲求背后的心理学探寻参见Lawrence Langner

所著的 *The Importance of Wearing* Clothes（New York: Hastings House, 1959），D.W. Winnicott所著的*Through Paediatrics to Psycho-Analysis*（New York: Basic Books, 1958），Marcel Mauss所著的 *The Gift: Forms and Functions of Exchange in Archaic Societies*（New York: W.W. Norton & Co., 1967），Thorstein Veblen所著的*The Theory of the Leisure Class*（New York: Macmillian, 1899），以及Wilkie Collins华丽的维多利亚时期的小说*The Moonstone*（Hertfordshire: Cumberland House, 1993）。Viktor Frankl所著的*Man's Search for Meaning*（Boston: Beacon Press, 1959）虽然并未包含与钻石有关的内容，但却让我获益良多。

（本部分由李佳翻译）

致　谢

在英国，我要感谢查塔姆研究所（英国皇家国际事务研究所）的Alex Vines为我介绍相关领域的朋友并分享信息。全球见证组织的Alex Yearsley为我提供了几份关于宝石走私的重要文件，还与我分享了他的独到见解。WWW国际钻石咨询公司的Richard WakeWalker抽出宝贵的时间为我传授经验。我还要感谢利维宝石有限公司的Harry Levy和钻石贸易公司的Andy Bone、Susan Spencer。

在中非共和国，我要感谢Phillipe Makendebou、David Greer、Joseph Benamse、Andrea Turkalo、Louis Sarno、Assan Abdoulaye、Kevin Kounganda、Honore Mbolihoudie和Kate Bombale。多谢Justin Oppman为我们导航引路，并且在疏通政府关系方面提供的宝贵建议。

在加拿大，我非常感谢Diamonds North Resources, Ltd.和Teck Cominco允许我加入2004年夏季的北极探险，并且"一路绿灯"。尤其是Mark Kolebaba和Nancy Curry给予我特殊的帮助。我永远不会忘记搭乘来自Great Slave Helicopters的Michael Podolak的飞机

的经历。必和必拓公司的Denise Burlingame带我考察Ekati矿井，Diavik Diamond Mines的Doug Ashbury确保我们看到了环绕A-154管道的堤坝。此外，我还要感谢*Yellowknifer*报的Andrew Raven、Chris Woodall和Aaron Whitefield，以及*Canadian Diamonds*杂志的Jake Kennedy、NWT & Nunavut Chamber of Mines的Mike Vaydik、威尔士亲王北方文化遗产中心的Ryan Silke和Adlair Aviation的Willy Laserich。

非常感谢日本珠宝协会的Hishasi Ashino为我们提供并翻译的内部资料。在东京，Catherine Porter为我们带来的欢声笑语，数小时的欢笑是那么的弥足珍贵。Rakesh Shah及其家人非常热情地款待了我们，并分享了很多宝贵的经验。Dennis Weatherstone帮助我们敲开了几扇"外人"不得入内的大门。来自北京的李园园（音）在他的入籍国为我们做日语翻译，此外还要感谢Kumiko Igarashi和Akiko Sato额外给予的帮助。

在巴西，我要对翻译Francisco Santoro、Shelia Borges、Bryan Rott、Gislene de Jesus Costa、Rodolfo Lautner和Neuza Batist da Silva表达深深的谢意。地质学家Cristina Pletschette也帮助我整理数据。The Cooperative Regional dos Garimpeiros de Diamantina的Alberto Pinho带我研究解读巴西采矿法。Humphryes和Doug Thayer分享了他们对于矿石开采技术的独到见解。Tiao Fernandes是第一位跟我讲起"强人"的人，并帮助我找到了他。此外，我还要感谢Aurelio Caixeta de Melo Ferreira在Patos de Minas的悉心关照。我在Coromandel与Roanne Nubia和Fabiana Araujo结下了深厚的友谊。

在南非，the Institute for War and Peace Reporting的Karen Williams为我们斟上浓烈的鸡尾酒，并做了关于约翰内斯堡（Johnnesburg）的推测。同时，也要感谢Kara Greenblott的悉心关照。De Beers的

Tom Tweedy为我们提供了有用咨询。Justin Pearce对非洲政治的精细洞察使我对自己的推论有了更加深刻的思考。南非Kimberley公共图书馆的Kokkie Duminy指导我查阅那些稀罕珍贵的南非资料文集。除此之外，我还要感谢约翰内斯堡the Transnet遗产图书馆的Barbara Els。

澳大利亚Rio Tinto, Ltd.的Anitra Ducat和Kerri Redfern带我看到了阿盖尔矿井里我想看到的一切。Russell Moar、Rick Stroud、Scott Ramsey、Alan Tietzel、Ray Piotrowski和Kevin Mcleish耐心地回答了我的各种问题。David Rose主动与我分享了分段落顶开采法的一些经验。在这里，我也要感谢波斯the West Australian报的Gareth Parker和悉尼Investigate杂志的James Morrow。

需要感谢的人有很多，在安哥拉的几次采访中，Anselmo Ribeiro为我做葡萄牙语的翻译，展现出十足的勇气和出众的才华。David Flechner为我做了其他场合的翻译，化解了很多窘迫尴尬的局面。我同样要感谢Save the Children UK的Susan Grant、路透社的Zoe Eisenstein、Endiama的Sebastiao Panzo、Radio Ecclesia的Joao Pinto，以及Tako Knoing、Daphne Eviatar、Robert Miller和Antonia Leao Monteiro。

在印度，非常感谢The Times of India阿默达巴德分社的编辑Bharat Desai和记者Swati Bharadwaj Chand。Oswald Crasto带我进入普拉萨德议会的几间办公室。Rosy Blue, Inc.的Dilip Mehta推进了几次在孟买的重要访谈，其中包括采访美国大使David Mulford和前联合国副秘书长Prakesh Shah。而Sunil Desai不仅仅在苏拉特帮我担任古吉拉特语翻译，还在其他很多方面给予我很大的帮助。

非常感谢俄罗斯的Yuri Palyanov和他的科学家团队，以及Valentin Afanasjev、Nikolai Sobolev、Victor Vins、Sergey、Antonio

和Julechka的热情款待。在莫斯科，是Jeffrey和Tatyana Tayler的热情好客，使我有机会享受沉浸在伏特加酒香中的快乐时光。Natalia Yakimets为我在俄罗斯的几次采访担任了翻译。

在美国，我要感谢the European Gemological Laboratory的Sharrie Woodring分享了人工合成钻石的经验。The Gemesis Corporation的Britta Schlager允许我租借一块价值连城的石头。Anker Diamond Cutting, Inc.的Steven Anker透露了交易的奇妙之处。The U.S. Naval Research Laboratory的James Butler和Boris Feigelson引导我用我能听得懂的语言了解放射过程。*Jewelers' Circular Keystone*的Gary Roskin和*Couture International Jeweler*的Victoria Gomelsky以及Robert Hammerman担负起真相小组的责任。缺少Elizabeth Mendez Berry的经验，关于嘻哈巨星的部分将会变得索然无味。此外，我还要感谢Joseph Rott、Bernie Silverberg、Michael Coan、John Anthony、James Auburn、Toni Greene、Susan Moynihan、Michael Romanelli、John Kaiser和Laura Babcock，感谢不分先后。

多谢华盛顿特区史密森学会美国国家历史博物馆的档案管理员们，特别要感谢Faith Davis Ruffins帮助我查找艾耶父子广告公司的旧档案。是Lynn Eaton的不断鼓励和大力帮助，使我能够看到北卡罗来纳州达勒姆的杜克大学John W. Hartman销售、广告、市场历史研究中心的有关智威汤逊公司的藏品。Diane Kaplan帮助我与坐落于纽黑文的耶鲁大学Sterling图书馆的Cecil Rhodes保持书信联系。John Taylor协助我找到我正在马里兰大学帕克分校国家档案馆查找的资料。Marsha Appel展示了位于纽约的美国广告协会的私人藏品。此外还要感谢纽约公共图书馆阅览室的工作人员。

St. Martin's Press的编辑Michael Flamini和他的助理Katherine Tiernan在编校过程中提出了宝贵的修改建议并使这本书顺利出版。

我的朋友和同事Susannah Donahue、Sarah Rutledge、Barbara Kiviat、Kim Sevcik、Deborah Siegel、Stacy Elise Sullivan、Lawrence Viele阅读了书稿的部分章节，感谢他们给予的鼓励，他们提出的修改意见非常中肯。特别感谢Ellen Ruark，没有一个作者会拥有比他更好的朋友、啦啦队员兼顾问。感谢Gabrielle Giffords的信任。采矿发烧友Marc Herman是对一个故事追根溯源的典型例子，他关于金矿的开创性著作Searching for El Dorado是一部叙事著作的典范。我亚利桑那的家则是我完成这本书的坚强后盾，对家人的感谢难以言表。如果没有我那位具有敏锐洞察力和天赋的经纪人Brettne Bloom，将不会有这本书。是他最先萌生出宏观审视宝石行业的想法，而且他对这个项目的热情丝毫没有减退过。最后要感谢的是我的挚友，也是好兄弟Kevin Gass，他最先与我一同赴非洲考察，充当我的左膀右臂。

2004年1月至2005年5月，于纽约

（本部分由张昊媛翻译）

新知文库

01 《证据：历史上最具争议的法医学案例》[美]科林·埃文斯 著　毕小青 译
02 《香料传奇：一部由诱惑衍生的历史》[澳]杰克·特纳 著　周子平 译
03 《查理曼大帝的桌布：一部开胃的宴会史》[英]尼科拉·弗莱彻 著　李响 译
04 《改变西方世界的26个字母》[英]约翰·曼 著　江正文 译
05 《破解古埃及：一场激烈的智力竞争》[英]莱斯利·亚德斯 著　黄中宪 译
06 《狗智慧：它们在想什么》[加]斯坦利·科伦 著　江天帆、马云霏 译
07 《狗故事：人类历史上狗的爪印》[加]斯坦利·科伦 著　江天帆 译
08 《血液的故事》[美]比尔·海斯 著　郎可华 译
09 《君主制的历史》[美]布伦达·拉尔夫·刘易斯 著　荣予、方力维 译
10 《人类基因的历史地图》[美]史蒂夫·奥尔森 著　霍达文 译
11 《隐疾：名人与人格障碍》[德]博尔温·班德洛 著　麦湛雄 译
12 《逼近的瘟疫》[美]劳里·加勒特 著　杨岐鸣、杨宁 译
13 《颜色的故事》[英]维多利亚·芬利 著　姚芸竹 译
14 《我不是杀人犯》[法]弗雷德里克·肖索依 著　孟晖 译
15 《说谎：揭穿商业、政治与婚姻中的骗局》[美]保罗·埃克曼 著　邓伯宸 译　徐国强 校
16 《蛛丝马迹：犯罪现场专家讲述的故事》[美]康妮·弗莱彻 著　毕小青 译
17 《战争的果实：军事冲突如何加速科技创新》[美]迈克尔·怀特 著　卢欣渝 译
18 《口述：最早发现北美洲的中国移民》[加]保罗·夏亚松 著　暴永宁 译
19 《私密的神话：梦之解析》[英]安东尼·史蒂文斯 著　薛绚 译
20 《生物武器：从国家赞助的研制计划到当代生物恐怖活动》[美]珍妮·吉耶曼 著　周子平 译
21 《疯狂实验史》[瑞士]雷托·U. 施奈德 著　许阳 译
22 《智商测试：一段闪光的历史，一个失色的点子》[美]斯蒂芬·默多克 著　卢欣渝 译
23 《第三帝国的艺术博物馆：希特勒与"林茨特别任务"》[德]哈恩斯—克里斯蒂安·罗尔 著　孙书柱、刘英兰 译
24 《茶：嗜好、开拓与帝国》[英]罗伊·莫克塞姆 著　毕小青 译
25 《路西法效应：好人是如何变成恶魔的》[美]菲利普·津巴多 著　孙佩妏、陈雅馨 译
26 《阿司匹林传奇》[英]迪尔米德·杰弗里斯 著　暴永宁 译
27 《美味欺诈：食品造假与打假的历史》[英]比·威尔逊 著　周继岚 译
28 《英国人的言行潜规则》[英]凯特·福克斯 著　姚芸竹 译
29 《战争的文化》[美]马丁·范克勒韦尔德 著　李阳 译
30 《大背叛：科学中的欺诈》[美]霍勒斯·弗里兰·贾德森 著　张铁梅、徐国强 译

31	《多重宇宙：一个世界太少了？》[德]托比阿斯·胡阿特、马克斯·劳讷 著 车云 译	
32	《现代医学的偶然发现》[美]默顿·迈耶斯 著 周子平 译	
33	《咖啡机中的间谍：个人隐私的终结》[英]奥哈拉、沙德博尔特 著 毕小青 译	
34	《洞穴奇案》[美]彼得·萨伯 著 陈福勇、张世泰 译	
35	《权力的餐桌：从古希腊宴会到爱丽舍宫》[法]让—马克·阿尔贝 著 刘可有、刘惠杰 译	
36	《致命元素：毒药的历史》[英]约翰·埃姆斯利 著 毕小青 译	
37	《神祇、陵墓与学者：考古学传奇》[德]C. W. 策拉姆 著 张芸、孟薇 译	
38	《谋杀手段：用刑侦科学破解致命罪案》[德]马克·贝内克 著 李响 译	
39	《为什么不杀光？种族大屠杀的反思》[法]丹尼尔·希罗、克拉克·麦考利 著 薛绚 译	
40	《伊索尔德的魔汤：春药的文化史》[德]克劳迪娅·米勒—埃贝林、克里斯蒂安·拉奇 著 王泰智、沈惠珠 译	
41	《错引耶稣：〈圣经〉传抄、更改的内幕》[美]巴特·埃尔曼 著 黄恩邻 译	
42	《百变小红帽：一则童话中的性、道德及演变》[美]凯瑟琳·奥兰丝汀 著 杨淑智 译	
43	《穆斯林发现欧洲：天下大国的视野转换》[美]伯纳德·刘易斯 著 李中文 译	
44	《烟火撩人：香烟的历史》[法]迪迪埃·努里松 著 陈睿、李欣 译	
45	《菜单中的秘密：爱丽舍宫的飨宴》[日]西川惠 著 尤可欣 译	
46	《气候创造历史》[瑞士]许靖华 著 甘锡安 译	
47	《特权：哈佛与统治阶层的教育》[美]罗斯·格雷戈里·多塞特 著 珍栎 译	
48	《死亡晚餐派对：真实医学探案故事集》[美]乔纳森·埃德罗 著 江孟蓉 译	
49	《重返人类演化现场》[美]奇普·沃尔特 著 蔡承志 译	
50	《破窗效应：失序世界的关键影响力》[美]乔治·凯林、凯瑟琳·科尔斯 著 陈智文 译	
51	《违童之愿：冷战时期美国儿童医学实验秘史》[美]艾伦·M. 霍恩布鲁姆、朱迪斯·L. 纽曼、格雷戈里·J. 多贝尔 著 丁立松 译	
52	《活着有多久：关于死亡的科学和哲学》[加]理查德·贝利沃、丹尼斯·金格拉斯 著 白紫阳 译	
53	《疯狂实验史Ⅱ》[瑞士]雷托·U. 施奈德 著 郭鑫、姚敏多 译	
54	《猿形毕露：从猩猩看人类的权力、暴力、爱与性》[美]弗朗斯·德瓦尔 著 陈信宏 译	
55	《正常的另一面：美貌、信任与养育的生物学》[美]乔丹·斯莫勒 著 郑嬿 译	
56	《奇妙的尘埃》[美]汉娜·霍姆斯 著 陈芝仪 译	
57	《卡路里与束身衣：跨越两千年的节食史》[英]路易丝·福克斯克罗夫特 著 王以勤 译	
58	《哈希的故事：世界上最具暴利的毒品业内幕》[英]温斯利·克拉克森 著 珍栎 译	
59	《黑色盛宴：嗜血动物的奇异生活》[美]比尔·舒特 著 帕特里曼·J. 温 绘图 赵越 译	
60	《城市的故事》[美]约翰·里德 著 郝笑丛 译	

61	《树荫的温柔：亘古人类激情之源》[法] 阿兰·科尔班 著　苣蓓 译
62	《水果猎人：关于自然、冒险、商业与痴迷的故事》[加] 亚当·李斯·格尔纳 著　于是 译
63	《囚徒、情人与间谍》[美] 克里斯蒂·马克拉奇斯 著　张哲、师小涵 译
64	《欧洲王室另类史》[美] 迈克尔·法夸尔 著　康怡 译
65	《致命药瘾：让人沉迷的食品和药物》[美] 辛西娅·库恩等 著　林慧珍、关莹 译
66	《拉丁文帝国》[法] 弗朗索瓦·瓦克 著　陈绮文 译
67	《欲望之石：权力、谎言与爱情交织的钻石梦》[美] 汤姆·佐尔纳 著　麦慧芬 译

新知文库近期预告（顺序容或微调）

- 《女人的起源》[英] 伊莲·摩根 著　刘筠 译
- 《无人读过的书：哥白尼〈天体运行论〉追寻记》[美] 欧文·金格里奇 著　王今、徐国强 译
- 《大气：万物的起源》[美] 加布里埃勒·沃克 著　蔡承志 译
- 《碳时代：文明与毁灭》[美] 埃里克·罗斯顿 著　吴妍仪 译
- 《通往世界的尽头：跨西伯利亚大铁路的故事》[英] 克里斯蒂安·沃尔玛 著　李阳 译
- 《纸影寻踪：旷世发明的传奇之旅》[英] 亚历山大·门罗 著　史先涛 译
- 《黑丝路：从里海到伦敦的石油溯源之旅》[英] 詹姆斯·马里奥特、米卡·米尼奥—帕卢埃洛 著　黄煜文 译
- 《人类时代：被我们塑造和改变的世界》[美] 迪亚妮·阿克曼 著　伍秋玉、澄影、王丹 译
- 《一念之差：关于风险的故事和数字》[英] 迈克尔·布拉斯兰德、戴维·施皮格哈尔特 著　威治 译
- 《生命的关键决定：从医生决定到患者赋权》[美] 彼得·于贝尔 著　张琼懿 译
- 《笑的科学：解开笑与幽默感背后的大脑谜团》[美] 斯科特·威姆斯 著　刘书维 译
- 《小心坏科学：医药广告没有告诉你的事》[英] 本·戈尔达克 著　刘建周 译
- 《南极洲：一片神秘大陆的真实写照》[美] 加布里埃勒·沃克 著　蒋功艳 译
- 《上穷碧落：热气球的故事》[英] 理查德·霍姆斯 著　暴永宁 译
- 《牛顿与伪币制造者：科学巨人不为人知的侦探工作》[美] 托马斯·利文森 著　周子平 译
- 《共病时代：动物疾病与人类健康的惊人联系》[美] 芭芭拉·纳特森—霍洛威茨、凯瑟琳·鲍尔斯 著　陈筱婉 译　吴声海 审订
- 《蒙娜丽莎传奇：新发现破解终极谜团》[美] 让—皮埃尔·伊斯鲍茨、克里斯托弗·希斯·布朗 著　陈薇薇 译
- 《谁是德古拉·布莱姆·斯托克的血色踪迹》[美] 吉姆·斯坦梅尔 著　刘芳 译
- 《竞技与欺诈：运动药物背后的科学》[美] 克里斯·库珀 著　孙翔、李阳 译